GOLDMANN

Buch

London 1820. Der Zufall führt den schneidigen Dandy Julian Kestrel zu seinem neuen Fall: Die Schwester seines Kammerdieners, die Prostituierte Sally, hat in einer Nacht drei Taschentücher von Kunden mitgehen lassen. Zwischen diesen Tüchern findet sie den verzweifelten Brief einer offensichtlich aus besten Kreisen stammenden jungen Frau, die in einem Haus für »gefallene Frauen« festgehalten wird. Neugierig geworden, geht das ungleiche Paar Julian und Sally dieser Spur nach. Sally schleicht sich in das Heim ein und findet heraus, daß eine der Insassinnen kürzlich umgekommen ist – von eigener Hand, wie ihr gesagt wird. Julian versucht derweilen, die Besitzer der Taschentücher ausfindig zu machen, und gerät dabei an angesehene Gentlemen, die allem Anschein nach eine Menge zu verbergen haben. Schritt für Schritt nähern sich Julian und Sally dem Geheimnis um die tote Frau und bringen sich damit selbst immer mehr in Gefahr.

Autorin

Kate Ross ist Rechtsanwältin in einer bekannten Bostoner Kanzlei. Mit ihrem fulminanten Debütroman »Bis ins Mark«, dem ersten Fall für Julian Kestrel, sorgte sie auf Anhieb für großes Aufsehen. »Der zerrissene Vorhang« ist ihr zweiter Roman. Kate Ross lebt in Brookline, Massachusetts.

Außerdem von Kate Ross bei Goldmann

Bis ins Mark (42552)

KATE ROSS

Der zerrissene Vorhang

Roman

Aus dem Englischen
von Mechthild Sandberg-Ciletti

GOLDMANN VERLAG

Die Originalausgabe erschien
unter dem Titel »A Broken Vessel«
bei Viking, New York

Umwelthinweis:
Alle bedruckten Materialien dieses Taschenbuches
sind chlorfrei und umweltschonend.
Das Papier enthält bereits Recycling-Anteile.

Der Goldmann Verlag
ist ein Unternehmen der Verlagsgruppe Bertelsmann

Deutsche Erstausgabe 10/95

Umschlaggestaltung: Design Team München
Umschlagmotiv: Adolph Menzel »Das Balkonzimmer«
Satz: deutsch-türkischer fotosatz, Berlin
Druck: Elsnerdruck, Berlin
Verlagsnummer: 42791
Lektorat: Ulrich Genzler
Redaktion: Ursula Walther
Herstellung: Ludwig Weidenbeck
Made in Germany
ISBN 3-442-42791-6

10 9 8 7 6 5 4 3 2 1

1 *Treff Trumpf*

Mit gesenktem Kopf, die Hände auf dem Rücken, ging der Mann schleppenden Schritts die Straße entlang. Um ihn herum wirbelte das Nachtleben des Haymarket. Lichter blinkten in den Fenstern der Kaffeehäuser. Gelächter und Geschrei schallten aus den Pubs. Auf den Straßen wimmelte es von Kutschen, die sich in die Quere kamen, was die Kutscher zu wütendem Gezänk veranlaßte. Straßenverkäufer boten Früchte, Nüsse, Austern, Pfefferkuchen und Pasteten an, die dampfend von kleinen tragbaren Kohleöfen gereicht wurden. An einer Ecke gab ein Musikant seine Künste zum besten, an der anderen ein von Laternen erleuchtetes Puppentheater. Zerlumpte Straßenjungen umschlichen die Gaffer und hielten nach lohnender Diebesbeute Ausschau.

Der Mann trottete weiter. Jedesmal, wenn ein Anreißer ihn mit brüllender Stimme in ein Theater oder einen Laden zu locken versuchte, fuhr er erschrocken zusammen. Grell aufgeputzte Frauen warben um seine Aufmerksamkeit, aber er ging kopfschüttelnd an ihnen vorüber.

Unbeeindruckt vom Mißerfolg der anderen Frauen, beobachtete Sally den Näherkommenden. Genau die Sorte Freier, die ihr paßte: schon älter, solide, schüchtern. Solche Männer achteten auf Sauberkeit, waren meist dankbar und behandelten eine Frau anständig. Natürlich war immer Treff Trumpf, wenn man einen Kerl aufgabelte; man konnte nie mit Sicherheit wissen, was man sich einhandelte. Aber der hier sah wie ein ordentlicher kleiner Spießbürger aus. Sie fragte sich, was er um diese Zeit am Haymarket verloren hatte.

Sie wartete unter einer Gaslaterne, bis er fast auf ihrer Höhe war. Dann trat sie ihm direkt in den Weg, so daß er gar keine andere Möglichkeit hatte, als stehenzubleiben und sie im trüben, gelblichen Lichtschein anzusehen. Ihr offenes Cape enthüllte ihr Lieblingskleid aus türkischroter Seide. Es war nicht mehr so sauber, wie es einmal gewesen war, und zu dünn für den Oktoberabend, aber es brachte ihre Figur vorteilhaft zur Geltung: klein und zierlich, aber mit den richtigen Rundungen an den richtigen Stellen.

»Schön' guten Abend, Süßer.« Sie sah ihn mit ihrem verführerisch frechen Lächeln an, das sagte: Nimm mich und tu mit mir, was du willst. »Langer Tag im Laden, hm?«

»Woher weißt du, daß ich einen Laden habe?«

»Tja, ich hab' so meine Methoden. Du brauchst nicht gleich 'nen Schreck zu kriegen«, fügte sie hinzu, als er zusammenzuckte. »Ich seh's an deiner Kledasche – so richtig piekfein und 'n bißchen steif.«

»Ach so. Ja – äh – dann gute Nacht –«

Er wollte an ihr vorbei. Sie folgte seiner Bewegung und versperrte ihm den Weg.

»Ich – ich kann nicht bleiben –«, erklärte er stockend.

»Auch nicht, wenn ich dich schön bitte?« Sie berührte seine Wange. »Bist ganz schön stopplig, hm? Ich nenn' dich einfach Borstel.« Man fragte einen Freier niemals nach seinem Namen, aber irgendwie mußte man ihn ja nennen.

Er zögerte mit schuldbewußten Blicken nach rechts und links. Verheiratet wahrscheinlich, dachte Sally. Manche Männer schienen zu glauben, ihre Ehefrauen sähen alles, genau wie der liebe Gott.

»Ich weiß 'ne Laube, wo wir hingehen können«, drängte sie. »Gleich die Straße runter. Das Zimmer kostet einen Schilling. Was meinst du?«

»Ich – ich glaube nicht, daß ich –«

»Ach, komm schon. Oder haste was Beßres vor?«

Er schloß einen Moment die Augen. Sie glaubte zu sehen, wie ein Schauder ihn durchlief. »Nein.«

»Na, dann komm doch.«

Sie schleppte ihn zum *Cockerel* ab, einem düsteren kleinen Gasthaus in einer dunklen Gasse. Toby, der Wirt, war ein ehemaliger Boxer, klein und bullig, mit Stiernacken und mehrfach gebrochener Nase. Er sprach wenig und lächelte nie. Nichts, ob gut oder schlecht, konnte ihn beeindrucken.

Toby wohnte im ersten Stock über dem Wirtshaus und vermietete die Zimmer im zweiten Stock an Dirnen und ihre Freier. Es stand nicht zu befürchten, daß die Behörden eingreifen würden: Die Bezirkspolizisten waren zu träge, und die Bow Street Runners jagten fettere Beute. Wenn man ihnen hin und wieder eine Flasche zusteckte, waren sie bereit, beide Augen zuzudrücken. Solche Absteigen waren weiß Gott keine Seltenheit rund um den Haymarket, auf dem Frauen wie Sally so zahlreich waren wie die Pflastersteine, die sie jeden Abend traten.

Sally führte Borstel durch den Schankraum zum Tresen. »Guten Abend, Toby. Hast du 'n Zimmer frei?«

»Zweiter Stock ganz hinten«, brummte er.

Sie rammte Borstel den Ellbogen in die Seite, und der legte einen Schilling auf die Theke. Toby fegte das Geldstück mit einer Handbewegung weg und legte dafür einen Schlüssel hin. Mit einem Augenzwinkern zum Zeichen des Danks nahm Sally ihn an sich.

Nachdem sie eine Talgkerze angezündet hatte, führte sie Borstel in einen dunklen Gang hinter dem Schankraum. Dort waren eine Tür zu dem selten benutzten hinteren Gastraum und eine Hintertür nach draußen, die immer verschlossen war. Durch ihre Ritzen drang der faulige Geruch der Abfälle hinter dem *Cockerel*, und man hörte das Quieken huschender Ratten.

Sie stiegen vier nackte Holztreppen hinauf, die sich um einen düsteren Schacht wanden. »Vorsichtig«, warnte Sally. Die Stufen waren schlüpfrig und uneben. »Und lehn dich nicht ans Geländer. Das is' schon ganz durchgefault.«

Das letzte Zimmer im zweiten Stock enthielt nichts als ein Bett, das für zwei kaum groß genug war, einen Waschtisch mit einer angeschlagenen Schüssel und einem Krug und einen Stuhl, dem ein Bein fehlte. Es war schmutzig, und der Kamin hatte schon lang kein Feuer mehr gesehen.

Sally stellte die Kerze auf den Waschtisch und hängte ihren breitkrempigen Schutenhut mit dem wippenden Kanarienvogel und den gelben Blumen, die in der Düsternis wie ein Fleckchen Sonnenschein leuchteten, an einen Haken. Sie zog die Nadeln aus ihrem Haar und legte sie auf den Waschtisch, um sie nicht zu verlieren. Ihr nußbraunes Haar fiel über die Schultern herab: hinten lang, vorn und an den Seiten gelockt, wie man es bei den Modepuppen in den Schaufenstern der Geschäfte sah. Nicht daß sie je so aussehen würde wie diese mit ihren hellen Gesichtern, den geraden Nasen und den hübschen kleinen Schmollmündern. Ihre Haut war braun, die Nase kurz und aufgeworfen, der Mund groß mit einer Zahnlücke, die man manchmal sah, wenn sie lächelte. Dennoch war sie mit ihrem Gesicht zufrieden. Es gab kaum etwas, was ein unternehmungslustiges Mädchen mit ein bißchen Raffinesse und eincm Paar schmachtender Augen nicht erreichen konnte.

Sie merkte plötzlich, daß Borstel den Rückzug zur Tür angetreten hatte, und riß ihn zurück. »Was'n los, Borstel? Gefall' ich dir nicht?«

»Ich – doch, aber ...« Er schluckte. »Ich habe schon so lang nicht mehr –«

»Na, dann wird's aber höchste Zeit.« Lächelnd stellte sie sich auf die Zehenspitzen, um ihn zu küssen.

Anfangs war es gar nicht einfach, ihn ein wenig in Fahrt zu bringen. Sie tat ihr Bestes, um ihn wenigstens aufzuheitern; er sah aus, als könnte er es gebrauchen. Dann aber erwachte sein Körper, und er fiel wie ein Ausgehungerter über sie her. Wenn er zu Hause eine Frau hatte, ließ sie ihn offensichtlich nicht an sich heran. Es erstaunte Sally immer wieder, daß manche Frauen ihre Ehemänner so kurz hielten und sich dann beschwerten, wenn sie mit Frauen wie ihr – Sally – gingen. Sie hatte keine hohe Meinung von den anständigen Frauen, aber sie kannte natürlich auch kaum welche und hätte daher jederzeit zugegeben, daß sie sich eigentlich kein Urteil erlauben konnte.

In einem Moment, als Borstels ganze Aufmerksamkeit

anderen Dingen galt, griff sie in die hintere Tasche seiner Jacke. Es machte ihr Spaß, jedem Freier, den sie mitnahm, eine Kleinigkeit zu stehlen. Es war eine Art Sport; außerdem blieb auf die Weise alles schön geschäftlich. Hin und wieder, besonders wenn sie den Mann nicht mochte, versuchte sie, etwas Wertvolleres zu ergattern, eine Uhr zum Beispiel oder eine Krawattennadel. Aber das war riskant; da mußte man Angst haben, daß er einem trotz aller Peinlichkeit für ihn selber die Polizei auf den Hals hetzte, wenn er's hinterher merkte. Darum gab sie sich im allgemeinen mit einem Taschentuch zufrieden, bei dem sie damit rechnen konnte, daß es auf dem Field Lane Taschentuchmarkt ein paar Pence einbringen würde.

Als sie Borstels Taschentuch entdeckt hatte, zog sie es vorsichtig aus seiner Tasche. Das war in der Situation – sie auf dem Rücken liegend, er über ihr – nicht ganz einfach, aber sie hatte Übung genug. Rasch knüllte sie es zusammen und stopfte es unter sich.

Hinterher war er sehr verlegen und auf linkische Weise dankbar. Während er sich wieder präsentabel herrichtete, biß sie verstohlen auf die Münzen, die er ihr zugesteckt hatte. Er schien nicht der Typ zu sein, der andere hereinlegte, aber man konnte nicht vorsichtig genug sein. Zufrieden stopfte sie dann das Geld und das Taschentuch in das verborgene Täschchen unter ihrem Rock. Danach strich sie ihr Kleid glatt, setzte ihren Hut auf und ging zur Tür, um aufzuschließen.

Als sie den Schlüssel drehte, hörte sie draußen im Gang hastig huschende Schritte. Sie wußte, was das bedeutete: Irgendein Kerl hatte Toby einen Schilling zugesteckt, um durchs Schlüsselloch gucken zu dürfen. Sie spähte den Flur entlang, aber der Mann war unbemerkt verschwunden. Sie zuckte mit den Achseln. Sie war Kiebitze gewöhnt; sie waren ein Risiko ihres Gewerbes. Borstel verriet sie nichts von dem Mann – das hätte ihn nur aus dem Häuschen gebracht.

Sie begleitete ihn bis zur Tür des *Cockerel.* »Auf Wiedersehen«, murmelte er verlegen.

Sie gab ihm einen flüchtigen Kuß. »Mach keine Dummheiten.«

Er zuckte zusammen, schloß einen Moment die Augen und ging rasch davon.

Ein komischer Kauz, sagte sie sich, während sie ihm nachblickte und beobachtete, wie er die Annäherungsversuche anderer Frauen abwehrte. Pech, Mädels, dachte sie lächelnd. Ich hab' ihn mir zuerst gegriffen.

Sie gab ihrem Hut einen etwas keckeren Sitz und schlenderte hinaus. Ein mit Theaterrequisiten hoch beladenes Fuhrwerk blockierte die Straße und zwang eine Droschke, hinter ihm anzuhalten. Der Insasse, ein junger Mann, klappte das Seitenfenster herunter, um zu sehen, was vorging. Als er Sally erblickte, lächelte er.

Sie reckte die Nase in die Luft, als wollte sie prüfen, ob Regen zu erwarten sei. Bei den Draufgängern war es immer gut, sich ein bißchen zu zieren – dann fühlten sie sich als Eroberer.

»Komm her!« rief er.

»Reden Sie mit mir?«

»Das weißt du doch.«

»Meine Mutter hat immer gesagt, ich soll nicht mit Herren sprechen, mit denen ich nicht bekannt gemacht worden bin.«

»Komm her, dann mache ich uns miteinander bekannt.«

Gemächlich trat sie zu der Droschke, um ihn sich genauer ansehen zu können. Er redete wie einer aus der feinen Gesellschaft, und von der Sorte bekam sie selten einen ab. Im Licht der Wagenlampen sah sie einen Mann von ungefähr fünfundzwanzig Jahren, der einen blauen Abendrock trug, dazu ein weißes Hemd mit weißem Halstuch und eine Weste aus weißer Seide, die mit silbernen Blümchen bestickt war. Ein Blinder konnte sehen, daß er im Geld schwamm – allein mit dem, was es kostete, dieses viele Weiß sauberzuhalten, hätte Sally ihren Mietzins für ein ganzes Jahr bezahlen können. Und zu allem Überfluß war er ein schöner Mann. Er sah aus wie der Prinz in einer Pantomime.

»Steig ein und mach eine Spazierfahrt mit mir.« Er öffnete die Wagentür.

»Wohin denn?«

»Was spielt das für eine Rolle? Ich wollte dir eigentlich nicht die Stadt zeigen.«

»Ach, so ist das?« Sie spähte in die Droschke und rümpfte die kurze Nase. »Viel Platz ist da drinnen aber nicht.«

»Brauchen wir auch nicht.« Mit einem Lächeln, das das ganze Drury Lane Theater erleuchtet hätte, bot er ihr die Hand, um ihr in den Wagen zu helfen.

»Sie sind mir vielleicht ein Herzensbrecher. Hat zu Ihnen schon mal eine nein gesagt?«

Sein Lächeln wurde ein wenig trübe. »Du würdest dich wundern.«

»Was wollen Sie überhaupt von mir? Ich bin doch gar nicht Ihre Klasse. Suchen Sie sich lieber eine von den Damen, die im Park in ihren Wagen rumkutschieren, und führen Sie die groß aus.«

»Ich habe keine Lust auf Menschen, Lichter und geistreiche Unterhaltung.«

»Was wollen Sie dann?«

Einen Moment verdunkelte sich sein Gesicht, seine Augen wurden ernst, beinahe verzweifelt. »Ich möchte eine Weile nicht denken müssen.«

Sie betrachtete ihn einen Augenblick. »Rutsch rüber, Blauauge.«

Er rief dem Kutscher zu, er solle durch die Straßen fahren, bis er ihm anzuhalten befehle. Der Mann verzog keine Miene – Droschkenkutschern war nichts fremd.

Sally fand sich schließlich mit der Enge und der Unbequemlichkeit ab. Die Fahrt war holprig; wo gab es auch eine Droschke mit vier genau gleich großen Rädern? Der zerschlissene Sitz zerkratzte ihr das Hinterteil, und ihr geliebter Hut mit dem Kanarienvogel landete im Dreck auf dem Fußboden. Wenigstens trug Blauauge eine Rüstung – ein Futteral aus Schafsdarm, das mit einem Bändchen zugezurrt war. Sie war immer froh, wenn ihre Freier sich schützten, da sie damit auch sie schützten. Kein Gesetz besagte, daß man sich nicht auch bei einem feinen Herrn die Kavalierskrankheit holen konnte.

Es war ganz lustig, es ab und zu mal mit einem feinen Herrn zu treiben. Die rochen immer so gut, und ihr Haar war weich und gepflegt. Im übrigen waren sie nicht viel anders als andere Freier. Wenn sie bessere Manieren hatten, so vergeudeten sie sie nicht an eine wie sie. Blauauge allerdings war eine Marke für sich. Er war nicht bei der Sache. Er hätte hundert Meilen weit weg sein können.

Auch gut: Da war es um so leichter, ihm das Taschentuch zu stibitzen, ohne daß er es merkte. Es war aus erstklassigem Batist – das konnte sie fühlen. Etwas anderes stahl sie nicht, obwohl sie liebend gern den Ring gehabt hätte, den er am kleinen Finger trug. Er hatte eine viereckige Fassung, an jeder Ecke einen blitzenden Edelstein und in der Mitte einen aus Elfenbein geschnitzten Totenschädel.

Hinterher war der junge Mann mürrisch und schweräugig wie ein schläfriges Kind. Er fragte nicht, wieviel er ihr schuldete, sondern drückte ihr zwei Kronen in die Hand, als wäre es nichts. Sie schob sie in das Täschchen unter ihrem Rock – rasch, ehe er zur Besinnung kommen und Wechselgeld verlangen konnte. Während er mit geschlossenen Augen zurückgelehnt dasaß, steckte sie auch das Taschentuch ein.

Nicht weit von der Stelle, an der er sie aufgelesen hatte, setzte er sie wieder ab. Sie beschloß, ins *Cockerel* zurückzukehren. Vielleicht würde sich dort einer finden, der sie auf ein Glas einlud. Sie hatte natürlich jetzt selbst eine Menge Geld – sie genoß es, die Münzen, die bei jedem Schritt an ihr Knie schlugen, klimpern zu hören –, aber das war kein Grund, sich selbst etwas zu trinken zu kaufen, wenn sich ein Mann auftreiben ließ, der ihr etwas spendierte.

Sie ging ein wenig im Schankraum umher und tauschte Grußworte mit Leuten, die sie kannte. Viele von Tobys Gästen waren ehemalige Boxer wie er, die sich, auf den Hund gekommen, dem Suff ergeben hatten. Die anderen waren Leute, wie man sie überall in diesem Viertel traf: Straßenverkäufer, Zuhälter, Diebe. Manche hatten ihre Frauen dabei, die anderen weiblichen Gäste waren Prostituierte, auch wenn sich manche von ihnen als Schauspielerinnen oder Tänzerinnen ausgaben.

Eine Frau machte gerade eine wütende Szene, zog einen Mann heftig am Ärmel seines Rocks und schrie ihn an, er solle nach Hause kommen. In der Beuge ihres freien Arms hielt sie einen Säugling von vielleicht sechs Monaten. Sally starrte das Kind an. Die Kehle war ihr plötzlich wie zugeschnürt. Becky wäre jetzt auch in diesem Alter gewesen.

Sie riß sich von dem Anblick los und ging zur Bar. »Gib mir einen Brandy«, sagte sie zu Toby. Als sie seinen scharfen Blick bemerkte, fügte sie hinzu: »Ich hab' das Geld.«

Während er einschenkte, stützte sie beide Ellbogen auf den Tresen und legte das Kinn auf ihre Hände. Was war los mit ihr? Fast neunzehn Jahre alt und so abgebrüht, wie man in diesem Gewerbe überhaupt sein konnte – und da war sie drauf und dran, um ein Kind zu flennen, das vor sechs Monaten gestorben war. Dabei gab's Mädchen, die jedes Jahr ein Kind bekamen, es nach der Geburt begruben und sich nicht so aufführten wie sie.

Toby stellte ihr den Branntwein hin. Sie wollte eine Münze herauskramen, doch er schüttelte den Kopf. »Hat der Kerl da drüben schon bezahlt.«

Er wies mit dem Daumen auf einen jungen Mann, der, dunkel gekleidet wie ein Schreiber oder Verkäufer, etwas entfernt an der Theke stand. Er trug einen schwarzen Schoßrock und eine schwarze Hose, dazu eine graue Weste und ein schwarzes Halstuch. In der einen Hand hielt er einen schwarzen Regenschirm, dessen Griff wie ein Widderkopf geformt war.

Mit einem breiten Lächeln prostete Sally ihm zu. So ist's richtig, sagte sie sich – das Geschäft vertreibt die düsteren Gedanken.

Der Mann rückte ein wenig näher. Einen Ellbogen auf

dem Tresen, beobachtete er sie, wie sie trank. Sein Gesicht war hager wie sein Körper, Nase und Mund waren schmal, Haar und Augen von einem stumpfen Braun. Da er eine Brille mit runden goldgeränderten Gläsern trug, beschloß Sally, ihn Blinkie zu nennen. Die Brillengläser waren das einzig Lebendige an ihm. Sie funkelten im Kerzenschein und spiegelten das Licht, so daß man ihm nicht richtig in die Augen sehen konnte.

An den Fingern hatte er Tintenflecken – also war er höchstwahrscheinlich ein Schreiber. Auf jeden Fall war er um einiges zu anständig für diese Spekunke. Es hätte sie interessiert, was er hier zu suchen hatte.

»Du willst nichts?« fragte sie.

»Nichts zu trinken«, spezifizierte er.

»Das Zimmer kostet einen Schilling, wenn wir bleiben.«

»Das kann ich mir schon leisten.«

Das Gespräch geriet ins Stocken.

»Du bist wohl 'n ganz Gesprächiger, hm?« meinte Sally.

»Wenn es etwas gibt, worüber es sich zu sprechen lohnt.«

Sie zuckte mit den Achseln. Wenn er es so wollte – rein geschäftlich –, dann sollte es ihr recht sein. Sie trank aus und fragte Toby nach einem Zimmer. Blinkie nahm den Schlüssel und ging ihr voraus nach oben. Er mußte schon mal hier gewesen sein.

Sie hatten dasselbe Zimmer, in dem sie vorher mit Borstel gewesen war. Blinkie schloß die Tür ab und steckte den Schlüssel ein. Er hängte seinen Schirm an den Türknauf, nahm die Brille ab und legte sie behutsam weg. Dann drehte er sich nach Sally um und lächelte. In dem Moment erkannte sie, daß sie einen schrecklichen Fehler gemacht hatte.

Schreien würde nichts helfen. Im Schankraum zwei Stockwerke tiefer würde kein Mensch sie hören – und wer hätte schon Lust, sich in einen Krach zwischen einer Hure und ihrem Freier einzumischen? Sie war auf sich allein gestellt, das war ihr klar.

Vorsichtig versuchte sie, näher zur Tür zu rutschen, ohne

dem Mann dabei zu nahe zu kommen. Er beobachtete sie lauernd wie die Katze die Maus. Auf einmal stürzte er sich auf sie. Er packte sie bei den Schultern und schleuderte sie an die Wand. Sie schlug sich den Kopf an und wäre beinahe gestürzt. Und schon wieder ging er auf sie los. Sie wich aus und stürmte zur Tür. Er lachte. Die Tür war ja verschlossen, der Schlüssel in seiner Tasche.

Aber ihr ging es nicht um Flucht – ihr ging es um den Schirm, der am Türknauf hing. Sie packte in an der Spitze und schwang ihn zum Schlag. Die Krücke traf seine linke Schläfe.

»Du Miststück!« schrie er.

Sie wollte noch einmal zuschlagen, aber da bekam er den Schirm zu fassen und entriß ihn ihr. Das Öltuch zerriß; die Stäbe brachen krachend. Er begann, sie mit dem Schirm zu prügeln. Sie fiel zu Boden. Zusammengerollt, die Hände schützend über ihrem Kopf, ließ sie die Schläge auf sich niederprasseln.

Endlich schleuderte er den Schirm weg, riß sie in die Höhe, trat und schlug sie und warf sie gegen die Wand. Mit kaltem Bedacht zielte er mit der Faust auf die linke Schläfe, genau auf die Stelle, an der sie ihn getroffen hatte. Ihr Kopf schien zu bersten unter dem Schmerz; der Kerzenschein zersplitterte in sprühende Funken.

Seine Hände griffen nach ihrem Hals. Er drückte sie auf das Bett und umklammerte ihren Hals noch fester. Sie schlug mit Fäusten auf seine Arme und versuchte, ihn zu beißen. Die Augen traten ihr aus dem Kopf, sie rang keuchend um Atem, riß an seinen Händen. Rote Nebelschwaden wirbelten vor ihren Augen, sie versuchte zu beten …

Da lachte er und ließ sie los. Heulend vor Schmerz und Erleichterung, schnappte sie nach Luft. Er zog ihren Rock hoch. Sie leistete keinen Widerstand. Aber nach einer Weile tastete sie, aus reiner Gewohnheit, nach der hinteren Tasche seines Rocks. Es gab nichts zu stehlen als ein Taschentuch – armselige Rache, aber besser als gar nichts.

Er stand auf, warf ein paar Münzen auf das Bett und ging.

Sie setzte sich benommen auf. Ihr Magen rebellierte. Sie schleppte sich zum Waschtisch und übergab sich. Im Krug war etwas Wasser, mit dem sie sich das Gesicht wusch. Das Rouge rann ihr in kleinen Bächen über die Wangen.

Sie begann zu weinen. »Dreckskerl«! schluchzte sie. »Die Pocken sollst du kriegen, du stinkendes Schwein.«

Sie trommelte mit den Fäusten auf den Waschtisch ein. Sie fühlte sich so ohnmächtig. Eine wie sie konnte nicht einfach zum nächsten Wachmann gehen und sich beschweren. In solchen Momenten wünschte sie, sie hätte einen Zuhälter, der sie beschützte. Aber gleichzeitig wußte sie, daß sie das nie ausgehalten hätte: einem Mann ihr Geld zu überlassen, ihm über ihr Kommen und Gehen Rechenschaft abzulegen, ihm bei Tag das Haus zu führen und nachts für ihn auf die Straße zu gehen.

Lange weinte und schimpfte sie so, dann wischte sie sich Augen und Nase am Ärmel ihres Kleides ab. Die gestohlenen Taschentücher wollte sie nicht beschmutzen; sie waren Geld wert. Sie stopfte das von Blinkie zu den anderen in ihr geheimes Täschchen. Es war aus grauer Seide, unscheinbar wie alles an ihm – bis man ihn näher kennenlernte.

Steif und wund am ganzen Körper, stand sie auf und untersuchte ihr rotes Kleid. Das Mieder war am Hals zerrissen, aber der Rock ließ sich retten. Wenigstens war ihrem Hut nichts geschehen. Sie setzte ihn auf, legte ihr Cape um und stieg humpelnd die Treppe hinunter. Auf jedem Absatz machte sie halt, um sich einen Moment auszuruhen und ihren schmerzenden Rücken abzutasten.

Sie ging in den Schankraum und tappte langsam zum Tresen. »Gib mir einen warmen Punsch«, sagte sie zu Toby.

Er musterte sie mit einem kurzen Blick. Dann goß er ihr ein Glas ein, ein warmes Gemisch aus Gin und Bier, das mit Zucker und Muskat gewürzt war. »Behalt dein Geld«, sagte er kurz, als sie zahlen wollte.

Eine ungewöhnliche Geste für Toby. »Danke«, krächzte sie heiser.

Sie trank langsam und spürte dankbar, wie sich wohlige Wärme in ihrem ganzen Körper ausbreitete. Sie hatte genug für eine Nacht. Sie taugte jetzt ohnehin zu nichts mehr – sie konnte nur noch nach Hause gehen, in ihr Zimmer in dem Labyrinth schmutziger kleiner Straßen und Plätze, das unter dem Namen Seven Dials bekannt war. Dort konnte sie sich verkriechen und ihre Wunden lecken ...

Und den letzten Rest Kohle verbrauchen, sagte sie sich bitter. Und mutterseelenallein im Dunklen hocken und ihre Schuhe nach den Mäusen werfen, um sie in ihre Löcher zurückzuscheuchen, und sich anhören, wie die Leute oben ihre Kinder prügelten und dann ins Bett fielen, um das nächste zu machen. Nein! Sie mußte völlig übergeschnappt sein, ans Nachhausegehen auch nur zu denken. Alles andere, nur das nicht. Lieber wollte sie noch einen Kerl aufgabeln. Da hatte sie wenigstens Gesellschaft, ein bißchen Wärme und Nähe.

Sie ging wieder hinaus, zurück zum Haymarket. Die Nacht war kälter geworden, aber vielleicht kam es ihr auch nur so vor, weil ihr innerlich so kalt war. Sie suchte unter den Mädchen auf der Straße nach einer Freundin, mit der sie ein bißchen schwatzen konnte, aber es war keine da, die sie kannte. Also richtete sie ihr Augenmerk auf die Männer. Die meisten Kerle sind ganz in Ordnung, redete sie sich ein – es gibt nicht viele, die so sind wie Blinkie. Sie durfte sich von ihm nicht entmutigen lassen. Den Sieg würde sie ihm nicht gönnen

Aber sie würde vorsichtig sein und darauf achten, wen sie ansprach. Den Jungen da zum Beispiel – der da mit leichtem, federndem Schritt direkt vor ihr ging. Er war klein und schlank; gegen den müßte sie sich eigentlich gut wehren können, sollte er ihr dumm kommen. Sie nahm ihren ganzen Mut zusammen, lief ihm nach und schob ihren Arm durch seinen.

»Hallo, Süßer! Wie wär's mit uns beiden?«

Er blieb stehen, starrte sie an und packte sie mit einer heftigen Bewegung bei den Schultern. Sie wollte schon zurückschrecken, doch dann hielt sie inne, so verblüfft wie er. In wortloser Einmütigkeit traten sie unter eine Gaslaterne, um sich besser sehen zu können.

»Bist du das, Sal?« hauchte er.

»Ich werd' verrückt!« Lachend und weinend zugleich, schlang sie ihre Arme um ihn. »Dipper!«

2 *Taschentücher*

Sie umarmten und drückten sich, nahmen wieder ein wenig Abstand, sahen sich lange an und hielten sich wieder in den Armen. Einige Umstehende, die nicht wußten, daß sie Geschwister waren, grölten Anzüglichkeiten.

»Ich kann nicht glauben, daß du's wirklich bist, Sal! Wie lang haben wir uns nicht gesehen? Zwei Jahre?«

»Keine Ahnung. Auf jeden Fall war's viel zu lang. Das ist das einzige, was ich weiß.«

Im Lampenlicht musterte er sie genauer. »Du siehst ja schlimm aus.«

Sie hob eine Hand zu ihrem linken Auge und versuchte zu lächeln. »Ich hab' so einen Mistkerl erwischt, der mir zum Dank ein Veilchen verpaßt hat.«

»So ein Schwein. Geht's dir schlecht?«

»Ach, es ist nichts. Pa hat mich manchmal schlimmer zugerichtet, wenn er blau war.« Sie trat einen Schritt zurück und betrachtete ihn staunend. »Wie du aussiehst, Dip! Richtig vornehm. Ich hätt' dich nie erkannt. Woher hast du die Klamotten?«

»Ich bin in Diensten.«

»Ach, komm schon.«

»Doch, es ist wahr, Sal – ich schwör's. Ich bin Diener bei einem feinen Herrn.«

»Was! Du bist der Flederwisch für so einen hochnäsigen feinen Pinkel? Du, der beste Taschenzieher?«

»Damit ist's jetzt vorbei, Sal. Ich gehöre jetzt zu den ehrlichen Leuten.«

»Warum denn bloß?«

»Weil ich's so will. Das alte Leben hat mir nie richtig geschmeckt, Sal – das weißt du doch. Aber ich konnte keine ordentliche Arbeit finden, weil ich nichts gelernt hab' und weil niemand da war, der mir einen Leumund gegeben hätte.«

»Wie hast du dann die Arbeit gekriegt?«

»Na ja, ich hab' diesem Herrn die Uhr geklaut, und er hat mich erwischt und wollte mich eigentlich hinter Schloß und Riegel bringen. Aber dann hat er sich's anders überlegt und mich laufenlassen. Wir haben eine Weile miteinander geredet, und da hat er gefragt, ob ich's nicht mal anders versuchen will. Ich könnte bei ihm den Diener machen. Und da hab' ich ja gesagt.«

»Der muß verrückt sein.«

»Ist er nicht. Er ist ein wirklich vornehmer Herr. Mr. Julian Kestrel.«

»Du kriegst die Motten! Dein Herr ist Mr. Julian Kestrel? Na, den kennt doch jeder! Ich hab' im Fenster von einem Schneidergeschäft ein Bild von ihm gesehen.«

»O ja, er gibt in der feinen Welt den Ton an, mein Herr. Kaum hat er 'ne neue Angströhre auf oder bindet sich das Halstuch anders, schon machen's ihm alle jungen Gents in der Stadt nach. Aber was ist mir dir, Sal? Was hast du getrieben? Ich hab' überall nach dir gefragt, aber nirgends was von dir gehört.«

»Ich hab' 'ne Zeitlang gesessen – wahrscheinlich haben wir uns dadurch aus den Augen verloren.« Sie sagte es sehr sachlich. Jedes Straßenmädchen landete hin und wieder mal in einer Besserungsanstalt. »Dann bin ich nach Ratcliff Highway gezogen. Da hat's mir gefallen. Matrosen sind gute Kerle, und die Frauen waren nett zu mir. Aber am Schluß bin ich doch wieder hergekommen.« Sie brach ab. Sie brachte es nicht über sich, von Becky zu sprechen.

»Wenn du wüßtest, wie froh ich bin, daß ich dich gefunden hab', Sal! Komm, wir suchen uns 'ne gemütliche Kneipe, wo wir was trinken und miteinander reden können.«

Er hakte sie unter. Aber schon nach wenigen Schritten blieb er erschrocken stehen. »Ach, Sal! Du kannst ja gar nicht gehen!«

»Klar kann ich. Schau her.« Aber ihr geschundener Körper gehorchte ihr nicht. Sie konnte nur mühsam humpeln.

»Hör auf mit dem Theater, Sal. Wir nehmen eine Droschke.« Er überlegte einen Moment. »Am besten kommst du mit zu mir. Du brauchst ein bißchen Pflege.«

»Zu Mr. Kestrel, meinst du? Das wär' was! Ich war noch nie im Haus von 'nem feinen Herrn.«

Dipper dachte nach. »Ach, es ist sicher in Ordnung. Mr. Kestrel ist mit ein paar Freunden zum Abendessen ausgegangen, und da kommt er meistens erst am nächsten Morgen heim.«

»Mir soll's recht sein. Da kann ich mich mal richtig umschauen.«

»Aber stehlen darfst du nichts.«

»Wer sagt, daß ich was stehlen will?«

»Ich kenn' dich doch«, erwiderte er gelassen.

»Schon recht, schon recht«, maulte sie. »Man könnte ja meinen, wir gehen zum König persönlich.«

»Für den König bin ich nicht zuständig. Aber für Mr. Kestrel.«

»Ach, also dieser Mr. Kestrel kann mir wirklich gestohlen bleiben.«

»Du kennst ihn noch nicht«, sagte Dipper.

Die Droschke setzte sie vor einem grauen Backsteinhaus in der Clarges Street ab. Weiße Steinblöcke wechselten sich mit grauen am Torbogen der Haustür ab. Gleich oberhalb der fächerförmigen Lünette befand sich ein weißes Relief eines Frauenkopfes mit Schlangenhaar.

Dipper schloß die Haustür auf und legte einen Finger an seine Lippen. »Ich möchte Mrs. M. nicht aufwecken.«

»Wer ist das?« flüsterte Sally.

»Mrs. Mabbitt – ihr gehört das Haus. Sie wohnt im Parterre und im Souterrain. Die erste Etage hat sie an Mr. Kestrel vermietet. Aber die zwei sehen sich fast nie, weil sie mit den Hühnern aufsteht, und er meistens erst um die Zeit ins Bett geht, und wenn er am Nachmittag aufsteht, ist sie ausgegangen. Später geht er in einen Club, und bis er wieder heimkommt, um sich für den Abend umzuziehen, ist sie schon fast wieder in die Federn gekrochen. Ist aber eine sehr nette Dame, unsere Mrs. M., und gescheit dazu – der macht so leicht keiner was vor.«

Auf Zehenspitzen schlichen sie an Mrs. Mabbitts Tür vorbei und die Treppe hinauf zur ersten Etage. Ein breiter Flur trennte die vorderen von den hinteren Räumen.

»Das ist der Salon«, sagte Dipper und wies mit dem Daumen auf das vordere Zimmer links, »und gegenüber ist Mr. Kestrels Schlafzimmer, und das Zimmer da hinten rechts ist sein Studierzimmer.«

Von einer Kommode mit einer Marmorplatte nahm er eine Zunderbüchse und eine Kerze. Während er Licht machte, ging Sally in den vorderen Salon und sah sich neugierig um. Durch drei elegante Fenstertüren, die auf einen schmalen Balkon hinausgingen, fiel so viel Licht von der Straße, daß sie recht gut sehen konnte.

»Teufel, das ist ja richtig behaglich hier«, rief sie Dipper zu. »Aber ich hab's mir protziger vorgestellt. Ich dachte, hier gibt's lauter Schnörkelkram und Seidenstoffe in allen Farben und so.«

»Mr. Kestrel mag nichts Grelles.«

»Na, dann wird er mich auch nicht besonders mögen«, stellte sie vergnügt fest.

Sie inspizierte das Zimmer genauer. Es war voll wunderbarer Dinge: zwei gekreuzte Schwerter, die über dem Kaminsims hingen, ein Pianoforte aus glänzendem eingelegten Holz, eine goldene Tischuhr, die die Phasen des Mondes anzeigte, ein Kaminschirm, auf dem eine Frau mit Löwenpranken und Flügeln abgebildet war. Als Dipper mit den Kerzen hereinkam, starrte sie wie verzaubert auf eine Karaffe, die von kleinen goldgeränderten Gläsern umgeben war. Sie nahm eines zur Hand.

»Himmel, ist das zart. Aus so was trinken bestimmt nur Könige.«

»Pfoten weg, Sal.«

»Dip, er würde doch gar nicht merken, wenn eins fehlt – er hat noch fünf.«

»Ja, aber es ist ein Service, müssen Sie wissen«, erklärte jemand in amüsiertem Ton. »Vielleicht entscheiden Sie sich lieber für diese Uhr. Die mochte ich nie besonders – sie hat so einen mißbilligenden Ausdruck.«

Sally und Dipper fuhren herum.

»Ich dachte, Sie wären ausgegangen, Sir«, stammelte Dipper.

»Offensichtlich.« Der junge Mann an der Tür lächelte. »Ich sollte häufiger früh nach Hause kommen – mir ist offenbar eine Menge entgangen.«

»Es ist nicht so, wie's aussieht, Sir«, erklärte Dipper.

Der junge Mann musterte Sally genauer. »Nein, das ist mir jetzt klar. Ich bitte um Verzeihung.«

»Für was?« fragte Sally.

»Weil ich sehen kann, daß es sich hier um ein Familientreffen handelt. Sie und Dipper sind sich so ähnlich wie ein Ei dem anderen.«

»Sally ist meine Schwester, Sir. Wir haben uns zufällig auf der Straße getroffen. Wir haben über zwei Jahre nichts voneinander gehört. Und wie ich gesehen hab', daß ihr ein Kerl ein mordsmäßiges Veilchen verpaßt hat und daß sie ziemlich schlecht beieinander war, hab' ich sie einfach mit hierher genommen.«

Julian Kestrel wurde plötzlich ernst. Mit ein paar schnellen Schritten ging er zu Sally hinüber und hielt seine Kerze hoch, um sich das mißhandelte Auge anzusehen, das sie zu verbergen suchte. »Dipper, lauf und hol Dr. MacGregor. Sag ihm, wir brauchen ihn.«

»Ich will keinen Doktor!« rief Sally. »Der verfrachtet mich nur ins Krankenhaus zu lauter Leuten, die die Pocken und die Influenza haben. Da geh' ich ja noch lieber in den Knast.«

»Dr. MacGregor wäre der letzte, der Sie ins Krankenhaus schickt. Er ist vom Land, und soviel ich weiß, gibt es seiner Meinung nach keinen kranken Patienten, der in einem Londoner Krankenhaus nicht noch kränker würde.« Julian Kestrel stellte seine Kerze nieder und schob ein kleines Plüschsofa näher zum offenen Kamin. »Bitte, setzen Sie sich, Miss Stokes.«

Sally lachte schallend. »Hast du das gehört, Dip? Er hat mich Miss genannt!«

Dipper trat unbehaglich von einem Fuß auf den anderen. »Soll ich Holz nachlegen, bevor ich gehe, Sir?«

»Ach, ich denke, das schaffe ich schon allein. Lauf jetzt, um Himmels willen! Deine Schwester ist hier gut aufgehoben, bis du wieder da bist.«

»Der sorgt sich doch nicht um mich«, sagte Sally lachend.

Julian Kestrel zog die Brauen hoch. »Soll das heißen, du möchtest uns nicht allein lassen, weil du dir um *mich* Sorgen machst? Was, in drei Teufels Namen, glaubst du denn, daß sie mir antun könnte?«

Dipper wedelte nur hilflos mit den Händen. Dann gab er auf und machte sich auf den Weg, um Dr. MacGregor zu holen.

»Möchten Sie sich nicht setzen?« wiederholte Julian Kestrel mit einer Geste zum Sofa.

»Ich hätte nichts dagegen.« Sie ging hinüber, ohne ihn auch nur einen Moment aus den Augen zu lassen. Sie konnte nicht klug aus ihm werden. Wieso kam er ihr mit diesem ganzen höflichen Klimbim? Er weckte den Wunsch in ihr, mit Ungezogenheit darauf zu antworten und ihn zu provozieren, nur um mal ein bißchen an der Fassade zu kratzen und zu sehen, was er wirklich dachte.

Sie musterte ihn gereizt von Kopf bis Fuß. Er war etwa in Blauauges Alter: fünf- oder sechsundzwanzig. Sein Haar war dunkelbraun, die Augen heller mit einem grünlichen Schimmer. Er war kein schöner Mann. Er hatte Schönheit gar nicht nötig, um Aufmerksamkeit zu erregen. Er hatte einen scharfen, wachen Blick und ein leicht ironisches Lächeln, das nie lange auf sich warten ließ. Er war nicht groß; auch das hatte er nicht nötig. Sein Körper hatte genau die richtigen Proportionen: schlank, aber kraftvoll, männlich, aber anmutig. Er trug ein weißes gerüschtes Hemd, einen Morgenrock aus flaschengrünem Seidenbrokat und eine schwarze Hose, die beinahe hauteng saß. Er hatte aber auch die Beine dazu – da gab's keinen Zweifel.

Vorsichtig, da ihr ganzer Körper schmerzte wie eine einzige große Wunde, ließ sie sich auf dem Sofa nieder, und er beobachtete sie mit besorgt gekrauster Stirn. Warum? Was kümmerte sie ihn? Sie war doch nur die Schwester seines Dieners.

Absichtlich unverschämt sagte sie: »Ich könnte was gebrauchen, was mir die Kehle schmiert.«

»Natürlich. Brandy und Wasser?«

»Lassen Sie das Wasser weg, dann ist's richtig.«

Er holte eine Flasche und zwei Gläser. Aber dann zögerte er und goß ihren Brandy in eines der kleinen goldgeränderten Gläser, die sie bewundert hatte. Die kleine Geste rührte sie; sie vergaß, daß sie eigentlich frech sein wollte. Sie stieß mit ihm an und trank einen kräftigen Schluck.

»Schmeckt erstklassig!«

»Das freut mich.«

Er ging zum offenen Kamin, um das Feuer anzufachen. Sie leerte ihr Glas, nahm ihren Hut ab und hängte ihn über einen Sessel. Ihr Haar, das sich beim Kampf mit Blinkie gelöst hatte, fiel ihr offen über die Schultern. Sie riß ungeduldig an ihrem Rock, der sich beengend um ihre Beine gewickelt hatte.

Das geheime mit Münzen vollgestopfte Täschchen riß ab, flog durchs Zimmer und traf Julian Kestrel genau zwischen den Schulterblättern. Mit hochgezogenen Brauen drehte er sich um. Sie lachte und preßte die Hände auf den Mund. Gleichzeitig hatte sie ein wenig Angst. Was würde er tun, wenn er die gestohlenen Taschentücher entdeckte?

Er hob das klaffende Täschchen auf. »Mir scheint, Sie haben etwas verloren.«

»Und Sie wollen wissen, was drin ist, nehm' ich an.«

»Es ist nicht zu übersehen, was drin ist – etwas Geld und einige Taschentücher, die Sie zufällig gefunden haben.«

»Woher wissen Sie, daß sie nicht mir gehören?« entgegnete sie herausfordernd.

»Drei Herrentaschentucher? Eines davon mit einem Monogramm, CFA?« Er deutete auf die feingestickten Initialen in der Ecke von Blauauges Batisttüchlein.

»Na ja – das Geld gehört jedenfalls mir. Das hab' ich mir selbst verdient. Sie können sich bestimmt denken, wie.«

»Ich habe so eine Ahnung.«

»Dann könnten Sie's mir vielleicht zurückgeben.«

Er gab ihr das Geld, aber nicht die Taschentücher. Sie sah ihn finster an. »Rufen Sie jetzt einen Wachmann?«

»Warum? Möchten Sie das?«

»Sie wissen genau, was ich meine. Wenn Sie mich nicht hinhängen wollen, warum geben Sie mir die Dinger dann nicht zurück? Wollen Sie sie behalten?«

»Mein liebes Kind!« Er sah schockiert aus. »Rostroten Kattun?« Er hielt das Taschentuch hoch, das Borstel gehört haben mußte; Blinkies war aus grober Seide.

»Was haben Sie dann damit vor?«

Er überlegte. »Ich werde Dipper bitten, sie einem wohltätigen Verein zu übergeben – einer Gesellschaft, die sich in das Leben zufriedener Afrikaner einmischt zum Beispiel.« Er wollte die drei Taschentücher einstecken und hielt plötzlich inne. »Moment mal.« Er zog ein gefaltetes Blatt Papier aus dem Packen Taschentücher und reichte es ihr. »Das hab' ich vorher gar nicht gesehen.«

»Was ist das?«

»Gehört es nicht Ihnen?«

Sie entfaltete das Blatt und blickte stirnrunzelnd auf die Schrift. Sie konnte nicht sehr gut lesen. »Nie gesehen. Ist das wirklich aus meiner Tasche gefallen?«

»Ja, es war unter den Taschentüchern.«

Plötzlich ging ihr ein Licht auf. »Ich hab's wahrscheinlich einem von den Kerlen zusammen mit seinem Schnupftuch geklaut. Möchte wissen, welchem von ihnen.« Sie hielt das Blatt hoch. »Was steht da drauf?«

3 *Ein Mittel gegen die Langeweile*

Julian Kestrel las den Brief vor:

Oktober 1824, Samstagabend

Ich weiß kaum, was ich Dir sagen soll, wie ich Dir sagen soll, wo ich mich aufhalte und wie ich hierhergekommen bin. Es ist gut, daß ich es Dir schriftlich mitteilen muß: Wie könnte ich Dir gegenübertreten, Dir in die Augen sehen, selbst wenn ich diesen Ort verlassen dürfte und die Mittel hätte, nach Hause zurückzukehren? Ich glaube, ich kann keinem, den ich kenne, je wieder ins Gesicht sehen – weder Dir noch sonst jemandem aus unserer Familie, noch dem, den ich einmal zu lieben glaubte. Bitte verzeih mir! Ich bin schwer gestraft worden! Ich werde jeden Tag von neuem gestraft – nicht so sehr durch das elende Leben, das ich führe, als vielmehr durch die Erinnerungen, die sich nicht bannen lassen: Die Erinnungen an mein Glück, meine Hoffnungen, meine Unschuld – und an die grenzenlose Torheit, Dickköpfigkeit und Undankbarkeit, die mir das alles raubten.

Ich trage nicht allein die Schuld an meinem Ruin. Ich kann darüber nicht schreiben – ich kann nur sagen, ich habe nie gewußt, daß es auf der Welt solche Bosheit gibt, wie ich sie kennengelernt habe, seit ich fortgegangen bin.

Wenn Du erst weißt, wo ich bin und was mir zugestoßen ist, wirst Du mich vielleicht nie wiedersehen wollen. Ich würde das verstehen. Du kannst mich nicht tiefer verachten, nicht bitterer hassen, als ich selbst das tue. Wenn Du aber Gewißheit haben möchtest, was aus mir geworden ist, so komm in die Stark Street Nummer 9. Du brauchst nicht ins Haus zu kommen oder mit mir zu sprechen. Ich werde Dich niemals aufsuchen oder Dich zwingen, die Person, die ich geworden bin, zu unterstützen oder anzuerkennen.

Ich habe niemandem meinen Namen genannt, in diesem Brief nichts geschrieben, was verraten könnte, wer ich bin. Ich werde hier bespitzelt – ich habe Angst, daß man mir diesen Brief wegnimmt und ihn liest, ehe ich ihn abschicken kann. Zum Glück gibt es jemanden, dem ich, glaube ich, vertrauen kann und der diesen Brief für mich aufgeben wird – heimlich, so daß niemand Deine Anschrift auf dem äußeren Blatt zu Gesicht bekommt! Wenn Du Dich also entscheiden solltest, nicht zu antworten, wird niemand je erfahren, was aus mir geworden ist. Ich werde vergessen sein wie eine Tote, wie das zerbrochene Gefäß in dem Psalm.

Ich liebe Dich von Herzen. Bete für mich.

Sally riß die Augen auf. »Na, da brat mir doch einer 'nen Storch.«

»Sie wissen nichts von diesem Brief?«

»Nein, hab' ich doch schon gesagt. Ich hab' ihn wahrscheinlich bei einem von den Kerlen mitgehen lassen, die ich mir heute nacht gegriffen hab'. Zusammen waren's drei: Ich habe sie Borstel, Blauauge und Blinkie genannt.«

Er war einen Moment abgelenkt. »Wieso beginnen die Namen alle mit B?«

»Keinen Schimmer. Zufall. Ich gebe meinen Freiern immer Namen. Für Sie fällt mir bestimmt auch noch einer ein.«

»Ich denke nicht, daß das nötig sein wird«, erwiderte er leichthin. »Ich hatte nicht vor, mit Ihnen in geschäftliche Beziehungen zu treten.« Er überflog den Brief. »Keine Unterschrift, keine Adresse. Sie erwähnt ein äußeres Blatt – ich vermute, sie benutzte ein zweites Blatt Papier als Umschlag. Samstagabend – das muß vorgestern gewesen sein. Es war der erste Samstag im Oktober. Wenn sie den Brief mit der Post geschickt hat, könnte er heute angekommen sein. Haben Sie überhaupt keine Ahnung, welchem der Männer Sie ihn entwedet haben?«

»Wie denn? Ich hab' die Schnupftücher gleich weggesteckt, in die Tasche unter meinem Rock. Von dem Brief hatte ich nicht die geringste Ahnung.«

»Hm, ob der Mann, von dem Sie ihn haben, wohl derjenige ist, an den sie geschrieben hat?«

»Muß er wohl. Wie soll er ihn sonst gekriegt haben?«

»Ich weiß es nicht.« Stirnrunzelnd blickte er auf den Brief. »Was glauben Sie, was das für ein Haus ist – dieses Haus, in dem sie, wie sie schreibt, gegen ihren Willen festgehalten wird? Eine Besserungsanstalt?«

»Eher ein Puff.«

Er verzog das Gesicht. »Die Stark Street ist, soviel ich weiß, in einer recht ordentlichen Gegend, in der Nähe vom Russell Square. Aber solche Häuser gibt es natürlich überall in London, ganz diskret und versteckt. Trotzdem ist das eine kuriose Geschichte. Dieser Brief wurde von einer gebildeten Frau geschrieben – das zeigt schon die Schrift. Wahrscheinlich hat eine Gouvernante sie gelehrt, so zu schreiben, mit diesen Schnörkeln und Schwüngen. Und sie drückt sich gewandt aus. Sie scheint allerdings noch jung zu sein, meinen Sie nicht auch? Naiv, verwirrt. Was mag geschehen sein, daß sie in diese Lage geraten ist? Ruiniert, eingesperrt und bespitzelt, in Angst, ihrer Familie unter die Augen zu treten.«

Sally zuckte mit den Achseln. »Wahrscheinlich hat ihr irgendein Kerl schöngetan und sie rumgekriegt.«

»Ja, es klingt tatsächlich so, als wäre sie verführt worden. Ihre tiefe Scham, ihr Selbsthaß, ihre Reue über irgendeine unüberlegte Handlung – das alles deutet darauf hin. ›Ich trage nicht allein die Schuld an meinem Ruin.‹ Das könnte sich auf ihren Verführer beziehen. ›Ich glaube, ich kann keinem, den ich kenne, je wieder ins Gesicht sehen – weder Dir noch sonst jemandem aus unserer Familie.‹ Die Person, an die sie geschrieben hat, ist also ein Angehöriger. Vielleicht sogar ihr Ehemann – nein, es muß ein Blutsverwandter sein. Denn als nächstes spricht sie ja von ›dem, den ich einmal zu lieben glaubte‹ – das könnte ein Ehemann sein, es klingt allerdings mehr nach einem Verehrer. Vielleicht hat sie mit ihm gebrochen und sich einem anderen zugewandt, der sie kompromittierte. Nach diesem falschen Schritt kann sie nur allzu leicht weiter abgerutscht sein.«

»Für eine Lady ist das wohl das Ende der Welt, was?« wunderte sich Sally. »Ich meine, wenn sie ihren guten Ruf verliert und so?«

»Weil es keine Wiedergutmachung gibt – jedenfalls nicht, wenn es bekannt wird. Da es ja in diesem christlichen Land zur Lieblingsbeschäftigung der Leute gehört, den ersten Stein zu werfen.« Er fügte hinzu: »Wie fühlen Sie sich?«

»Mir geht's gut. Nur meine Kehle ist ein bißchen trocken.«

Er schenkte ihr noch einmal ein. Während sie trank, fiel ihr Blick auf die Taschentücher, die er auf ein Tischchen gelegt hatte. Sie nahm eines von ihnen in die Hand. »Der war's, das schwör' ich.«

»Pardon?«

»Sehen Sie das Schnupftuch hier? Das hab' ich dem Kerl abgeluchst, den ich Blauauge genannt hab. Er war bestimmt von Adel, piekfein rausgeputzt, und 'ne gepflegte Sprache. Wenn die Frau hier eine Lady ist, dann hat sie garantiert an ihn geschrieben und nicht an einen von den andern.«

»Wie waren denn die beiden anderen Männer?«

»Das hier ist Borstel.« Sie hielt das rostfarbene Kattuntaschentuch hoch. »Er hat einen Laden, das hab' ich an seinen Klamotten gesehen. Die waren so richtig adrett. Sein Halstuch war blütenweiß, der Kragen schön gestärkt. Er hatte einen braunen Schoßrock an, und seine Weste und das Beinkleid waren beige. Er war ungefähr fünfzig, hatte dunkles Haar mit Grau drin, braune Augen und ein stoppliges Kinn.«

»Sie sind eine gute Beobachterin.«

»Das muß man schon sein, wenn man mit 'nem Haufen

Kerls rumzieht wie ich. Da lernt man, sie auf Anhieb einzuschätzen, damit man nicht einen von der falschen Sorte erwischt. Aber manchmal vertut man sich trotzdem.«

Sie verzog ein wenig den Mund. Dann nahm sie das dritte Taschentuch, ein quadratisches Stück billige graue Seide. »Das hier ist Blinkie. Den hab' ich so genannt, weil er eine Brille trägt. Er war jung – jünger als Sie wahrscheinlich – und ganz schwarz angezogen wie ein Schreiber. Ist er wahrscheinlich auch, er hatte Tinte an den Fingern. Er war mager, hatte braunes Haar, und seine Augen waren auch braun, aber man konnte sie nicht richtig sehen wegen der Brille. Ich glaub', das war so einer, der sich am liebsten nicht in die Karten schauen läßt. Er hat die ganze Zeit keine Miene verzogen, nicht ein einziges Mal gegrinst oder so was – bis wir oben waren jedenfalls. Dann ist er auf mich losgegangen. Solche Kerle gibt's – die kommen nur auf Touren, wenn sie 'ner Frau was antun können.«

»Das tut mir wirklich leid.«

Wieder sah er sie mit diesem besorgten Blick an. Sie konnte das nicht aushalten. Lächelnd neigte sie sich zu ihm und ließ den zerrissenen Ausschnitt ihres Kleides auseinanderklaffen. Sein Blick flog kurz hinunter – er war also doch ein Mensch – und kehrte dann zu ihrem Gesicht zurück.

»Und der dritte Mann war ein junger Mann von Adel, sagen Sie?«

»Also eigentlich war er der zweite. Er war zwischen den beiden andern. Er hat mich in der Droschke mitgenommen. Hat 'ne Spazierfahrt mit mir gemacht, und ich eine mit ihm, wenn Sie verstehen, was ich meine.«

»Durchaus.«

»War ein fescher Bursche, das muß ich sagen. Blondes Haar und blaue Augen, in denen man richtig versinken konnte, und 'ne Figur, die auch 'ne Tote wieder lebendig machen könnte. Er trug einen blauen Rock, eine weiße Hose, schwarze Stiefel und ein Hemd mit lauter Rüschen. Er hatte 'ne goldne Uhr und einen Ring, wie ich noch keinen gesehen hab: Gold, mit einem Totenkopf in der Mitte und an jeder Ecke ein Edelstein.«

»Mein Gott!« Julian Kestrel nahm das weiße Batisttuch. »CFA. Sally, ich weiß, wer der Mann ist. Der sehr ehrenwerte Charles Avondale, Lord Carburys jüngerer Sohn.«

»Menschenskind! Also wirklich ein Adliger! Und Sie kennen ihn?«

»Nicht sehr gut, aber unsere Wege kreuzen sich von Zeit zu Zeit. Der Ring, den Sie beschrieben haben, ist ein Erbstück der Familie – er trägt ihn immer. Die Initialen passen und Ihre Beschreibung auch. Ich gehe jede Wette ein, daß Avondale der Mann ist, den Sie Blauauge nennen.«

»Und er ist bestimmt der, dem ich den Brief geklaut hab', glauben Sie nicht? Er ist doch der einzige, der eine richtige Lady in der Familie hätte – eine, die so einen Brief schreiben würde.«

Julian Kestrel schüttelte den Kopf. »Wenn Blauauge Avondale ist, dann ist es sehr unwahrscheinlich, daß der Brief von einer Verwandten von ihm geschrieben wurde. Sein Vater gehört zum Hochadel, und die ganze Familie spielt eine hervorragende Rolle in der Gesellschaft. Es ist ausgeschlossen, daß aus dieser Familie eine junge Dame verschwindet, ohne daß es großes Aufsehen erregt. Und soviel ich weiß, wird von den Damen Carbury keine vermißt.«

»Na schön, Sie sind doch so 'n Schlauer, dann raten Sie doch mal, welchem von den drei Kerlen die Lady geschrieben hat.«

»Vielleicht an keinen von ihnen. Wenn man sich's überlegt, gibt es ja alle möglichen anderen Erklärungen. Der Brief kann dem Mann, dem Sie ihn entwendet haben, von einem Freund anvertraut worden sein; er kann ihm fälschlich zugestellt worden sein; oder er kann ihn sogar auf der Straße gefunden haben. Oder aber –«

»Oder aber was?«

»Diese Frau schreibt, daß sie bespitzelt wird und Angst hat, daß ihr jemand den Brief abnimmt, ehe sie ihn aufgeben kann. Vielleicht ist genau das geschehen: Der Mann, dem Sie den Brief entwendet haben, kann ihn *ihr* gestohlen haben.«

»Na, Sie können vielleicht um die Ecke denken!« sagte sie bewundernd. »Und wenn Sie recht haben, und wirklich jemand den Brief geklaut hat? Dann heißt das doch, daß der, an den sie schreiben wollte, ihn nie gekriegt hat und jetzt keine Ahnung hat, wo sie ist. Und sie glaubt, er will nichts von ihr wissen und verzeiht ihr nicht, und dann kommt sie vielleicht nie mehr aus dem Haus raus, in das sie eingesperrt ist.«

»Es könnte natürlich auch alles ein Jux sein. Oder ein Exerzierstück von irgendeinem überspannten Möchtegernromanschreiber.«

»Und wenn nicht? Wenn alles wahr ist?«

Er lächelte. »Dann werden wir wohl etwas unternehmen müssen, nicht wahr?«

Aus dem Vestibül waren Geräusche zu hören. Als Julian hinausging, sah er, daß Dipper mit Dr. MacGregor angekommen war. Draußen hatte es zu regnen begonnen, und MacGregors Gesicht und Bart waren naß.

»Sie sehen aus wie ein Brunnenneptun«, begrüßte Julian ihn.

MacGregor gab Dipper seinen Hut, schüttelte seinen voluminösen alten Mantel aus und blaffte Julian an: »Wie Sie jahraus, jahrein in dieser Stadt leben können, ist mir unbegreiflich. Nicht einen gottverlassenen Moment lang ist auf den Straßen Ruhe. Selbst um diese nachtschlafende Zeit donnern die Wagen so laut wie Kanonen über das Pflaster, Betrunkene brüllen und singen und prügeln sich und weiß der Himmel was noch. Wir wurden beinahe von einem Kohlenkarren überfahren – weiß Gott, was der um diese Zeit auf der Straße zu suchen hatte –, und dann hat mir eine Rotte betrunkener Rowdys meinen Hut gestohlen, und Dipper mußte erst die ganze Straße hinunterlaufen, um ihn mir zurückzuholen. Ja, lachen Sie nur, aber es war wirklich nicht komisch. Wo ist meine Patientin?«

»Im Salon. Ich danke Ihnen, daß Sie sich so spät noch auf den Weg gemacht haben.«

»Das bin ich gewöhnt. Wenn man nachts schlafen möchte, darf man kein Arzt werden.«

»Wie geht es Dr. Greeley?«

Dr. Greeley war ein alter Arzt, der viele Jahre zuvor MacGregors Lehrer gewesen war. MacGregor war nach London gekommen, um sich um seine Praxis zu kümmern, während er sich von einer längeren Krankheit erholte. »Es geht ihm wieder recht gut. Und er arbeitet schon wieder viel zuviel. Um die Wahrheit zu sagen, er wird allmählich zu alt, aber er ist zu eigensinnig, um an Ruhestand überhaupt nur zu denken.« Er nahm seinen Arztkoffer. »Also dann, sehen wir uns die junge Dame einmal an.«

»Ich muß Sie warnen, sie hält nicht viel von Ärzten.«

»Mit Recht. Es gibt genug, die einen Nierenstein nicht von einem Pfirsichkern unterscheiden können. Ich werde schon mit ihr zurechtkommen.«

Er verschwand im Salon, so gelassen und tatkräftig, wie er eben noch gereizt gewesen war. Er konnte wirklich unwirsch sein, aber Julian hatte noch nie erlebt, daß er einem Patienten gegenüber Unmut oder Ungeduld gezeigt hatte.

»Er wird gewiß eine Tasse Tee wollen«, sagte er zu Dipper, da er wußte, daß MacGregor selten Alkohol trank.

»Ja, Sir. Sir?«

»Ja?«

»Ich möchte mich bei Ihnen bedanken, Sir, daß Sie Sally hier aufgenommen haben und so.«

»Ich wüßte nicht, wofür du dich zu bedanken hast. Hast du erwartet, ich würde sie auf die Straße setzen?«

»Nein, Sir, ich hab' gewußt, daß Sie ihr alles Gute tun würden. Drum hab' ich sie ja reingeschmuggelt, als Sie nicht da waren – weil ich Ihre Güte nicht ausnutzen wollte.«

»So ein Unsinn! Nun, willst du nicht das Wasser aufsetzen? Dr. MacGregor wird mit seiner Untersuchung sicher bald fertig sein. Wenn deine Schwester ihm keine Schwierigkeiten macht«, fügte er mit einem leicht ironischen Lächeln hinzu.

»Ja, Sir.« Dipper wandte sich zum Gehen.

»Augenblick noch. Habt ihr, du und Sally, eigentlich noch Familie?«

»Nein, Sir, nicht daß ich wüßte.«

»Hm. Gut, du kannst gehen.«

Dipper machte sich davon, um den Tee zuzubereiten. Julian ging stirnrunzelnd in sein Arbeitszimmer. Er war durchaus bereit, Sally aufzunehmen und dafür zu sorgen, daß sie die ärztliche Betreuung erhielt, die sie brauchte. Die Frage war nur, was er danach mit ihr anfangen sollte.

»Ihr fehlt nichts, was sich nicht durch ein bißchen Ruhe und nahrhaftes Essen beheben läßt«, verkündete MacGregor, als er ins Arbeitszimmer kam und sich in einem Sessel am Feuer niederließ.

»Ich bin froh, das zu hören, danke, Sir.« Dipper reichte ihm eine Tasse Tee.

»Aber sie ist schon übel zugerichtet.« MacGregors Gesicht verdunkelte sich. »Der Mann muß ein wahres Vieh gewesen sein.«

»Ja, Sir«, antwortete Dipper leise.

Julian war klar, daß Blinkie nichts zu lachen haben würde, sollte er Dipper je über den Weg laufen.

»Sie wird natürlich vorläufig hier bleiben«, sagte er. »Sie kann dein Zimmer haben, wenn sie es schafft, bis in die Mansarde hinaufzusteigen, und du kannst auf dem Sofa im Salon schlafen.«

»Danke, Sir.«

MacGregor zog die buschigen, mit Grau gesprenkelten Augenbrauen hoch, aber er äußerte seine Meinung erst, als Dipper gegangen war. »Halten Sie das für klug? Sie hier zu behalten, meine ich?«

»Was bleibt uns denn anderes übrig? Sie kann doch in dieser Verfassung nicht wieder auf die Straße.«

»Sicher nicht. Trotzdem gefällt mir diese Lösung nicht.«

»Was haben Sie denn, alter Freund?«

MacGregor stellte seine Teetasse ab und beugte sich vor, die Hände auf die Knie gestützt. »Die ganze Zeit, als ich drüben bei ihr war, wollte sie nur über ein Thema sprechen. Wissen Sie, über welches?«

»Ich habe keine Ahnung. Über die Aufhebung der Korngesetze?«

»Nein – über Sie! Woher ich Sie kenne, was ich über Sie weiß, was ich von Ihnen halte –«

»Na, da werden Sie ja viel zu erzählen gehabt haben«, meinte Julian mit blitzenden Augen. »Allein eine Aufzählung all meiner Untugenden hätte gewiß mehr als eine Stunde in Anspruch genommen.«

»Sie wird Ihnen noch Scherereien machen, Kestrel, glauben Sie mir.«

»Was für Scherereien?«

»Was glauben Sie wohl?«

»Also wirklich, alter Freund!«

»Lachen Sie nur, aber wenn Sie lang genug mit ihr unter einem Dach sind, kann das weiß Gott wohin führen. Sie ist ein reizendes kleines Ding, und Sie sind ein junger Mann mit den Schwächen eines jungen Mannes.«

»Ich denke doch, daß ich es schaffe, ein oder zwei Nächte unter demselben Dach mit ihr zu verbringen, ohne daß meine Leidenschaft mich überwältigt. Himmel, sie ist Dippers Schwester. Da könnte ich ja ebensogut meiner ehrwürdigen Hauswirtin nachsteigen.«

»Und trotzdem sage ich, daß Ihnen Scherereien ins Haus stehen.«

»Ach, gegen ein paar kleine Scherereien hätte ich gar nichts einzuwenden. Ich langweile mich entsetzlich.«

»Das kann ich nicht verstehen«, versetzte MacGregor bissig. »Sie ziehen sich doch mindestens dreimal am Tag um. Man sollte meinen, daß Sie das voll in Anspruch nimmt.«

»Ich weiß, daß Sie der Auffassung sind, mein Leben habe kein rechtes Ziel.«

»Ich bin der Auffassung, Sie stehlen dem lieben Gott die Zeit.«

»Mir hat meine Formulierung besser gefallen.«

»Kann schon sein, aber wohlgesetzte Worte machen den Kohl nicht fett.« Ruhiger fügte er hinzu: »Ich habe gesehen, wozu Sie fähig sind, wenn eine Sache Sie interessiert. Das möchte ich gern wieder erleben.«

»Aber doch nicht wieder eine Sache wie die letzte, hm?«

»Wenn Sie meinen, ob ich einen weiteren Mord sehen möchte – nein, das gewiß nicht!«

Julian hüllte sich eine Weile in Schweigen. Er dachte mit gemischten Gefühlen an den Mord auf dem Landsitz Bellegarde zurück. Die Jagd nach dem Mörder war faszinierend gewesen – er hatte kaum je etwas Aufregenderes erlebt. Doch die Aufklärung des Falls, die er herbeigeführt hatte, hatte so viel Schmerz mit sich gebracht, daß seine Bekümmerung größer gewesen war als seine Siegesfreude. Wenigstens sei es nun ein für allemal erledigt, hatte er sich bei seiner Rückkehr nach London gesagt. Seine unwahrscheinliche Karriere als Bow Street Runner war abgeschlossen.

Aber so einfach war es nicht – das begriff er jetzt, drei oder vier Monate später. Mit leicht ironischem Blick sah er sich in seinem Studierzimmer um. Abgegriffene Exemplare des *Newgate Calendar* mit den Biographien berühmter Verbrecher mischten sich mit den Geschichts- und Musikbüchern in seinen Bücherschränken. Der *Morning Chronicle* dieses Tages war achtlos zur Seite geworfen, um der Polizeigazette der Bow Street Platz zu machen. Ob es ihm gefiel oder nicht, in ihm war ein verzehrendes Interesse am Verbrechen gewachsen – seinen Motiven und Methoden, der Suche nach Spuren und Indizien, die sie ans Licht brachten. Vielleicht hatte es ihn immer schon in diese Richtung gezogen; das konnte ein Grund dafür sein, daß er einen Taschendieb als Diener eingestellt hatte. Hinzu kam, daß ihm anläßlich des Mordes auf Bellegarde lebhaft zu Bewußtsein gekommen war, wie absurd es war, daß eine sich rasch entwickelnde moderne Nation praktisch keine Berufspolizei hatte. Gewiß, die Engländer wachten eifersüchtig über ihre Freiheiten und waren überzeugt, daß eine große, allgegenwärtige Polizeibehörde wie die in Frankreich sie unterminieren würde. Doch Julian, der in Frankreich gelebt hatte, meinte, eine der ersten Freiheiten jedes Bürgers müsse es sein, auf die Straße treten zu können, ohne um seine Geldbörse oder sein Leben fürchten zu müssen.

»Im Augenblick habe ich gerade wieder einmal ein Ziel«, sagte er, »wenn sich auch möglicherweise herausstellen wird, daß es keine große Sache ist. Ich möchte nämlich gern wissen, wer diesen Brief geschrieben hat und was er bedeutet.«

Er zog den Brief aus seiner Tasche und reichte ihn MacGregor, wobei er erläuterte, wie Sally zu dem Schreiben gekommen war. »Wenn man das liest, sieht man es deutlich vor sich«, schloß er. »Eine junge Frau von Stand und Bildung, die nachts im trüben Schein einer Talgkerze ohne Radiergummi und ohne Federmesser heimlich auf billiges Papier schreibt.«

»Lassen Sie da Ihrer Phantasie nicht ein wenig die Zügel schießen?« meinte MacGregor.

»Das glaube ich nicht. Man braucht sich ja den Brief nur anzusehen. Wir wissen, daß sie keinen Radiergummi hatte, weil sie durchstreichen mußte, wenn sie sich verschrieb. Und sie hatte nichts, um ihren Bleistift zu spitzen, so daß er beim Schreiben immer stumpfer wurde, bis sie schließlich sehr fest aufdrücken mußte, um überhaupt etwas zu Papier zu bringen. Sie schrieb im Licht einer Talgkerze und hielt das Papier sehr nahe an sie heran – sehen Sie hier, die Talgtropfen auf dem Papier?«

»Der Brief scheint Sie sehr zu beschäftigen.«

»Nun ja, die Sache ist doch verteufelt beunruhigend. Ich glaube nicht, daß ich sie einfach ad acta legen kann. Wenigstens möchte ich sehen, was für ein Haus das in der Stark Street Nummer 9 ist. Es könnte immerhin etwas darüber verraten, welcher Art die Schwierigkeiten sind, in der die junge Frau sich befindet.«

»Sie sagen, daß Ihnen einer dieser drei Männer bekannt ist. Sie könnten ihn doch aushorchen.«

»Das könnte ich, gewiß, aber es ist ja nicht sicher, daß Sally den Brief von ihm hat. Und der Frau, die ihn geschrieben hat, ist Geheimhaltung offensichtlich so wichtig, daß ich mit niemandem über ihre mißliche Lage sprechen möchte, wenn es sich vermeiden läßt. Vielleicht kann ich ihr den Brief heimlich zurückgeben oder mir von ihr sagen lassen, was mit ihm geschehen soll. Wenn sie sich nicht mehr in diesem Haus befindet oder wenn es mir nicht gelingt, sie zu sprechen, ist immer noch Zeit genug, Charles Avondale anzusprechen.«

»Was ist er für ein Mann?«

»Er ist der ansehnliche und charmante Sproß einer sehr ansehnlichen und charmanten alten Familie. Seine Schwester, Lady Gayheart, ist eine berühmte Schönheit; so wie vor ihr ihre Mutter. Sein älterer Bruder, der einmal den Titel erben wird, ist ein ziemlich plumper Bursche. Ich glaube, er ist zur Zeit zur Jagd in Schottland. Es wundert mich, daß Avondale noch hier in der Stadt ist. Vielleicht gehört er auch zu den Opfern der Braxton-Katastrophe.«

»Der was?«

»Ach, hab' ich Ihnen das gar nicht erzählt? Das ist der Grund, weshalb ich zu dieser unpassenden Jahreszeit überhaupt noch in der Stadt bin. Lord Braxton, der mehrere Töchter unter die Haube bringen muß, wollte eigentlich auf seinem Landsitz einen großen Ball geben, zu dem alles geladen war, was Rang und Namen hat. Aber dann brannte eine seiner Töchter nach Frankreich durch, um einen Mann zu heiraten, der den Eltern nicht erwünscht war, und Lord Braxton ist darüber so außer sich, daß er das Fest abgeblasen und sich in seinem Schloß in Shropshire verkrochen hat. Darum sitzen wir armen Ausgeladenen jetzt hier fest und müssen sehen, wie wir uns selbst vergnügen. Kann sein, daß auch Avondale eines der Opfer ist.«

»Ihre Sorgen möchte ich haben! Wenn Sie und Ihresgleichen etwas Nützliches täten, statt von einem Vergnügen zum anderen zu hasten, würden Sie sich nicht ständig langweilen.«

Julian blicke nachdenklich auf den Brief. »Vielleicht werde ich ja jetzt etwas Nützliches tun.«

4 Der sehr ehrenwerte Charles

Am folgenden Morgen saß Ada Grantham am offenen Kamin des Salons im Haus ihrer Familie und wickelte Garn. Das Wetter war so mild, daß sie kein Feuer brauchte – ein Glück, da ihre Mutter Kohle sparen mußte. Ada hatte sogar das Fenster geöffnet, so daß das Rattern der Wagen in der Green Street und das Geschrei der Straßenverkäufer, die ihre Runden machten, ins Zimmer schallten.

Sie nahm kaum wahr, daß draußen vor dem Haus ein Wagen anhielt. Doch den begeisterten Ausruf ihres kleinen Bruders James konnte sie nicht überhören. »Es ist Charles!«

Ada legte ihre Arbeit nieder und saß einen Moment ganz still. Dann stand sie auf und ging zum Fenster, blieb seitlich davon stehen, so daß sie hinausschauen konnte, ohne gesehen zu werden. Ihr Vetter, der ehrenwerte Charles Avondale, sprang vom Bock seines eleganten Cabriolets. Sein Page hielt das Pferd.

James kam aus dem Haus gerannt. Mama folgte mit Emma und Lydia, fünfzehn und dreizehn Jahre alt. Sie waren alle zum Ausgehen gekleidet. Mama, die für Erkältungen so schrecklich anfällig war, hatte sich in einen abgetragenen Mantel mit Pelzbesatz gehüllt.

Charles trat auf sie zu, nahm ihre Hände und küßte sie auf die Wange. »Guten Morgen, Tante Dot. Wie schön, daß du wieder auf den Beinen bist. Darf ich annehmen, daß deine Erkältung besser ist?«

»O ja, gewiß, aber ich fürchte, die nächste wird nicht lange auf sich warten lassen. Wie geht es deiner Mutter?« Mrs. Grantham und Charles' Mutter, Lady Carbury, waren Schwestern.

Charles erzählte von seinen Eltern, die in ihrem Haus auf dem Land weilten. Emma und Lydia hielten sich schüchtern im Hintergrund, tief beeindruckt von ihrem großartigen Vetter, doch Charles unterhielt sich so freundlich und ungezwungen mit ihnen, daß ihre Scheu bald verflog.

James hüpfte auf und nieder. »O Charles, nimmst du mich in deinem Wagen mit?«

»James –«, begann Mrs. Grantham.

»Bitte, Mama, ich möchte mit Charles spazierenfahren. Können wir nicht ein andermal eine neue Hose für mich kaufen?«

»Erledige es lieber heute, mein Junge, dann hast du's hinter dir«, empfahl Charles. »Ich drehe mit dir eine Runde im Park, wenn ich das nächste Mal komme.« Er hielt einen Moment inne, dann fragte er wie beiläufig: »Ist Ada zu Hause?«

»Ich – ich bin nicht sicher ...« Mrs. Grantham geriet ins Stocken.

»Aber Mama, du weißt doch, daß sie im Salon sitzt«, rief James.

»Brillant!« erklärte Charles. »Ich laufe nur rasch hinauf und wünsche ihr einen guten Morgen, ja? Du brauchst nicht mitzukommen; ich möchte dich nicht aufhalten. Soll Jake euch eine Droschke holen?« Er deutete auf seinen Pagen.

»Nein, nein, wir gehen zu Fuß. Es ist ja nicht weit. Also dann, guten Tag, Charles.« Mrs. Grantham warf ihm noch einen skeptischen Blick zu, dann sammelte sie ihre Kinder um sich und ging mit ihnen auf die Straße. James folgte ihr, nicht ohne einen sehnsüchtigen Blick zurück zu Charles und dem Cabriolet.

Ada huschte vom Fenster zu ihrem Sessel und nahm ihre Arbeit wieder auf. Sie hörte Charles' schnellen Schritt auf der Treppe. Dann stand er in der offenen Tür. »Hallo, Engel.«

»Hallo, Teufel.« Sie sah lächelnd auf.

Er kam herein und setzte sich auf die Armlehne des Sofas. »Was tust du da?«

»Ich versuche, das Garn hier zu entwirren. Die Farben sind irgendwie alle durcheinandergeraten.«

»Muß das denn sein? Laß die Farben doch einfach alle ineinanderlaufen wie bei einem Regenbogen.«

»Damit wir aussehen wie eine Truppe Komödianten?«

»Warum nicht? Ihr seht in bunten Harlekinstrümpfen bestimmt alle hinreißend aus.« Einen Moment lang schwang er sein Bein auf und nieder, dann blickte er auf. »Dein Verehrer ist wieder in London. Ich habe ihn heute im Club gesehen.«

»Du meinst Major Thorndike?«

»Oho«, sagte er heiter, »gibt es noch einen anderen?«

Sosehr sie sich bemühte, sie konnte nicht verhindern, daß die Frage in ihren Augen aufblitzte: Ich weiß es nicht, Charles – gibt es einen anderen?

Er stand abrupt auf, durchquerte das Zimmer und blieb mit dem Rücken zu ihr am Fenster stehen. »Hör mal, ich möchte dir wirklich nicht zu nahe treten, aber du hast keinen Vater oder älteren Bruder, mit dem du dich besprechen kannst, und wir beide kennen uns so lange – da ist es doch klar, daß es mich interessiert, wie es dir geht, daß ich wissen möchte, ob alles in Ordnung ist. Ich meine – hast du die Absicht, diesen Mann zu heiraten?«

Sie legte das Garn nieder und faltete die Hände. »Wenn Major Thorndike um meine Hand anhält«, erwiderte sie fest, »werde ich seinen Antrag annehmen.«

»Und glaubst du, daß er um dich anhalten wird?«

»Ich bin fast sicher. Solange er in Irland stationiert war, hat er mir regelmäßig geschrieben. In seinem letzten Brief hat er keinen Zweifel an seinen Absichten gelassen. Natürlich ist er kein Mensch, der überstürzt handelt, ohne sich alles genau zu überlegen. Er nimmt sich Zeit für seine Entscheidungen, aber wenn er sie getroffen hat, steht er fest zu ihnen.«

»Also ein regelrechter Fels von Gibraltar. Da kann ich dir nur Glück wünschen. Man hat mir erzählt, daß er manchmal sogar die Knie beugt, obwohl ich es selbst nie gesehen habe. Und mindestens einmal im Jahr lächelt er auch, zu Weihnachten zwischen elf und zwölf Uhr mittags.«

»Ich weiß, daß er nicht viel Humor hat.« Sie lächelte ein wenig bitter. »Aber ich heirate ihn nicht des Humors wegen.«

»Sag mir nur nicht, daß du ihn aus Liebe heiratest. Ich kenne dich, seit du am Gängelband gegangen bist, niemals könntest du so einen alten Stockfisch lieben.«

»Ich liebe ihn nicht. Aber ich achte ihn. Er ist anständig und gut. Er wird bestimmt ein guter Ehemann und Vater.«

Charles verzog das Gesicht.

»Bitte, Charles, versuch doch, mich zu verstehen. Ich bin das älteste von sechs Kindern. Mamas Rente reicht kaum für das Nötigste. Heute muß sie den Kleinen neue Kleider kaufen, und wir haben die halbe Nacht wach gesessen und darüber gegrübelt, wie wir sie bezahlen sollen. Mama hat Angst, daß Edward die Universität verlassen muß, weil wir es uns nicht leisten können, das alles noch länger zu bezahlen, und Richard und James und die Mädchen sind ja auch noch da. Wie kann ich da den Antrag eines Mannes ausschlagen, der so viel Geld hat und uns, dessen bin ich gewiß, unter die Arme greifen würde? Wenn Major Thorndike ein schlechter Mensch wäre oder wenn ich ihn abstoßend fände, würde ich nicht daran denken, ihm mein Jawort zu geben. Aber ich kann ihm nicht einfach einen Korb geben, weil er nicht – nun eben nicht alles ist, was ich mir von einem Ehemann erträumt habe.«

»Aber wieso hast du es so eilig, dich zu verheiraten? In London gibt es doch genug junge Männer mit ein bißchen Geld und einem guten Leumund.«

»Ich kann ihn doch nicht ablehnen, nur weil ich hoffe, daß vielleicht ein besserer kommt. Das ist vielleicht meine einzige Chance, mich gut zu verheiraten. Ich bin zweiundzwanzig Jahre alt, ich habe keine Mitgift, und ich weiß, daß ich keine Schönheit bin.«

»Du bist schön genug«, war alles, was er sagte. Doch sein Blick sagte viel mehr.

Eine Welle von Schmerz und Enttäuschung überflutete sie. Weshalb tat er ihnen beiden das an? »Charles, ich höre, daß dein Bruder zur Jagd in Schottland ist. Warum fährst du nicht auch hin? Es wäre vielleicht einfacher –«

»Sprich mir nicht von Schottland – diesem düsteren, immer nebligen, barbarischen Land. Der reinste Alptraum. Lieber wäre ich in der Hölle.«

Sie starrte ihn erstaunt an.

»Oh, verflixt, es tut mir leid, Ada! Ich wollte nicht so über dich herfallen. Ich hätte heute nicht herkommen sollen. Ich weiß, es war sinnlos, aber ich konnte einfach nicht anders –«

»Komm zu mir, Charles«, sagte sie liebevoll.

Er zog sich einen Sessel neben den ihren und setzte sich, den Kopf gesenkt, die Ellbogen auf die Knie gestützt. Sein blondes Haar lag in weichen Locken auf seinem Nacken. Ada sehnte sich danach, darüberzustreichen. Ihr war, als drückte es ihr das Herz ab.

Sie holte tief Atem. »Ich habe den Eindruck, du fühlst dich schuldig, Charles, weil ich Major Thorndike heiraten muß. Aber das darfst du nicht. Nur weil wir beide als Kinder immer zusammgesteckt haben, heißt das doch nicht, daß ich erwartet habe, es würde ewig so weitergehen. Ich bin nie auf den Gedanken gekommen, daß – daß –« Sie nahm einen neuen Anlauf. »Ich weiß, daß du ein jüngerer Sohn bist. Dein Vater kann nur in begrenztem Rahmen für dein Auskommen sorgen, da das Familienvermögen an deinen Bruder fällt. Wenn du in dem Stil weiterleben möchtest wie bisher, mußt du Geld heiraten. Das war mir immer klar –«

»Nein!« Er griff sich verzweifelt an den Kopf. »O Gott, du verstehst ja nicht –«

»Was?« fragte sie mit flehender Stimme. »Was verstehe ich nicht?«

Sein Gesicht verschloß sich plötzlich. »Es ist besser, ich gehe jetzt. Ich richte hier nur Unheil an. Wenn du mich brauchst, dann laß es mich wissen. Ich komme wie ein Pfeil.«

»Ich weiß. Danke dir. Aber ich glaube, es ist besser, wenn du nicht mehr kommst – jedenfalls vorläufig nicht, bis – bis alles geregelt ist. Es beunruhigt Mama. Sie weiß nicht, was du mit deinen Besuchen beabsichtigst. Und es hilft ja nichts.«

Reglos stand er da und sah zu ihr hinunter. Einen schrecklichen Moment lang glaubte sie, er würde sie zum Abschied küssen. Das hätte sie nicht ertragen können. Ihre Selbstbeherrschung war stark, aber nicht unerschütterlich. Wie hätte es auch anders sein können? Er war Charles, der sie das Tanzen, das Reiten, das Pikettspiel gelehrt hatte. Charles mit dem Charme des kleinen Jungen und den Lastern des Erwachsenen, großherzig und doch selbstsüchtig im Innersten. Sie kannte ihn besser als sich selbst. Sie liebte ihn ja schon ihr Leben lang.

Er küßte sie nicht. Er sagte: »Also dann, leb wohl«, schob seine Hände in die Taschen und ging hinaus, als sei ihm gleichgültig, wohin sein Weg ihn führte und was aus ihm werden würde.

Sie war froh, daß er weg war, und lief dennoch zum Fenster, um einen letzten Blick auf ihn zu werfen. Er kam gerade aus dem Haus. Sein Page, der einem Dienstmädchen über der Straße schöne Augen gemacht hatte, rannte zum Cabriolet zurück. Da ein leichter Regen fiel, hob er das kleine Faltverdeck über dem Bock an. Dann trat er verblüfft zurück.

Drei große Risse klafften in dem ledernen Verdeck und bildeten groß und deutlich den Buchstaben R.

»Wie, zum Teufel, ist das da hingekommen?« rief Charles.

»Ich weiß nicht, Sir. Das haut mich wirklich um.«

»Himmeldonnerwetter!« schimpfte Charles. »Kümmerst du dich so um mein Eigentum? Bei Gott, ich sollte dir eine Tracht Prügel verpassen, daß dir –«

Zwei wohlanständige ältere Damen gingen gerade die Straße herunter. Charles schluckte seine Wut hinunter und gab seinem Pagen mit gesenkter Stimme einen Befehl. Der klappte daraufhin das Verdeck wieder herunter. Charles sprang auf den Bock, der Page kletterte hinter ihm auf den Einspänner, und das Cabriolet jagte in einer Staubwolke davon.

Mit gerunzelter Stirn wandte sich Ada vom Fenster ab. Es wunderte sie nicht, daß Charles so ärgerlich war. Er haßte es, an seinem schnittigen kleinen Sportwagen auch nur den kleinsten Kratzer zu sehen. Vermutlich hatte einer seiner Freunde ihm einen üblen Streich gespielt. Dennoch war es sehr merkwürdig. Wer konnte etwas so Zerstörerisches tun? Und warum der Buchstabe R?

5 *Die Überwindung des Drachen*

Am Morgen nach Sallys Ankunft stand Julian für seine Verhältnisse früh auf – mit anderen Worten, er war noch vor Mittag rasiert, angekleidet und mit dem Frühstück fertig. Er ließ sich von Dipper eine Droschke holen und machte sich auf die Fahrt zur Stark Street Nummer 9, um herauszufinden, was das für ein Haus war, in dem die unbekannte Briefschreiberin festgehalten wurde.

Die Stark Street war eine Sackgasse in einem spießbürgerlichen Viertel südlich des Foundling Hospitals und östlich des Russell Square. Julian stieg schon an der Ecke aus der Droschke, um die Straße zu Fuß erkunden zu können. Er kam an mehreren nichtssagenden Häusern vorüber, einer Kerzengießerei, einer Papierwarenhandlung und einer gutbürgerlichen Pension mit einem Schild im Fenster, das besagte, daß einer der Mieter Französischunterricht erteilte und ein zweiter Pianostunden gab. Das nächste Haus war die Nummer 9.

Tatsächlich waren es zwei Wand an Wand stehende Häuser, die man zu einem umgebaut hatte; Häuser, wie sie seit mehr als hundert Jahren überall in London entstanden: schmal, aber tief, mit zwei oder drei Räumen auf jeder Etage. Diese beiden Gebäude waren von minderwertiger

Ausführung, mit einer häßlichen gelben Backsteinfassade, hinter der sich wahrscheinlich billigere Materialien verbargen. Zutritt bot nur die Haustür des rechten Gebäudeteils; sie war mit einem Klingelzug und einem anspruchsvollen Messingschild versehen, dessen Inschrift allerdings so klein war, daß man sie von der Straße aus nicht entziffern konnte. Das Haus zur Linken wirkte bescheiden und anspruchslos. Dort war der Türklopfer entfernt worden, es gab keine Klingel, die Läden waren geschlossen, und obendrein waren alle Fenster vergittert.

Julian gefiel das alles gar nicht. Unnachgiebige Strenge, Geiz und Mißtrauen schienen ihm von dem rechten Haus entgegenzukommen. Er verspürte ein Bedürfnis, die beiden Häuser auseinanderzureißen und das linke freizusetzen. Er trat zur Haustür, um das Messingschild zu lesen. ›Gesellschaft für Resozialisation‹ stand darauf.

Nun, das war ziemlich eindeutig. Es mußte sich um einen dieser Vereine zur Besserung der öffentlichen Moral handeln. Sie schossen dieser Tage in London wie Pilze aus dem Boden.

Er läutete. Die Tür öffnete sich einen Spalt, eine Frau spähte heraus. Sie hatte ein kleines, kantiges Gesicht, über dem sich die Haut so straff spannte wie Stoff auf einem Stickrahmen, dazu kleine schwarze Augen und mit Grau gesprenkeltes dunkles Haar. Der Mund wirkte verkniffen.

»Ja?«

»Guten Morgen.« Er lüftete seinen Hut. »Ich bin eben hier vorübergekommen und habe das Schild an Ihrer Tür gesehen. Würden Sie wohl so gut sein, mir zu erklären, was die Gesellschaft für Resozialisation tut?«

»Wir resozialisieren gefallene Frauen. Wir führen sie wieder auf den rechten Weg und machen sie zu bescheidenen, reuigen, nützlichen Mitgliedern der Gesellschaft. Vielleicht haben Sie von unserem Gründer gehört«, fügte sie stolz hinzu, »dem Reverend Mr. Harcourt.«

Er hatte tatsächlich schon von dem Mann gehört. Harcourt war Geistlicher irgendeiner ländlichen Gemeinde und hatte in letzter Zeit in London mit seinen Predigten über die Übel der Prostitution einiges Aufsehen erregt. Sie hatten ihm eine ergebene Anhängerschaft anständiger Frauen eingebracht, die dazu neigten, ihren gefallenen Schwestern gegenüber weit unnachsichtiger zu sein als Männer. Julian erinnerte sich vage, daß Harcourt ein Asyl für Prostituierte eröffnet hatte. Dies war offensichtlich das Haus.

»Darf ich fragen, mit wem ich das Vergnügen habe?« fragte er.

»Ich bin Mrs. Fiske, eine der Hausmütter.« Nicht daß Sie das etwas anginge, sagte ihr Ton.

Wenn es einen Mr. Fiske geben sollte, so hatte er Julians ganzes Mitgefühl. »Mir scheint das ein gewaltiges Unternehmen zu sein – diese Frauen zu läutern und zu demütigen und zu nützlichen Bürgerinnen zu machen. Wie gehen Sie denn dabei vor?«

»Als ersten Schritt auf dem Weg zur Umkehr verlangen wir von ihnen ein Bekenntnis ihrer Sünden. Dann müssen sie sich einem Tageslauf von harter Arbeit, Gebeten und Buße unterwerfen. Wir achten auf strengste Disziplin. Nur indem diese Frauen lernen, ihre Begierden und Triebe zu überwinden, können sie die Eigenschaften wiedergewinnen, die sie weggeworfen haben.«

»Und was ist, wenn sie nicht – darauf ansprechen?«

Sie richtete sich auf. »Wenn sie zu verdorben sind, um von dem Beispiel und der Chance, die wir ihnen geben, zu profitieren, können sie jederzeit gehen. Aber die Frauen, die gehen, dürfen nie wieder hierher zurückkehren. Sonst würden sie uns ja jedesmal die Türen einrennen, wenn sie hungern oder obdachlos sind, nur um ihr ruchloses Gewerbe wiederaufzunehmen, sobald sie von uns durchgefüttert worden sind.«

»Ich dachte, genau das wäre es, was man unter Nächstenliebe versteht.«

»Nächstenliebe für das Fleisch – Verderbnis für die Seele! Wer sind Sie eigentlich, Sir? Sind Sie ein Journalist?«

Sie würde ihm nie glauben, wenn er bejahte – schon wegen seiner Kleidung. Die Frage war rein rhetorisch gewesen, ein bissiger Kommentar zu seiner Wißbegier.

Sie machte Anstalten, die Tür zu schließen. »Nur einen Augenblick noch –«, begann er.

»Ich wünsche Ihnen einen guten Tag, Sir. Wir haben hier keine Zeit für neugierige Müßiggänger. Es treiben sich sowieso schon zu viele junge Männer in der Gegend herum.«

Er überlegte rasch. »Aber vielleicht möchte ich etwas spenden.«

Widerwillig zog sie die Tür wieder auf. »Da wären wir Ihnen natürlich sehr zu Dank verpflichtet, Sir«, sagte sie steif.

»Aber natürlich möchte ich zuerst mehr über Ihre Arbeit wissen. Was für Frauen nehmen Sie auf? Sind es lauter Engländerinnen? Gehören sie einer bestimmten Altersgruppe an? Aus was für Familien stammen sie?«

»Ich kann Ihnen eine Broschüre geben, in der unsere Arbeit beschrieben wird. Mr. Harcourt selbst hat sie geschrieben. Er ist im Augenblick nicht hier, aber wenn Sie ein andermal wiederkommen möchten, wird er vielleicht Zeit finden, Sie zu empfangen.« Sie sprach, als handele es sich um eine Audienz beim Papst.

»Ich würde mir die Broschüre gern ansehen. Vielen Dank.«

»Gut, ich hole sie. Ich muß Sie bitten, draußen zu warten. Herren dürfen nur ins Haus, wenn sie eine Verabredung mit Mr. Harcourt haben oder nachweisen können, daß sie Vater oder Bruder einer Insassin sind. Es ist häufig genug vorgekommen, daß die Zuhälter der Frauen hier erschienen sind und sich als ihre Verwandten ausgegeben haben, um sie herauszuholen.« Sie preßte die Lippen aufeinander, und ihre kleinen schwarzen Augen blitzten empört.

Dann ging sie ins Haus, und Julian mußte sich enttäuscht eingestehen, daß er nicht viel erreicht hatte. Gewiß, er wußte jetzt, was in der Stark Street Nr. 9 vorging. Und er hielt es für sehr wahrscheinlich, daß die Frau, die er suchte, in diesem Haus gefangen war – zumindest wurde sie noch vor drei Tagen hier festgehalten, als sie den Brief geschrieben hatte. Die Scham und die Reue, die sie darin ausgedrückt hatte, paßten zum Charakter einer büßenden Magdalena. Und er verstand auch, warum sie ihre Identität geheimhalten wollte; die Härte, mit der man hier auf Beichte und öffentliche Erniedrigung bestand, konnte die Frauen leicht davor zurückschrecken lassen, ihre wahre Identität und Geschichte zu enthüllen. Besonders wenn sie aus einer achtbaren Familie kamen, wie das bei dieser Frau offensichtlich der Fall war, und sie ihren Angehörigen Schande ersparen wollten.

Die Frage war, was er jetzt tun sollte. Er hatte keine Möglichkeit, die Frau, die den Brief geschrieben hatte, zu identifizieren oder gar zu sprechen. Er konnte nicht daran denken, sich als Verwandter auszugeben, da er den Namen der Schreiberin nicht kannte, nicht wußte, wie alt sie war und wie sie aussah. Er konnte natürlich Mrs. Fiske den Brief zeigen, doch er fürchtete, daß diese die Schreiberin dann bestrafen und zwingen würde, den Adressaten preiszugeben, sie vielleicht sogar aus dem Haus weisen würde. Es war schwer vorstellbar, daß es etwas anderes als ein Glück sein könnte, diesen Ort zu verlassen, aber vielleicht wußte die Briefschreiberin nicht, wohin sie sich sonst wenden sollte.

Wenn er nur ein paar Minuten mit ihr sprechen könnte, dann könnte er ihr erklären, wie er zu dem Brief gekommen war, und ihr anbieten, ihn für sie an dic gewünschte Adresse zu befördern. Er wußte selbst nicht, warum er so sehr wünschte, ihr zu helfen. Reine Langeweile vielleicht oder sein verflixter Hang zur Ritterlichkeit. Aber es konnte auch sein, daß Mrs. Fiske mit ihrer engstirnigen Bigotterie ihn an die Familie seiner Mutter erinnerte, bei der er als Kind nach dem Tod seines Vaters mehrere unglückliche Jahre verlebt hatte.

Plötzlich hatte er einen Einfall. Als Mrs. Fiske mit der Broschüre zurückkam, fragte er: »Wie viele Insassinnen haben Sie im Augenblick?«

»Vierundzwanzig.«

»Und nehmen Sie noch Frauen auf?«

»Mr. Harcourt meint, wir könnten bis zu dreißig Frauen hier unterbringen. Wir achten selbstverständlich darauf, wen wir nehmen. Keine Papistinnen, keine Frauen, von denen bekannt ist, daß sie Verbrechen begangen haben. Und wenn sie krank sind, schicken wir sie ins Hospital.«

»Wie finden Sie sie?«

»Sie finden uns. Sie hören von unserer Arbeit und kommen hierher. Wir führen ein ausführliches Gespräch mit ihnen, und wenn wir den Eindruck haben, daß sie wahrhaft bereuen, nehmen wir sie auf. Manche bleiben nur wenige Tage. Das sind die Haltlosen, die sich immer selbst nachgeben. Die glauben, sie könnten hier ein bequemes Leben führen. Aber da belehren wir sie bald eines Besseren.«

»Daran habe ich keinen Zweifel«, antwortete er mit feiner Ironie. Er überlegte einen Moment. »Werden sie häufig rückfällig?«

»Wie meinen Sie das, häufig?«

»Nun – wie viele sind beispielsweise in den letzten Tagen wieder gegangen?«

»Keine.« Sie musterte ihn argwöhnisch.

»Ich danke Ihnen, Mrs. Fiske. Sie waren sehr freundlich. Einen schönen Nachmittag.«

»Einen schönen Nachmittag, Mr. –?«

Julian hatte ihr schon den Rücken gekehrt und ging.

Er las die Broschüre auf der Heimfahrt. Sehr aufschlußreich war sie nicht. Sie bestand größtenteils aus rhetorischen Ergüssen über die Prostitution – »der dunkle Fleck auf unserer nationalen Seele«, wie Harcourt sich ausdrückte – und gab kaum Auskunft über das Asyl oder seine Insassinnen. Aber sie war nicht albern oder oberflächlich. Harcourt hatte einen kraftvollen und anmutigen Stil, ganz ohne die Schwülstigkeit, durch die sich viele Reformer gerade dann lächerlich machten, wenn es ihnen am ernstesten war. Aber war all diese Eloquenz aufrichtig? Julian hätte gern mehr über den Reverend Gideon Harcourt gewußt.

Zu Hause angekommen, ging er sogleich nach oben. Als er Hut und Stock auf den Tisch im Vestibül legte, kam Sally aus dem Salon gelaufen. Ihr offenes nußbraunes Haar war feucht. Ihre nackten Füße hinterließen nasse Spuren auf dem Boden. Sie trug seinen grünseidenen Morgenrock – und sonst nichts, soweit er sehen konnte. Die Schärpe war nur lose gebunden, die Ärmel waren bis zu den Ellbogen hochgeschoben. Beinahe wäre sie über den Saum gestolpert, als sie ihm entgegenrannte.

»Haben Sie sie gefunden? Was hat sie über den Brief gesagt? Was ist das für ein Haus, in dem sie eingesperrt ist? Ist es eine Besserungsanstalt?«

»Haben Sie nicht Angst, Sie könnten sich erkälten?«

»Zum Teufel damit! Also, wer ist die Frau? Was ist los mit ihr?«

»Ich weiß nicht, wer sie ist, aber sie scheint in einem Heim für gefallene Frauen zu leben.«

»Ach, so 'ne Bude ist das.« Sie rümpfte die Nase. »Haben Sie mit ihr gesprochen?«

»Das konnte ich nicht. Die Tür wurde von einem Drachen bewacht.« Er schilderte seine Begegnung mit Mrs. Fiske. »Wenigstens wissen wir jetzt, daß die Frau, die den Brief geschrieben hat, noch dort ist, wenn sie wirklich in diesem Haus Zuflucht gesucht hat. Mrs. Fiske sagte mir nämlich, daß in den letzten paar Tagen keine der Frauen das Haus verlassen hat.«

»Und was tun wir jetzt?«

»Wir könnten einmal sehen, ob wir für Sie nicht ein wärmeres Kleidungsstück finden als meinen Morgenrock.«

»Ich will aber nichts anderes. Der ist richtig gemütlich. So weich auf der Haut.«

»Woher haben Sie ihn überhaupt?«

»Aus Ihrem Schrank.« Sie zuckte mit den Achseln, als wollte sie sagen, woher sonst. »Steht mir gut, finden Sie nicht?«

»Doch. In der Tat.«

Ein Lächeln breitete sich langsam auf ihrem Gesicht

aus. »Ich mache Ihnen den Mund wäßrig, Mr. Julian Kestrel.«

»Ich finden Sie sehr sympathisch«, erwiderte er höflich.

»Ha! Ich weiß genau, wenn's einen Kerl juckt. Ich gefalle Ihnen in Ihrem Morgenrock, aber ohne ihn würde ich Ihnen noch besser gefallen. Stimmt's?«

Er zog seine Handschuhe aus. »Wo ist Dipper?«

»Der holt meine Sachen aus meiner Bude in Seven Dials. Aber vorher hat er mir einen Zuber heißes Wasser gebracht, und ich hab' mich von oben bis unten geschrubbt und sogar meine Haare gewaschen und meine Fingernägel saubergemacht. Das hab' ich vorher noch nie getan.«

Julian machte ein ziemlich verständnisloses Gesicht.

»Ich hab' mich fast wund gerieben. Weil Dip doch jetzt unter die vornehmen Leute gegangen ist, da muß ich ihm Ehre machen. Und Ihnen auch! So ein feiner Herr wie Sie ist mir noch nie untergekommen. Dip hat mir erzählt, daß Sie jeden Tag die Wäsche wechseln. Ich bin nur froh, daß ich das Zeug nicht alles waschen muß.«

Ihm wurde plötzlich bewußt, daß er sie noch gar nicht nach ihrem Befinden gefragt hatte. Sie wirkte so vergnügt und lebendig, daß er fast vergessen hätte, was sie in der vergangenen Nacht durchgemacht hatte. Er fragte sich, wieviel von ihrer Keckheit reine Entschlossenheit war, sich nicht unterkriegen zu lassen. Seit sie sich in seinem Haus aufhielt, hatte er nicht eine Klage von ihr gehört, obwohl sie noch immer ein wenig hinkte und über dem rechten Auge einen Bluterguß hatte, der mittlerweile buntscheckig geworden war.

Sie bemerkte seinen Blick. »Ein richtiger Regenbogen, nicht? Schaut aber schlimmer aus, als es ist.«

»Es tut mir wirklich leid, Sally.«

»Ach, das ist doch gar nichts.« Sie bewegte ein wenig die Schultern, als wollte sie seine Anteilnahme abschütteln. »Sie haben noch gar nicht gesagt, was wir jetzt mit dem Brief tun. Wollen Sie Blauauge danach fragen?«

»Lieber nicht. Der Brief hat vielleicht gar nichts mit ihm

zu tun – und wenn doch, so handelt es sich wahrscheinlich um eine persönliche Angelegenheit. Es würde ihn schockieren, daß ich etwas davon weiß.«

Nach dem Mord auf Bellegarde hatte Julian wenig Lust darauf, schon wieder dem auf Abwege geratenen Adel seine Geheimnisse aus der Nase zu ziehen.

»Ich halte es immer noch für das Vernünftigste und Taktvollste, die Briefschreiberin selbst aufzusuchen und sie zu fragen, was mit dem Brief geschehen soll.«

»Aber Sie haben doch gesagt, daß Sie nicht ins Haus rein können.«

»*Ich* nicht, nein.«

»Ja, wie wollen Sie dann – ach, jetzt geht mir ein Licht auf! Sie meinen, *ich* soll's mal versuchen.«

Er antwortete nicht gleich. Es war richtig, daß er vorgehabt hatte, sie zu bitten, sich in das Asyl zu begeben, und er spürte, daß sie es ohne Zögern tun würde – ob um sich bei ihm Liebkind zu machen oder weil sie selbst neugierig war, konnte er nicht sagen. Doch die Erkenntnis, daß er diese Macht über sie besaß, ließ ihn zögern, sie zu gebrauchen.

»Nur wenn Sie wirklich dazu bereit sind«, sagte er schließlich. »Es ist ein richtiges Gruselhaus – ich würde es Ihnen keineswegs übelnehmen, wenn Sie es mieden wie die Pest. Aber Mrs. Fiske hat mir erzählt, daß sie dort noch Platz für weitere Frauen haben. Und wenn es Ihnen gelingen sollte, da hineinzukommen, dürfte es Ihnen nicht schwerfallen, die Schreiberin zu finden. Es sind gewiß nicht viele Frauen ihrer Art dort – gebildet und wohlerzogen. Sie brauchen ihr nur zu sagen, daß wir den Brief haben, und sie zu fragen, was wir mit ihm tun sollen. Dann können Sie wieder verschwinden.«

»Das könnte doch ein Mordsspaß werden! Ich tu's. Ich geh' gleich los.«

»Nein, so habe ich das nicht gemeint. Warten Sie, bis es Ihnen wieder bessergeht.«

»Ich bin munter wie ein Fisch im Wasser.«

»Ja, das sehe ich. Aber warten Sie, um Himmels willen, noch ein bißchen. Ein, zwei Tage früher oder später spielen doch keine Rolle.«

»Na gut, wie Sie meinen, Euer Ehren. Sie kommandieren einen wirklich ganz schön rum.« Sie neigte den Kopf zur Seite und taxierte ihn. »Sagen Sie mal, haben Sie eigentlich 'ne Frau? Ich hab' Dip schon gefragt, aber der wollt's mir nicht verraten.«

»Wie gemein von ihm.«

»Also, haben Sie eine oder nich?«

»Ich bin nicht verheiratet.«

»Das weiß ich«, versetzte sie ungeduldig. »Ich meine, Frauen – Frauen eben.«

»Mit den Frauen geht es mir wie mit den Rennpferden, ich verliere hin und wieder Geld mit ihnen, aber es gehört mir keine.«

»Mit Ihnen kann man wirklich platzen vor Lachen.«

»Und vor Neugier, hm?«

Sie lachte. »Schon gut, Blitz, ich hab schon kapiert.«

»Blitz?«

»So nenne ich Sie für mich. Weil Sie so ein flotter Freier sind. In unserm Geschäft gibt's nämlich zwei Arten von Kerlen, die flotten und die dummen. Die dummen müssen blechen. Wenn einer flott ist, heißt das, man würde ihm am liebsten alles umsonst geben.«

Ihre Blicke trafen sich.

Plötzlich waren auf der Treppe Schritte zu hören. Gleich darauf eilte Julians Hauswirtin, Mrs. Mabbitt, geschäftig ins Zimmer. Ihr weißes Haar war unter einer großen karierten Mütze versteckt, die Ärmel ihres Kleides waren bis zu den Ellbogen hochgeschoben. Ihre Wangen glühten von Gesundheit und harter Arbeit. Mrs. Mabbitt hatte so viel Energie, daß manchmal allein ihr Anblick in Julian den Wunsch weckte, sich einen Monat lang in sein Bett zu verkriechen. Dipper folgte ihr mit einem Bündel Kleider in der einen Hand und einem großen Hut mit etwas mitgenommenem roten Federbusch in der anderen.

»Ich habe Dipper getroffen, als er gerade hereinkam Sir, und –« Mrs. Mabbitt brach ab, als sie Sally in ihrem Aufzug bemerkte.

»Ich habe eben das erste Bad meines Lebens genommen«, verkündete Sally.

»Und ich bin gerade nach Hause gekommen«, fügte Julian hastig hinzu, »und habe mir alles darüber erzählen lassen.«

»Wie ich schon sagte, Sir, ich habe unten Dipper getroffen, und er hat mir erzählt, daß seine Schwester zu Besuch hier ist. Es ist natürlich völlig in Ordnung, da sie ja seine Schwester ist –« Sie musterte Dipper und Sally mit scharfem Blick, um sich ihrer Ähnlichkeit zu vergewissern. »Aber genaugenommen schickt es sich trotzdem nicht, daß eine junge Frau mit zwei Männern unter einem Dach wohnt. Das muß Ihnen doch klar sein, Sir.«

»Absolut.«

»Ich wollte Ihnen einen Vorschlag machen, Sir. Ich habe doch dieses kleine Hinterzimmer, in dem das Dienstmädchen schläft, wenn ich eines habe.« Mrs. Mabbitt stellte immer wieder einmal ein Dienstmädchen an, aber es gab keine, die ihren Maßstäben von Sauberkeit auf Dauer genügen konnte. Julian hatte den Verdacht, daß sie in Wirklichkeit ihre Arbeit viel lieber selbst erledigte. »Wie wäre es, wenn ich Miss Sally dieses Zimmer gebe, solange sie bei ihrem Bruder zu Besuch ist und – äh – ihre Angelegenheiten in Ordnung bringt?«

»Das ist sehr freundlich von Ihnen, Mrs. Mabbitt. Selbstverständlich werden Sie den Mietzins entsprechend anpassen.«

»Dafür bin aber ich zuständig, Sir«, warf Dipper ein.

»Unsinn!« erklärte Mrs. Mabbitt. »Niemand braucht etwas zu bezahlen. Miss Sally ist mein Gast. Ihre Gesellschaft wird mir guttun.«

»Ich will aber keine Mühe machen«, erklärte Sally, der dieses Arrangement überhaupt nicht gefiel.

»Keine Sorge, mein Kind. Ich habe gern hin und wieder

Gesellschaft. Kommen Sie, dann zeig' ich Ihnen Ihr Zimmer. Sind das Ihre Schuhe, die dort am Feuer? Dann ziehen Sie sie nur gleich an, damit Sie sich nicht erkälten. Sobald Sie sich unten eingerichtet haben, sehen wir mal, ob wir nicht ein paar ordentliche Kleider für Sie finden.« Sie warf einen mißbilligenden Blick auf den roten Federhut. »Und hinter den Ohren haben Sie sich auch nicht richtig gewaschen. Mir scheint, über Reinlichkeit müssen Sie noch eine Menge lernen, mein Kind.«

Sie nahm Sally fest bei der Hand und führte sie weg. Mit einem Blick, der um Rettung flehte, drehte Sally sich noch einmal um, Julian und Dipper lächelten und zuckten in einmütiger Demonstration männlicher Hilflosigkeit mit den Achseln.

Nachdem die beiden Frauen gegangen waren, bemerkte Julian lächelnd: »Ich glaube, Sally hat ihren Meister gefunden.« Dann fügte er hinzu: »Wieviel weiß Queen Mab denn über sie?«

»Ich hab' ihr nicht viel erzählt, Sir, aber ich glaube, sie hat sich 'ne ganze Menge selber zusammengereimt. Sie ist helle und nicht von gestern. Sie hat mich erwischt, wie ich mit Sallys Sachen die Treppe raufgegangen bin, da mußte ich natürlich sagen, daß sie hier ist. Das Ding hier konnte ich nicht gut verstecken.« Er wedelte mit dem roten Federhut.

Julian berichtete ihm von seinem Plan, Sally in das Heim für gefallene Frauen zu schicken. »Sie war gleich Feuer und Flamme für den Einfall.«

»Ist 'n prima Trick, Sir. Und ihr tut's auch gut, wenn sie mal 'ne Weile aus dem Verkehr gezogen wird.«

»Machst du dir Sorgen um sie?«

»'türlich, Sir. Das ist doch kein Leben, was sie da treibt.«

»Ich könnte ihr helfen, Arbeit zu finden. Einer meiner Freunde kann ihr ein Zeugnis geben.«

»Das ist freundlich von Ihnen, Sir, aber ich glaube nicht, daß sie bei der Stange bleiben würde. Sie kann in ihrem jetzigen Geschäft in einer Nacht mehr verdienen als in Herrschaftsdiensten oder einer Fabrik in einem ganzen Monat. Und die Arbeit ist auch nicht so schwer, und außerdem hat sie mehr Freiheit. Was hat da im Vergleich ein ordentliches Leben schon zu bieten?«

»Selbstachtung?« meinte Julian zweifelnd.

»Selbstachtung ist gut und schön, Sir, aber man kann nicht davon abbeißen und auch keine rote Feder draufstecken.«

Darauf wußte Julian keine Antwort. Das wäre doch einmal ein Thema für Sie, Mr. Harcourt, dachte er. Bieten Sie uns dafür eine Lösung an, und wir werden Sie als das Genie des Jahrhunderts feiern.

Am fraglichen Morgen war Sally vor Tagesanbruch auf den Beinen. Mrs. Mabbitt, die töpfeklappernd im Haus rumorte, riß sie so früh aus den Federn. Um halb sieben schon war sie auf dem Weg in die Stark Street. Langschläferei, vermutete sie, würde man dort nicht dulden, da es doch galt, die Arbeit des Herrn zu tun.

Sie nahm eine Droschke und kam sich dabei sehr großartig vor. Nie zuvor hatte sie sich allein eine Droschke gemietet. Doch sie stieg schon an der Ecke aus, da sie meinte, es passe nicht zu einer reuigen Hure, im Wagen vorzufahren. Der Kutscher ließ das Trittbett herunter, und sie stieg hochnäsig aus, ganz so als wäre sie eine Lady und dies ihr persönlicher Wagen. Aber dann mußte sie doch lachen und verpatzte so die Szene. Sie gab dem Kutscher ein Trinkgeld und schickte ihn fort.

Das Haus Nummer 9 war genau so, wie Mr. Kestrel es beschrieben hatte: zwei miteinander verbundene Häuser, der offizielle Eingang auf der rechten Seite. Sie trat zur Tür, setzte eine, wie sie hoffte, reuige Armesündermiene auf und läutete.

Die Tür wurde nur einen Spalt geöffnet, eine Frau streckte den Kopf heraus. Sally sah sogleich, daß dies Mr. Kestrels Drache sein mußte.

»Was wünschen Sie?«

»Wenn Sie erlauben, Madam, ich möchte Sie um Hilfe bitten, damit Sie mir den rechten Weg zeigen und ich meine Seele retten kann.«

Der Drache musterte sie mit eisigem Blick von oben bis unten. »Gut, kommen Sie herein. Aber es kann Sie jetzt niemand empfangen. Wir haben gerade zum Morgengebet und zum Frühstück gerufen. Mr. Harcourt findet vielleicht später einen Moment Zeit, um mit Ihnen zu sprechen. Wir haben heute morgen sehr viel zu tun. Wir erwarten die Kuratoriumsmitglieder.«

Sie öffnete die Tür gerade so weit, daß Sally in das spartanisch eingerichtete Vestibül treten konnte, in dem eine Treppe in die Küchenräume hinunterführte und eine zweite in die oberen Stockwerke. Die Wände waren in einem tristen Bleigrau gestrichen. In der Wand zur Linken befand sich eine Tür, die man dort nicht erwartet hätte. Sally vermutete, daß es eine nachträglich eingebaute Verbindungstür zum Nebenhaus war.

»Wie heißen Sie?« fragte der Drache.

»Sally Stokes, Madam.«

»Sally ist kein ordentlicher Name für eine Christin.«

Wenn du eine ordentliche Christin bist, dachte Sally, bin ich lieber was anderes. »Das ist die Abkürzung für Sarah, Madam.«

»Wenn Sie auf den Namen Sarah getauft worden sind, dann müssen Sie auch Sarah gerufen werden. Ich bin Mrs. Fiske, die Hausmutter. Kommen Sie. Nein, nicht da hinein«, fügte sie scharf hinzu, als Sally sich dem elegant möblierten Salon zuwandte. »Der Raum ist für das Kuratorium und unsere Spender reserviert.«

Sie führte Sally in ein blitzsauberes Hinterzimmer. Es war leer bis auf einen rechteckigen Tisch aus rohem Tannenholz und vier Stühle und bot einen Blick in den Garten hinter dem Haus: zwei verkrüppelte Bäume, einige dürftige, genau abgezirkelte Blumenbeete und ein gekiester Weg. Rund um den Garten zog sich eine hohe Backsteinmauer, die oben mit eisernen Dornen bewehrt war.

»Warten Sie hier«, sagte Mrs. Fiske. »Nach dem Frühstück gebe ich Ihnen Bescheid, ob Mr. Harcourt Zeit hat, Sie zu empfangen. Er spricht mit allen Frauen, die zu uns kommen, um festzustellen, ob sie zur Resozialisierung geeignet sind.«

Damit ging sie hinaus. Sally fragte sich, was sie tun sollte. Wenn sie hier brav wartete, würde sie die Briefschreiberin bestimmt nicht finden. Warum sich also nicht hinausstehlen und einen Blick riskieren? Das Schlimmste, was ihr passieren konnte, war, daß man sie erwischte und hinauswarf. Und es war ja nicht so, daß sie wirklich hierbleiben wollte.

Sie zog die Tür einen Spalt auf und spähte hinaus. Es war niemand zu sehen. Das Leben schien sich im Souterrain abzuspielen, von wo Sally Schritte und Stimmen hören konnte, das Scharren von Stühlen, das Klappern von Töpfen und Pfannen.

Auf Zehenspitzen schlich sie hinunter. Der nach vorn gelegene Raum war die Küche; sie warf einen Blick hinein, sah aber niemanden. Der Lärm kam aus dem hinteren Zimmer. Sally huschte hinter die weit offen stehende Tür und linste durch die schmale Ritze zwischen Tür und Wand.

Sie sah zwei lange Tische, an denen jeweils etwa ein Dutzend Frauen unterschiedlichen Alters, vielleicht von fünfzehn bis dreißig, saß. Manche waren frisch und hübsch, andere wirkten verblüht und ausgelaugt. Sie waren alle gleich gekleidet, in steife graue Gewänder mit weißen Krägen, Schürzen und Hauben. Sally musterte sie aufmerksam und fragte sich, wer von ihnen den Brief geschrieben haben mochte.

Mrs. Fiske stand so steif, als hätte sie ein Lineal verschluckt, vor einem der Tische und neben ihr eine junge Frau, die nach Sallys Überzeugung nur Irin sein konnte: keine Engländerin hatte so porzellanfeine Haut und so zarte Gesichtszüge. Ihr Haar war schwarz, ihr Körper rank und schlank, sie war vielleicht fünfundzwanzig Jahre alt. Auch sie trug die graue Uniform der Insassinnen. Vielleicht war es ihre Aufgabe, das Frühstück zu servieren; sie stand vor einer großen Terrine, neben der mehrere Stapel Holzschalen und ein Schöpflöffel warteten.

Am anderen Ende des Raums stand ein Mann mit einem ehrwürdig wirkenden Buch in der Hand, einer Bibel, vermutete Sally. Er war dunkel gekleidet, jedoch nicht ohne Eleganz. Sein Gesicht war sehr bleich und glatt, wirkte fast wie aus Wachs gegossen. Er hatte strohblondes Haar, schmale Lippen und eine schmale Nase, deren Flügel sich geringschätzig blähten.

Einige der Frauen sprachen gedämpft miteinander. Mrs. Fiske klatschte in die Hände, und sofort trat Totenstille ein.

»Wir dürfen uns glücklich schätzen, daß heute morgen Mr. Harcourt das Gebet mit uns sprechen wird«, verkündete sie. »Wie Sie alle wissen, erwarten wir heute die Mitglieder des Kuratoriums, und Mr. Harcourt mußte über Nacht hierbleiben, um sich auf die Zusammenkunft vorzubereiten und –«

Sie brach ab, und ihr Blick flog zur anderen Seite des Zimmers. Sally sah dort, in eine Ecke geschoben, einen einsamen kleinen Tisch stehen. Der Stuhl davor war leer.

»Wo ist Mary?« rief Mrs. Fiske scharf.

Die Frauen tauschten unbehagliche Blicke.

»Hat sie heute morgen schon jemand gesehen?« Mr. Harcourts Stimme war samtweich und von einer Resonanz, die das ganze Zimmer füllte.

Gespanntes Schweigen antwortete ihm. Schließlich stand eine der Frauen zögernd auf. Sie war vielleicht Anfang Zwanzig, ein dralles, hübsches Mädchen mit flachsblondem Haar, das sich lockig unter ihrer Haube hervorstahl. »Wenn Sie erlauben, Sir. Ich habe ganz kurz mal nach ihr gesehen, bevor wir zum Frühstück heruntergekommen sind.«

»Und was tat sie?«

»Sie hat geschlafen, Sir. Ich hab' zu ihr gesagt: ›Pst! Mary! Es ist fast sieben!‹ Aber sie hat so fest geschlafen, daß sie sich überhaupt nicht gerührt hat. Dann kam Peg – ich meine, Margaret –«, sie wies mit dem Kopf auf die junge

Irin, die neben Mrs. Fiske stand – »und hat mich zum Frühstück geholt.«

»Sich um diese Zeit noch im Bett zu wälzen!« rief Mrs. Fiske empört.

Die Irin knickste demütig. »Soll ich sie holen, Madam?«

»Das hätten Sie schon vorher tun sollen. Mr. Harcourt hat Sie doch extra beauftragt, dafür zu sorgen, daß die Frauen pünktlich zu den Mahlzeiten und den Gebeten kommen.«

»Ich denke, wir sollten Margaret keine allzu großen Vorwürfe machen«, mischte sich Mr. Harcourt ein. »Es handelt sich hier wohl leider nur um ein weiteres Exempel von Marys Starrköpfigkeit. Margaret, gehen Sie hinauf und holen Sie sie. Da sie sich zum Frühstück verspätet hat, wird sie heute morgen keines bekommen.«

»Ja, Mr. Harcourt.« Die Irin lief los. Sally stand ganz still hinter der Tür und wagte kaum zu atmen, bis das Mädchen an ihr vorbei war.

Das junge Mädchen mit dem flachsblonden Haar hatte sich noch nicht wieder gesetzt. Mr. Harcourt warf ihr mit hochgezogenen Brauen einen Blick zu. »Haben Sie noch etwas zu sagen, Florence?«

»Äh – Sir – es ist nur –« Florence schluckte. »Ich glaube nicht, daß Mary so lang schlafen wollte, Sir. Ich hab' mir gedacht, vielleicht ist ihre Medizin dran schuld, daß sie so lang geschlafen hat. Ich hab' die Flasche auf ihrem Nachttisch gesehen und –«

»Welche Flasche?« fuhr Mrs. Fiske ungeduldig dazwischen. »Sie nimmt ihre Medizin nicht aus einer Flasche. Ich gebe sie ihr in einem Glas.«

»Aber ich hab' eine Flasche gesehen –«

»Sie können sich jetzt wieder setzen, Florence«, sagte Mr. Harcourt.

»Ja, Sir.«

»Während wir auf Mary warten«, fuhr er fort, »sollten wir vielleicht die Lektion von den klugen und den törichten Brautjungfern lesen.« Er schlug seine Bibel auf.

Margaret kam plötzlich ins Zimmer gestürzt. An der Tür blieb sie abrupt stehen. Alle drehten sich nach ihr um.

»Oh, Mr. Harcourt, Mrs. Fiske, es ist schrecklich! Wirklich schlimm! Wir haben ja alle gewußt, daß Mary in ihrem Herzen nicht bußfertig war, aber ich hätte nie gedacht, daß sie so eine Sünde begehen würde.«

»Was soll das heißen?« fragte Harcourt. »Hat sie uns verlassen?«

»O ja, Sir!« rief Margaret in klagendem Ton. »Und mir schaudert bei dem Gedanken daran, wo sie sich jetzt befindet.«

»Was sagen Sie da?« rief Mrs. Fiske. »Wo ist sie?«

»Dort, wo Hoffnung und Hilfe sie nicht mehr erreichen können. Sie ist tot, Madam – von eigener Hand gestorben.«

6 *Der Lohn der Sünde*

Die Frauen brachen in Rufe der Bestürzung und des Schreckens aus.

»Ruhe! Ich bitte um Ruhe!« herrschte Harcourt sie an. Seine Stimme schallte laut und klar durch das Getöse. Margaret lief zu ihnen und brachte sie zum Schweigen, indem sie sie kräftig bei den Schultern schüttelte oder ihnen kurzerhand eine Ohrfeige verpaßte.

Mrs. Fiske stand mit geballten Fäusten, das Gesicht verzerrt unter dem Ansturm heftiger Gefühle. Welcher Art jedoch diese Gefühle waren, konnte Sally, die ihr Auge fasziniert an die Türritze drückte, nicht sagen.

»Sind Sie ganz sicher?« bedrängte die Hausmutter Margaret. »Wenn Sie dieses ganze Spektakel ohne allen Grund –«

»Es ist wahr, Madam, ich schwöre. Der Schlag soll mich treffen, wenn ich lüge. Ich hab' sie so deutlich gesehen, wie ich Sie jetzt sehe – auf ihrem Bett ausgestreckt und eiskalt! Und auf dem Nachttisch stand eine Flasche Laudanum, die fast leer war. In dem Glas, aus dem sie immer ihre Medizin trinkt, war noch ein bißchen Laudanum übrig. Sie hat das Laudanum genommen, um ihrem elenden Leben ein Ende zu machen, das ist so sicher wie das Amen in der Kirche, und –«

»Lästern Sie nicht, Margaret, das Leben ist etwas Heiliges«, sagte Harcourt. »Wir müssen sofort zu ihr gehen. Mrs. Fiske, würden Sie so gut sein und mitkommen? Und Margaret, Sie brauche ich auch noch. Alle anderen können frühstücken wie immer. Bess, teilen Sie das Porridge und das Brot aus, und Nancy, Sie sprechen das Tischgebet.«

Mit Mrs. Fiske und Margaret im Gefolge ging er hinaus. Sally blieb hinter der Tür stehen, bis sie die drei auf der Treppe hörte, dann huschte sie ihnen hinterher. Sie kam gerade rechtzeitig oben an, um sie durch die Verbindungstür zum anderen Haus verschwinden zu sehen. Zu ihrer Enttäuschung hörte sie einen Schlüssel knirschen. Sie versuchte dennoch ihr Glück, aber wie sie erwartet hatte, ließ sich die Tür nicht öffnen.

Was sollte sie jetzt tun? Mrs. Fiske schien sie ganz vergessen zu haben. Gehen wollte sie jetzt noch nicht – sie hatte ja die Briefschreiberin noch nicht gefunden, und außerdem interessierte sie dieses Mädchen, Mary. Vielleicht sollte sie wieder nach unten gehen und mit den Frauen sprechen, solange diese ohne Aufsicht waren ...

Wieder knirschte der Schlüssel im Schloß. Sally hastete ein paar Stufen hinunter und drückte sich an die Wand. Die Beleuchtung hier war so trüb, daß sie ins Vestibül hinaufspähen konnte, ohne fürchten zu müssen, bemerkt zu werden.

Mrs. Fiske trat durch die Verbindungstür, schloß sie hinter sich ab und eilte nach oben. Sally wollte ihr folgen, ging aber schleunigst wieder in Deckung, als Mrs. Fiske, mit einem Schal um die Schultern und einem dunklen Hut auf dem Kopf, schon wieder herunterkam und durch die Tür zur Straße hinausging.

Und wo läufst du so eilig hin, du alter Drache? überlegte Sally. Einen Arzt holen vielleicht oder einen Constable.

Dann erhielt sie von hinten einen Stoß. Sie stolperte und fuhr herum.

Es war das flachshaarige Mädchen, Florence, die ebenso verblüfft schien wie Sally selbst. »Wer bist du?«

»Ich heiß Sally. Ich bin hergekommen, weil ich mich bekehren lassen wollte, aber anscheinend ist heute nicht der richtige Tag dafür.«

»Nein, bestimmt nicht.« Florence kicherte nervös. »Tut mir leid, daß ich dich angerempelt hab'. Ich habe dich vor lauter Aufregung nicht gesehen. Wir sind alle ganz durcheinander. Die rote Jane hat mir ihr ganzes Porridge über die Schürze geschüttet. Schau her!«

»Ich hab' gehört, daß sich eine von den Frauen heute nacht umgebracht hat.«

»Pst.« Florence legte einen Finger auf ihre Lippen und sah sich argwöhnisch um. »Mr. Harcourt macht ein Riesendonnerwetter, wenn er uns drüber reden hört.«

»Der hört nichts – der ist zu weit weg.« Dennoch senkte Sally die Stimme. »Diese Mary – was war das für eine?«

»Das haben wir eigentlich alle nicht rausgekriegt. Sie war anders als wir. Sie war eine Lady.«

»Eine Lady?« Sally spitzte die Ohren.

»Todsicher. Schon wie sie geredet hat – wenn sie überhaupt mal was gesagt hat. Mr. Harcourt war mordswütend auf sie, weil sie nie sagen wollte, wer sie ist, wo sie herkommt, aus was für 'ner Familie und so. Er wollte alles ganz genau wissen, verstehst du, weil jeder Blinde sehen konnte, daß sie 'ne gute Kinderstube hatte, und er dachte, wenn er sie fromm und gottesfürchtig wieder heimschicken könnte, dann würden ihre Leute sich nicht lumpen lassen. Das hat jedenfalls Peg gesagt, und Peg kennt ihn in- und auswendig.«

Diese Mary muß den Brief geschrieben haben, schoß es Sally durch den Kopf. Eine Lady, die keine Auskunft über sich geben wollte.

»Traurig, nicht?« sagte Florence. »Wenn man sich vorstellt, daß sie mitten in der Nacht ganz allein das Gift getrunken hat. Wenn sie nicht im schwarzen Loch gesessen hätte, hätte sie's gar nicht tun können. Da wär eine von uns dagewesen und hätte sie daran gehindert.«

»Was ist das schwarze Loch?«

»So eine kleine Kammer – ungefähr so groß wie ein Schrank. Wir nennen es das schwarze Loch, weil's keine Fenster hat und auch keinen Kamin. Es ist immer stockfinster und kalt da. Da stecken sie die Störrischen rein. Mr. Harcourt hat Mary gleich reinbefördert, als sie gekommen ist, weil sie ihre Sünden nicht beichten wollte und einfach nicht sagen wollte, woher sie kommt. Nicht mal ihren richtigen Namen wollte sie verraten. Sie hat sich einfach nur Mary genannt – und wenn sie jemand nach ihrem Nachnamen gefragt hat, hat sie immer ›Magdalena‹ gesagt. Sie war ganz schön frech, auf ihre Art. Na ja, und da hat Mr. Harcourt sie natürlich von Anfang an auf dem Kieker gehabt. Sie mußte ganz allein im schwarzen Loch schlafen – wir andern, wir schlafen zu viert oder zu fünft in einem Zimmer. Und am Tag mußte sie ganz allein am Katzentisch essen und immer ein Schild um den Hals tragen, auf dem stand ›reuelose Sünderin‹. Ich weiß gar nicht, warum er sie überhaupt hierbehalten hat – er hat schon viele Mädchen wegen viel weniger vor die Tür gesetzt. Wahrscheinlich ist es so, wie Peg sagt: Er hat gedacht, daß ihre Leute zur feinen Gesellschaft gehören und was für ihn tun können.« Sie schwieg einen Moment nachdenklich. »Aber das war nicht alles, wenn du mich fragst. Er wollte ihren Willen brechen.«

»So 'ne Gemeinheit!« sagte Sally. »Nicht mal 'nen Hund würde man so behandeln, und erst recht nicht so ein armes Ding, das aus 'ner herrschaftlichen Familie kommt und ihren guten Ruf verloren hat.«

Florence nickte traurig. »Ja, sie konnte einem schon leid tun, die Arme. Ganz niedergeschlagen war sie. Obwohl, es ist komisch –«

»Was denn?« hakte Sally sofort nach.

»In den letzten Tagen war sie ein bißchen munterer, nicht mehr so gedrückt und traurig. Manchmal hat sie sogar vor sich hin gelächelt, so als hätte sie ein Geheimnis. Mr. Harcourt hat das überhaupt nicht gefallen, das kann ich dir sagen. Aber vielleicht hat einfach die Medizin geholfen. Sie hat so ein Stärkungsmittel genommen – ›Summersons Lebenselixier‹ heißt es. Komisch ist es trotzdem, wieso bringt sie sich um, wenn sie doch gerade wieder ein bißchen lebendiger geworden ist?«

Die Verbindungstür zwischen den beiden Häusern öffnete sich plötzlich, und Harcourt kam herein, gefolgt von Margaret. »Ich bin in meinem Büro«, sagte er, ohne anzuhalten oder sich auch nur nach ihr umzudrehen. »Sagen Sie Mrs. Fiske, wenn sie zurückkommt, daß ich niemanden empfangen kann – es sei denn von den Kuratoriumsmitgliedern kommt jemand früher. Und denken Sie daran, es darf niemand mit einem Journalisten sprechen, solange ich nicht die Erlaubnis dazu gegeben habe.«

»Ja, Mr. Harcourt«, sagte Peg demütig.

Harcourt blieb plötzlich stehen und spähte die Treppe zum Souterrain hinunter. Er mußte besonders scharfe Augen haben; vielleicht aber war es auch heller geworden. »Was tun Sie da, Florence?«

»Wenn Sie erlauben, Sir, ich wollte nach oben, um meine Schürze zu wechseln. Sie ist voll Porridge.«

»Wechseln Sie sie sofort, und gehen Sie wieder zum Frühstück. Wer ist da bei Ihnen?«

Sally blieb nichts anderes übrig, als hinaufzugehen. Harcourt maß sie mit blaßblauem Blick. Ihr wurde ganz kalt dabei. Männer musterten sie häufig auf eine Weise, als könnten sie durch ihre Kleider hindurchsehen, aber Mr. Hacourts Blick schien selbst ihre Haut zu durchdringen.

»Wer sind Sie?« fragte er. »Was wollen Sie?«

Ausnahmsweise einmal war Sally sprachlos. Florence kam ihr zu Hilfe. »Sie möchte zu uns kommen, Sir.«

»Wie kommen Sie dazu, mit ihr zu sprechen? Sie wissen genau, daß es Ihnen verboten ist, mit Fremden zu sprechen.«

»Ja, Sir. Aber es war niemand da, der sich um sie gekümmert hat, und ich – ich –«

»Schon gut. Dies eine Mal will ich ein Auge zudrücken, da ja heute alles etwas – aus der Reihe ist.«

Aus der Reihe? dachte Sally. So nennst du das, wenn ein armes Ding unter deinem Dach krepiert? Aber sie hielt den Mund, da sie fürchtete, Florence in Schwierigkeiten zu bringen, wenn sie verriet, daß sie von dem Tod des Mädchens wußte. Eines stand jedoch fest: Diesen Leuten würde sie kein Sterbenswörtchen von Marys Brief sagen. Mr. Harcourt war ein kalter Fisch; sie traute ihm nicht. Und die Frauen schienen völlig unter seiner Fuchtel zu stehen.

Harcourt wandte sich Margaret zu. »Da Mrs. Fiske nicht da ist, verlasse ich mich darauf, daß Sie für Ordnung sorgen. Lassen Sie die Frauen an ihre Arbeit gehen wie sonst. Die Mitglieder des Kuratoriums werden in wenigen Stunden eintreffen, und sie sollen sehen, daß wir uns in unserem normalen Tagesablauf nicht erschüttern lassen. Auch wenn dieses Ereignis uns natürlich zutiefst traurig macht.«

»Es bricht mir das Herz, Mr. Harcourt.« Sie drückte beide Hände auf ihre Brust. »Ach, hätte sie doch nur auf Sie gehört und ihre Sünden bereut! Das ist uns allen eine Lektion, eine bittere Lektion! Der Lohn der Sünde ist der Tod.«

»Nun, wenigstens haben Sie aus diesem Beispiel eine Lehre gezogen. Ich hoffe, Sie werden die anderen Frauen ermuntern, sich die Sache ähnlich zu Herzen zu nehmen.«

»Es vergeht kein Tag, an dem ich mich nicht bemühe, auch die anderen mit dem Licht zu erleuchten, das auf mich gefallen ist.«

»Das bemerke ich, Margaret. Glauben Sie mir, Ihre Bemühungen bleiben nicht ohne Würdigung.« Er ging zur Treppe nach oben und sagte mit einer wegwerfenden Handbewegung in Richtung auf Sally: »Schicken Sie diese junge Frau weg.«

»Ja, Mr. Harcourt.«

Margaret sah ihm nach, bis er verschwunden war. Dann wandte sie sich Sally mit einem Lächeln zu, das ihr ganzes Gesicht veränderte. Ihre länglichen Augen hoben sich an den Winkeln, das Kinn und die Wangenknochen traten schärfer hervor, sie sah plötzlich füchsisch aus. »Also, du hast gehört, was Seine Gnaden gesagt hat. Du mußt gehen. Komm an einem andern Tag wieder, wenn du das überhaupt noch willst, wo du ihn jetzt genossen hast – diesen aufgeblasenen Esel.«

»Ich glaube, ich hör' nicht recht!« sagte Sally verblüfft. »Du bist mir ja eine ganz Gerissene.«

Margaret lachte selbstgefällig. »Von gestern bin ich jedenfalls nicht. Die nennen mich hier nicht umsonst die schlaue Peg. Den Tag möchte ich erleben, an dem ich es nicht schaffe, so einen verklemmten Betbruder wie Seine Gnaden auf den Leim zu führen. Ein Glück für dich, Florie Ames«, fügte sie zu Florence gewandt hinzu. »Was meinst du wohl, wie es dir und den andern ergehen würde, wenn ich Seine Gnaden nicht dauernd in den Hintern kriechen würde und mich als die reuigste Sünderin seit Maria Magdalena ausgäbe?«

»Das ist wahr«, bestätigte Florie. »Peg versteht's mit Mr. Harcourt, und sie darf hier überall hingehen, wo sie will. Wenn wir was haben wollen – was zu essen oder Kerzen oder was sonst –, kann's Peggie uns besorgen.«

»Und sie läßt euch dafür blechen, was?« sagte Sally zu Peg gewandt.

»Warum nicht?« versetzte Peg ungerührt. »Ich hab' doch auch das Risiko. Ich bin schließlich kein Wohltätigkeitsverein. Wenn ich einer Freundin einen Gefallen tue, erwarte ich, daß sie mir auch einen tut. Also, ab jetzt mit dir. Seine Gnaden wird sonst stinkig, wenn er dich hier noch vorfindet.«

Sally ging. Sie hatte Mr. Kestrel und Dipper eine Menge zu erzählen. Die Quintessenz war nicht unbedingt befriedigend: Sie hatte die Briefschreiberin gefunden, aber zu spät.

»Und dann hat Peg mich rausgejagt, und ich bin wieder hergekommen«, schloß Sally. »Und das ist eigentlich alles.« Sie warf sich aufs Sofa. »Krieg' ich jetzt vielleicht was zu trinken, wo ich doch so lange geredet hab'.«

»Schenk ihr etwas ein«, sagte Julian, der am Fenster stand, ohne sich umzudrehen.

»Ja, Sir.« Dipper schenkte Bier ein.

Julian blickte zur Straße hinaus, ohne etwas zu sehen. Der Lärm, der von draußen hereindrang, konnte den Klang der Stimme in seinem Kopf nicht übertönen – seine eigene Stimme, wie er gestern mit Sally gesprochen hatte. ›Ich meinte nicht, daß Sie gleich loslaufen sollten. Warten Sie um Himmels willen noch ein bißchen. Ein, zwei Tage früher oder später spielen doch keine Rolle.‹

Er drehte sich abrupt um. »Es wird auf jeden Fall eine Leichenschau abgehalten werden. Dipper, geh und versuch herauszufinden, wo und wann sie stattfinden wird.«

»Jetzt gleich, Sir?«

Julian zog nur die Brauen hoch. Dipper sauste los, nahm seinen Hut und war schon verschwunden.

Sally sah Julian scharf an. »Was ist los? Sind Sie enttäuscht, daß wir Mary jetzt nicht mehr nach dem Brief fragen können?«

»Ziemlich, ja.«

»Kann man nicht ändern.«

»Nein.«

Er ging zum Tisch, auf dem unberührt sein Frühstück stand. »Möchten Sie eine Tasse Kaffee?«

»Ne! Pfui Teufel!« Sie rümpfte die Nase und trank einen kräftigen Schluck von ihrem Bier.

Als er sich Kaffee einschenken wollte, sprang sie auf und tat es für ihn. Dann musterte sie ihn, den Kopf zur Seite geneigt. Plötzlich fragte sie: »Hat Dip Ihnen mal erzählt, warum ihn alle Dipper nennen?«

Er sah sie überrascht an.

»Als wir noch klein waren, hat unser Vater auf dem Bau gearbeitet. Aber er hat angefangen zu saufen und dauernd blaugemacht. Und wenn er zur Arbeit gegangen ist, hat er auch meistens Schlagseite gehabt, und am Schluß haben sie ihn rausgeschmissen, und er hat nirgends 'ne ehrliche Arbeit mehr gekriegt. Da hat er sich mit ein paar Einbrechern zusammengetan, die haben ihm ihr Handwerk beigebracht, und George, unser Bruder – er ist älter als Dip – ist mit ihm losgezogen.«

Julian setzte sich ihr gegenüber und streckte seine Beine aus. Er kannte Dippers Geschichte schon, aber er hatte nichts dagegen, sie sich noch einmal anzuhören. Das war immer noch besser, als unablässig der Stimme in seinem Schädel zu lauschen: ›Ein, zwei Tage früher oder später spielen doch keine Rolle.‹ Was hatte er sich dabei gedacht? Wie hatte er sich so katastrophal verrechnen können?

Sie plapperte weiter. »Unsere Mutter war 'ne gute Seele und grundehrlich, aber gegen unsern Vater ist sie nicht angekommen, und außerdem hat sie die Schwindsucht gehabt und war viel zu schwach, um ihn mal richtig zusammenzustauchen. Dip, der war klein und fix, deswegen hat Pa ihn immer mitgenommen und durch die Fenster gehoben. Dann mußte er die Tür aufschließen, damit Pa und seine Kumpel reinkonnten. Aber später hat Pa ihn bei einem Taschendieb in die Lehre gegeben. Und da war Dip wirklich allererste Klasse. Drum haben sie ihn dann Dipper genannt – weil er's so gut raushatte, den Leuten die Finger in die Taschen zu dippen.

Aber so richtig hat er's mit den krummen Touren nie gehabt. Er hat immer gewußt, daß es Ma Kummer macht – und das Schlimmste dran war, daß er's hauptsächlich wegen ihr tun mußte. Sie war so krank, und Pa hat keinen Strich für sie getan – er hat seine ganzen Piepen mit Gin und Weibern vertan. Und dann ist Ma gestorben, und sie haben den Alten erwischt. Er kam an den Galgen, und George haben sie nach Botany Bay geschickt. Ich hatte keine Ahnung, was aus Dip geworden ist, bis wir uns neulich in der Nacht in die Arme gelaufen sind.«

»Und Sie? Was haben Sie in all dieser Zeit getan?«

»Ach, von mir gibt's nicht viel zu erzählen. Als ich klein war, hab' ich geklaut wie Dip, aber ich hatte nie so 'n Talent dafür wie er. Meistens hab' ich die Kerle nur angequasselt und ihnen schöngetan, und mein Kumpel hat inzwischen zugelangt. Aber das hab' ich aufgegeben – ich arbeite lieber allein, dann bin ich von keinem abhängig. Außerdem werden Diebe immer erwischt, wegen der Belohnung. Ich halt's nicht aus, wenn ich eingesperrt bin. Also bin ich auf die Straße gegangen. Gegen 'ne ehrliche Hure hat keiner was. Ich klaue natürlich manchmal meinen Freiern die Schnupftücher, aber das ist 'ne Kleinigkeit. Hauptsächlich ist es Sport, damit ich in Übung bleibe.«

»Wie kam es, daß Sie und Dipper getrennt wurden?«

»Ich hatte einen Zusammenstoß mit 'nem andern Mädchen, und da haben sie uns beide in eine Besserungsanstalt verfrachtet. Als ich rauskam, bin ich nach Ratcliff gezogen und hab 'nen Matrosen geheiratet. 'türlich nicht gesetzlich, in 'ner Kirche und so – nur vorübergehend, so wie's Matrosen eben halten, wenn sie in den Hafen kommen. Ich hab' ihn gemocht. Er war erste Klasse – als er wieder auf See mußte, hat er mir monatelang Geld geschickt, und dabei hat er nicht mal gewußt, daß was unterwegs war –« Sie brach ab und biß sich auf die Unterlippe.

Er fragte behutsam: »Haben Sie ein Kind, Sally?«

»Ich hatte eins. Becky. Sie hat nur ungefähr vierzehn Tage gelebt. Sie war nicht kräftig – gleich von Anfang an haben alle zu mir gesagt, daß sie nicht durchkommen würde. Aber ich wollt's ihnen nicht glauben. Als sie gestorben ist, war ich vollkommen fertig. Sogar jetzt noch, wenn ich manchmal an sie denke und –« Sie schluckte krampfhaft. »Ich hab' immer noch Sehnsucht nach ihr.«

Sie wischte sich ihre Nase am Ärmel ab. Er gab ihr sein Taschentuch. Sie schneuzte sich und steckte das Tuch ein. Er tat so, als würde er es nicht merken.

»Es ist vorbei«, sagte sie. »Ich hab's fast überwunden. Trotzdem möchte ich noch mal eins. Ich weiß auch nicht, warum. Wenn's ein Junge wär, könnte ich nichts für ihn tun, und wenn's ein Mädchen wäre, wird sie nur so enden wie ich.«

»Es könnte ja sein, daß Sie heiraten.«

»Wohl kaum!« Sie lachte.

»Mir ist natürlich klar –« Er brach unsicher ab.

»– daß ich nicht gerade die Traumschwiegertochter wäre?« Sie lächelte. »Ich glaube, wenn ich wollte, würde ich schon einen finden, der mich heiratet. Aber so blöd bin ich nicht! 'ne Freundin von mir hat ihren Zuhälter geheiratet, und seitdem hat sie nie wieder einen Penny für sich gehabt. Er hat ihr immer alles abgenommen, was sie verdient hat, und versoffen. Schließlich ist sie zu einem Pfarrer gegangen und hat gefragt: ›Was soll ich tun?‹ Und er hat ihr gesagt, daß sie gar nichts tun kann, weil nämlich dieser Saukerl ihr Ehemann ist und alles, was sie besitzt – alles, was sie sich sauer verdient –, ihm gehört. So steht's im Gesetz, hat er gesagt. Ist das wahr?«

»Ich glaube ja. Das Gesetz erkennt eine verheiratete Frau nicht als von ihrem Ehemann getrennte Person an.«

»Na, welche Frau sollte bei so 'nem Gesetz so dämlich sein, einen Kerl zu heiraten? Ich bestimmt nicht, das können Sie mir glauben.«

Er betrachtete sie nachdenklich. »Warum haben Sie mir das alles erzählt?«

»Weil Sie den Moralischen hatten und ich Sie aufmuntern wollte. Bei einem andern hätte ich 'ne bessere Methode gewußt, aber Sie achten ja immer drauf, daß ich Ihnen vom Leib bleib', wenn ich mal ein bißchen nett bin zu Ihnen. Da dachte ich eben, ich erzähl' Ihnen von Dip, weil der doch einer ist, den wir beide kennen, verstehen Sie?«

»Ja, ich verstehe. Das war sehr lieb von Ihnen, Sally.«

»Für Sie würde ich fast alles tun – wenn Sie mich lassen würden.«

»Sie haben mehr als genug getan. Würden Sie's ungezogen von mir finden, wenn ich Sie bäte, mich jetzt für ein Weilchen allein zu lassen?«

Sie warf ihm einen zornfunkelnden Blick zu und stand auf. »Manche Leute«, erklärte sie finster, »wissen einfach nicht, was gut für sie ist.«

»Die Leichenschau ist um zwei Uhr, Sir, im *Rose and Thorn* in der Guilford Street.«

»Was, heute? Wie, zum Teufel, hat Harcourt das so schnell arrangiert?«

»Ich hab' mit ein paar Nachbarn gesprochen, Sir – die da in der Gegend von dem Heim wohnen. Die haben gesagt, Mr. Harcourt will's schnell hinter sich bringen, ehe die Schmierfinken davon Wind bekommen.«

»Da wird Mr. Harcourt, fürchte ich, die Rechnung ohne den Wirt gemacht haben. Auf eine solche Geschichte stürzen sich doch die Gazetten – eine geheimnisvolle Unbekannte, die in einem Heim für gefallene Mädchen auf tragische Weise ums Leben gekommen ist.«

»Ich weiß nicht, Sir. Die Nachbarn haben gesagt, daß zu Mr. Harcourts Gönnern viele einflußreiche Leute gehören: gutbetuchte Geschäftsleute, Geistliche, sogar ein oder zwei Adlige. Er baut drauf, daß die für Ruhe sorgen und daß es wegen Marys Tod keinen Riesenzirkus gibt.«

»Ach was?« Aber es wird vielleicht mehr Zirkus geben, als Sie erwartet haben, Mr. Harcourt, dachte Julian. »Dipper, ich habe die Absicht, zu der Leichenschau zu gehen, und möchte, daß du und Sally mich begleitet.«

»Wollen Sie da den Brief abgeben, Sir?«

»Ich fürchte, es bleibt mir nichts anderes übrig. Es wird etwas peinlich werden zu erklären, wie wir zu dem Brief gekommen sind, aber er ist nun mal ein Beweisstück, das vielleicht etwas Licht auf die Umstände von Marys Tod wirft. Wir können ihn nicht guten Gewissens zurückbehalten. Trotzdem –«

»Sir?«

Julian schüttelte den Kopf. »Es gibt da verschiedenes an Marys Tod, das mir nicht einleuchtend erscheint. Vielleicht wird bei der Leichenschau alles erklärt, aber wenn nicht – ach, lassen wir das jetzt. Ich möchte Sally dabeihaben, weil ich wissen möchte, ob einer der drei Männer, von denen sie möglicherweise den Brief hat, zur Leichenschau erscheint. Sie ist ja die einzige, die die Männer kennt, es sei denn, wir haben es mit Avondale zu tun. Aber sag ihr, sie soll einen Schleier tragen. Es ist vielleicht besser, wenn *sie* nicht erkannt wird.«

7 *Mr. Harcourt gießt Öl auf die Wellen*

Das *Rose and Thorn* war ein sauberes, ordentliches Gasthaus in der Nähe des Asyls. Die Leichenschau sollte in seinem großen Hinterzimmer abgehalten werden. Man hatte die Tische weggetragen, um für den Coroner und die Geschworenen Platz zu schaffen. Die zahlreichen Zuschauer saßen auf Stühlen und Bänken oder in Nischen zu beiden Seiten des Raums. Julian, Dipper und Sally suchten sich eine Nische in der Ecke und sahen sich, nachdem sie Platz genommen hatten, interessiert um.

Harcourt war schon da. Milde und freundlich ging er in der Menge umher, seine Miene eine gefällige Mischung aus Bekümmerung und Mißbilligung. Ich bedaure den Tod dieser armen jungen Person, aber ich bin schockiert und entsetzt über die Art dieses Todes, war die Botschaft, die sein Gesichtsausdruck vermittelte. Er war umgeben von einer Gruppe spießig gekleideter Matronen, für die jedes seiner Worte das Evangelium zu sein schien. Julian erkannte Mrs. Fiske unter ihnen. Viele der Anwesenden waren behäbige, wichtig aussehende Geschäftsleute, Akademiker und Geistliche. Das mußten die gutbetuchten und einflußreichen Gönner sein, von denen Dipper gehört hatte.

Etwas abseits standen ein paar Journalisten, die sich gelangweilt unterhielten. Julian erkannte sie an dem für sie typischen halb zynischen, halb neugierigen Gesichtsausdruck. Insgesamt jedoch schien es Harcourt gelungen zu sein, diese Sache aus den Zeitungen herauszuhalten.

»Sehen Sie einen von Ihren drei Männern?« flüsterte Julian Sally zu.

»Nein, keinen«, flüsterte sie zurück. »Wenn einer von ihnen kommt, nicke ich.«

Ein Raunen ging durch den Saal, als der Coroner und die Geschworenen eintraten. Doch zu Julians Überraschung schienen die Reporter nicht daran interessiert zu sein. Ihre Blicke waren vielmehr zum anderen Ende des Raums gerichtet, wo soeben ein korpulenter älterer Mann auf Krücken hereinhumpelte. Einer seiner Füße war bandagiert, als litte er an Gicht. Sein Schädel war kahl und glänzend, auf den Seiten von Büscheln weißen Haars umgeben. Seine Kleidung war schlicht, jedoch, wie Julian mit geschultem Blick sah, tadellos geschneidert und aus teurem Material. Er trug eine große altmodische goldene Taschenuhr und ein goldgerändertes Pince-nez.

Julian hatte großes Vertrauen in den Instinkt von Journalisten, das zu erkennen, was wirklich wichtig war. Während der Coroner sich an seinen Papieren zu schaffen machte und den Geschworenen einen feierlichen Vortrag hielt, schickte Julian Dipper zu den Reportern, um sie zu fragen, wer der Mann mit den Krücken war.

Dipper unterhielt sich kurz mit ihnen und kehrte zurück. »Das ist Mr. Samuel Digby, Sir. Er ist Richter und wohnt in Highgate.«

Julian hatte von dem Mann gehört – ein ehemaliger Wollhändler, sehr reich, der sich als kluger Richter einen Namen gemacht hatte und als streng, aber gerecht galt. Er war außerdem als Philanthrop bekannt, der allerdings in der Wahl der wohltätigen Einrichtungen, die er unterstützte, sehr kritisch war. Julian hätte gern gewußt, was ihn trotz seines gichtkranken Fußes, der ihm offensichtlich Schmerzen bereitete, die weite Fahrt von Highgate bis hierher hatte unternehmen lassen. War er einer von Harcourts Gönnern? Wenn ja, so zeigte er keine Neigung, sich mit den anderen zusammenzutun.

Es gab eine kurze Pause, in der ein Gemeindebeamter die Geschworenen zur Ansicht der Toten in einen anderen Raum führte. Als sie sehr ernüchtert zurückkehrten, rief der Coroner den ersten Zeugen auf.

Es war Margaret Muldoon, auch unter dem Namen

schlaue Peg bekannt. Sie schilderte, wie sie Mary gegen sieben Uhr an diesem Morgen steif und kalt in ihrem Zimmer gefunden hatte, mit der leeren Laudanumflasche auf dem Nachttisch. Der Coroner fand ihre Neigung zur Dramatik augenscheinlich überwältigend und hielt ihre Aussage so kurz wie möglich.

Florence Ames' Aussage war noch kürzer. Sie berichtete, wie sie auf einen Sprung zu Mary hineingesehen und versucht hatte, sie zu wecken, wie sie die Laudanumflasche auf dem Nachttisch bemerkt, aber geglaubt hatte, es handle sich nur um Marys Medizin. Die Journalisten mußten ermahnt werden, weil sie ihr während ihrer Aussage immer wieder zuzwinkerten. Sie bedachte sie mit einem verstohlenen Lächeln, als sie und Peg hinausgeführt wurden.

Der nächste Zeuge war ein äußerst würdevoller und hochmütiger Arzt, prominentes Mitglied des Royal College of Physicians, der Mary bald nach ihrem Tod untersucht hatte. Er ließ keinen Zweifel daran, daß nur seine Hochachtung für Mr. Harcourt ihn bewogen hatte, sich zur Teilnahme an einem so gemeinen Verfahren herabzulassen. Der Coroner war gebührend beeindruckt und begegnete ihm mit größter Ehrerbietung. Kein Zweifel, wohlhabende und einflußreiche Gönner hatten ihren Nutzen.

Bei der Toten handle es sich um eine Frau zwischen sechzehn und zwanzig Jahren, erklärte der erhabene Doktor. Sie sei etwas mager, zeige aber sonst keinerlei Zeichen schlechter Gesundheit. Er hatte die Tote etwa um zehn Uhr dieses Morgens untersucht, seines Wissens nach etwa drei Stunden, nachdem man sie gefunden hatte.

Julian wurde sofort hellhörig. Warum hatten die Leute im Asyl drei Stunden gebraucht, um einen Arzt zu rufen? Was hatten sie in der Zwischenzeit getan?

Soweit dem Arzt bekannt, war seit Entdeckung der Toten nichts in ihrem Zimmer berührt worden. Sie hatte in einem Nachthemd aus grober Wolle in ihrem Bett gelegen, die Decke bis zu den Schultern hochgezogen. Sie hatte keinerlei Verletzungen gehabt, und es gab keine Anzeichen dafür, daß sie einen Anfall irgendeiner Art erlitten hatte oder einer plötzlichen Krankheit erlegen war. Nach dem Fortschritt der Totenstarre und dem Ausmaß und Muster der Leichenblässe zu urteilen, hatte sie sechs bis zwölf Stunden tot in dieser Haltung gelegen.

Er gab eine kurze Beschreibung des Zimmers, klein, ohne Fenster oder Feuerstelle. Das ganze Mobiliar habe aus einem schmalen Bett, einer hölzernen Truhe und einem Nachttisch mit einer Waschschüssel bestanden. Die Waschschüssel sei sauber und leer gewesen. Daneben hätte ein Krug gestanden, der zur Hälfte mit Wasser gefüllt gewesen war, und eine fast leere Flasche.

Der Arzt nahm die Flasche aus seinem Arztkoffer und hielt sie hoch. Sie war etwa fünfzehn Zentimeter hoch, aus klarem Glas, mit einem Etikett am Korken. Auf ihrem Grund waren Spuren einer rubinroten Flüssigkeit zu erkennen.

Der Coroner sah sich die Flasche genau an, dann zeigte er sie den Geschworenen. »Sie sehen, meine Herren«, sagte er, »auf der Flasche steht klar und deutlich ›Laudanum‹. Die Tote kann sich also über ihren Inhalt nicht getäuscht haben. Ich bin sicher, die meisten von Ihnen haben gelegentlich schon einmal Laudanum zu sich genommen; dennoch möchte ich den Zeugen bitten, den Geschworenen kurz zu erklären, worum es sich bei diesem Mittel handelt.«

»Laudanum ist Opiumtinktur in Alkohol gelöst. Es wird zur Schmerzlinderung bei verschiedenen Leiden verschrieben – Zahnschmerzen zum Beispiel, Rheumatismus und anderen, ernsteren Beschwerden. Die Durchschnittsdosis beträgt fünfundzwanzig Tropfen.«

Neben der Flasche habe noch ein Glas auf Marys Nachttisch gestanden, berichtete der Arzt. Es habe Spuren von Laudanum, Wasser und einer Substanz enthalten, bei der es sich seiner Ansicht nach um Summersons Lebenselixier handelte, das Mary regelmäßig genommen habe.

Was genau das für ein Stärkungsmittel gewesen sei? wollte der Coroner wissen.

Der Arzt erklärte, es handle sich dabei um eine Mischung aus Zuckersirup, Kräutern und einem Schuß Alkohol und sei zur allgemeinen Belebung schwacher Patienten gedacht. Es sei, so glaube er, ein sehr beliebtes Mittel und werde überall in London verkauft. Es habe ein sehr auffallendes Etikett, mit einer Sonne in der Ecke, die heilende Strahlen aussende. Er persönlich wisse nicht, warum Mary das Mittel genommen habe, da sie niemals seine Patientin gewesen sei. Ihm habe man gesagt, sie sei nicht ernstlich krank gewesen, sondern lediglich schwach und sehr gedrückter Stimmung – vielleicht eine Folge des verworfenen Lebens, das sie geführt hatte, ehe sie in das Asyl gekommen war.

An dieser Stelle machte der Coroner die Geschworenen darauf aufmerksam, daß bisher noch keinerlei Zeugnis über Marys vergangenes Leben vorläge, sie sollten also aus dieser Bemerkung keine voreiligen Schlüsse ziehen. Der hochmütige Arzt gähnte unterdrückt und sah auf seine Uhr.

Der Coroner fragte ihn, ob er hinsichtlich der Todesursache zu einer Meinung gekommen sei. Der Arzt räusperte sich.

»Meiner Ansicht nach trat der Tod infolge von Atemversagen ein, das durch die absichtliche Einnahme einer Überdosis Laudanum herbeigeführt wurde.«

»Wie können Sie sicher sein, daß die Einnahme mit Absicht geschah?«

»Auf Mr. Harcourts Bitte habe ich eine kleine Menge des Laudanums, das noch in der Flasche war, eingekocht, um festzustellen, wie hoch die enthaltene Opiumkonzentration war. Die meisten Apotheker haben ihre eigene Zubereitung, und die Menge an Opium, die sie verwenden, kann variieren. In diesem Fall handelte es sich nicht um eine starke Zubereitung. Eine einigermaßen gesunde Frau im Alter der Toten muß da schon eine sehr hohe Dosis nehmen, um ihrem Leben ein Ende zu bereiten. Keine junge Frau mit einem Funken Intelligenz würde eine solche Dosis irrtümlich schlucken.«

»Opiumsüchtige sind aber im Umgang mit diesem Gift häufig sehr leichtsinnig«, meinte der Coroner.

»Diese Frau war nicht opiumsüchtig. Wäre sie es gewesen, so hätte sie die Droge ständig nehmen müssen. Bei Entzug wären schwere körperliche Symptome aufgetreten – Schüttelfrost, Schmerzen, Erbrechen. Man hat mir versichert, daß sie, wie die anderen Insassinnen des Asyls, ständig unter Aufsicht war und daß ihr Zimmer häufig durchsucht wurde. Es gibt keinerlei Anzeichen dafür, daß sie heimlich Opium in irgendeiner Form genommen hat. Ich gelange daher zu der Überzeugung, daß sie nicht gewohnheitsmäßig Opium nahm und bei dieser Gelegenheit mit vollem Bewußtsein eine Überdosis einnahm, mit der Absicht, ihrem Leben ein Ende zu setzen.«

Der Coroner dankte dem Arzt und entließ ihn. Die Reporter kritzelten wie die Wilden. Die Geschworenen tauschten ernste Blicke.

Als nächstes wurde Mrs. Fiske aufgerufen. Steif setzte sie sich in den Sessel im Zeugenstand. Sie sei Mrs. Matthew Fiske – Vorname Ellen. Sie gehöre der Resozialisationsgesellschaft an und sei eine der drei Hausmütter im Asyl. Die anderen beiden seien Mrs. Jessop – sie wies auf eine korpulente rotgesichtige Frau, die neben Harcourt saß – und Miss Nettleton, eine magere, nervöse Frau an Harcourts anderer Seite.

Die drei Hausmütter taten abwechselnd Dienst im Asyl, wie Mrs. Fiske erklärte. Mrs. Jessop hatte montags und donnerstags Dienst, Miss Nettleton mittwochs und samstags, und Mrs. Fiske dienstags und freitags. Die Sonntage pflegten sie im Dreierturnus zu übernehmen. Die diensthabende Hausmutter war für die ordnungsgemäße Führung des Hauses verantwortlich: Sie hatte mit den Lieferanten zu verhandeln, Anfragen über die Arbeit der Gesellschaft zu beantworten und dafür zu sorgen, daß ausreichende Vorräte an Nahrungsmitteln, Kohle, Kerzen und dergleichen vorhanden waren. Ferner führte die Hausmutter die Aufsicht über die Insassinnen und sorgte dafür, daß sie gewissenhaft ihrer Arbeit nachgingen und die Gebetsstunden beachteten. Ernste Verstöße gegen die Disziplin meldete sie Mr. Harcourt. Er besuchte das Asyl mindestens einmal am Tag und hielt jeden Sonntag den Gottesdienst.

Am gestrigen Tag hatte Mrs. Fiske wie üblich Mrs. Jessop am Morgen abgelöst und war den ganzen Tag im Asyl geblieben. Am Abend hatten die Frauen wie immer ihr Abendessen im Refektorium eingenommen. Um halb neun, nach dem Essen, waren sie zum Gebet und zur Bibelstunde in die Kapelle hinaufgegangen und dort fast bis zehn Uhr geblieben.

»War die Verstorbene beim Abendessen und bei der Bibelstunde anwesend?« fragte der Coroner.

»Ja.«

»Sind Sie sicher?«

Mrs. Fiske war entrüstet. »Sie hätte nur fernbleiben dürfen, wenn ich ihr die Erlaubnis dazu gegeben hätte, und das hätte ich nur tun können, wenn sie krank gewesen wäre. Was sie nicht war.«

»Haben Sie beobachtet, in was für einer Verfassung sie war?«

»Meiner Meinung nach hat man um Mary und ihre Launen viel zuviel Aufhebens gemacht, Sir. Mit der hat's immer was gegeben – aus allem hat sie gleich ein Drama gemacht, als ob sie was Besonderes wäre, nur weil sie sich wie eine Lady ausgedrückt hat und vielleicht auch ein ganz hübsches Ding war. Aber sie war nichts Besonderes – unter Gottes Augen sind diese Frauen alle gleich, Sünderinnen, die Buße tun müssen.«

»Aber wie war sie an diesem besonderen Abend, Mrs. Fiske?«

»Eigentlich wie immer. Mir ist nichts Besonderes aufgefallen. Mr. Harcourt meinte allerdings nachher, sie hätte bedrückt gewirkt, und ich bin sicher, er hat recht. Er besitzt große Menschenkenntnis.«

»Mr. Harcourt war also gestern abend da?«

»Ja.« Sie warf ihm einen mißtrauischen Blick zu.

»Wie lange ist er geblieben?«

»Er – äh, er war die ganze Nacht da, Sir.«

»War das ungewöhnlich?«

»Ja, sehr. In der Regel achtet Mr. Harcourt gewissenhaft auf die Regeln von Sittlichkeit und Anstand und bleibt nicht unter demselben Dach mit den Frauen, wenn sie zu Bett gegangen sind. Aber das war eine besondere Gelegenheit. Wir haben am nächsten Tag die Mitgliedes des Kuratoriums erwartet. Mr. Harcourt wollte ihnen einen genauen Überblick über den Fortschritt unserer Arbeit geben. Dafür mußte viel vorbereitet werden, und Mr. Harcourt bat mich, die Bücher mit ihm durchzusehen. Wir haben die ganze Nacht zusammen gearbeitet.«

»Wann haben Sie die Verstorbene zuletzt lebend gesehen?«

»Das wird wohl so gegen zehn gewesen sein. Ich hab' ihr nach der Bibelstunde und dem Abendgebet ihr Stärkungsmittel gegeben.«

»Summersons Lebenselixier?«

»Ja. Sie nahm jeden Abend ein Glas mit zu Bett – ungefähr in Fingerhöhe gefüllt.« Zur Illustration hielt sie ihren Zeigefinger hoch. »Sie war ein bißchen dünn und blaß. Dagegen sollte das Stärkungsmittel helfen.« Sie verzog skeptisch den Mund.

»Hat sie etwas zu Ihnen gesagt, als Sie ihr das Stärkungsmittel gaben?«

»Nur ›Danke, Mrs. Fiske‹, und dazu hat sie einen Knicks gemacht. Mit der feinen Art hat sie's gehabt.«

»Wie lange hat sie dieses Mittel genommen?«

»Seit ungefähr zehn Tagen.«

»Hat außer ihr noch jemand im Asyl das Mittel genommen?«

»Nein, Sir.«

Nachdem Mary und die anderen Frauen zu Bett gegangen waren, hatte Mrs. Fiske zusammen mit Mr. Harcourt in seinem Büro gearbeitet. Von Zeit zu Zeit war sie in die Küche hinuntergegangen, um Tee zu machen. Gegen drei Uhr morgens war sie in das Frauenhaus hinübergegangen, um sich zu vergewissern, daß alle in ihren Betten waren und sich anständig aufführten.

»Was meinen Sie, wenn Sie vom ›Frauenhaus‹ sprechen?« fragte der Coroner.

»Das Asyl besteht aus zwei Häusern, die durch einen Gang im Erdgeschoß verbunden sind. Die Frauen schlafen in dem Haus auf der linken Seite, darum sprechen wir vom Frauenhaus. Im Haus rechts sind Mr. Harcourts Büro, einige Empfangs- und Arbeitsräume und die Kapelle.«

»Hat Mr. Harcourt Sie begleitet, als Sie nach den Frauen sahen?«

»Selbstverständlich nicht! So was würde er nie tun!«

Der Coroner hüstelte. »Hm – tja – haben Sie im Frauenhaus etwas Ungewöhnliches bemerkt?«

»Nein, Sir. Einige der Frauen saßen beisammen und tuschelten miteinander, aber das habe ich sofort unterbunden.«

»Haben Sie auch nach der Verstorbenen gesehen?«

»Ja, kurz. Sie lag in ihrem Bett und schien zu schlafen.«

»War sie allein?«

»Ja, natürlich. Sie hat in einem Zimmer allein geschlafen. Aus erzieherischen Gründen.«

»Warum genau?«

»Das hatte Mr. Harcourt beschlossen. Ich würde mir nicht anmaßen, in Dingen der Disziplin für ihn zu sprechen.«

»Gut. Haben Sie die leere Laudanumflasche auf ihrem Nachttisch bemerkt?«

»Nein. Es kann sein, daß sie da stand – ich kann es nicht sagen. Es war dunkel, und ich habe nicht nach so etwas Ausschau gehalten. Ich hab' nur kurz hineingesehen, um mich zu vergewissern, daß sie in ihrem Bett lag, dann bin ich weitergegangen.«

Sie hatte zur gleichen Zeit wie die anderen von Margaret Muldoon von Marys Tod erfahren. Daraufhin war sie zusammen mit Mr. Harcourt sofort ins Frauenhaus gegangen.

Der hatte den Arzt gerufen und veranlaßt, daß nichts in Marys Zimmer berührt wurde.

»Was danach geschah, kann ich nicht sagen, weil Miss Nettleton mich dann abgelöst hat und die Vapeurs bekam, als sie hörte, was Mary zugestoßen war. Da mußte ich mich um sie kümmern.« Sie warf Miss Nettleton, die sichtlich zurückzuckte, einen geringschätzigen Blick zu.

Sally zupfte Julian am Rock. »Sie hat keinen Ton darüber gesagt, wo sie in Hut und Schal so schnell hingeflitzt ist, als sie bei Mary wieder rauskam.«

Ehe er etwas antworten konnte, fragte der Coroner: »War Laudanum für die Frauen im Haus leicht zugänglich?«

»Selbstverständlich nicht! Wir haben etwas Laudanum in der Vorratskammer, für den Fall, daß wir es brauchen sollten, aber die Tür zu dem Raum ist immer abgeschlossen. Wir bewahren dort Alkohol für medizinische Zwecke auf, und es geht nicht an, daß die Frauen sich da heimlich hineinschleichen, um sich was zu trinken zu holen.«

»Könnte die Verstorbene sich das Laudanum irgendwie aus diesem Raum beschafft haben?«

»Möglich wär's, Sir, aber sie hat es nicht getan. Ich hab' nachgesehen, und es hat nichts gefehlt.«

»Haben Sie eine Ahnung, wie sie zu dem Laudanum gekommen sein könnte?«

»Nicht die geringste, Sir. Aber diese Frauen sind durchtrieben. Wenn ich Dienst habe, behalte ich sie immer scharf im Auge und durchsuche ihre Zimmer, um sicherzugehen, daß es keine Unregelmäßigkeiten gibt. Aber ich würde es ihnen durchaus zutrauen, daß sie Mittel und Wege finden, von draußen was ins Haus zu schmuggeln. Das ist gewiß nicht meine Schuld, und auch nicht die von Mr. Harcourt! Wir tun alles, was in unserer Macht steht, um sie unter Kontrolle zu halten. Wir können nichts dafür, wenn –«

»Ja, natürlich, Mrs. Fiske, ich bin von Ihrer Gewissenhaftigkeit überzeugt. Ich danke Ihnen. Sie können an Ihren Platz zurückkehren. Und jetzt«, er räusperte sich bedeutungsvoll –, »würde ich gern Mr. Harcourt hören.«

Die Geschworenen reckten die Hälse und tuschelten miteinander, als Harcourt in den Zeugenstand trat. Einiges an den vorangegangenen Aussagen, besonders über die Härte, mit der man Mary im Asyl behandelt hatte, hatte sie sichtlich beunruhigt. Doch wenn Harcourt das mitbekommen hatte, so ließ er sich nichts davon anmerken. Er war ernst und ruhig – respektvoll gegen Coroner und Geschworene, aber ein wenig distanziert, als trennte ihn eine spirituelle Kluft vom Gesetz und seinen Pharisäern.

Auf Geheiß des Coroners gab er zunächst einige Auskünfte über sich selbst. Sein Name lautete Gideon Harcourt. Er war ordinierter Geistlicher der Kirche von England und Pfarrer einer Gemeinde in Norfolk, die jetzt einem Hilfsgeistlichen anvertraut war. (Julian spitzte die Ohren, als er Norfolk hörte, aber niemand außer ihm schien das bedeutungsvoll zu finden.) Bei einem Besuch in London, der mittlerweile einige Monate zurücklag, war er entsetzt gewesen über die große Zahl gefallener Frauen auf den Straßen und über die abgrundtiefe Verworfenheit der ganzen städtischen Gesellschaft, die dieses lasterhafte Gewerbe noch förderte. Er begann öffentliche Vorträge zu diesem Thema zu halten und stellte fest, daß es viele Gleichgesinnte gab, die wie er danach trachteten, diese verderblichen Einflüsse – diese Krebsgeschwüre in Menschengestalt – von der Straße zu entfernen. Daraufhin beschloß er, sich ganz der Rettung dieser Verworfenen zu widmen, indem er ihnen zunächst half, ihre Sünden zu bereuen und sich zum Besseren zu bekehren, um sie danach entweder ihren Familien wieder zuzuführen oder sie etwas lernen zu lassen, damit sie sich in Zukunft ihren Lebensunterhalt auf ehrliche und anständige Weise verdienen konnten.

Die Geschworenen nickten beifällig, aber ganz gewonnen waren sie noch nicht. Harcourt schilderte, wie er seine Resozialisationsgesellschaft gegründet hatte, und pries die harte Arbeit ihrer Mitglieder, von denen viele, wie er erklärte, die Güte besessen hätten, zum Zeichen ihrer Unterstützung heute hier zu erscheinen. Die Frauen in seinem

Gefolge strahlten. Die betuchten Herren plusterten sich auf. Die Journalisten verdrehten die Augen und schüttelten die Köpfe.

Das Asyl hatte vor drei Monaten seine Tore geöffnet, wie Harcourt berichtete. In dieser Zeit waren Frauen gekommen und gegangen. Einige, erklärte er mit Bedauern, seien leider nicht fähig gewesen, die Chance, die man ihnen gab, zu nutzen. Diese Unglücklichen hatte man wieder ziehen lassen – niemand wurde gegen seinen Willen im Asyl festgehalten.

»Aber die Zahl der Erfolge war weit größer: Es kamen Frauen zu uns, die hart und abgestumpft waren und durch das Laster jeden Sinn für Moral verloren hatten – geradeso wie durch dauernden Lärm das Gehör verlorengeht oder der Geschmack durch Völlerei. Diese Frauen haben gelernt zu bereuen; durch die Beichte ihre Seele zu reinigen und über ihre Sünden zu weinen wie Kinder vor einem strengen, aber liebenden Vater. Ich meine damit selbstverständlich Gott, nicht mich selbst, der nur bestrebt ist, auf die den Menschen eigene unvollkommene Weise Gottes Werk zu tun.«

Der Coroner war beeindruckt, schien aber der Meinung zu sein, daß man ein wenig vom Thema abkam. »Wann kam die Verstorbene zu Ihnen?«

»Vor ungefähr zwei Wochen. Ich glaube, es war spät am Nachmittag an einem Dienstag. Sie kam allein, im grellen Putz der Frauen ihres Gewerbes. Sie wirkte verstört, aber sie sprach sehr wenig. Ich war zufällig im Asyl und habe selbst mit ihr gesprochen. Mrs. Fiske war ebenfalls anwesend, der Schicklichkeit halber. Ich kann mir bei meiner Arbeit nicht den leisesten Hauch von Unziemlichkeit leisten.«

»Natürlich nicht«, bestätigte der Coroner.

»Von Anfang an fielen mir Ausdrucksweise und Manieren der jungen Frau auf. Sie hatte offensichtlich in höheren Kreisen verkehrt als die meisten der Frauen, die zu uns kommen. Um so schlimmer erschien mir ihr tiefer Fall: Bei den gesellschaftlichen Vorteilen, die sie offensichtlich genossen hatte, hätte sie ihren weniger glücklichen Schwestern ein besseres Beispiel geben müssen. Ich muß gestehen, ich war lange unschlüssig, ob ich sie aufnehmen sollte. Ihre Tränen, ihre Reue, ihre klare Einsicht in ihre Schuld verhießen Gutes, gewiß. Andererseits jedoch bestand da ein Mangel an Offenheit – ein Mangel an Bereitschaft, sich zu ihren Missetaten zu bekennen und sie zu beichten –, der zeigte, daß ihr noch die Demut fehlte, von ganzem Herzen zu bereuen. Sie weigerte sich, über ihre Familie, ihr vergangenes Leben und ihren Werdegang Auskunft zu geben. Sie weigerte sich standhaft, uns ihren Familiennamen zu nennen – und ich fürchte, selbst der Vorname, den sie uns angab, den der Mutter unseres Herrn, war erfunden.

Meine Herren, was sollte ich tun?« appellierte er an die Geschworenen, die völlig fasziniert waren. »Hätte ich sie abgewiesen, so hätte ich sie damit gezwungen, das liederliche Leben wiederaufzunehmen, das sie aufgeben wollte. Doch ihr hartnäckiges Schweigen, für das sie keine Erklärung abgeben wollte, bewies mir zugleich, daß sie noch zu hochmütig war, um wahre Reue zu empfinden. Mir fiel keine bessere Lösung ein, als sie aufzunehmen, sogleich jedoch eine strenge Grenze zwischen ihr und den anderen Frauen zu ziehen, die uns ihr Vertrauen gegeben und sich unsere Lehren zu eigen gemacht hatten.

Um Mary für die Unvollkommenheit ihrer Reue die Augen zu öffnen, war ich gezwungen, gewisse schmerzhafte, aber notwendige Maßnahmen zu ergreifen. So wie sie sich selbst geistig isoliert hatte, isolierte ich sie körperlich. Ich ordnete an, sie allein in einem Zimmer ohne allen Komfort schlafen zu lassen und ihr ihre Mahlzeiten an einem von den anderen Frauen getrennten Tisch zu reichen. Ein Vater muß gleichermaßen strafen wie trösten, und ebenso muß ein Geistlicher wie ich sein Mißvergnügen spüren lassen, wenn eine kranke Seele die einzige Medizin zurückweist, die sie retten kann. Die Tatsache, daß Mary uns nicht verließ – obwohl sie es jederzeit hätte tun können –, veranlaßt mich zu glauben, daß sie tief im Innersten meine Beweggründe verstand und daß sie sich den Tröstungen der Religion und der Reue hingegeben hätte, wäre nur der Glaube größer und ihre Eitelkeit geringer gewesen.«

Er machte eine Pause. Die Geschworenen warteten wie gebannt.

»Ihr Tod bereitete mir selbstverständlich einen schrecklichen Schock. Er schmerzt mich zutiefst. Gerade dieses Schicksal, mit ihrem eigenen Blut an ihren Händen vor den Herrn hintreten zu müssen, hätte ich ihr zu ersparen gewünscht. Selbstmord ist eine schwere Sünde; ich kann und werde sie nicht verzeihen. Aber ich bete für Mary und hoffe, sie wird dort, wo sie jetzt ist, Gnade und Frieden finden. Trotz ihrer Starrsinnigkeit und ihrer verbrecherischen Verzweiflung – denn wer hat das Recht, alle Hoffnung aufzugeben, solange wir uns in der Hand eines gerechten Gottes befinden und durch die Gnade seines Sohnes erlöst wurden? –, trotz alledem also, möchte ich gern glauben, daß nicht Gottlosigkeit sie zu ihrer Verzweiflungstat getrieben hat, sondern eine Schuld, die so drückend war, daß sie darüber den Verstand verlor. Meine Herren, ich hoffe, wenn Sie Ihr Urteil fällen, werden Sie berücksichtigen, daß ihr seelisches Gleichgewicht schwer gestört war, und milde mit ihrem Andenken verfahren, so wie Sie das für sich selbst wünschten.«

Die Frauen im Publikum schnüffelten. Eine von ihnen vergrub ihr Gesicht in ihrem Taschentuch. Die Geschworenen senkten die Blicke, demütig und ergriffen, als befänden sie sich in der Kirche.

Julian konnte Harcourt nur bewundern. Es war ihm gelungen, aus der Tatsache, daß Mary gestorben war, während sie sich unter seiner Obhut befunden hatte, Anerkennung und Beifall für sich und das Asyl herauszuschlagen. Keinem fiel es ein, danach zu fragen, wie es dazu hatte kommen können. Keinen interessierten mehr die Fakten, alle waren nur noch fasziniert von dem schönen, tragischen Märchen, das er um sie herum gesponnen hatte. Nach Julians Meinung war die Beweisführung voller Löcher; aber jeder, der hier, an dieser Stelle, versucht hätte, darauf hinzuweisen, wäre nicht mehr gewesen als eine einsame Stimme in der Wildnis.

»Nur noch einige letzte Fragen, Mr. Harcourt.« Der Coroner schnurrte förmlich. »Reine Formalität, mehr nicht. Ich bin überzeugt, keiner von uns möchte Sie auch nur einen Moment länger von Ihrer wertvollen Arbeit abhalten.«

Harcourt neigte huldvoll den Kopf, und Julian fragte sich, ob der Coroner das nächste Spendenmitglied der Resozialisationsgesellschaft werden würde. Vielleicht würden die Geschworenen auch noch alle der Organisation beitreten.

»Fanden sich nach Entdeckung der Toten irgendwelche Spuren gewaltsamen Eindringens in das Asyl?«

»Nein. Es waren keine Fenster zerbrochen, und die Schlösser waren alle unberührt.«

»Haben Sie eine Ahnung, wie die Verstorbene sich das Laudanum beschafft haben könnte?«

»Oh, da gebe ich mir selbst die Schuld.« Proteste und Kopfschütteln unter den Geschworenen und den Zuschauern. »Doch, ich bin der Meinung, daß die Hauptschuld bei mir liegt. Diese jungen Frauen sind von Natur aus undiszipliniert und geübt darin, das Gesetz zu umgehen. Es ist ihnen nicht gestattet, während ihrer Rehabilitation das Asyl zu verlassen oder Kontakte zur Außenwelt aufzunehmen, es sei denn, sie befinden sich unter strenger Aufsicht. Dennoch war Mary vielleicht schlau genug, das Laudanum ohne unser Wissen ins Haus zu schmuggeln. Ich fürchte, ich bin den Frauen gegenüber allzu vertrauensselig gewesen, da ich glaube, ihr Wunsch, sich zu bessern, sei aufrichtig, und sie können daher die schrecklichen Gewohnheiten ablegen, mit denen sie über viele Jahre gelebt haben. Ich kann Ihnen allen nur versichern, daß ich meine Wachsamkeit verdoppeln und alles tun werde, was in meiner Macht steht, um sie von den verderblichen Eingebungen ihrer eigenen Natur zu bewahren.«

Julian konnte nur staunen. Der Mann war grotesk, aber

unglaublich faszinierend. Julian war überzeugt, daß er ein Betrüger war; hinter dieser Rhetorik steckte nichts als Eitelkeit und Ehrgeiz. Dennoch war seine Eloquenz nicht zu leugnen. Und wieder war es ihm gelungen, von den Fakten abzulenken. Statt darüber nachzudenken, wie Mary zu dem Laudanum gekommen sein konnte, waren der Coroner und die Geschworenen völlig absorbiert von seinem persönlichen Entsetzen und Bedauern und von seiner Entschlossenheit, diesen Rückschlag zu überwinden und seine gute Sache unerschütterlich weiterzuverfolgen.

Julian wußte, daß jetzt für ihn und Sally die Zeit gekommen war, den Brief zu präsentieren. Er wußte auch, daß er überhaupt keine Absicht hatte, dies zu tun, wenn er nur die kleinste Rechtfertigung dafür finden konnte, ihn zurückzuhalten. Er glaubte nicht daran, daß jemand in diesem Saal dem Brief ernste Aufmerksamkeit widmen würde. Harcourt würde ihn als weiteren Beweis für Marys Starrsinn und Hochmut abtun – denn warum hätte sie so geheimniskrämerisch verfahren sollen, wenn sie wahrhaft bereute? Der Coroner und die Geschworenen würden teilnahmsvoll seufzen, und damit wäre die Sache dann erledigt. Julian sah sich im Saal um, aber es schien hier nicht einen einzigen Menschen zu geben, der fähig war, sich Harcourts Bann zu entziehen und die Fakten kühl und sachlich zu betrachten.

Da fiel sein Blick plötzlich auf Samuel Digby. Der alte Herr saß zurückgelehnt, den bandagierten Fuß auf einem Stuhl, die Arme verschränkt, auf dem Gesicht einen Ausdruck zynischer Erheiterung. Gott sei Dank, dachte Julian, ich bin nicht verrückt, ich bin nicht allein – da ist noch einer, der Harcourt durchschaut.

Und Digby war Richter, wie Julian sich erinnerte. Es mochte seine Pflicht sein, den Brief vorzulegen, aber er hatte doch gewiß das Recht, selbst zu entscheiden, welcher Behörde er ihn vorlegen würde.

Vor allem, dachte Julian, mußte er diese ganze Geschichte mit Dr. MacGregor durchsprechen. Am Abend suchte er MacGregor bei Dr. Greeley auf und berichtete ihm von Marys Tod und der Leichenschau. Dr. Greeley hatte sich bereits zur Ruhe begeben, so daß MacGregor Zeit hatte, sich mit Julian in der gemütlichen, dunkel getäfelten Bibliothek zu unterhalten.

»Der Spruch stand von vornherein fest«, schloß Julian seine Ausführungen. »Der Coroner hat für die Geschworenen alles noch einmal kurz zusammengefaßt und ihnen klar und deutlich gesagt, was sich seiner Ansicht nach zugetragen hat. An Marys Bett fand man eine fast leere Laudanumflasche und daneben das Glas, das ihr Stärkungsmittel enthalten hatte. Da sich in dem Glas Spuren des Stärkungsmittels sowie Spuren von Laudanum und Wasser befanden, müsse sie das Laudanum aus der Flasche ins Glas gegossen haben, es mit Wasser aus ihrem Krug verdünnt und dann getrunken haben. Zwar schließe das Zeugnis des Arztes einen Unfalltod aus, daraus folge jedoch nicht notwendigerweise, daß Mary im Vollbesitz ihrer geistigen Kräfte gewesen sei, als sie sich das Leben genommen habe. Die Geschworenen begriffen, was von ihnen erwartet wurde, und erkannten entgegenkommenderweise auf Selbstmord in geistiger Verwirrung. Damit ist die Untersuchung abgeschlossen, Mary kann in geweihter Erde begraben werden, und Harcourts Heiligenschein strahlt noch ein bißchen heller.«

MacGregor schüttelte traurig den Kopf. »Das arme kleine Ding. Diese Stadt ist wahrhaftig ein Sündenbabel – macht aus einem netten, anständigen Mädchen eines der verworfensten Geschöpfe der Natur. Kein Wunder, daß sie mit dem Gedanken an das, was sie einmal gewesen war und was nun aus ihr geworden war, nicht leben konnte. Trotzdem ist es schrecklich, was sie getan hat, sich auf diese Weise aller Hoffnung und Hilfe zu entziehen. Ich glaube einfach nicht, daß es je einen Menschen gibt, der nicht gerettet werden kann, wenn man nur zur rechten Zeit den rechten Einfluß geltend macht. Diese Leute im Asyl waren zu streng mit ihr, das ist alles. Natürlich war sie eine Sünderin, aber ich würde einen Menschen mit einer so zarten und zerbrechlichen Seele, wie sie sie hatte, so wenig strafen, wie ich einen von Krankheit geschwächten Menschen zur Ader lassen würde. Obwohl ich weiß, daß es manchen Mediziner gibt, der mir in dieser Hinsicht widersprechen würde. Ja, es ist wirklich jammerschade, daß Sie die junge Frau nicht mehr rechtzeitig erreichen konnten. Vielleicht hätte man ihr doch noch irgendwie helfen können.«

»Ja, es ist jammerschade«, sagte Julian still.

MacGregor warf ihm einen scharfen Blick zu, dann rief er: »Jetzt ist mir klar, warum Sie sich solche Gedanken über diese Geschichte machen! Sie junger Wahnsinniger, Sie glauben wahrhaftig, es sei Ihre Schuld, daß sie tot ist.«

»Daß es direkt meine Schuld ist, glaube ich nicht. Ich habe ihr ja das Laudanum nicht eingegeben. Aber dennoch – ich kann nicht vergessen, daß Sally sofort ins Asyl wollte, und ich ihr sagte, es hätte keine Eile. Ein, zwei Tage früher oder später spielen keine Rolle, sagte ich –«

»Herrgott noch mal, junger Mann, Sie konnten das doch nicht wissen! Selbstverständlich mußten Sie annehmen, daß die junge Frau in einem Heim unter der Leitung eines Geistlichen völlig sicher sein würde. Und wer hätte gedacht, daß sie ausgerechnet jetzt Hand an sich legen würde? Sie hat doch gerade erst diesen Brief geschrieben – er war vom vergangenen Samstagabend datiert, nicht wahr? Sie kann ihn also erst vor wenigen Tagen abgeschickt haben. Da sollte man doch meinen, daß sie dem Adressaten ein wenig Zeit geben würde, sich bei ihr zu melden und –« Er brach ab.

Ein seltsames Licht blitzte in Julians grünlichen Augen, als er sich MacGregor zuneigte. »Das ist Ihnen also auch aufgefallen?«

»Worauf wollen Sie hinaus? Verflixt, junger Mann, was soll das alles?«

»Sie haben völlig recht: Weshalb hätte sie sich töten sollen, da sie doch gerade erst den Brief abgeschickt hatte? Möglich, daß er irgendwie in falsche Hände geriet – es ist schwer zu glauben, daß sie ihn einem dieser drei Männer zugedacht hatte. Aber sie hat offenbar darauf vertraut, daß es ihr gelungen war, ihn auf den rechten Weg zu bringen. Florie Ames erzählte Sally, sie sei in den letzten Tagen besserer Stimmung gewesen. Das war nicht der Zeitpunkt für einen Selbstmord. Wenn Wochen ohne eine Antwort vorübergegangen wären, wäre eine solche Tat vielleicht verständlich gewesen. Aber doch nicht so bald schon.«

»Vielleicht hat sie ja eine Antwort bekommen. Auf einem Weg, von dem wir nichts wissen. Vielleicht hat die Person, an die sie geschrieben hat, ihr gestern abend eine Nachricht zukommen lassen, um ihr mitzuteilen, daß sie nichts mehr mit ihr zu tun haben wollte.«

»Es hätte schon viel Kühnheit dazugehört, eine Nachricht für sie in das Asyl einzuschmuggeln. Das Haus gleicht einem Gefängnis. Aber ich habe noch eine Frage für Sie: Warum hat sie keinen Abschiedsbrief hinterlassen?«

»Nicht alle Selbstmörder hinterlassen Abschiedsbriefe.«

»Nein. Aber auch nicht alle Selbstmörder sind so sprachgewandt, wie diese Frau es war. Können Sie sich vorstellen, daß eine Person, die einen so eloquenten Brief geschrieben hat –«, er zog das Schreiben aus seiner Tasche und hielt es hoch –, »sich das Leben nehmen würde, ohne einen Brief der Erklärung oder des Bedauerns zu hinterlassen?«

»O Gott, jetzt geht das schon wieder los – genau wie damals auf Bellegarde! Wir haben es mit einer eindeutigen Geschichte zu tun – einem klaren Selbstmord –, und Sie stochern darin herum, bis einem die Komplikationen um die Ohren fliegen!«

»Aber haben wir nicht genau auf diese Weise den Mord auf Bellegarde aufgeklärt?« fragte Julian milde.

»Aber da handelte es sich ja auch offensichtlich um Mord!«

»Und hier handelt es sich mindestens um einen höchst

zweifelhaften Selbstmord. Wie hat sich Mary das Laudanum beschafft? Harcourt und Mrs. Fiske redeten sich damit heraus, daß sie sagten, die Frauen seien so verdorben und durchtrieben, daß sie Mittel und Weg gefunden haben könnten, das Laudanum heimlich ins Asyl zu bringen. Es scheint aber, daß die Hausmütter die Frauen streng überwachen, ihre Zimmer durchsuchen und nachts zu jeder Zeit nach ihnen sehen. Es ist billig zu sagen, daß Mary, da sie das Laudanum hatte, einen Weg gefunden haben mußte, es sich zu beschaffen. Genausogut aber könnte man sagen, daß sie, wenn sie keinen Weg gefunden hat, es sich *nicht* beschaffen konnte.«

»Was wollen Sie damit sagen? Daß sich gestern abend jemand in Marys Zimmer geschlichen hat und sie zwang, das Zeug zu trinken?«

»Nun ja, sie war allein in einem Zimmer. Florie hat Sally erzählt, daß sie als einzige allein geschlafen hat.«

»Guter Gott, meine Junge, überlegen Sie doch mal, was Sie da sagen!« MacGregor marschierte erregt im Zimmer hin und her. »Der Mörder hätte eine Riesendosis Laudanum mit Wasser oder Alkohol mischen – man kann Laudanum nicht pur trinken – und Mary dann zwingen müssen, das Gebräu zu trinken. Das wäre doch eine ziemlich ungeschickte und gefährliche Methode, einen Mord zu begehen.«

»Es sind aber schon Leute mit Opium vergiftet worden.«

»Alle heiligen Zeiten einmal, ja. Aber dann wurde dem Opfer das Opium heimlich in eine Speise oder ein Getränk gemischt. In diesem Fall wurde eine leere Laudanumflasche auf Marys Nachttisch zurückgelassen. Würde ein Mörder so etwas tun?«

»Natürlich, wenn er einen Selbstmord vortäuschen wollte.«

»Aber wäre es nicht die einfachere Erklärung, daß Mary das Laudanum aus freien Stücken genommen hat?«

»Nein, Doktor, im Gegenteil. Was, zum Beispiel, geschah mit dem Stärkungsmittel?«

»Wovon sprechen Sie?«

»Von dem Stärkungsmittel, das Mrs. Fiske ihr gab, bevor sie zu Bett ging.«

»Sie nahm es ein, vermute ich, und benutzte dann das leere Glas, um das Laudanum zu nehmen, wie der Coroner sagte.«

»Aber überlegen Sie doch mal, alter Freund, wie absurd das ist! Weshalb sollte jemand ein Stärkungsmittel nehmen, wenn er vorhat, sich gleich hinterher das Leben zu nehmen?«

»Nun ja – sie konnte wahrscheinlich nicht klar denken. Wenn eine junge Frau einen so verzweifelten Entschluß faßt, kann man nicht erwarten, daß sie rational denkt.«

»Niemand, der sie an dem Abend sah, fand, sie hätte verzweifelt oder irrational gewirkt. Sogar Mrs. Fiske sagte aus, sie sei wie immer gewesen. Im übrigen geht es hier nicht um Rationalität – es geht um Intuition.« Er drückte eine Hand auf sein Herz. »Kein Mensch nimmt ein Mittel, um seinen Körper zu stärken, wenn er beabsichtigt, ihn gleich hinterher durch Gift zu zerstören. Nein, das Natürliche für sie wäre gewesen, das Stärkungsmittel in die Waschschüssel neben ihrem Bett zu gießen. Die aber wurde sauber und trocken vorgefunden. Und allem Anschein nach wurde das Mittel auch nicht an irgendeiner anderen Stelle weggegossen. Ich habe Summersons Lebenselixier gesehen – es ist ein scheußlich aussehender, rötlichbrauner Sirup. Es hätte dicke Flecken hinterlassen.«

»Warum muß sie eigentlich eins unmittelbar nach dem anderen genommen haben? Vielleicht hat sie das Stärkungsmittel vor dem Zubettgehen genommen, wurde später von Verzweiflung überkommen und griff zu dem Laudanum.«

Julian schüttelte den Kopf. »Nichts da. Der Arzt sagte aus, sie sei mindestens sechs Stunden tot gewesen, als er sie heute morgen um zehn untersuchte. Das heißt, sie kann spätestens um vier Uhr morgens gestorben sein, möglicherweise aber auch viel früher. An einer Laudanumvergiftung wäre sie doch nicht sofort gestorben, nicht wahr?«

»Nein, die Wirkung wäre wahrscheinlich erst nach mehreren Stunden eingetreten.«

»Na bitte. Wenn sie eine Überdosis Laudanum genommen hat, dann muß sie es gegen zehn Uhr abends getan haben, als sie zu Bett ging.«

»Ich weiß nicht, wie Sie das anstellen!« MacGregor begann wieder umherzuwandern. »Es gibt wahrhaftig nichts unter der Sonne, was so klar ist, daß Sie nicht ein Rätsel daraus machen können. Also gut: Wenn Mary nicht Selbstmord verübt hat, wie ist sie dann gestorben? Ein äußerst angesehener Arzt hat bezeugt, daß ihr Tod infolge einer Opiumvergiftung eintrat. Sie werden doch nicht glauben, daß er sich da geirrt hat?«

»Ich bin medizinisch nicht so bewandert, daß ich dazu etwas sagen kann. Aber nehmen wir an, er hatte recht. Wird nicht Opium in allen möglichen Formen verkauft, manchmal auch in Konzentrationen, die weit stärker sind als Laudanum?«

»Doch. Da gibt es zum Beispiel Kendal Black Drop, das ist etwa viermal so stark wie die durchschnittliche Laudanumzubereitung. Und Opiumtabletten und Lutschbonbons kann man sich in jeder Apotheke, beim Lebensmittelhändler, sogar in Pubs besorgen.«

Julian ließ sich das durch den Kopf gehen. »Mrs. Fiske zufolge waren die Frauen gestern abend um halb neun mit dem Abendessen fertig und hatten dann bis fast zehn Uhr Gebets- und Bibelstunde. Nehmen wir an, jemand hatte Mary eine tödliche Dosis Opium in ihr Abendessen gemischt; hätte sich zu der Zeit, als sie zu Bett ging, schon eine Wirkung gezeigt?«

»Anderthalb Stunden später? Ganz zweifellos, ja.«

»Dann gibt es, wenn wir annehmen, daß sie mit Opium oder irgendeiner anderen Substanz ähnlicher Wirkung vergiftet wurde, nur eine andere Möglichkeit: daß ihr das Gift in das Stärkungsmittel gegeben wurde, das sie vor dem Zubettgehen nahm. Mrs. Fiske hat ihr das Mittel gegeben, und Mrs. Fiske mochte sie nicht – ja, ich würde sagen, sie hat sie gehaßt. Das war heute bei ihrer Aussage deutlich zu spüren.«

»Aber wenn Mrs. Fiske sie getötet hätte, wäre sie dann nicht tunlichst darauf bedacht gewesen, ihre wahren Gefühle zu verbergen?«

»Ich glaube, sie war gar nicht fähig, sie zu verbergen. Sie bemühte sich, ruhig und sachlich zu sprechen, als sie aussagte, aber ihre Bitterkeit und ihre Wut brachen sich immer wieder Bahn. Sie ist eine sehr zornige Frau. Ich habe den Eindruck, daß sie alle Insassinnen des Asyls haßt.«

»Warum legt sie sich dann so für ihr Seelenheil ins Zeug?«

»Ich glaube nicht, daß das Seelenheil der Frauen sie auch nur einen Pfifferling kümmert. Sie arbeitet in dem Asyl, weil sie erstens völlig betört ist von Harcourt, wie übrigens auch der Rest des kleinen Harems, den er um sich versammelt hat. Und zweitens, weil sie es genießt, die Frauen zu tyrannisieren, sie zu unterdrücken und sich mit ihrer eigenen Tugendhaftigkeit vor ihnen großzutun. In dieser Frau steckt kein Funken Nächstenliebe – sie kennt nur Haß, Fanatismus und einen tiefen Groll. Leute wie sie waren die Antreiber der Inquisition.«

»Aber das alles erklärt noch nicht, weshalb sie so weit gehen würde, eine der Insassinnen zu töten.«

»Nein. Aber meiner Meinung nach war ihr Haß gegen Mary von ganz eigener Art, vielleicht weil diese jung und hübsch war und offensichtlich aus vornehmer Familie kam. Außerdem hat ja Harcourt ein ganz besonderes Interesse an Mary an den Tag gelegt. Er war fast besessen davon, ihr Schweigen zu brechen und herauszubekommen, wer sie wirklich war.«

»Sie wollen doch nicht unterstellen, daß zwischen Harcourt und Mrs. Fiske etwas ist?«

»Sie meinen, in der Art einer Liebesbeziehung? Guter Gott, nein! Wenn Sie sie gesehen hätten, würden Sie nicht fragen. Sie kann aber dennoch eifersüchtig gewesen sein. Eine Frau braucht einen Mann nicht zu besitzen, um Besitzrechte geltend zu machen. Wenn das Stärkungsmittel vergiftet war, das Mary nahm, dann hat höchstwahrscheinlich Mrs. Fiske das Gift hineingegeben. Aber es gibt noch eine andere Möglichkeit.«

»Das hätte ich mir ja denken können.«

»Diese wenig ermutigende Äußerung will ich überhört haben. Mrs. Fiske hat ausgesagt, daß Mary als einzige im Heim das Stärkungsmittel nahm. Ein wahrhaft dreister Mörder könnte die ganze Flasche vergiftet haben, so daß Mrs. Fiske eine tödliche Dosis verabreichte, ohne es zu wissen.«

»Aber der Mörder konnte doch nicht mit Sicherheit gewußt haben, daß sonst niemand das Stärkungsmittel nahm.«

»Nein. Ebendeshalb hätte er oder sie ja ungewöhnlich dreist und kaltblütig sein müssen. Und Mr. Harcourt ist beides.«

»Harcourt? Warum sollte *er* Marys Tod wünschen?«

Julian schnitt eine Grimasse. »Offen gestanden – ich habe keine Ahnung. Ihm dürfte allem Anschein nach viel mehr daran gelegen haben, sie am Leben zu erhalten. Florie sagte, er hätte gehofft, sich Marys Familie zu verpflichten, indem er sie ihr wieder zuführte. Er meinte sicher auch, es würde seinem Namen zusätzlichen Glanz geben, wenn er eine junge Frau aus guter Familie rettete und zum Guten bekehrte. Und dennoch ist es verteufelt eigenartig, wie er mit dem Todesfall umgegangen ist. Warum hat er drei Stunden gebraucht, um einen Arzt zur Untersuchung der Toten zu holen? Und warum hatte er es so eilig, die Leichenschau hinter sich zu bringen?«

»Aber das ist doch verständlich. Der Tod einer Insassin unter solchen Umständen kann seinem Asyl nicht guttun.«

»Das ist wahr. Aber warum die Angelegenheit nicht öffentlich aufklären und beweisen, daß niemanden im Heim die Schuld an Marys Tod trifft? Sie in Geheimnis zu hüllen fordert doch nur Argwohn und Spekulationen heraus. Und ich habe noch eine merkwürdige Tatsache für Sie: Harcourts Gemeinde ist in Norfolk. Sie wissen, daß der Gebrauch von Opium dort im Marschland an der Tagesordnung ist. Die Leute züchten den Mohn in ihren Gärten und bereiten sich ihre eigenen Mischungen mit der Droge.«

»Und Sie glauben, Harcourt panscht auch mit dem Zeug herum? Selbst wenn das zutrifft, erklärt das nicht, weshalb er Mary hätte töten sollen.«

»Nein. Ich muß leider gestehen, ich schwimme in Theorien, aber mir fehlen die Fakten, um sie zu untermauern.«

»Jetzt hören Sie mal zu: Wollen Sie sich wirklich wie ein Fanatiker in diese Geschichte hineinsteigern, sich die Finger an etwas verbrennen, das gar nicht Ihre Sache ist, und sich und allen um Sie herum einen Haufen Scherereien machen?«

»Das hatte ich in etwa vor, ja.«

»Na ja – mir ist schon klar, daß es keinen Sinn hat, Sie zurückhalten zu wollen, wenn Sie schon mal losgelegt haben. Ich will Ihnen nur eines sagen: Wenn Sie dieser Sache aus Neugier, aus Wahrheitsliebe oder aus Ihrem Gerechtigkeitssinn heraus auf den Grund gehen wollen – dann ist das gut und schön. Aber tun Sie es nicht aus Schuldgefühl. Sie tragen keine Schuld an dem, was ihr zugestoßen ist. Sie haben getan, was Sie konnten, und ein gut Teil mehr, als die meisten Leute getan hätten.«

»Aber wenn ich nicht so sehr darauf bedacht gewesen wäre, ihre Privatsphäre zu respektieren – wenn ich gleich offen gewesen wäre und Mrs. Fiske bei meinem Besuch den Brief gezeigt hätte, statt auf Schleichwegen über Sally mit Mary Kontakt aufnehmen zu wollen –«

»Dann hätten Sie alles vielleicht nur schlimmer gemacht. Es hat keinen Sinn, sich darüber Gedanken zu machen, was gewesen wäre, wenn. Das ist nur Zeitverschwendung.«

Julian lächelte und sagte: »Lieber Freund, ich danke Ihnen für diese Lektion. Sie haben mir bewiesen, daß nicht alle Stärkungsmittel aus Flaschen kommen.«

»Hm – na ja – und was haben Sie jetzt vor?«

»Ich werde Samuel Digby aufsuchen. Er ist Richter, ihn scheint diese Affäre zu interessieren, und seine Haltung Harcourt gegenüber ist zumindest skeptisch. Wenn ich sehe, daß er zu Fairneß und Unvoreingenommenheit bereit ist, werde ich ihm Marys Brief zeigen und ihn fragen, wie ich seiner Meinung nach verfahren soll.«

Er stand auf, um zu gehen. Dann jedoch blieb er stehen und musterte die Bücherregale an den Wänden. »Haben Sie zufällig eine Bibel zur Hand?«

»Eine Bibel?«

»Ja. Mir ist gerade noch etwas eingefallen, was ich Ihnen sagen wollte.«

MacGregor suchte seine Bibel und reichte sie ihm. Julian blätterte darin. »Erinnern Sie sich, in ihrem Brief schrieb Mary, wenn sie keine Antwort bekäme, würde sie wie eine Tote vergessen werden, wie das zerbrochene Gefäß in dem Psalm? Ich habe den Psalm gefunden – es ist Nummer einunddreißig. Hören Sie zu:

›Vor allen meinen Bedrängern bin ich ein Spott geworden, eine Last meinen Nachbarn und ein Schrecken meinen Bekannten.

Die mich sehen auf der Gasse, fliehen vor mir.

Ich bin vergessen in ihren Herzen wie ein Toter; ich bin geworden wie ein zerbrochenes Gefäß.

Denn ich höre, wie viele über mich lästern: Schrecken ist um und um!

Sie halten Rat miteinander über mich und trachten danach, mir das Leben zu nehmen.‹«

MacGregor starrte ihn verblüfft an. »Aber – aber das beweist doch gar nichts.«

»Nein. Aber es jagt mir dennoch einen Schauder über den Rücken.«

Samuel Digby wohnte in einem stattlichen roten Backsteinhaus am Highgate Hill. An der Haustür war ein schwerer Messingklopfer: der Kopf eines gesättigt grinsenden Löwen. Julian klopfte und überreichte seine Karte einem gebeugten alten Diener. Der Mann zog sich zurück, kam dann wieder und sagte, Mr. Digby würde ihn empfangen.

Er führte Julian in ein wohnliches Zimmer im rückwärtigen Teil des Hauses, mit einem kirschfarbenen Teppich und schönen alten Mahagonimöbeln. Digby saß in einem Sessel am Feuer, den gichtkranken Fuß auf einem Sitzkissen, neben sich einen Tisch voller Bücher, Zeitungen und Medikamente. Ihm gegenüber saß eine rosige alte Dame mit einem Nähtischchen neben sich. Sie hielt ihre Hände erwartungsvoll in ihrem Schoß gefaltet.

»Das, meine Liebe«, sagte Digby mit einem verschmitzten Lächeln, »ist Mr. Julian Kestrel, der gefeierte Modeheld. Mr. Kestrel, es ist mir eine Ehre, Sie in meinem Haus empfangen zu dürfen. Wie ich höre, brauchen Sie ein Haus nur einmal zu besuchen, um es zum Anziehungspunkt der feinen Welt zu machen. Ich werde sehr enttäuscht sein, wenn sich nach Ihrem Besuch nicht Herzöge und Herzoginnen vor unseren Toren drängen. Sie verzeihen, daß ich nicht aufstehe.«

»Selbstverständlich.« Julian wandte sich der Dame des Hauses zu und neigte sich über ihre Hand. »Guten Tag, Mrs. Digby.«

»Es ist mir ein Vergnügen, Sie kennenzulernen, Mr. Kestrel. Himmel, Sie sehen wirklich aus wie auf diesem Stich, den ich in der Schreibwarenhandlung gesehen habe – ach Gott, das war vielleicht keine sehr taktvolle Bemerkung.«

»Sie meinen Mr. Cruikshanks Karikatur?« Julian lächelte. »Sie ist sehr gut, nicht wahr? Ich habe sie mir rahmen lassen.«

»Sie wird Ihnen bei weitem nicht gerecht.« Ihre Stimme

verriet ihre Erleichterung darüber, ihn nicht beleidigt zu haben.

»Ich danke Ihnen, Mrs. Digby. Sie sind sehr gütig.« Er wandte sich ihrem Mann zu und reichte ihm die Hand. »Guten Tag, Sir.«

»Guten Tag. Es ist mir ein Vergnügen. Ich wollte Sie schon lange einmal kennenlernen.«

»Ich bin geschmeichelt«, sagte Julian. Aber er war eher überrascht.

Digby nickte. »Sie interessieren mich, seit ich hörte, wie Sie den Mord auf Bellegarde aufgeklärt haben. Das war ein gutes Stück Arbeit. Als ich Sie dann heute bei der Leichenschau sah, dachte ich bei mir: Aha, er hat wieder Witterung aufgenommen. Er glaubt, daß an dieser Geschichte etwas nicht stimmt, und weiß, daß es mir genauso geht. Kurz gesagt, Mr. Kestrel, ich habe Sie erwartet. Bitte nehmen Sie Platz.«

»Danke, Sir«, sagte Julian noch überraschter als zuvor und jetzt auch sehr beeindruckt.

»Nehmen Sie meinen Sessel«, forderte Mrs. Digby ihn auf. »Nein, bitte, ich bleibe nicht. Ich störe Sam nie, wenn er geschäftlich zu tun hat.«

Sie nahm ihr Nähkästchen und ging hinaus. Julian öffnete ihr die Tür, kehrte dann zurück und setzte sich. Digby bot ihm einen erstklassigen Madeira an, den er annahm.

»Also«, sagte der alte Herr dann, »was an diesem edlen und aufrechten Mann, dem Reverend Harcourt, macht Sie denn mißtrauisch?«

»Vielleicht das gleiche, was Sie zur Leichenschau in die Stadt geführt hat – obwohl das für Sie sicher eine Strapaze gewesen sein muß.« Er warf einen Blick auf Digbys bandagierten Fuß.

»Vielleicht. Aber im Augenblick sprechen wir nicht von mir. Seien Sie offen mir gegenüber, dann können Sie von mir das gleiche erwarten. Was am Tod dieser jungen Frau gibt Ihnen zu denken?«

Julian erklärte es ihm. Marys Brief erwähnte er noch

nicht, erläuterte jedoch seine anderen Verdachtsgründe: das Fehlen eines Abschiedsbriefs; die ungelöste Frage, woher Mary das Laudanum bekommen hatte; die Tatsache, daß sie unmittelbar vor ihrem angeblichen Selbstmord noch das Stärkungsmittel getrunken hatte; Harcourts Anstrengungen, die ganze Sache zu vertuschen. Er wies darauf hin, daß Mary die einzige Frau im Haus gewesen war, die allein in einem Zimmer geschlafen hatte; daß Harcourt von ihr wie besessen gewesen war; daß Mrs. Fiske selbst jetzt noch ihren Groll gegen sie kaum verbergen konnte.

Digby hörte ihm aufmerksam zu, warf nur ab und zu eine sachliche Frage ein. »Nun«, sagte er schließlich, »Sie haben da einige heikle Fragen aufgeworfen. Es gibt aber nicht den Schatten eines Beweises dafür, daß ein Verbrechen vorliegt. Glauben Sie denn, daß ich oder sonst jemand etwas für Sie tun kann, solange das so ist?«

»Irgendwo muß eine Untersuchung ja anfangen.«

»Diese hier wird enden, wo sie angefangen hat, wenn Sie mir nicht stichhaltigere Beweise vorlegen können. Ich möchte Sie nicht entmutigen, junger Mann, aber Sie wissen so gut wie ich, wie die Justiz in diesem Land arbeitet. Ohne einen direkten Beweis für ein Verbrechen werden sich die Behörden für diese Angelegenheit nicht interessieren. Die Bow Street wird nichts unternehmen, weil kein Geld dabei herausschaut, und höhere Beamte wissen, daß man sich nur einen Haufen Ärger einhandelt, wenn man sich mit Harcourt anlegt. Der Mann hat einflußreiche Gönner: Geistliche, Anwälte, Kaufleute. Oder genauer gesagt, er genießt die Unterstützung der Ehefrauen dieser Männer, was auf dasselbe hinausläuft. Der Mann versteht es, sich die Frauen gewogen zu machen. Nichts Ungehöriges, selbstverständlich – nur Schmeichelei und Süßholzraspeln. Was glauben Sie denn, warum er es sich zur Aufgabe gemacht hat, Prostituierte zu bekehren? Weil er damit die Frauen auf seiner Seite hat. Es gibt kaum eine anständige Frau in London, die diese Geschöpfe nicht haßt, die sich zwischen sie und ihren Ehemann oder Angebeteten drängen. Aber Harcourts Kampagne findet in noch weiteren Kreisen Anklang – wir alle haben doch ein heimliches Interesse an diesem besonderen Laster, ob wir es nun zugeben oder nicht. Jetzt ist es ihm sogar gelungen, an den Adel heranzukommen. Er hat einige adlige Gönner – Lord Carbury zum Beispiel.«

»Lord Carbury?« fragte Julian rasch.

»Das klingt unwahrscheinlich, nicht wahr? Da Carbury doch in seiner Jugend so ein wilder Bursche war. Aber Harcourt besitzt eben ein besonderes Talent. Er ist übrigens auch an mich herangetreten. Ich engagiere mich ein wenig für wohltätige Zwecke.«

»Auf sehr großzügige Weise, wie ich gehört habe.«

»Wie dem auch sei, Tatsache ist, daß er mir nicht gefiel und meiner Frau ebensowenig. Um es genauer zu sagen, ich traue ihm nicht. Meiner Ansicht nach treibt ihn nur der Ehrgeiz – das könnte man förmlich riechen Da haben wir einen Mann, sagte ich zu meiner Frau, der bei der Verfolgung seiner eigenen Interessen vor nichts zurückschrecken würde. Ich vermute, er sieht es als einen Triumph für sich an, Carbury zur Strecke gebracht zu haben. Ja, ja, er ist schon ein rechter Snob, der gute Mr. Harcourt, auch wenn er so tut, als interessiere ihn nur das Jenseits.«

»Da haben Sie zweifellos recht. Für mich jedoch ist das Bemerkenswerteste daran, daß Lord Carbury zu Harcourts Gönnern gehört, die Tatsache, daß er Charles Avondales Vater ist.«

»Charles Avondale? Was hat der denn damit zu tun?«

»Ich denke, es ist an der Zeit, Ihnen zu erzählen, wie mein Interesse an der Resozialisationsgesellschaft und Marys Tod geweckt wurde.«

Er berichtete von dem Brief, den Sally gestohlen hatte, und wie sie ihn zu Mary zurückverfolgt hatten. Er wies darauf hin, wie seltsam es sei, daß Mary so bald nach seiner Abfassung Selbstmord begangen habe, ohne auf eine Antwort zu warten. Schließlich reichte er Digby den Brief. Der las ihn aufmerksam und lehnte sich dann kopfschüttelnd zurück.

»Ich sehe, Sie haben sich Ihre Trumpfkarte bis zum Schluß aufgehoben. Eine beunruhigende Sache – wirklich. Aber offen gestanden, ich glaube nicht, daß sie die Bow Street zum Handeln veranlassen würde. Im Gegenteil, wenn Charles Avondale in diese Geschichte verwickelt sein sollte, ist es um so wahrscheinlicher, daß man versuchen wird, sie zu vertuschen. Man würde sich nicht mit den mächtigen Carburys anlegen wollen.«

»Und wenn ich nun konkrete Beweise dafür bieten könnte, daß Mary sich nicht selbst das Leben genommen hat – daß sie vielmehr ermordet wurde?«

»Nun, das würde der Sache ein anderes Gesicht geben. Es gibt ja noch Gerechtigkeit in diesem Land. Selbst Harcourt und seine einflußreichen Gönner könnten eine Untersuchung nicht abwürgen, wenn es handfeste Anhaltspunkte für die Möglichkeit eines Mordes gibt. Ich jedenfalls würde so lange nicht ruhen, bis Gerechtigkeit geschehen wäre. Aber wie wollen Sie sich diesen Beweis beschaffen? Harcourt wird Ihnen gewiß nicht helfen. So verbissen er sich bemüht hat, Näheres über Mary zu erfahren, solange sie noch am Leben war, so sehr wird er jetzt, da sie tot ist, darauf bedacht sein, jede Untersuchung im Keim zu ersticken. Man stelle sich nur vor, es gelänge jetzt, sie zu identifizieren! Er müßte doch damit rechnen, daß ihre Familie ihm auf den Pelz rückt und ihn für ihren Tod zur Verantwortung zieht.«

»Wir hatten verteufelte Schwierigkeiten, das Opfer des Mordes auf Bellegarde zu identifizieren und herauszufinden, wer die Frau getötet hatte. Aber am Ende haben wir es doch geschafft.«

»Sie persönlich haben es geschafft, meinen Sie. Und Sie glauben, das wird Ihnen wieder gelingen?«

»Ich möchte es jedenfalls versuchen.«

»Und ich möchte Ihnen gern helfen. Passen Sie auf: Wie wäre es, wenn ich die Kosten Ihrer Untersuchung übernehme?«

»Ich könnte unmöglich –«

»Kommen Sie, werden Sie mir jetzt nicht zimperlich. Ich habe mehr Geld, als ich verbrauchen kann, und tätige Hilfe kann ich Ihnen bei der Aufklärung dieses Geheimnisses wegen meiner Krankheit nicht leisten. Sie andererseits haben wahrscheinlich wie die meisten jungen Stutzer mehr Zeit als Geld. Erlauben Sie mir also, die Untersuchung zu finanzieren. Sehen Sie es als eine Investition in Gesetz und Ordnung.«

»So gesehen kann ich kaum ablehnen, Sir. Ich danke Ihnen.« Julian mußte zugeben, daß das Geld wie gerufen kam. Er war niemals sehr flüssig, und es war auch schon vorgekommen, daß er tief in Schulden steckte.

Er fragte: »Wären Sie bereit, die Geschichte von Marys Brief und die Untersuchung fürs erste geheimzuhalten? Wenn der Spruch des Coroners zutreffend war und ich nur Flöhe in den Ohren habe, würde es keinem dienen, Staub aufzuwirbeln. Und wenn ich recht habe und tatsächlich ein Verbrechen gegangen wurde, möchte ich Harcourt oder wen auch immer nicht warnen. Meine stärkste Waffe ist, daß niemand weiß, daß ich Marys Brief habe. Der Mann, in dessen Besitz er war, hat vielleicht erraten, daß Sally ihn gestohlen hat, aber er weiß nicht, ob sie ihn behalten und gelesen hat oder sich auch nur einen Funken darum schert. Er wird sicherlich nicht damit rechnen, daß ihm aufgrund dieses Briefes jemand nachspüren wird – genau das, was ich zu tun vorhabe.«

»Die Tatsache, daß er den Brief in seinem Besitz hatte, bedeutet noch nicht, daß er etwas mit Marys Tod zu tun hat.«

»Nein. Aber meiner Meinung nach ist der Mann wichtig. Sollte er derjenige sein, an den der Brief gerichtet war, so könnte er uns wenigstens sagen, wer Mary wirklich war. Diese drei Männer interessieren mich ungeheuer, Mr. Digby. Einen von ihnen kenne ich schon. Und ich beabsichtige, auch die beiden anderen zu identifizieren.«

»Warum fragen Sie Charles Avondale nicht einfach rundheraus, ob er etwas über den Brief weiß?«

»Und wenn er verneint? Woher sollen wir dann wissen, ob er die Wahrheit sagt, da wir doch nicht sicher sind, daß der Brief in seiner Tasche war und wir die beiden anderen Männer nicht einmal kennen? Natürlich ist er für mich verdächtig, besonders seit Sie mir von der Verbindung seines Vaters mit Harcourt erzählt haben. Andererseits hat Harcourt so viele Gönner, daß das bloßer Zufall sein könnte. Ich kenne Avondale flüchtig, und er und ich haben gemeinsame Freunde. Ich möchte zunächst einmal lieber diskrete Erkundigungen über ihn einziehen und gleichzeitig versuchen, die beiden anderen Männer ausfindig zu machen. Die direkte Konfrontation mit Avondale kann ich später immer noch suchen. Wenn ich ihn hingegen einmal auf meinen Verdacht aufmerksam gemacht habe, kann ich nie wieder auf das Überraschungsmoment hoffen.«

»Nun gut, ich werde vorläufig über Ihr Tun nichts verlauten lassen. Sie haben es weiß Gott bitter nötig, jeden kleinsten Vorteil zu nutzen, den Sie haben. Über diese beiden anderen Männer scheinen Sie herzlich wenig Kenntnisse zu haben.«

»Praktisch keine«, erwiderte Julian lächelnd. »Ein interessantes Problem, nicht wahr?«

Als Julian nach Hause kam, fand er Sally höchst aufgebracht vor. Mrs. Mabbitt hatte sie auf einen Markt geschleppt und sie gezwungen, sich Kleider zu kaufen, in denen sie sich unter anständigen Leuten sehen lassen konnte. Jetzt trug sie ein schlichtes dunkelgrünes Merinokleid mit weißem Kragen und weißen Manschetten. Ein züchtiger Schutenhut beschattete ihr Gesicht.

»Schauen Sie mich doch mal an!« wütete die. »Im *Cockerel* wird mich so kein einziger Mann anreden. Die würden mich für 'ne vertrocknete alte Pfarrersgattin halten.«

»Ich glaube, da besteht keine Gefahr«, entgegnete Julian.

»Ein schöner Aufzug ist das für eine wie mich! Was soll ich damit machen, wenn ich wieder auf die Straße geh'? Soll ich die Klamotten vielleicht in die Kirche anziehen?«

Dipper, der Julian Hut, Handschuhe und Spazierstock abnahm, warf ihr einen beunruhigten Blick zu. Verteufelt, dachte Julian, wir haben das Problem, was aus ihr werden soll, immer noch nicht gelöst. Sie scheint zu glauben, daß sie nach ihrem Besuch hier einfach in ihr altes Leben zurückkehren wird. Und ich weiß, verflixt noch mal, nicht, was ich ihr statt dessen anbieten soll oder wie ich sie daran hindern soll.

Er berichtete ihnen von seinem Besuch bei Digby und seinem Entschluß, der Wahrheit über Mary auf den Grund zu kommen. Sie boten ihm beide ihre Hilfe an. Als erstes, erklärte Julian, solle Sally ihm und Dipper über die drei Männer, von denen sie möglicherweise den Brief hatte, alles berichten, woran sie sich erinnern könne.

Draußen war es kühl und regnerisch geworden. Dipper machte einen Krug heißen Punsch, und sie drängten sich wie Verschwörer um das Feuer im Salon. Sally bemühte sich nach Kräften, sich alles ins Gedächtnis zu rufen, was ihr an Borstel, Blauauge und Blinkie aufgefallen war. Zum erstenmal schilderte sie im Detail, was Blinkie ihr angetan hatte, und sie hätte kaum sagen können, ob Dip oder Mr. Kestrel zorniger war. Es bereitete ihr warme Genugtuung zu wissen, daß es zwei Männer gab, die bereit waren, sie zu beschützen. Sie hoffte von Herzen, daß sie Blinkie finden würden – dann würden sie ihm bestimmt die Hölle heiß machen.

Als sie zum Schluß gekommen war, lehnte sich Julian nachdenklich zurück. Dipper und Sally sahen ihn so erwartungsvoll an wie einen Zauberkünstler, der gleich sein nächstes Kabinettstück vorführen würde.

»Avondale ist unsere kleinste Sorge«, sagte er schließlich. »Über ihn kann ich mir mühelos Informationen beschaffen. Mit Borstel ist das eine andere Sache. Was wissen wir über ihn? Er ist mittleren Alters, schüchtern, ein solider Bürger, dem die Art der Unterhaltung, die Sie ihm angeboten haben, fremd ist. Er wirkte niedergeschlagen, und er gab zu, daß er ein Geschäft führt. Haben Sie eine Ahnung, was für ein Geschäft?«

Sally stützte ihr Kinn auf ihre Fäuste. »Ich könnte schwören, daß er nicht mit den Händen arbeitet wie ein Schmied oder ein Schreiner. Er hat auch nicht nach Tabak oder nach Essen gerochen. Und er hat auch keine Tinte an sein Händen gehabt wie Blinkie.« Sie schüttelte den Kopf. »Ich weiß nicht. Ich kann Ihnen sagen, was er nicht war, aber nicht, was er war.«

»Nun, das ist immerhin ein Anfang. Vielleicht ist es zunächst einmal auch ein Ende. Im Moment habe ich jedenfalls keine Ahnung, wie ich ihn aufspüren soll.«

Darauf folgte eine Pause. Sie starrten auf die drei Taschentücher, die nebeneinander auf einem Tisch lagen.

»Sally hat Blinkie im *Cockerel* getroffen, Sir«, sagte Dipper. »Wenn er da Stammgast ist, kennen sie ihn dort vielleicht.«

»Das ist ein guter Gedanke. Diese Aufgabe überlasse ich dir – die Leute im *Cockerel* werden mit dir eher sprechen als mit mir. Was wissen wir sonst noch über Blinkie – abgesehen von der Tatsache, daß er ein gemeiner Schurke ist? Er ist jung und mager, trägt eine Brille, ist gekleidet wie ein Schreiber und hat Tinte an den Fingern. Und noch etwas wissen wir: Er hat einen kaputten Regenschirm.« Er wandte sich an Sally. »Wie stark war der Schirm Ihrer Meinung nach beschädigt? Ich weiß natürlich, daß Sie nicht gerade in der Verfassung waren, darauf zu achten.«

»Da muß ich mal nachdenken. Ich hab' ihm einmal eines mit dem Schirm übergebraten, dann hat er ihn mir weggenommen. Da ist das Öltuch zerrissen und ein paar Stäbe sind gebrochen, das habe ich gehört.«

»Und war es ein guter Schirm, glauben Sie? Wäre er eine Reparatur wert gewesen?«

»Ich glaube schon. Es war so 'n großer, schwerer, wie ihn viele haben, aber mehr gegen Diebe als gegen Regen. Und er hat 'nen besonderen Griff gehabt – wie 'n Widderkopf geschnitzt.«

»Was würden Sie wetten, daß er ihn irgendwohin zur Reparatur gebracht hat? Wenn wir Glück haben, hat er um Lieferung gebeten, und der Schirmhändler kann uns vielleicht seine Adresse sagen.«

»Aber in London gibt's doch massenhaft Schirmhändler«, wandte Sally ein.

»Wir haben es nicht eilig.« Julian stand auf und ging ein paar Schritte hin und her. »Wir lassen eine Anzeige drucken, in der wir eine Belohnung für jede Auskunft anbieten, die zur Auffindung eines schwarzen Regenschirms mit Krücke in Form eines Widderkopfs führt, der am vergangenen Montagabend beschädigt wurde. Wir beschreiben genau, welcher Art die Beschädigung war. Die Antworten lassen wir uns postlagernd schicken. Und die Belohnung setzen wir auf – nun, sagen wir mal zehn Pfund fest.«

»Zehn Pfund?« rief Sally. »Da werden die Leute denken, daß Sie verrückt sind.«

»Oder daß ich eine besondere Schwäche für Regenschirme habe. Ganz gleich – so wird man uns jedenfalls ernst nehmen. Die Anzeige schicken wir an alle Schirmmacher und Schirmhändler, die wir ausfindig machen können. Ich denke, Stultz oder einer der anderen Schneider kann uns helfen, eine Liste zusammenzustellen. Wobei natürlich immer noch die Frage bleibt, ob wir damit überhaupt etwas erreichen. Es kann ja zum Beispiel sein, daß Blinkie gar nicht in London wohnt. Vielleicht hat er gleich, nachdem er mit Ihnen im *Cockerel* war, die nächste Postkutsche nach Yorkshire genommen. Es wäre vielleicht gar nicht dumm, sich bei den größeren Poststationen nach ihm zu erkundigen – und auch gleich nach Borstel. Wenn einer von den beiden etwas mit Marys Tod zu tun hatte, hielt er es vielleicht für klug, eine möglichst große Entfernung zwischen sich und London zu legen.

Es kann uns natürlich passieren«, fügte er hinzu, »daß uns auch der Schirmhändler, wenn wir tatsächlich den richtigen auftreiben sollten, nicht weiterhelfen kann. Schließlich sind inzwischen einige Tage vergangen – da kann der Schirm leicht repariert und dem Eigentümer zurückgegeben worden sein. Trotzdem, wir haben nichts zu verlieren außer Zeit und ein wenig von Mr. Digbys Geld. Es ist einen Versuch wert. Ich setze die Anzeige noch heute abend auf, und du kannst sie gleich morgen in aller Frühe zum Drucker geben.«

»Ja, Sir«, sagte Dipper.

Julian überlegte. »Es gibt noch einen anderen Weg, das Problem anzupacken. Wir können versuchen, mehr über Harcourt und die Resozialisationsgesellschaft herauszufinden. Ich könnte mich ja einmal mit seinen Spendern unterhalten und vielleicht auch mit einigen der Frauen, die ihn so verehren. Eins steht für mich allerdings fest, wenn jemand weiß, was Mary wirklich zugestoßen ist, dann sind es die Frauen im Asyl. Und an die kommen wir nicht heran.«

»Ich schon«, widersprach Sally.

Julian und Dipper sahen sie erstaunt an.

»Kapiert ihr nicht? Ich kann doch ins Asyl gehen und so tun, als ob ich mich bessern will. Die kennen mich da schon – ich war ja schon mal da. Wenn sie mich nehmen, kann ich alles dort ausbaldowern. Und ich kann mich bei den andern Frauen einschmeicheln und rauskriegen, was die wissen. Wenn ich genug gesehen hab', haue ich wieder ab.«

»Das kommt nicht in Frage«, erklärte Julian. »Das ist viel zu gefährlich. Stellen Sie sich nur vor, es hat wirklich jemand im Asyl bei Marys Tod die Hand im Spiel gehabt. Wenn Ihre Neugier auffällt, könnten Sie das nächste Opfer sein. Und überlegen Sie mal, was passiert, wenn der Mann, dem Sie den Brief gestohlen haben, herausbekommt, daß Sie im Asyl sind. Wenn er irgendein Interesse an Mary hat, behält er das Heim vielleicht im Auge. So wie die Dinge jetzt liegen, hat er keine Ahnung, wer oder wo Sie sind; wenn er sich also Sorgen macht, daß Sie seinen Brief haben könnten, nützt ihm das gar nichts, weil er nichts tun kann. Wenn Sie aber ins Heim gehen, spielen Sie ihm möglicherweise direkt in die Hände.«

»Ich hab' keine Angst vor dem.«

»Sollten Sie aber haben. Bestenfalls ist er in irgendwelche krummen Geschichten verwickelt, schlimmstenfalls ist er ein Mörder. Und wenn Sie erst einmal im Asyl sind, können Dipper und ich nichts tun, um Sie zu schützen.«

»Ich brauche keinen Schutz!« erklärte sie. »Wenn's mir Spaß macht, kann ich in das Heim gehen, wann ich will – und Sie können mich nicht dran hindern. Ich hab' das gleiche Recht wie jede andere Frau darauf, daß mir geholfen wird, wenn ich mich bessern will.«

»Sie ist fest entschlossen, Sir«, sagte Dipper resigniert. »Es hat keinen Sinn, dagegenzureden.«

»Ach nein?« meinte Julian. »Ich kann Harcourt vor Ihnen warnen, Sally. Und genau das werde ich tun, wenn Sie nicht auf mich hören.«

»Dann erfährt er aber, was Sie vorhaben«, entgegnete sie. »Und das wollen Sie doch bestimmt nicht.«

»Ich könnte ihm sagen, Sie seien eine Verrückte, die aus einer Anstalt ausgebrochen ist. Oder ich könnte behaupten, Sie wären eine durchtriebene Diebin – ich habe ja sogar Beweise dafür.« Er hielt die Taschentücher hoch.

»Aber – aber dann würden Sie mich ja in den Knast stecken!«

»Im Gefängnis wären Sie wahrscheinlich sicherer als im Asyl.«

»Mensch, Sie verdammter –«

»Halt die Klappe, Sal«, fuhr Dipper dazwischen.

»Fällt mir gar nicht ein! Er ist dein Herr, aber nicht meiner. Er hat überhaupt kein Recht, mir zu sagen, was ich tun soll. Ich kann auf mich selbst aufpassen.«

»Es geht hier nicht um Recht«, erklärte Julian. »Wenn ich eher etwas unternommen hätte, um Mary aus dem Asyl herauszuholen, hätte ich sie vielleicht retten können. Glauben Sie im Ernst, daß ich jetzt, da ich weiß, was ich weiß, zulassen würde, daß Sie sich in die gleiche Gefahr begeben?«

»Und wie wär's, wenn ich mir was einfallen lasse, um euch mitzuteilen, daß es mir gutgeht?«

»Wie soll das gehen? Sie können doch nicht schreiben.«

»Ein bißchen schon. Ist doch nicht meine Schuld, daß ich nie in der Schule war.«

»So habe ich das nicht gemeint«, erklärte er freundlicher. »Ich meinte, daß es zu gefährlich ist. Mary ist nur wenige Tage, nachdem sie den Brief geschrieben hatte, gestorben. Vielleicht hatte sie einen Feind, der auf der Suche nach ihr war, und der Brief verriet ihm, wo sie sich aufhielt. Ob dieser Feind die Person war, an die sie den Brief geschrieben hat, oder ob der Brief durch Zufall einem anderen in die Hände fiel, wissen wir nicht. Aber wie auch immer, es wäre viel zu gefährlich zu versuchen, Briefe aus dem Heim hinauszuschmuggeln.«

»Ich könnte doch ein Zeichen geben. Vielleicht jeden Tag um zwölf Uhr mittags mit 'nem Taschentuch aus dem Fenster winken. Und wenn ich dann mal nicht winke, dann wissen Sie, daß ich in der Patsche sitze, und Sie könnten kommen und mich holen. Na los, was meinen Sie? Sie wollen doch rauskriegen, was die Frauen im Asyl über Mary wissen, oder nicht?«

»Doch, ja.«

»Na ja, und außer mir kann's niemand rauskriegen. Wenn ich Ihnen nicht helfen darf, hau' ich ab. Ich hocke doch nicht hier rum und bohr' in der Nase und laß Ihnen und Dipper den ganzen Spaß.«

Das machte Julian nachdenklich. Er hatte sich die ganze Zeit schon gefragt, wie er und Dipper es schaffen sollten, Sally von der Straße fernzuhalten. Nun hatte sie selbst eine Lösung dieses Problems angeboten, zumindest eine vorläufige. Und wer konnte wissen, ob sich ihr nicht neue Möglichkeiten öffnen würden, wenn man ihr eine Chance gab, etwas Mutiges und Nützliches zu tun? Ihr gewöhnliches Leben war mindestens so gefährlich wie ein Aufenthalt in dem Asyl – ihre Begegnung mit Blinkie war dafür Beweis genug. Und die Zukunft, die jetzt auf sie wartete, sah düster aus. Jeder wußte, wie Frauen von Sallys Art endeten – wenn nicht Krankheit oder eine Geburt oder Mißhandlungen ihrer Laufbahn ein vorzeitiges Ende setzten. Sie holten sich die Männer dann nachts in dunklen Parks und unter Brücken, wo man ihre verwüsteten Gesichter nicht erkennen konnte, und waren bereit, für ein paar Kupfermünzen die schändlichsten Dinge zu tun ...

Er blickte in ihr frisches, lebendiges Gesicht und entschied sich. »Also gut. Ich schicke Dipper jeden Tag Punkt zwölf Uhr mittags zum Asyl. Er wird eine Viertelstunde auf Ihr Zeichen warten. Wenn er dann nicht an einem der Fenster Ihr Taschentuch sieht, kommen wir und holen Sie.«

»Packen Sie mich doch gleich in Watte, und sperren Sie mich in eine Hutschachtel«, beschwerte sie sich.

Julian schüttelte lächelnd den Kopf. »Am liebsten täte ich es, Sally.«

10 *Skrupel*

An diesem Abend schrieb Julian die Anzeige bezüglich des Regenschrims. Dipper brachte sie gleich am nächsten Morgen zum Drucker. Während er weg war, erklärte Julian Sally genau, wonach sie im Asyl Ausschau halten sollte.

»Mir schwimmt der Kopf!« erklärte sie, als er fertig war. »Wie soll ich das alles behalten?«

»Ich weiß doch, wie klug Sie sind.«

»Also, das ist das erste nette Wort, das Sie mir gesagt haben, und das tun Sie auch nur, weil ich für Sie was ausbaldowern soll.« Sie sah ihn finster an. »Am liebsten würde ich gar nicht hingehen.«

»Das wäre mir nur recht. Ich wollte es sowieso nie.«

»Aber ich geh', und fertig.«

Er schüttelte den Kopf über soviel Widerspruchsgeist. »Was haben Sie Queen Mab gesagt?«

»Fast die Wahrheit. Ich hab' gesagt, daß ich ins Heim gehe, weil ich versuchen will, ein neues Leben anzufangen. Und vielleicht tue ich das ja auch. Ich glaub's allerdings nicht.«

»Ich glaube nicht, daß Mr. Harcourt mit seinen Methoden jemanden bekehren kann, der auch nur einen Funken gesunden Menschenverstand und Eigenständigkeit besitzt. Aber Sally, Sie wissen, ich würde alles tun, um Ihnen zu helfen, wenn Sie – nun, wenn Sie ein neues Leben anfangen wollten.«

»Meinen ergebensten Dank, Sir.« Sie knickste spöttisch.

»Ich wollte Sie nicht beleidigen. Ich dachte nur, wenn ich irgendwie von Nutzen sein kann –«

»Können Sie aber nicht!« Ihr Gesicht verschloß sich. »Ich mag jetzt nicht mehr mit Ihnen reden. Ich warte unten, um Dip auf Wiedersehn zu sagen. Vielleicht würden Sie's ihm sagen, wenn er heimkommt.«

»Warten Sie, Sally, ich möchte nicht, daß wir so auseinandergehen.«

»Tja, vielleicht kriegen Sie auch nicht immer alles, was Sie wollen. Dann wissen Sie, wie's ist.«

»Würden Sie mir freundlicherweise sagen, worüber wir hier eigentlich streiten? Nur damit ich meine Seite auch angemessen vertreten kann.«

»Ach, wir haben doch nichts zu streiten – wir doch nicht! Nur weil ich Ihnen dauernd gezeigt hab', daß Sie mir gefallen, und Sie mich wie den Dreck unter Ihren Füßen behandelt haben, braucht sich doch so eine wie ich nicht gleich aufzuregen.«

»Das ist nicht fair. Ich denke, ich habe Sie einigermaßen gut behandelt.«

»Ich weiß ja.« Seufzend ließ sie sich in einen Sessel fallen. »Sie waren erstklassig zu mir. Jeder andre feine Herr hätte mich postwendend an die Luft gesetzt, wenn er heimgekommen wäre und mich hier vorgefunden hätte. Sie können ja nichts dafür, wenn ich Ihnen nicht gefalle. Ich hab' mal gedacht, Sie mögen mich, aber da hab' ich mich geirrt. Für Sie muß alles sauber und hübsch und adrett sein – und ich, ich bin 'ne ganz Gewöhnliche und war schon auf der Straße und hab' geklaut, als ich grade mal so groß war. Was sollte einer wie Sie schon von einer wie mir wollen?«

»Sind Sie fertig? Darf ich jetzt einmal etwas sagen?«

Sein Ton ließ sie innehalten. Sie starrte ihn an. »Sie – Sie brauchen nichts zu sagen. Ich weiß doch, was mit Ihnen los ist –«

»Wenn Sie auch nur die geringste Ahnung davon hätten, was mit mir los ist, würden Sie nicht solchen blühenden Unsinn reden. Sally, wenn ich Sie zurückgewiesen habe, dann hat das nichts mit Ihnen oder mit mir zu tun. Sondern lediglich mit Dipper.«

»Mit Dipper?«

»Ja. Verstehen Sie denn nicht, er und ich sind mehr als nur Herr und Diener – wir sind in gewisser Weise Freunde. Wenn ich mir bei seiner Schwester Freiheiten herausnehmen würde, wäre das ungefähr so, als wollte ich auf meine Rechte als Herr pochen. Er hätte das Recht, es mir übelzunehmen, aber nicht die Macht, etwas zu tun. Ich will aber seine Position nicht ausnutzen. Die Tatsache, daß er mein Diener ist, erlaubt mir nicht, seine Schwester respektlos zu behandeln.«

»Aber – aber Dip würd's doch überhaupt nichts ausmachen, wenn wir unsern Spaß hätten.«

»Das kann ich aber nicht mit Sicherheit wissen. Es ist deshalb das einzig Ehrenhafte, seiner Schwester den gleichen Respekt zu zeigen, den er meiner zeigen müßte, wenn ich eine hätte.«

»Bei Ihnen ist 'ne Schraube locker, ganz klar.«

»Na, dann ist Ihnen ja mit mir sowieso nicht viel entgangen.«

Sie sagte langsam: »Wollen Sie mir sagen, daß ich Ihnen gefalle, Sie sich aber nicht trauen?«

»Das ist eigentlich nicht der Punkt, auf den ich hinauswollte.«

»Aber ich gefalle Ihnen?« Sie trat näher an ihn heran und sah ihm forschend ins Gesicht.

»Ich halte es für sinnlos, darüber zu sprechen. Können wir nicht einfach als Freunde auseinandergehen?«

Ihr Mund verzog sich zu einem Lächeln. »Wenn wir

Freunde sind, dann können Sie mir doch zum Abschied einen Kuß geben, oder nicht?«

»Aber gewiß.« Er nahm sie leicht bei den Schultern und küßte sie auf die Wange.

»Das ist doch gar nichts.« Sie hob sich auf die Zehenspitzen. »So geht 'n richtiger Kuß.« Sie küßte ihn mitten auf den Mund. Er schob sie von sich weg, aber nicht schnell genug – nicht bevor seine Lippen, seine Hände, sein Puls eine deutlichere Antwort gegeben hatten als seine Rede.

Als im Flur Schritte zu hören waren, wandte sich Julian abrupt ab und ging zum Fenster. Sally sah ihm nach, benommen, triumphierend, bekümmert.

Dipper trat ein. Er warf nur einen kurzen Blick auf Julian und seine Schwester, dann richtete er seine Augen auf die gegenüberliegende Wand. »Die Anzeige ist bis abends fertig, Sir.«

»Gut.«

»Haben Sie jetzt noch eine Besorgung für mich, Sir?«

»Nein«, antwortete Julian hastig. »Es sei denn, du willst Sally zum Asyl begleiten. Auf dem Rückweg könntest du im *Cockerel* vorbeischauen und nach Blinkie fragen.«

»Ja, Sir. Bist du soweit, Sal?«

Sie nickte, den Blick immer noch auf Julian gerichtet. »Wiedersehen, Blitz. Hoffentlich fehle ich Ihnen nicht zu sehr.«

»Ich werde mich bemühen, Ihre Abwesenheit irgendwie zu verwinden.«

Sie lächelte zuckersüß. »Sie können mich mal!«

Dipper warf ihr einen tadelnden Blick zu und führte sie hinaus. Julian blieb am Fenster stehen. Wenige Minuten später sah er die beiden unten auf der Straße – Dipper mit einem ordentlichen kleinen Bündel, das Sallys Sachen enthielt. Gemeinsam gingen sie zum nächsten Droschkenstand davon. Als sie nicht mehr zu sehen waren, lehnte sich Julian ans Fenster und holte einmal tief Atem. War es möglich, daß er sich noch vor wenigen Tagen bei MacGregor darüber beschwert hatte, daß er sich langweile?

»Dein Herr ist im Oberstübchen nicht ganz richtig.«

»Das stimmt nicht«, entgegnete Dipper gelassen.

»Eben schon«, beharrte sie. So was Verrücktes, er hielt sie sich wegen Dipper vom Leibe – Dipper, dem es piepegal wäre, wenn sein Herr mir unter die Unterröcke gegangen wäre. Oder vielleicht nicht?

Sie betrachtete ihn nachdenklich. Er saß ihr gegenüber in der Droschke und sah durch das Seitenfenster auf die Straße hinaus, mit dem lebhaften Interesse, das er stets an den Menschen und ihrem Treiben zeigte. Teilweise war es eine scharfe Wachsamkeit, wie die eines Tiers, die ihm aus früheren Tagen geblieben war; teilweise war es reines Vergnügen an den Menschen. Er mochte die Menschen – so ziemlich alle, außer den ganz miesen.

Sie biß sich auf die Unterlippe. Es stimmte schon: Selbst wenn ihm ein Techtelmechtel zwischen ihr und Mr. Kestrel egal war, würde sich doch durch ihre Schuld das Verhältnis zwischen den beiden für immer verändern. Und darauf durfte sie es nicht ankommen lassen. Dip war glücklich. Er hatte ein Heim und eine Art Familie gefunden – er führte jetzt ein geordnetes Leben. Das konnte sie ihm nicht vermasseln. Mr. Kestrel hatte schon recht. Er war Dip ein besserer Freund als sie, die Dips Schwester war.

An der Ecke Stark Street stiegen sie aus der Droschke. »Geh lieber nicht mit«, sagte sie. »Sonst sieht dich vielleicht jemand, und dann fragen sie mich aus.«

»Gut, dann komme ich morgen mittag und warte auf dein Taschentuch. Bist du jetzt auch wirklich wieder ganz auf dem Damm, Sal?«

»'türlich. Schau mich doch an. Das Veilchen sieht man fast nicht mehr.« Sie deutete auf ihr Auge.

»Also dann, Wiedersehen.« Er reichte ihr das Kleiderbündel. Er sagte nicht, sei vorsichtig und riskiere nicht so viel. Er wußte, das wäre Zeitverschwendung gewesen.

Sie klemmte sich das Bündel unter einen Arm und umschlang ihn mit dem anderen. »Wiedersehen, Tom.«

Ohne etwas zu sagen, drückte er sie an sich. Es war Jahre

her, daß ihn jemand mit seinem Vornamen angesprochen hatte.

»Würdest du Mr. Kestrel was von mir ausrichten? Sag ihm, ich verstehe jetzt, was er gemeint hat, und es tut mir leid, daß ich so biestig war.«

»Wird erledigt«, antwortete er, ohne eine Erklärung zu verlangen.

Sie zwinkerte ihm zu und ging los. Er machte sich zur Tottenham Court Road auf den Weg. Keiner von beiden blickte zurück. Sie würden sich ja wiedersehen – und wenn nicht, würden sie dem ins Auge sehen, wenn es soweit war.

Es war ein schöner warmer Tag für Oktober. Richtiger Sonnenschein durchdrang die Dunstglocke aus Kohlenrauch, die ewig über London hing. Dipper beschloß, seinem Herrn ein paar Schillinge zu sparen, und ging zu Fuß die Tottenham Court Road hinunter. Er machte sich den Spaß, die Männer, an denen er vorüberkam, zu mustern und zu erraten, wo sie ihre Börsen hatten – alte Gewohnheiten sind nicht so leicht abzuschütteln –, und allen jungen Mädchen spähte er unter die Schuten. An der Oxford Street überquerte er die Straße und folgte einem gewundenen Pfad durch kurze, enge Gassen zum Haymarket.

Im *Cockerel* war es ruhig um diese Tageszeit. Eine heruntergekommene alte Frau saß in einer Ecke vor einem Gin und brummelte vor sich hin. Eine schlampige Hure hing über einem Tisch, neben sich ein leeres Glas. Drei nicht mehr junge Männer mit modischen Halstüchern, schmutzigen Handschuhen und verlebten Gesichtern spielten die flotten Draufgänger. Arbeitslose Schauspieler, vermutete Dipper.

Er ging zum Tresen. »Schöner Morgen heute«, begrüßte er den stämmigen Mann dahinter.

»Geht schon.«

»Sind Sie Toby?«

»Wer will's wissen?«

»Mein Name ist Dipper. Sally Stokes ist meine Schwester.«

Toby stützte seine großen, fleischigen Hände auf den Tresen. Sein Blick war hart und taxierend. »Und?«

»Ich wollte mich mal mit Ihnen darüber unterhalten, was ihr passiert ist, als sie das letzte Mal hier war.«

»Das ist nicht meine Sache.«

»Weiß ich. Ich will Ihnen ja gar nicht an den Karren fahren. Ich will nur den Kerl finden, der ihr das angetan hat. Der hat sie gemein zugerichtet.«

»So was passiert schon mal.«

»Aber nicht Sal – nicht ohne daß ich's dem Saukerl, der es war, heimzahle. Aber ich weiß nichts über ihn. Ich hab' gehofft, Sie könnten mir sagen, wer er ist.«

Toby schüttelte den Kopf. »Ich erinnere mich an den Kerl, aber ich kenne ihn nicht. Er war vorher noch nie hier. Ein bißchen sehr solide für das, was sonst so hier aufkreuzt.«

»Sonst können Sie mir nichts sagen?«

»Nein.« Unter Dippers bohrendem Blick fügte er hinzu: »Ich sag's Ihnen, wie's ist. Ich hab' nichts gegen Sally, aber ich laß mich in nichts reinziehen – nicht für sie und auch für niemand andern.«

Dipper zuckte mit den Achseln, zog eine Krone heraus und drehte sie, leise vor sich hin pfeifend, auf dem Tresen.

Tobys Augen verfolgten die Bewegung der Münze. Plötzlich schoß seine Hand vor, und er grapschte sich das Geldstück. »Na schön. Ein bißchen was kann ich Ihnen sagen, aber wenn's Wirbel gibt, müssen Sie mich raushalten.«

»Sie können sich drauf verlassen.«

»An dem Abend – Montagabend war's, glaub ich – ist Sally erst mit einem andern Kerl gekommen. Sah aus wie ein ziemlicher Waschlappen. So was ganz Ehrbares, war bestimmt noch nie in so 'ner Kneipe wie der hier, und hat auch garantiert noch nie ein Mädchen wie Sally gehabt. Ich hab' ihnen das Zimmer im zweiten Stock ganz hinten gegeben. Kurz danach kommt dieser Kerl, den Sie suchen – jung, mager, Brille –, an den Tresen. Er muß Sally und ihren Freier beobachtet haben, denn er sagt zu mir: ›Haben Sie den beiden ein Zimmer gegeben?‹ Ich sag': ›Kann schon sein.‹ Da überlegt er einen Moment, dann fragt er mich, was es ihn kosten würde, wenn er zu ihnen raufgeht. Solche Spanner krieg' ich hier immer wieder mal – die tun keinem was, sie wollen nur ein bißchen horchen und durchs Schlüsselloch schauen. Ich muß ja schließlich von was leben, oder?«

»'türlich«, antwortete Dipper ermunternd.

»Ich hab' gesagt, es würde ihn einen Schilling kosten. Er zahlt, und ich erkläre ihm, wo sie sind, und er geht rauf. Ein bißchen später kommt er wieder runter, mit quietschvergnügter Visage. Kurz danach kommt Sally mit ihrem Freier, und die beiden zischen ab, und ich dachte, der andre Kerl wäre auch gegangen, aber der kommt auf einmal an den Tresen und bestellt ein Bier, und dann setzt er sich an einen Tisch. Hat mich schon gewundert. Wie ich schon gesagt hab', er war zu fein für den Laden hier. Erst hab' ich gedacht, er will vielleicht noch mal 'ne Runde gaffen, aber dann kam ein anderes Mädchen rein und hat ein Zimmer genommen, und der Kerl hat sich nicht von der Stelle gerührt.

Ungefähr 'ne halbe Stunde später ist Sally dann wieder gekommen. Der Kerl hat sie zu einem Brandy eingeladen und ist dann mit ihr raufgegangen. Na schön, hab' ich mir gedacht, der hat anscheinend auf sie gewartet. Hat ihm wohl gefallen, was er beim Schlüssellochgucken gesehen hat. Mehr hab' ich mir nicht dabei gedacht. Aber der kommt mir hier nicht mehr rein – nach dem, was er mit ihr angestellt hat. Solche Leute machen einem nur Ärger – die hetzen einem noch die Constables auf den Hals.«

»Haben Sie ihn noch mal gesehen, nachdem er mit Sal raufgegangen war?«

»Er ist vor ihr runtergekommen, aber ich hab' nicht weiter drauf geachtet. Ich denke, er wird gegangen sein. Wohin, weiß ich nicht, und ich hab' ihn seitdem auch nicht mehr gesehen.«

Er klappte entschlossen seinen Mund zu und machte sich daran, die Bierkrüge hinter der Bar zu stapeln. Er hatte sich seine Krone verdient, und was ihn anging, war das Gespräch beendet.

Dipper dankte ihm und ging, tief in Gedanken. Eine verflixt komische Geschichte. Sally hatte erzählt, daß sie vor der Tür jemanden gehört hatte, als sie mit Borstel zusammengewesen war, aber Mr. Kestrel und er hatten dem keine besondere Bedeutung beigemessen. Sie hatten ja keine Ahnung gehabt, wer der heimliche Zuschauer gewesen war, und keinen Anlaß zu glauben, daß er mit dem Geheimnis um Mary etwas zu tun hatte.

Jetzt aber wußten sie, daß der Voyeur Blinkie gewesen war und anscheinend im *Cockerel* auf Sally gewartet hatte, bis sie von ihrem Ausflug mit Avondale zurückgekommen war. Was aber konnten sie damit schon groß anfangen? Das hieß doch höchstens, daß Sally ihm gefallen hatte und er sie sich deshalb zu seinem gemeinen Vergnügen ausgesucht hatte. Und doch ...

Dipper schüttelte den Kopf. Er hatte das Gefühl, daß es etwas zu bedeuten hatte, daß Blinkie Sally heimlich beobachtet hatte. Wenn er nur wüßte, was es war.

11 Sally auf der Fährte

Mr. Harcourt empfing Sally im kahlen Hinterzimmer des Asyls. An seiner Seite war Miss Nettleton, die Hausmutter, die an diesem Tag Dienst hatte. Sie war eine magere, verwelkte Frau, ungefähr vierzig Jahre alt, mit mausbraunem Haar, das zu Korkenzieherlocken gedreht war. Sally hatte sie auf der Leichenschau gesehen: Sie war die Hausmutter, die sich Mrs. Fiskes höhnische Geringschätzung zugezogen hatte, weil sie hysterisch geworden war, als sie von Marys Tod erfahren hatte.

Harcourt fragte Sally nach ihrem Alter und ob sie Familie habe. Sie sagte, sie sei achtzehn und stehe allein auf der Welt. Es erschien ihr am besten, Dipper gar nicht zu erwähnen.

Harcourt fragte sie dann genau darüber aus, wie es zu ihrem tiefen moralischen Fall gekommen sei. Die Antwort bereitete ihr Mühe. Sie konnte sich nicht an einen bestimmten Moment erinnern, an dem sie gefallen war. Sie hatte von Geburt an zu denen gehört, die ganz unten waren. Aber sie wußte, daß er damit nicht zufrieden sein würde. Er ließ keinen Zweifel daran, daß sie zum Beweis echter Reue eine umfassende Beichte all ihrer Sünden würde ablegen müssen. Nun, wenn er das wollte, sollte er es haben. Sie spann eine lange, farbenprächtige Geschichte ihrer Verfehlungen, teilweise wahr, teilweise erfunden. Miss Nettleton rutschte errötend auf ihrem Stuhl hin und her, Harcourt jedoch lauschte begierig. Sally kam es vor, als hätte sie es mit einem ihrer Freier zu tun, nur wünschte dieser Mann nichts als Worte. Und natürlich bezahlte er ihr nichts – obwohl sich das eigentlich gehört hätte, dachte sie bei sich, da sie ihn ja so glänzend unterhalten hatte.

Als ihr nichts mehr zu beichten einfiel, ergriff Harcourt das Wort. Er hielt ihr einen endlosen Vortrag darüber, wie böse sie gewesen war und wie glücklich sie sich preisen konnte, daß eine Dame wie Miss Nettleton sich dazu herabließ, mit ihr in einem Raum zu bleiben. So macht er sich die Mrs. Fiskes und Miss Nettletons zu ergebenen Sklavinnen, dachte Sally: Schmiert ihnen Honig um die Mäuler und liefert ihnen Mädchen wie mich, die sie rumkommandieren können.

Wenn sie im Asyl bleiben wolle, sagte Harcourt, müsse sie seinen Regeln bis aufs i-Tüpfelchen gehorchen, gewissenhaft, demütig und gottesfürchtig sein und denen, die ihr eine helfende Hand reichten, geziemende Dankbarkeit zeigen. Sollte sie eine dieser Pflichten versäumen, würde sie des Hauses verwiesen werden. Wenn sie aber arbeitete und betete und bewies, daß die Saat des Bösen aus ihrem Herzen wirklich ausgemerzt war, würde sie das Asyl mit seinem Segen verlassen können, und man würde ihr redliche Arbeit als Hausangestellte, Flickschneiderin oder dergleichen beschaffen.

»Verstehen Sie mich, Sarah?« Seine blassen kalten blauen Augen fixierten sie scharf.

»Ja, Sir.«

»Sehr gut. Ich bin sicher, Sie werden sich hier schnell einleben. Wenn Sie Fragen haben, wenden Sie sich an Margaret Muldoon. Sie ist länger hier als alle anderen Frauen. Ja, sie hat ihre formale Rehabilitation bereits abgeschlossen, aber sie wollte bleiben und ihren irrenden Schwestern helfen.«

Die schlaue Peg – das war eine, über die Sally gern mehr gewußt hätte. Es war keine Kleinigkeit, Harcourt auf den Besen zu laden. Was auch immer man über ihn sagen konnte, ein Narr war er nicht.

»Die Hausmutter wird Ihnen jeden Tag und jede Woche besondere Aufgaben zuweisen«, fuhr er fort. »Wir haben hier keine Hausangestellten. Die Frauen werden angelernt, so daß sie alles selbst erledigen können, das Saubermachen, das Kochen, die Wäsche und anderes. Das fördert produktive Gewohnheiten und bereitet sie auf ihre zukünftige Arbeit vor.« Er stand auf. »Miss Nettleton, ich muß gehen. Darf ich Sarah Ihrer Obhut anvertrauen?«

»Aber ja, Mr. Harcourt.«

»Danke. Ich weiß, daß ich selbst kein besseres Vorbild der Gottesfurcht und des Pflichtbewußtseins abgeben könnte. Auf Wiedersehen, Sarah. Ich hoffe, unsere Bemühungen um Sie werden nicht vergeudet sein.«

Damit ging er hinaus. Miss Nettleton huschte geschäftig um Sally herum, zeigte ihr ihr Zimmer, suchte ihr alles heraus, was sie für ihr neues Leben im Heim brauchte. Sie gab ihr eine Uniform, eine Bibel, ein Gebetbuch, ein Handtuch und zwei kleine Talgkerzen. Mit den Kerzen müsse sie sparsam umgehen, warnte sie – sie müßten für die ganze Woche reichen; wenn sie vorher heruntergebrannt seien, bekäme sie keine neuen.

Danach öffnete Miss Nettleton Sallys Bündel, ohne um Erlaubnis zu fragen, und breitete den Inhalt auf Sallys Bett aus. »Ich muß sehen, was Sie mitgebracht haben«, erklärte sie. »Sie dürfen nichts behalten, was nicht hierher gehört.«

»Schauen Sie sich die Sachen von allen Frauen an, die herkommen, Madam?«

»Guter Gott, ja. Nicht nur, wenn sie hier ankommen, sondern auch während ihres Aufenthalts hier immer wieder, um sicherzugehen, daß sie sich nicht irgend etwas beschafft haben, was hier nicht geduldet werden kann. Darum verstehe ich auch gar nicht, wie – ach Gott, ich darf nicht daran denken. Das nimmt mich so mit.«

»An was dürfen Sie nicht denken, Madam?« fragte Sally mit Unschuldsblick.

»Es ist besser, nicht darüber zu sprechen. Je weniger geredet wird, desto schneller wird alles wieder gut. Ja. Ach Gott.« Sie sah auf eine altmodische Uhr, die sie an ihr Kleid gesteckt trug. »Es ist fast zwei. Wir essen um zwei. Am besten laß ich Sie jetzt allein. Ziehen Sie sich inzwischen um und packen Sie Ihre Sachen weg. In dem Krug dort ist Wasser zum Waschen. Um fünf Minuten vor zwei läutet es zum Essen. Eine der Frauen wird Ihnen zeigen, wo das Refektorium ist. Verspäten Sie sich nicht, sonst dürfen Sie nicht mehr herein und müssen bis zum Abendessen hungrig bleiben.«

Sally blieb kopfschüttelnd zurück, als sie ging. Da ist ja das Gefängnis besser, dachte sie, während sie ihre Sachen faltete, die Miss Nettleton auf dem Bett verstreut hatte. Sie war froh, daß sie nur wenige Kleidungsstücke mitgenommen hatte und keinen der prächtig geputzten Hüte, die sie so sehr liebte. Sie hätte sie hier sowieso nicht tragen können, und sie hätte es diesem wachsgesichtigen Harcourt und seinen Hausmüttern ohne weiteres zugetraut, daß sie sie ihr weggenommen hätten.

Sie nahm sich einen Moment Zeit, um sich in ihrem Zimmer umzusehen. Es enthielt vier Betten, einfache Holzrahmen, grobe Laken und wollene Decken. Neben jedem Bett standen ein kleiner Nachttisch und ein Schrank. Das restliche Mobiliar bestand aus einem Waschtisch und ein paar Stühlen. Die peinliche Ordnung und Sauberkeit des Zimmers hatten beinahe etwas Kaltes.

Sie verstaute ihre Sachen in dem Schrank neben ihrem Bett und zog dann ihre Uniform an: ein langes Kleid aus grober grauer Wolle, dazu eine gestärkte weiße Schürze und eine weiße Haube. Sie fröstelte, als sie sich auszog; es gab kein Feuer, und das Zimmer war klamm und kalt. Als sie angezogen war, ihr Haar ordentlich unter die Haube gestopft hatte, trat sie zum Fenster.

Ihr Zimmer befand sich im ersten Stock des sogenannten Frauenhauses, in dem die Insassinnen schliefen. Das Fenster ging auf den Hintergarten, der von einer hohen Backsteinmauer mit Eisendornen umgeben war. Hier gab es keine gekiesten Wege oder Blumenbeete wie hinter dem Haus auf der rechten Seite. Nur ein Trampelpfad führte zu einer kleinen, niedrigen Backsteinhütte in der linken Ecke. Ein Wasserklosett im Haus waren die Frauen nach Harcourts Ansicht offensichtlich nicht wert.

Wie alle Fenster im Frauenhaus war auch dieses vergittert. Sally zog versuchsweise an den dicken Eisenstäben. Es bewegte sich überhaupt nichts. Und die Gitter waren zu dicht, als daß man eine Flasche Laudanum hätte hindurchschieben können.

»Ach, hier bist du!« sagte plötzlich jemand.

Sally drehte sich um und erkannte Florie Ames. »Hallo!« rief sie erfreut, ein halbwegs freundliches Gesicht zu sehen. »Woher hast du gewußt, daß ich hier bin?«

»Ich hab' gesehen, wie Miss Nettleton dich raufgebracht hat, und dachte, ich komme einen Sprung rauf und sag' dir guten Tag. Ehrlich gesagt, ich war gespannt, ob du wiederkommen würdest nach allem, was mit Mary passiert ist.«

»Das ist doch nicht meine Sache«, versetzte Sally scheinbar unbekümmert. »Wird wohl noch 'ne Menge drüber geredet, was?«

»Das war nur am Anfang so. Jetzt hat sich alles ein bißchen beruhigt.«

»Wohnst du auch in dem Zimmer hier?«

»Nein. Ich bin im zweiten Stock vorn – wo ich die Treppe so hasse! Aber so ist es nun mal, wenn man ein bequemes Leben will, braucht man gar nicht erst hierherzukommen.«

»Warum bist du überhaupt hergekommen?« fragte Sally neugierig.

»Warum geht 'ne Frau dahin oder dorthin?« Florie lachte. »Entweder will sie *zu* einem Mann oder weg von einem. Ich wollte weg.«

»War er dein Zuhälter?«

»Der nicht! Männer! – Wenn du sie nicht ranläßt, machen sie nichts als Ärger, und wenn du sie läßt, sind sie noch schlimmer.«

»Hat er dich geprügelt?« fragte Sally und dachte an Blinkie.

»Ach, Männer können auch 'ne Pest sein, ohne daß sie einen prügeln. Reden wir nicht mehr von ihm – mir wird schon schlecht, wenn ich nur an ihn denke. Oh! Es läutet. Jetzt gibt's Essen.«

Sie führte Sally die Treppe hinunter ins Erdgeschoß. »Der Speisesaal ist im andern Haus – wir nennen es das ›Bürohaus‹, weil Mr. Harcourt da sein Büro hat. Die Kapelle ist auch drüben, und die Küchenräume und das Zimmer, in dem die Hausmutter schläft, die gerade Dienst hat. In diesem Haus hier sind nur unsere Schlafzimmer und die Wäscherei im Keller. Siehst du die Tür da? Das ist die einzige Verbindung zwischen den beiden Häusern. Nachts sperren sie sie ab, da führt hier kein Weg raus. Wenn du zum Örtchen mußt, gehst du zur Hintertür raus zum Scheißhaus im Garten.«

Sie brach plötzlich ab und legte einen Finger auf ihre Lippen. »Komm her«, flüsterte sie, »dann zeig' ich dir noch schnell was.«

Sie öffnete eine schmale Tür gegenüber der Treppe zwischen den vorderen und den hinteren Räumen. Sally spähte hinein, die Augen zusammengekniffen, um in der dämmrigen Beleuchtung überhaupt etwas erkennen zu können. Es war eine winzige Kammer, kaum größer als ein Schrank, mit einem schmalen Bett, das abgezogen war, einer hölzernen Truhe und einem Nachttisch, auf dem eine Waschschüssel stand. Es hatte keine Fenster und keinen Kamin. Die Wände waren feucht.

»Das schwarze Loch«, flüsterte Sally.

Florie nickte mit ernstem Gesicht. »Hier hat Mary geschlafen – hier haben wir sie gefunden. Seitdem hat keine mehr drin geschlafen.«

Sally, die ganz versessen darauf gewesen war, Marys Zimmer zu besichtigen, konnte sich jetzt, da sie es sah, nicht vorstellen, daß sie darin irgend etwas Nützliches entdecken würde. Der Raum war so klein, so kahl, so gründlich gesäubert und geschrubbt, daß es kein Versteck zu geben schien – nicht einmal ein Loch in der Mauer oder eine Ritze in den Bodendielen. Und in so ein dunkles, feuchtes Loch hatten diese Leute ein Mädchen aus guter Familie gesteckt – nicht weil sie was Unrechtes getan hatte, sondern nur, um ihren Willen zu brechen und sie zu zwingen, mit der Wahrheit über sich rauszurücken.

Aber jetzt ist der Spieß umgedreht, dachte Sally. Jetzt nimm dich in acht, Mr. Harcourt, jetzt wirst nämlich du bespitzelt. Und vielleicht find ich ja was, was dich von deinem hohen Roß runterholt.

Der Tagesablauf im Heim war Sally bald vertraut. Hausarbeit, Handarbeit, Gebete, eine Mahlzeit – dann das Ganze wieder von vorn. Miss Nettleton huschte unablässig umher, achtete darauf, daß jede Frau eine Arbeit hatte und, wenn sie damit fertig war, gleich die nächste zugeteilt bekam. Oberlichte wurden geputzt, Teppiche geklopft, Türknöpfe poliert, Treppengeländer gewachst. Hin und wieder durfte ein halbes Dutzend Frauen in den Garten hinter dem Bürohaus gehen und eine Viertelstunde lang auf den Kieswegen umhermarschieren. Das war die sogenannte Pause.

Nur zu den Mahlzeiten und den Gebeten kamen alle Frauen zusammen. Bei der Essensverteilung sah Sally genau zu. Miss Nettleton und die schlaue Peg gingen mit großen Platten durch den Saal und verteilten Schwarzbrot, Gemüse und etwas Käse an die Frauen. Es wäre schwierig gewesen, dachte Sally, Mary an dem Abend vor ihrem Tod etwas ins Essen zu schmuggeln. Wie hätte der Mörder sicher sein können, daß sie und nicht eine andere die vergiftete Scheibe Brot oder den vergifteten Käse bekommen würde? Es wäre höchstens möglich gewesen, wenn die Person, die sich am Essen zu schaffen gemacht hatte, es auch servierte. Sally erfuhr, daß stets Peg und die Hausmutter die Mahlzeiten auftrugen. Das bedeutete also, daß Peg und Mrs. Fiske an dem Abend vor Marys Tod das Essen verteilt hatten.

Aber war das wirklich wichtig? Mr. Kestrel hatte ihr erklärt, daß sich bei Mary, hätte man ihr zum Abendessen eine tödliche Dosis Opium verabreicht, die Wirkung schon nach ein, zwei Stunden, also zur Schlafenszeit, gezeigt hätte. Wenn also Mary tatsächlich von fremder Hand getötet worden war, so hatte sich das Gift beinahe mit Sicherheit in diesem Stärkungsmittel befunden, das sie zur Schlafenszeit eingenommen hatte. Eben deshalb hatte Mr. Kestrel Sally aufgetragen, unbedingt herauszufinden, wo dieses Stärkungsmittel aufbewahrt wurde und wer Zugang zu ihm hatte.

Die Frauen rund um sie beschwerten sich leise über das Essen. Nichts als Gemüse – niemals ein Stück Rind oder auch nur Hammel. Das höchste der Gefühle war mal Rinderbrühe oder eine dicke Mehlpampe. Mr. Harcourt behauptete, Gemüse sei gesünder – aber er selbst ließ sich jedesmal, wenn er im Asyl aß, ein dickes Kotelett in sein Zimmer bringen.

»Warum müssen wir so viel Grünzeug essen?« wollte Sally wissen.

»Weil Mrs. Jessops Mann Gemüsehändler ist«, flüsterte Florie. »Sie ist eine von den Hausmüttern, und sie sorgt dafür, daß Mr. Harcourt alles an Grünzeug bekommt, was er braucht. Spottbillig noch dazu.«

»So kriegt er alles, was er will«, krächzte Bess, eine ältere Frau mit einer Stimme wie eine rostige Gießkanne. »Er zieht's den Hausmüttern aus der Nase oder den andern Frauen, die ihn so verehren.«

»Du meinst, er zieht's ihren Ehemännern aus der Nase«, warf ein aufgewecktes Mädchen ein, das man die Rote Jane nannte, um sie von einer zweiten Jane mit dunklem Haar zu unterscheiden. »Oder ihren Brüdern. Miss Nettletons Bruder ist Maurer, und Mr. Harcourt wendet sich jedesmal an sie, wenn hier im Haus was zu richten ist. Und Mrs. Fiskes Mann ist Apotheker. Von dem kriegen wir unsere ganze Medizin, und wenn eine von uns krank ist, kommt er und behandelt sie.«

»Komisch, daß er nicht gerufen worden ist, als diese Mary abgekratzt ist«, bemerkte Sally.

»Aber er war ja da«, sagten sie alle im Chor.

»Was! Dann hätte er doch bei der Leichenschau –« Sally brach hastig ab. Wie sollte sie erklären, woher sie wußte, wer an der Leichenschau teilgenommen hatte und wer nicht?

Zum Glück fragte keine der Frauen nach. »Er ist krank geworden«, erklärte Florie. »So um die Zeit, als Mary gestorben ist, haben hier ein paar Frauen Fieber gehabt, und Mr. Fiske ist jeden Tag gekommen und hat nach ihnen geschaut. Als sie Mary tot aufgefunden haben, haben sie ihn sofort gerufen, und es war so klar wie Kloßbrühe, daß er selber das Fieber hatte. Richtig dreckig ist es ihm gegangen – er war ganz zittrig und grün im Gesicht. Er hat sich Mary angesehen und ist fast umgekippt – er hat sie nämlich gern gehabt, und es hat ihn furchtbar mitgenommen, daß sie einfach so gestorben ist. Mr. Harcourt hat ihn dann heimgeschickt – er hat gesagt, daß es ihm nicht gutgeht und er sollte am besten im Bett bleiben. Jetzt hat ihn das Fieber so schlimm erwischt, daß Mrs. Fiske gar nicht weiß, ob er's überhaupt überlebt.«

»Und es ist ihr auch piepegal«, warf Bess ein.

»Der arme Mr. Fiske«, sagte Florie. »Der steht vielleicht unterm Pantoffel. Und dabei ist er gar nicht so übel.«

»Er ist 'ne gute Seele«, behauptete die Rote Jane. »Da kann mir keiner was andres sagen. Der hat 'n weiches Herz und 'ne Schwäche für uns Frauen, wenn ihr mich fragt. Und diese alte Hexe, seine Frau, macht das ganz wild. Sie würde ihn am liebsten überhaupt nicht in unsre Nähe lassen. Aber Mr. Harcourt denkt nicht dran, Geld für Medizin auszugeben, wenn er sie doch von Mr. Fiske so billig kriegen kann.«

»Und er hat Mary gern gehabt?« fragte Sally nachdenklich.

»O ja.« Florie nickte. »Ich meine nicht, daß er was von ihr wollte, er hätte ja ihr Vater sein können –«

»Na, das hat noch keinen Kerl gehindert«, krächzte Bess.

»Weiß ich schon, aber bei Mr. Fiske war's nich so. Mary war ein hübsches Ding, und ihr ging's dreckig, und sie hat ihm einfach leid getan. Er hat ein gutes Herz. Gleich als sie kam, haben sie ihn gerufen, damit er ihr was verschreibt, weil sie ein bißchen schwach und mickrig war. Er hat gesagt, sie soll dieses Stärkungsmittel nehmen, und danach hat er jedesmal, wenn er herkam, nach ihr geschaut, weil er wissen wollte, ob sie sich erholt.«

»Hat sie ihn auch gemocht?« fragte Sally.

»Ich glaub' schon – ein bißchen. War bei Mary natürlich schwer zu sagen. Die hat nicht viel geredet. Aber wenn sie überhaupt mit jemand geredet hat, dann mit ihm, denke ich. Ich glaub', sie hat ihm mehr vertraut als allen andern hier.«

»Glaubt ihr, daß sie ihm gesagt hat, wer sie wirklich war?« fragte Sally begierig.

»Woher sollen wir das wissen?« Die Rote Jane zuckte mit den Achseln. »Er hat niemandem von uns verraten, ob sie's ihm gesagt hat.«

Und dem Coroner auch nicht, dachte Sally. Mr. Fiske war bei der Untersuchung nie erwähnt worden – obwohl er Mary während ihres Aufenthaltes im Asyl behandelt und ihr das Stärkungsmittel verordnet hatte. Und obwohl er als erster die Tote untersucht hatte. Immerhin war das wahrscheinlich die Erklärung dafür, warum zwischen der Entdeckung von Marys Tod und der Untersuchung der Leiche durch den vornehmen Arzt so viel Zeit vergangen war. Und es war auch eine Erklärung dafür, warum Mrs. Fiske unmittelbar, nachdem man Mary gefunden hatte, so schnell abgezischt war. Harcourt hatte sie wohl losgeschickt, ihren Mann zu holen – war dann anderen Sinnes geworden, hatte Fiske heimgeschickt und an seiner Stelle den Arzt geholt.

Die reinste Verschwörung. Harcourt, Mrs. Fiske und der Arzt hatten Mr. Fiskes Rolle einfach verschwiegen. Nur deshalb, weil Fiske zu krank gewesen war, um an der Leichenschau teilzunehmen, und Harcourt jede Verzögerung vermeiden wollte? Oder wußte Fiske vielleicht etwas, was Harcourt unbedingt verbergen wollte?

Sie mußte mit Fiske reden, herausfinden, was er wußte. Wenn es ihm wieder gutging, würde er doch sicher wieder ins Asyl kommen? Eine der Frauen brauchte immer irgendeine Behandlung oder Medizin. Aber angenommen, Harcourt wollte ihn nicht mehr hier haben? Oder schlimmer noch – angenommen, Fiske würde nicht wieder gesund werden, sondern sterben und seine Geheimnisse mit ins Grab nehmen?

12 *Ein verdächtiges Trio*

Am Samstag mittag schaffte es Sally, sich zum Putzen der Frontfenster einteilen zu lassen. Etwas weiter unten auf der gegenüberliegenden Straßenseite konnte sie Dipper sehen, der vor dem Schaufenster der Schreibwarenhandlung stand. Als niemand sie beobachtete, hielt sie das weiße Tuch hoch, mit dem sie putzte, und wedelte es hin und her. Er schien nicht zum Asyl hinüberzuschauen, aber sie wußte, daß er ihr Signal registriert hatte, denn er schob plötzlich die Hände in die Hosentaschen und ging mit lässigem Schritt davon.

Am Sonntag gab es eine Abweichung vom gewohnten Tageslauf im Heim. »Heut müssen wir nicht arbeiten«, sagte die Rote Jane, eine der drei Frauen, die mit Sally das Zimmer teilten. »Wir müssen nur kochen und nach dem Essen aufräumen.«

»Und was tun wir den ganzen Tag?« fragte Sally.

»Hauptsächlich dürfen wir uns Mr. Harcourts Predigten anhören«, sagte eine blonde, sommersprossige junge Frau.

»Na, wenigstens ist es in der Kapelle warm«, meinte die Rote Jane. »Mr. Harcourt sorgt schon dafür, daß da, wo *er* ist, ein schönes Feuer brennt.«

»Wie kannst du so was Bösartiges sagen«, entrüstete sich eine junge Frau namens Nancy, die ihre Bekehrung sehr ernst nahm.

»Ich weiß nur, daß es hier drinnen so kalt und feucht wie in einem Grab ist«, gab die Rote Jane zurück. »Und wo Mr. Harcourt ist, ist es nie kalt.«

Die anderen nickten fröstelnd. Sie waren dabei, sich im grauen Licht des frühen Morgens zu waschen und anzukleiden, und ihre Finger waren steif vor Kälte.

»Es gibt wohl keine Kohlenhändlersgattin in der Resozialisationsgesellschaft«, bemerkte Sally.

»Du bist mir eine Schlaue.« Die Rote Jane nickte beifällig.

Sally blieb gleich beim Thema. »Aber ich hab' gehört, daß einer von den Mitgliedern vom Kuratorium ein Adliger ist.«

»Ja, Lord Carbury«, sagte die kleine Sommersprossige.

»Ach, der! Den kenne ich. Ich meine, ich weiß, wer das ist«, sagte Sally. »Sein Sohn war mal bei mir – Mr. Charles Avondale. Das ist vielleicht ein flotter Kerl! Haare hat der wie gesponnenes Gold und Augen wie Veilchen so blau. Kommt der manchmal hierher?«

»Nee, so 'n Glück haben wir nicht!« Die Rote Jane lachte.

»Aber Lord Carbury war schon mal hier«, sagte die Sommersprossige. »Ich hab' ihn gesehen. Sie haben ein paar von uns reingerufen, wie die großen Herren da waren, und ich hab' direkt neben ihm gestanden. Er hat mich angelächelt.«

»Er hat wahrscheinlich gedacht, du wärst der Affe, der für ihn tanzen soll«, sagte die Rote Jane.

»Du Miststück!« schrie die Sommersprossige.

»Ach, geh zum Teufel und sag ihm, daß ich dich geschickt hab'!«

Sie stürzten aufeinander los. Sally und Nancy versuchten, sie auseinanderzuziehen.

»Was ist das für ein Krach?« Die schlaue Peg sah zur Tür herein. »Hört auf, ihr blöden Schlampen, sonst kommt ihr zu spät in die Kapelle, und dann krieg' ich's zu hören, weil ich dafür sorgen muß, daß wir alle pünktlich sind. Aber das sag' ich euch, wenn Seine Gnaden mir die Hölle heiß macht, erzähl' ich ihm genau, wie's wirklich war. Macht euch jetzt endlich auf die Socken.«

Die Rote Jane und die kleine Sommersprossige starrten sich an wie zwei rauflustige Katzen, aber sie ließen sich trennen und kleideten sich fertig an. Es war nicht das erste Mal, daß Sally erlebte, wie Peg widerspenstige Frauen zur Räson brachte. Alle wußten, daß sie Harcourt jede Ordnungswidrigkeit mitteilen würde – auf alle Fälle jede Ordnungswidrigkeit, von der er möglicherweise auch auf anderem Weg erfahren hätte.

Die Tatsache, daß sie Harcourts Vertrauen genoß, verlieh ihr eine Menge Macht. Die Frauen, die ihr in die Quere kamen, blieben selten lange im Asyl. Sie konnte ihren Einfluß jedoch auch zugunsten einer Insassin verwenden, um eine Strafmilderung zu erreichen oder ihre Ausweisung zu verhindern. Das war der Grund, weshalb die Frauen sich ihrer Tyrannei unterwarfen und keine von ihnen daran dachte, Harcourt oder die Hausmütter über ihr doppeltes Spiel in Kenntnis zu setzen. Sie brauchten sie. Sie machte sich auf tausend Arten nützlich. Sie kannte alle möglichen Tricks, um Dinge zu beschaffen, die den Frauen verboten waren. Da es zu ihren Aufgaben gehörte, das Essen zu verteilen, hatte sie auch Zugang zur Speisekammer, aus der sie alle möglichen kleinen Leckerbissen zu entwenden pflegte.

Sie stahl auch Kerzen für die Frauen, deren Wochenration verbraucht war. Die Kerzen wurden in einem kleinen Vorratsraum, der sogenannten Kammer, aufbewahrt, die sich zwischen Harcourts Büro und dem Privatzimmer der Hausmütter im ersten Stockwerk des Bürohauses befand. Peg mußte jeden Tag in der Kammer Staub wischen und wurde häufig auch beauftragt, etwas von dort zu holen. Die Kerzen waren abgezählt, aber Peg war eine geschickte Diebin. Sie schabte ganz einfach dünne Talgraspel von den Böden mehrerer Kerzen und schmolz sie dann zusammen.

Sally konnte nicht umhin, eine solche Begabung zu bewundern. Doch Peg ließ die Frauen auch für jede Gefälligkeit, die sie ihnen erwies, teuer bezahlen. Sie nahm ihnen allmählich alles ab, was auch nur den geringsten Wert hatte. Und wenn nichts mehr zu holen war, ließ sie die Frauen für sich arbeiten oder sich von ihnen bedienen. Sie schlug einen sauberen kleinen Gewinn aus ihrem Aufenthalt in dem Asyl. Blieb sie deshalb so lange, oder hatte sie einen anderen Grund, den nur sie selbst kannte?

Sally fragte sich manchmal, warum die Frauen hier überhaupt aushielten. Aber viele von ihnen waren eben schon älter – Bess mußte mindestens dreißig sein. Für eine Prostituierte, die ihre besten Jahre hinter sich hatte, lohnte es sich vielleicht, sich einem Rehabilitierungsprogramm zu Harcourts Bedingungen zu unterwerfen, wenn sie ihren Ruf wiederherstellen wollte, um ehrliche Arbeit zu finden. Einige der Frauen, das mußte gerechterweise gesagt werden, waren auch aufrichtig bußfertig. Dienstmädchen und Putzmacherinnen, die verführt worden waren – hauptsächlich die Sorte Frauen, denen danach nichts anderes übriggeblieben war, als sich zu verkaufen.

Bei einigen anderen Frauen war eine Erklärung für ihr Bleiben schwieriger zu finden – bei Florie zum Beispiel. Sie wollte Sally einfach nicht mehr darüber erzählen, warum sie ins Asyl gekommen war oder wer der Mann war, dem sie entfliehen wollte. Sie war eigentlich zu träge und zu bequem für ein Leben dieser Art, doch sie schien ganz zufrieden zu sein. Sie hatte ein sonniges Gemüt, war offen und gutmütig. Es fiel Sally schwer zu glauben, daß sie etwas zu verbergen haben sollte.

Auf dem Weg zur Kapelle wandten sich ihre Gedanken in eine andere Richtung. Sie schob sich neben Florie und fragte unvermittelt: »Dieses Stärkungsmittel, das Mary einnehmen mußte – wo ist das jetzt eigentlich?«

»Ich wünsche dir auch einen schönen guten Morgen.« Florie gab ihr einen scherzhaften Rippenstoß.

Sally puffte lachend zurück. Peg warf beiden einen warnenden Blick zu, und sie nahmen sich hastig zusammen. Sally fuhr flüsternd fort zu sprechen. »Wir haben in unserm Zimmer gerade über Mary geredet, und da ist mir das Stärkungsmittel eingefallen. Wer wird davon jetzt noch was trinken wollen, hab' ich mir gedacht, wo es doch vorher ein Mädchen genommen hat, das sich dann selbst umgebracht hat. Grade so, als wär' das Zeug verflucht. Ich jedenfalls würde keinen Schluck davon nehmen – nicht um alles in der Welt. Was haben sie eigentlich damit gemacht?«

»Keine Ahnung«, antwortete Florie. »Es ist immer in der Kammer aufgehoben worden, aber seit Marys Tod hab' ich nichts mehr davon gehört.«

Sie erreichten die Kapelle, gingen im Gänsemarsch hinein und nahmen ihre Plätze ein. Sally suchte sich einen Platz am Fenster, um mittags unauffällig ihr Signal geben zu können. Sie mußten sich den ganzen Morgen Predigten anhören, und nachmittags sollte aus der Bibel vorgelesen werden. Na ja, dachte sich Sally, da hab' ich wenigstens Ruhe, um mal gründlich nachzudenken. Während also Harcourt Tiraden über Sünde und Buße vom Stapel ließ, rief sie sich alle Fakten ins Gedächtnis, die dafür sprachen, daß Mary sich nicht selbst das Leben genommen hatte, sondern ermordet worden war.

Drei Personen hatten gute Gelegenheit gehabt, dem Stärkungsmittel etwas beizumischen. Erstens Mrs. Fiske. Sie war es gewesen, die an dem fraglichen Abend das Stärkungsmittel verabreicht hatte. Ihr Mann war Apotheker, man konnte also annehmen, daß sie sich ohne weiteres Opium in jeglicher Form und Konzentration beschaffen konnte. Es konnte allerdings jeder Opiumpräparate kaufen, und nicht nur in Apotheken, sondern auch bei Lebensmittelhändlern und in anderen Geschäften, ja sogar auf Märkten. Dennoch verstand Mrs. Fiske sicher mehr als die meisten von der Mischung von Drogen und wußte sicherlich, wie hoch eine tödliche Dosis Opium sein mußte. Und sie schien Mary gehaßt zu haben – vielleicht weil Mr. Fiske sie gern gehabt hatte. Die Frauen im Haus hatten erzählt, sie habe für ihren Mann nicht viel übrig, aber das hieß noch lange nicht, daß sie sich durch seine Aufmerksamkeiten einem jungen hübschen Mädchen gegenüber nicht gekränkt gefühlt hätte.

Sie hatte ferner gute Gelegenheit gehabt, die leere Laudanumflasche in Marys Zimmer zu stellen. Sie hatte selbst zugegeben, daß sie in der Nacht die Zimmer im Frauenhaus inspiziert und auch bei Mary hineingeschaut hatte. Was wäre einfacher gewesen, als die Flasche mitzunehmen und sie auf Marys Nachttisch zu stellen? Mary wäre um die Zeit wahrscheinlich schon tot gewesen oder wenigstens zu tief betäubt, um zu erwachen. Um den Eindruck eines Selbstmords zu vervollständigen, hätte Mrs. Fiske nur ein paar Tropfen Laudanum und Wasser in das leere Glas zu geben brauchen, in dem das Stärkungsmittel gewesen war.

Aber man durfte auch die schlaue Peg nicht außer acht lassen. Es gab zwar keinen offensichtlichen Grund dafür, weshalb sie Mary den Tod hätte wünschen sollen, aber sie war schlau genug, um einen Mord zu planen, und hatte Gelegenheit gehabt, ihn auch auszuführen. Mr. Kestrel hatte gemeint, da niemand außer Mary das Stärkungsmittel genommen habe, hätte der Mörder, um sie zu töten, einfach die ganze Flasche vergiften können. Das Stärkungsmittel wurde in der Kammer aufbewahrt, und Peg war unter den Insassinnen die einzige, die zur Kammer Zugang hatte. Sie konnte jederzeit im Lauf des Tages das Stärkungsmittel mit Opium versetzt haben.

Es wäre für Peg auch ein leichtes gewesen, die Laudanumflasche in Marys Zimmer zu stellen. Das Vorderzimmer im Erdgeschoß, in dem Peg schlief, befand sich direkt neben dem schwarzen Loch. Sie hätte höchstens eine halbe Minute gebraucht, um in Marys Zimmer zu huschen und wieder in ihr eigenes zurückzukehren. Hätte sie draußen jemand erwischt, so hätte sie einfach sagen können, sie wäre auf dem Weg zum Häuschen im Garten gewesen. Sie konnte die Flasche aber auch in Marys Zimmer gestellt haben, als sie am nächsten Morgen geschickt worden war, sie zu holen. Dann allerdings mußte Florie gelogen haben, als sie sagte, sie habe auf dem Weg zum Frühstück die Flasche auf Marys Nachttisch gesehen.

Einen Haken jedoch hatte die Beweisführung gegen Peg. Mr. Kestrel hatte darauf hingewiesen, als er Sally seine Instruktionen gegeben hatte. »Eines ist klar, wenn eine der Frauen im Haus Mary getötet hat, dann hat sie nicht allein gehandelt. Wie hätte sich jemand, der im Haus eingeschlossen war, die Laudanumflasche beschaffen können, um sie in Marys Zimmer zu stellen? Wie das Gift, das benutzt wurde, um sie zu töten? Sie hätte einen Komplizen oder eine Komplizin gebraucht: jemanden außerhalb des Asyls, der die Flasche und das Gift hätte einschmuggeln können –«

Sally fuhr zusammen, als ein spitzer Ellbogen sie traf. Florie warf ihr einen Blick zu und deutete auf ihr Gebetbuch. Die anderen Frauen hatten die ihren schon geöffnet und lasen zusammen mit Harcourt laut daraus vor. Sally war nicht oft genug in der Kirche gewesen, um zu wissen, was das alles sollte. Es klang ziemlich beeindruckend, aber auch sehr düster. Die Seite im Buch, von der alle ablasen, brauchte sie gar nicht erst zu suchen, da sie kaum lesen konnte. Sie schlug deshalb ihr Gebetbuch einfach irgendwo auf, bewegte die Lippen wie die anderen und hing weiter ihren Gedanken nach.

Das dritte Objekt ihres Verdachts war Harcourt. Er konnte leicht irgendwann im Lauf des Tages das Opium in das Stärkungsmittel gegeben haben; sein Büro war ja direkt neben der Kammer. Er konnte auch die Laudanumflasche in Marys Zimmer gestellt und ein paar Tropfen Laudanum in das Glas gegossen haben, das das Stärkungsmittel enthalten hatte. Er hatte in der Nacht von Marys Tod im Asyl gearbeitet, und Mrs. Fiske hatte ihn immer wieder einmal allein gelassen, um in der Küche Tee zu machen. Da hätte er genug Zeit gehabt, sich ins Frauenhaus hinüberzuschleichen. Wenn er dabei erwischt worden wäre, wäre ihm bestimmt eine gute Ausrede eingefallen.

Weshalb aber hätte er Mary töten sollen, da er doch allen Grund gehabt hatte, sie am Leben zu erhalten? Alle hatten behauptet, er sei ganz versessen darauf gewesen, ihren wahren Namen herauszubringen, um sie dann mit Glanz und Gloria ihrer Familie wieder zuführen zu können. Auch auf diese Frage jedoch hatte Mr. Kestrel eine Antwort gehabt. Sie erinnerte sich: »Die Frauen im Asyl sind überzeugt davon, daß Harcourt Mary strafte, um sie zu zwingen, ihm zu sagen, wer sie war. Aber nehmen wir mal an, daß das nur ein Vorwand war, um sie zu isolieren und den Mord möglich zu machen. Sie hätte nicht vergiftet werden können, wenn sie sich ein Zimmer mit drei oder vier anderen Frauen geteilt hätte. Eine der anderen hätte doch leicht etwas merken können, wenn auch nur, daß ihr Schlaf viel zu tief war, um natürlich zu sein, und hätte noch rechtzeitig Hilfe holen können, um sie aus der Betäubung zu wecken. Nein, sie mußte ein Zimmer für sich allein haben, und Harcourt war der einzige, der dafür sorgen konnte.«

Sally fragte sich, was sie tun konnte, um etwas mehr Licht in das Dunkel zu bringen. Sie konnte natürlich versuchen, mehr über die schlaue Peg herauszubekommen: Woher sie kam, warum sie im Asyl war, wie es ihr gelungen war, Harcourts Vertrauen zu gewinnen. Sie konnte auskundschaften, was für Zugänge zum Frauenhaus es gab, wie ein Komplize von außerhalb hätte hereinkommen können. Und schließlich konnte sie sich diese Flasche mit dem Stärkungsmittel einmal ansehen. Dazu würde sie sich in die Kammer schleichen müssen und todsicher aus dem Haus gewiesen werden, sollte man sie dabei ertappen. Aber das war das Risiko wert.

Am Sonntag nachmittag machte Dr. MacGregor einen Besuch in der Clarges Street und fand Julian auf dem Sofa im Salon liegend vor.

»Bleiben Sie ruhig liegen«, sagte er beißend. »Ich möchte Sie nicht überanstrengen. Eine feine Art, einen Sonntagnachmittag zu verbringen – herumzuliegen wie ein Schoßhündchen.«

»Ich darf Sie darauf hinweisen, daß ich mehrere Stunden beim Fechten war, meine Mattigkeit also durchaus legitim ist.«

»Ich wußte gar nicht, daß Dandys wie Sie sich mit so kraftraubenden Sportarten die Zeit vertreiben.«

»Das tun wir in der Regel auch nicht, aber ich bin nun mal nicht gern berechenbar.« Ernster fügte er hinzu: »Ich habe fechten gelernt, als ich auf dem Kontinent lebte, und ich möchte nicht aus der Übung kommen.«

»Ich hätte lieber gehört, daß Sie in der Kirche waren. Trotzdem freut es mich zu sehen, daß Sie etwas für Ihren Körper tun und nicht nur für Ihren Geist.«

»Tatsächlich habe ich heute für beides etwas getan. Ich bin zum Fechten gegangen, weil ich hoffte, dort Charles Avondale zu treffen oder wenigstens etwas mehr über ihn in Erfahrung zu bringen. Er gehört zu einer Clique, deren Mitglieder viel Zeit auf dem Fechtboden oder im Boxring verbringen. Avondale war leider nicht da, aber ich habe wenigstens einige seiner Freunde getroffen.«

»Und?«

»Und die Quintessenz ist: Mir wurde klar, daß die Freunde eines Mannes überhaupt nichts über ihn wissen. Im Lauf von drei Stunden habe ich erfahren, daß Avondale ein großartiger Bursche ist, einen erstklassigen Wagen fährt, seine Spielschulden wie ein Gentlemen bezahlt und auf Frauen unwiderstehlich wirkt – lauter Dinge, die ich vorher schon wußte und die meinen Zwecken nicht im geringsten dienlich sind. Frauen hingegen pflegen sich bis ins kleinste Detail für einen Mann zu interessieren. Sie schaffen es, sich innerhalb einer halben Stunde über den Zustand seiner Gesundheit, seines Herzens und seiner Geldbörse zu informieren.«

»Warum reden Sie denn nicht mit Avondales weiblichen Bekannten?«

»Während der Saison wäre das ein leichtes. Da brauchte ich mich nur in irgendeinen Salon oder Ballsaal zu stellen, Avondales Namen zu erwähnen und dann den Klatschmäulern ihren Lauf zu lassen. Aber um diese Jahreszeit hält sich kaum jemand von der Creme in London auf. Mit einer wichtigen Ausnahme allerdings: Ich hörte heute, daß Avondales Schwester, Lady Gayheart, noch in der Stadt ist. Ich glaube, sie und Avondale stehen sich nicht sonderlich nahe – sie hält nichts davon, ihren Charme an einen bösen Bruder zu vergeuden –, aber sie wird trotzdem eine Menge über ihn wissen.«

»Wollen Sie sie aufsuchen?«

Julian schnitt eine Grimasse. »Nicht, wenn ich es vermeiden kann. Ich kenne sie nicht sehr gut, und ein plötzlicher Besuch würde als ein Zeichen verstanden werden, daß ich beabsichtige, mich dem Gefolge ihrer Bewunderer anzuschließen – aus dem es dann so leicht kein Entkommen mehr gibt. Lady Gayheart ist eine berühmte Schönheit und verlangt dauernden Tribut in Form von Schmeichelei und Aufmerksamkeit. Im letzten Jahr beschwor ein gewisser Herzog beinahe einen Skandal herauf, weil er sie in Brighton küßte. Aber ich vermute, der arme Teufel wollte nur seinen Stimmbändern ein wenig Erholung gönnen.«

»Wenn Sie nicht mit ihr reden können, ist sie wenig nützlich.«

»Das ist wahr. Vielleicht kann ich es einrichten, daß sich unsere Wege ganz zufällig an irgendeinem öffentlichen Ort kreuzen. Wenn nicht, muß ich eben in den sauren Apfel beißen und ihr meine Aufwartung machen.«

»Wie kommen Sie mit Ihren Nachforschungen nach den beiden anderen Männern weiter – Borstel und Blinkie?«

»Über Borstel wissen wir so wenig wie zuvor. Dipper und ich haben uns bei verschiedenen Poststationen nach ihm erkundigt – es kann ja sein, daß er aus London abgereist ist –, aber das ist, als suche man die Nadel im Heuhaufen. Es gibt einfach zu viele Poststationen, zu viele Reisende, die alle in den gleichen Mänteln und Hüten herumkarriolen. Was Blinkie angeht, so haben wir inzwischen die Anzeige wegen des Schirms drucken lassen und an die in Frage kommenden Geschäfte und Werkstätten verschickt. Dipper wird den Antworten nachgehen, und ich vermute, er wird einiges zu tun haben. Aber uns liegt beiden sehr viel daran, diesen Blinkie in die Finger zu bekommen. Wir würden ihm beide gern einen kräftigen Denkzettel geben.«

»Ihr Interesse scheint recht persönlich zu sein!«

»Ich habe etwas dagegen, wenn Männer Frauen prügeln, falls Sie das meinen sollten.«

»Besonders eine bestimmte junge Frau.«

»Besonders Dippers Schwester.«

»Hm. Mehr steckt also nicht dahinter, wie?«

Julian war es plötzlich leid. Er legte sich zurück, den Kopf auf dem Arm. »Seien Sie nicht so schadenfroh, alter Freund.«

MacGregor warf ihm nur einen kurzen, durchdringenden Blick zu und wechselte taktvoll das Thema.

13 Eine Mitternachtsbegegnung

Sally hatte das Gefühl, der Sonntag würde niemals enden. Selbst der harte Alltag im Asyl war besser, als den ganzen Tag still dasitzen und sich Predigten und Bibelsprüche anhören zu müssen. Als es Abend wurde, war ihr Geist völlig erschöpft, ihr Körper jedoch strotzte vor aufgestauter Energie. Sie sehnte sich danach, ihre steifen Glieder zu strecken, zu rennen und zu schreien, das ganze Haus auf den Kopf zu stellen.

Fügsam ging sie zu Bett, aber sie blieb nicht lange liegen. Sobald ihre drei Zimmergenossinnen schliefen, stahl sie sich aus ihrem Bett. Das Haus war kälter und feuchter denn je. Mit zusammengebissenen Zähnen schlüpfte sie in ihre Schuhe und hüllte sich in einen großen braunen Wollschal. Das war eines der langweiligen, aber nützlichen Kleidungsstücke, zu deren Kauf Mrs. Mabbitt sie gezwungen hatte. Sie war ihr jetzt dankbar dafür, als sie sich in dem warmen Stoff vergrub.

Sie zündete eine ihrer Kerzen an und schlich auf Zehenspitzen hinaus, die Hand schützend vor die Flamme haltend. Im Flur gab es kein Licht – nur ein dünner Strahl dunstigen Mondlichts, das durch ein Oberlicht über der Treppe hereinfiel, erhellte ihn ein wenig. Sie bewegte sich so leise wie möglich, aber hier lagen nicht wie im Bürohaus Teppiche auf den Böden, und selbst beim leichtesten Schritt knarrten die nackten Dielen unter ihren Füßen.

Sollte jemand sie außerhalb ihres Zimmers erwischen, so machte das zum Glück nichts. Sie konnte einfach sagen, sie sei auf dem Weg zum Häuschen im Garten. Bei milderem Wetter benutzten die Frauen diese Ausrede häufig, um nachts eine Weile ins Freie zu gehen. An einem kalten klammen Abend wie diesem stand allerdings keine gern auf. Das bedeutete, daß Sally hoffen konnte, ihre Nachforschungen gänzlich ungestört durchführen zu können. Eine zusätzliche Hilfe war, daß in dieser Nacht Mrs. Jessop Dienst hatte. Sally hatte gehört, sie schlafe normalerweise wie ein Murmeltier und inspiziere nachts nur selten die Räume.

Sally wollte sehen, wie ein möglicher Komplize des Mörders sich ins Frauenhaus geschlichen haben konnte. Sie erinnerte sich, daß Harcourt bei der Leichenschau ausgesagt hatte, es seien keine Spuren gewaltsamen Eindringens an Fenstern oder Türen festgestellt worden. Das war wahrscheinlich wahr – er war zu klug, um eine Lüge zu erzählen, die sich so leicht nachweisen ließ. Manipulationen an Türen oder Fenstern hinterließen unübersehbare Spuren – Sally war die Tochter eines Einbrechers und wußte das. Da das Frauenhaus nachts immer abgeschlossen war, hätte ein Eindringling also einen Schlüssel gebraucht. Von den

Frauen hätte er ihn nicht bekommen können. Sie hatten keinen.

Wer aber hatte Schlüssel? Niemand außer Harcourt und den Hausmüttern, soviel Sally wußte. Möglicherweise hatte auch Mrs. Fiskes Mann einen Schlüssel, da er häufig ins Asyl kam, um die Frauen zu behandeln. Selbst wenn er keinen hatte, konnte man annehmen, daß er Zugang zu dem seiner Frau hatte. Sally fand es höchst interessant, daß Fiske Apotheker war; er mußte mehr über Gifte wissen als jeder andere, der mit dem Heim zu tun hatte. Aber alle hatten gesagt, er habe Mary gern gehabt. Weshalb hätte er sie also töten sollen?

Sally schüttelte den Kopf. Sinnlos, sich über Fiske Gedanken zu machen, wenn sie so wenig über ihn wußte. Sie richtete ihre Aufmerksamkeit wieder auf das unmittelbare Problem.

Wenn jemand heimlich ins Frauenhaus gelangen wollte, wie würde er es anstellen? Die Straßentür kam nicht in Frage; die war mit Brettern vernagelt. Es gab die Verbindungstür zwischen den beiden Häusern, aber kein Mensch, der auch nur einen Funken Verstand besaß, würde versuchen, auf diesem Weg ins Frauenhaus zu gelangen. Da hätte er sich zuerst zum Bürohaus Zugang verschaffen müssen; bei Tag hätte er das nicht tun können, da er unweigerlich gesehen worden wäre. Selbst bei Nacht hätte er riskiert, von der Hausmutter ertappt zu werden; außerdem hätte er einen zweiten Schlüssel gebraucht, da die Verbindungstür zwischen den beiden Häusern abends auch abgeschlossen wurde. Die ganze Sache war zu kompliziert und zu riskant. Nein, ein Eindringling hätte das Frauenhaus auf direktem Weg betreten, entweder durch die vordere Kellertür oder die Hintertür zum Garten.

Auf Zehenspitzen stieg Sally in den Keller hinunter. Dort war es noch feuchter und finsterer als oben. Die Nässe klebte wie kalter Schweiß an den Wänden und dem rauhen Steinfußboden. Sie ging zuerst in den vorderen Raum, den Waschraum. Hier standen große und kleine Waschzuber,

Waschbretter, ein großer Kupfertopf zum Kochen der Wäsche, eine Schale mit Seife. Durch ein vergittertes Fenster konnte man zur Straße hinaussehen; nicht weit von ihm entfernt war eine verschlossene Tür, die nur geöffnet wurde, wenn Kohlelieferungen oder Wasser aus der Zisterne ins Haus gebracht wurden.

Auf diesem Weg konnte man sicher ganz gut unbemerkt ins Haus gelangen. Man konnte spät in der Nacht kommen, wenn alle in der Straße schliefen, und über das Gitter in den winzigen Vorgarten klettern. Eine schmale Treppe führte zu der Tür hinunter. Dort, unterhalb der Straße, konnte man ungesehen ins Haus schlüpfen, vorausgesetzt, man hatte einen Schlüssel. Und leise und vorsichtig konnte man sich dann die Treppe zum Erdgeschoß hinaufschleichen.

Dann stand man direkt vor dem schwarzen Loch. Eine Leichtigkeit, sich in Marys Zimmer zu stehlen, wohl wissend, daß sie betäubt oder vielleicht sogar schon tot sein würde, und die Laudanumflasche auf ihren Nachttisch zu stellen und ein paar Tropfen Laudanum und Wasser in ihr Glas zu geben. Damit wäre erklärt, wie ein eventueller Eindringling es angestellt hatte, den Mord als Selbstmord zu tarnen; nicht aber, wie er den Mord selbst begangen hatte. Um Marys Stärkungsmittel zu vergiften – oder auch etwas anderes, das sie gegessen und getrunken hatte –, hätte er innerhalb des Asyls einen Verbündeten gebraucht. Wenn er aber einen solchen hatte, weshalb hätte er sich dann überhaupt ins Haus schleichen sollen? Weshalb hätte er dann nicht alles diesem Verbündeten überlassen sollen – einer Person, die sich bereits im Inneren des Asyls befand und sich dort auskannte?

Alles viel zu kompliziert, sagte sie sich. Viel einfacher, wenn Mrs. Fiske Mary getötet hatte; sie hatte die beste Gelegenheit gehabt, Gift in das Stärkungsmittel zu mischen, und sie war eine gemeine alte Scharteke, die Sally nur zu gern des Mordes überführt gesehen hätte. Der Haken war nur, daß es nicht einen einzigen richtigen Beweis gegen sie gab.

Sie beschloß weiterzugehen, wenn auch nur, um sich warm zu halten, und trat in den anschließenden Trockenraum. Zwischen Bügelbrettern und Trockengestellen hindurch schlängelte sie sich zum Fenster. Es war vergittert wie alle anderen im Frauenhaus. Da konnte keiner hereinkommen.

Beim Hinausgehen stieß sie mit dem großen Zeh gegen die Mangel, und während sie leise fluchend herumhüpfte, blies ein Luftzug ihre Kerze aus. »Ach verdammt noch mal!« flüsterte sie. »Aber so leicht geb' ich nicht auf. Ich geh' jetzt noch nicht wieder ins Bett!«

In der Finsternis tastete sie sich die Treppe hinauf. Als sie nichts hörte, schlich sie durch den Flur zur Hintertür und suchte den Riegel. Endlich fand sie ihn und trat ins Freie. Sie zog den Schal fester um sich und raffte ihr Nachthemd, damit es nicht im Schlamm schleifte. Es hatte zu regnen aufgehört, doch es lag ein dichter Dunst über dem Garten, der im Mondlicht milchweiß schimmerte. Nur undeutlich konnte sie die Backsteinmauer rund um den Garten erkennen.

Auch durch die Hintertür hätte ein Eindringling ins Frauenhaus gelangen können, es wäre allerdings schwieriger gewesen. Die Tür war zwar nicht abgeschlossen, aber die Pforte in der Gartenmauer war durch ein schweres Vorhängeschloß gesichert. Man hätte dieses Schloß schon aufbrechen müssen, um hereinzukommen. Und die Mauer war hoch, wenn auch ein beweglicher Mann sie wahrscheinlich trotz der abschreckenden Eisendornen oben hätte überklettern können. Erst einmal im Garten, hätte er sich Zeit lassen können, bis er sicher war, daß niemand wach war, um sich dann zur Hintertür zu schleichen. Oder er hätte auch einfach im Garten etwas für einen Komplizen hinterlassen können – eine Botschaft vielleicht, oder die Laudanumflasche.

Sie begann, den Garten zu erkunden – eigentlich ganz unsinnig, da sie ohne Kerze bei diesem Dunst kaum die Hand vor den Augen sehen konnte. Doch sie konnte sich am

Klosetthäuschen orientieren, das sich in der hinteren linken Ecke befand. Sein Gestank verbreitete sich in der schweren, feuchten Luft im ganzen Garten.

Plötzlich blieb Sally stehen und schnupperte ungläubig. In den Geruch vom Klohäuschen mischte sich ein anderes Aroma – ausgeschlossen eigentlich, aber unverwechselbar. Tabakrauch.

Kam aus der Richtung des Häuschens. Vorsichtig ging sie näher. Ihre Füße rutschten auf dem schlammigen Boden. Hinten, wo das Häuschen fast mit der Gartenmauer zusammentraf, war der Tabakgeruch am stärksten. Durch den Dunst konnte sie eine Gestalt erkennen und ein Pünktchen rötlicher Glut.

»Schönen guten Abend«, sagte die schlaue Peg leise.

Sally fuhr zusammen.

Peg lachte. Sie hockte auf einem Baumstumpf, den Rücken an die Mauer gelehnt, und rauchte eine rohgeschnitzte Pfeife, deren schwacher rötlicher Schein auf ihren länglichen Augen und den hohen, stark ausgeprägten Wangenknochen spielte, so daß sie mehr denn je wie eine Füchsin aussah.

»Was hast du denn in so einer Nacht hier draußen zu suchen?«

»Vielleicht wollte ich aufs Klo.«

»Na, dann geh doch«, meinte Peg spöttisch.

Eine scharfe Antwort drängte sich Sally auf, aber sie unterdrückte sie. Diese Begegnung ließ sich zu Besserem nutzen als zu einem Streit.

»Ich konnte nicht schlafen«, erklärte sie ruhig. »Darum wollte ich ein bißchen frische Luft schnappen. Ich bin's nicht gewöhnt, so eingesperrt zu sein. Dann hab' ich deinen Tabak gerochen und wollte sehen, wer da pafft. Wo hast du den her? Wo versteckst du den?«

Peg blies gemächlich eine Rauchwolke in die Luft und antwortete nicht.

»Was du dir so alles erlauben kannst, das ist wirklich toll«, sagte Sally bewundernd. »Hier könnte doch keine sonst den Wachskopf und die Hausweiber so übern Löffel balbieren wie du.« Als sie sah, wie Peg sich unter ihren Worten aufplusterte, fuhr sie einschmeichelnd fort: »Ich würde was drum geben zu wissen, wie du das machst.«

»Ach, das ist doch ein Kinderspiel. Die Gartenmauer hier haben sie ganz neu hochgezogen, aber sie ist nicht dick und die Steine sind nicht richtig verfugt, weil der Alte so ein Knauser ist und immer nur dran denkt, daß er nur ja keinen Penny zu viel ausgibt. Hier gibt's überall Ritzen und Sprünge, wo ich ein bißchen Geld reinlegen kann, und meine Freunde auf der andern Seite holen sich's dann und lassen mir Tabak da – oder was ich sonst haben möchte.«

»Du bist vielleicht eine Schlaumeierin!«

»Na ja, ganz blöd bin ich nicht. Was glaubst du wohl, wo ich meinen Tabak verstecke?«

»Keine Ahnung. Wo denn?«

»In der griechischen Urne im Büro vom Alten.«

»Was? Im Büro vom Wachskopf? Hast du keine Angst, daß er dir draufkommt?«

»Wieso denn? Der hat doch gar keinen Grund, in eine Urne reinzuschauen, die nur zur Zierde dasteht. Nein, mein Tabak ist da sicher, und ich kann jederzeit ran. Schließlich muß ich doch jeden Tag das Büro saubermachen.« Sie streckte sich mit träger Selbstgefälligkeit. »Na ja, wenn man's versteht, kann man sogar hier ein üppiges Leben führen. Ich kann dir alles von draußen besorgen, was du willst, wenn du dafür blechen kannst.«

»Angenommen, ich möchte Laudanum haben. Könntest du mir das besorgen?«

Peg kniff die Augen zusammen. »He, was meinst denn du damit?«

»Weiß auch nicht. Ich hab' nur gedacht, weil doch keiner weiß, wie diese Mary sich das Laudanum beschafft hat ...« Den Rest ließ sie offen.

»Ich hab's ihr jedenfalls nicht besorgt.« Pegs Blick war belustigt und unergründlich. »Und selbst wenn, wirst du doch wohl nicht erwarten, daß ich dir das jetzt auf die Nase binde, oder? Es ist doch bestimmt ein Verbrechen, jemandem die Mittel zu beschaffen, sich selber ins Jenseits zu befördern.«

»Trotzdem, du weißt bestimmt mehr darüber, wie Mary gestorben ist, als jeder andre hier. Ich meine, dir entgeht doch nichts, was hier passiert.«

»Kann schon sein, daß ich was weiß.«

»Dann sag's mir doch. Ich bin unheimlich neugierig.«

»Und warum sollte ich?«

»Na, komm schon, sei doch nicht so! Ich verpfeif' dich auch nicht.«

Peg paffte nachdenklich an ihrer Pfeife. »Ich werd's mir überlegen.«

»Nimm's mir nicht übel, ich wollt' dir nicht die Hölle heiß machen«, sagte Sally in mitleidigem Ton. »Es ist ja nicht deine Schuld, wenn du nicht mehr weißt als alle anderen hier.«

»Dein Mitleid brauch' ich bestimmt nicht! Ich weiß 'ne ganze Menge – aber ich war nicht so blöd, hinterher, als Mary tot war, darüber zu quasseln. Ein paar Tage bevor sie abgekratzt ist, haben wir ein Weilchen miteinander geplaudert, Mary und ich. Sie wollte, daß ich ihr einen Gefallen tue, und hat mir dafür ihre Seidenstrümpfe gegeben.«

»Was für einen Gefallen?«

»Sie wollte einen Brief abschicken, aber heimlich, ohne daß es jemand weiß. Da hab' ich ihr dann aus dem Büro vom Alten zwei Blätter Papier und einen Bleistift geklaut.«

»Wann war das?«

»Am Samstag bevor sie gestorben ist.«

Und der Brief war vom Samstag abend datiert gewesen. Es paßte genau. Das Schreiben selbst hatte nur aus einem Blatt bestanden, aber Mary hatte von einem ›äußeren Blatt‹ geschrieben, das die Adresse des Empfängers getragen hatte. Das kam Sally jetzt, da sie darüber nachdachte, komisch vor. Sie selbst hatte noch nie einen Brief geschrieben, aber sie wußte, daß die meisten Leute einfach auf ein Blatt schrieben, es falteten, adressierten und mit einem Siegel schlossen. Zusätzliche Blätter kosteten zusätzliches Porto. Mary hatte natürlich kein Siegel gehabt, wahrscheinlich hatte sie also ihren Brief sicherheitshalber in ein zweites äußeres Blatt Papier gefaltet. So ein Pech, daß die beiden Blätter auseinandergerissen worden waren. Wenn sie und Mr. Kestrel wüßten, für wen der Brief gedacht gewesen war, könnten sie vielleicht auch herausbekommen, wer Mary wirklich gewesen war.

»Und was ist dann passiert?« fragte sie.

»Am nächsten Morgen hat sie mir den Bleistift zurückgegeben, und ich hab' ihn wieder ins Büro gelegt. Aber den Brief hat sie mir nie gegeben.« Lässig fügte sie hinzu: »Vielleicht hat sie ihn gar nicht geschrieben.«

»Weshalb hätte sie ihn dir geben sollen?«

»Damit ich ihn abschicke, natürlich.«

»Wie denn?«

»Mensch, bist du vernagelt? Der Postbeutel liegt immer im Büro vom Alten. Da kann ich leicht einen Extrabrief reinschmuggeln, ohne daß einer was merkt. Ich hab' Mary versprochen, daß ich ihn für sie zur Post geben würde, aber sie hat ihn mir nie gegeben. Und ich kann doch keinen Brief abschicken, den ich nie gekriegt hab', oder?«

Sally dachte an Marys Brief. Er war ihr so oft vorgelesen worden, daß sie den Wortlaut fast auswendig im Kopf hatte. ›Zum Glück gibt es jemanden, dem ich, glaube ich, vertrauen kann und der diesen Brief für mich aufgeben wird, heimlich, so daß niemand Deine Anschrift auf dem äußeren Blatt zu Gesicht bekommen wird.‹ Hatte sie Peg damit gemeint? Gewiß, Peg war eine durchtriebene und hilfreiche Verbündete, wenn es für sie selbst etwas dabei zu gewinnen gab. Aber Sally konnte sich nicht vorstellen, daß Mary ihr ihr Vertrauen geschenkt hätte.

»Und sie hat nie wieder was von dem Brief gesagt?«

»Zu mir nicht.« Peg stand auf, klopfte ihre Pfeife an der Mauer aus und schob sie in eine Falte ihres Schals. »Wir gehn jetzt besser wieder rein.«

Sally konnte sich nicht verkneifen zu fragen: »Hast du

nie Angst, daß der Wachskopf dir eines Tages mal auf die Schliche kommt?«

»Nie im Leben! Ich bin doch sein Musterexemplar, sein großer Erfolg. Und da mach' ich das Beste draus. So ein Leben auf der Straße sollen die führen, die nicht den Grips haben, sich ihr Brot auf andere Weise zu verdienen. Aber ich bin damit fertig. Mit der Moral läßt sich's besser und leichter leben – da gibt's mehr Geld und weniger Ärger als mit der Unmoral. Ich bin als Papistin aufgewachsen, aber das hat für 'ne unternehmungslustige Frau überhaupt keine Zukunft. Höchstens kann man 'ne Heilige werden, und das passiert auch erst, wenn man schon tot ist. Aber in der Kirche von England kann sich 'ne Frau als Reformerin ein feines Leben machen. Brauchst dir ja nur diese Hannah More anzuschauen. Seine Gnaden bringt mich auf den Weg, auch wenn er keine Ahnung davon hat. Jedesmal, wenn er mich seinen Geldsäcken vorführt, hilft er mir, mir einen Namen zu machen. Ich bin die Magdalena, die gekommen ist, um ihre Schwestern ins Licht zu führen.«

»Vielleicht weiß der Wachskopf aber ganz genau, was er da tut. Woher willst du wissen, daß er dich nicht benutzt, wie du ihn benutzt?«

»Bestimmt nicht! Den Alten hab' ich in der Tasche. Der ahnt überhaupt nicht, daß ich ihn an der Nase herumführe. Ich füttere seine Eitelkeit, verstehst du – und, Heilige Mutter Gottes, hat der einen Appetit! Ich erzähl' ihm, daß er ein Heiliger auf Erden ist, und dieser Oberdummkopf nimmt's als göttliche Wahrheit – und alles andere, was ich sag', auch. Ich will dir mal einen Rat geben, und sag später bloß nie, ich hätte dir nichts beigebracht. Wenn du jemand anlügen willst, dann sag ihm was, was er gern glauben möchte, dann geht er dir sofort ins Netz.«

Wieder in ihrem Zimmer, lag Sally lange wach und dachte über Mary und ihren Brief nach. Was sie von Peg erfahren hatte, eröffnete ganz neue Möglichkeiten. Hatte sie die Wahrheit gesagt, als sie erklärt hatte, Mary habe ihr den

Brief nie zum Abschicken gegeben? Angenommen, Mary hatte ihn ihr doch gegeben, aber sie hatte ihn Harcourt oder Mrs. Fiske weitergereicht oder vielleicht auch irgendeinem Feind von Mary außerhalb des Heims? Oder es konnte auch sein, daß sie den Brief tatsächlich in den Postbeutel gelegt hatte, aber Harcourt oder eine der Hausmütter ihn dort gefunden hatte. Doch wenn Peg ihren Teil des Handels erfüllt und den Brief tatsächlich zur Post gebracht hatte, warum sollte sie dann jetzt vorgeben, Mary hätte ihn ihr nie gegeben? Und wenn sie Mary irgendwie hintergangen hatte, warum hätte sie dann Sally überhaupt von dem Handel erzählen sollen?

Sally drückte sich ihr Kissen um den Kopf, um das Schnarchen der Roten Jane nicht hören zu müssen. Also gut: angenommen, Peg sagte die Wahrheit und Mary hatte ihr den Brief nie gegeben. Was hatte Mary dann mit ihm getan? Wie war er in die Hände des Mannes gekommen, dem Sally ihn gestohlen hatte? Hatte Mary vielleicht jemand anderen gefunden, der versprochen hatte, den Brief für sie abzuschicken? Oder war er ihr gestohlen worden, noch ehe sie eine Gelegenheit gehabt hatte, ihn Peg zu geben?

Sie hatte den Brief am Samstag abend geschrieben. Vielleicht hatte sie am Sonntag, als die Frauen fast den ganzen Tag in der Kapelle versammelt waren, keine Möglichkeit gefunden, Peg allein zu sprechen. Vielleicht hatte sie den Brief in ihrem Zimmer gelassen, und jemand hatte ihn dort gefunden. Sally wußte bereits, daß an diesem Sonntag Mrs. Fiske Dienst gehabt hatte, und die hatte es ja ganz besonders wichtig damit, die Zimmer der Frauen zu durchsuchen.

Sally wälzte sich ruhelos hin und her und drückte sich das Kissen noch fester auf die Ohren. Jetzt allerdings versuchte sie, sich für ihre eigenen Gedanken taub zu machen. Zum Teufel mit Mr. Kestrel und seinen Rätseln! Wenn man erst mal anfing, an denen herumzuklamüsern, war an Schlaf nicht mehr zu denken.

Wenn es auf der Welt Gerechtigkeit gab, dann lag er jetzt

genauso wach wie sie und machte sich Kopfzerbrechen. Sie stellte sich ihn vor, wie er in seinem Bett lag, ganz ohne diese tadellosen Klamotten, das dunkelbraune Haar wirr und zerzaust. Sie seufzte, streckte sich mit wohligem Behagen und lächelte immer noch, als sie einschlief.

14 Eine Schwester, eine Maus und ein Diener

Julian lauerte auf eine Gelegenheit, sich Lady Gayheart zu nähern. Am Montag nachmittag hatte er das Glück, zu sehen, wie ihr Wagen vor einem Putzmachergeschäft in der Bond Street vorfuhr. Er richtete es so ein, daß er gerade rechtzeitig vorüberkam, um ihr beim Aussteigen zu helfen, und als er hörte, daß sie Hüte anprobieren wollte, erklärte er, sie müsse sich dabei unbedingt von einem Gentleman beraten lassen, und er stehe ihr zu Diensten.

Sie sah ihn mit ihren großen blauen Augen, die denen ihres Bruders Charles so ähnlich waren, betörend an. »Aber Mr. Kestrel, ich kann mir nicht vorstellen, daß Sie sich für Damenhüte interessieren.«

»Für Damenhüte an sich nicht, nein. Wenn sie aber die Köpfe schöner Frauen zieren, gewinnen sie eine ganz besondere Faszination.«

»Ich bin sicher, Sie werden sich tödlich langweilen.«

»Das einzig tödliche Gefühl, das Sie je in mir geweckt haben, ist Neid auf Gayheart.«

Sie gab ihm einen spielerischen Klaps mit dem Sonnenschirm. »Sie sind schrecklich impertinent. Keinesfalls dürfen Sie mit mir hineinkommen.«

Sie rauschte ins Geschäft. Der Lakai hielt Julian mit steinerner Miene die Tür auf. Und Julian folgte.

Eine geschwätzige Französin begrüßte Lady Gayheart und führte sie zu einem Sessel vor einem Spiegel. Verkäuferinnen eilten geschäftig hin und her, brachten Hüte, die mit Spitzen und Girlanden, mit Blumen und Straußenfedern verziert waren. Lady Gayheart probierte jeden einzelnen auf, musterte mit kokettem Stirnrunzeln ihr Spiegelbild und drehte ihren Kopf bald auf die eine, bald auf die andere Seite. Julian zog sich einen Stuhl heran – um die Hüte besser beurteilen zu können, erklärte er – und begann den kunstvollen Flirt, den sie erwartete.

Sehr bald trafen sie sich in gemeinsamer Klage darüber, wie trostlos es in London um diese Jahreszeit sei. Es stellte sich heraus, daß die Gayhearts genau wie Julian für den Oktober auf Schloß Braxton geladen worden waren, nur um dann erfahren zu müssen, daß das ganze Unternehmen abgeblasen worden war.

»Ich finde es einfach schrecklich von Lord Braxton, uns allen mit Versprechungen von einem großen Fest den Mund wäßrig zu machen«, erklärte Lady Gayheart, »und dann in letzter Minute abzusagen, nur weil seine Tochter es sich in den Kopf gesetzt hat, durchzubrennen und irgendeinen billigen Offizier mit Zwirbelbart zu heiraten. Jetzt ist Gayheart in irgendwelche geschäftlichen Transaktionen verwickelt – ich glaube, es handelt sich um eine dieser südamerikanischen Erzgruben – und ist nicht bereit, London zu verlassen. Und Sie werden es nicht glauben, aber er will mich nicht allein aus London weglassen.«

»Sie können von mir nicht erwarten, daß ich es bedaure, Sie hier zu sehen. Und erfreulicherweise sind Sie einmal nicht von Verehrern umringt.« Wie beiläufig fügte er hinzu: »Ganz leer ist die Stadt im übrigen nicht. Ihr Bruder beispielsweise ist auch noch nier.«

»Ach, Charles.« Sie verlor das Interesse. »Ich vermute, er fürchtet, seine Gläubiger würden über ihn herfallen, sollte er versuchen, London zu verlassen.«

»Steht er so schlecht da? Ich hatte ja keine Ahnung.«

»Ich weiß nicht, wie schlimm es ist. Aber er bittet unseren Vater ständig um Geld – das er natürlich auch bekommt, weil Vater der Ansicht ist, daß für Charles nichts zuviel ist. Sie können sich nicht vorstellen, wie Charles ihn um den Finger wickelt. Es ist wirklich ein Jammer! Aber er war ja immer Papas Liebling.«

»Ich hatte nie den Eindruck, daß er besonders verschwenderisch lebt.«

»Ich hätte das auch nicht gedacht, aber ein Gentleman hat natürlich alle möglichen Ausgaben, von denen er seiner Schwester nichts erzählt. Weiß der Himmel, wie er zurecht kommen soll, wenn er dumm genug ist, Cousine Ada zu heiraten.«

»Ist das zu befürchten?«

»Das kann ich nicht sagen. Er und Ada waren immer ein Herz und eine Seele, und ich glaube, es freut ihn gar nicht zu sehen, wie dieser spießige Major um sie herumtanzt. Aber ich kann mir kaum vorstellen, daß er so töricht sein würde, sie zu heiraten. Sie ist reizend, gewiß, aber sie ist arm wie eine Kirchenmaus und hoffnungslos bieder. Charles würde sich innerhalb eines Monats zu Tode langweilen mit ihr. Nicht daß Gayhearts Faszinationskraft gerade überwältigend ist, aber wenigstens ist er vermögend.«

Sie schenkte ihm ein reizendes Lächeln und wandte sich wieder dem Spiegel zu. »Der hier ist ein wenig auffallend, finden Sie nicht?«

»Ich finde, es ist ein sehr hübscher kleiner Hut und gerade deshalb bewundernswert, weil er mit einem solchen Gesicht darunter überhaupt noch bemerkt wird.«

»Was sind Sie doch für ein schrecklicher Schmeichler! Warum kommen Sie mich nie besuchen?«

Julian sah, daß er auf gefährliche Gewässer zusteuerte, und beschloß, sich ans Ufer zu retten. Er stand auf und nahm Hut und Stock. »Es hat mich ein unmenschliches Maß an Selbstverleugnung gekostet, aber sehen Sie, ich habe gehört, daß Sie einen Spitz haben.«

»Wie! Sie fürchten sich doch nicht etwa vor einem kleinen Hündchen?«

»Nein, aber auf Rat meines Schneiders vermeide ich alles, was Haare läßt.«

Nach einem weiteren kleinen Geplänkel gelang es ihm endlich, sich zu verabschieden, und er fuhr zu einem seiner Clubs. Ein Bediensteter brachte ihm eine Zeitung, und er verschanzte sich dahinter, um in Ruhe über das nachzudenken, was er von Lady Gayheart erfahren hatte. Er fand es höchst interessant, daß Avondale bei seinem Vater in so hoher Gunst stand. Damit war er dem ehrgeizigen Mr. Harcourt gegenüber in starker Position. Lord Carbury war Harcourts vornehmster Gönner. Was, wenn Avondale Harcourt angeboten hatte, bei seinem Vater ein gutes Wort für ihn einzulegen, oder aber gedroht hatte, ihn unmöglich zu machen? Wie weit würde Harcourt gehen, um sich Carburys Wohlwollen zu sichern?

Interessant war auch die Tatsache, daß Avondale in finanziellen Schwierigkeiten steckte. Inwiefern das von Bedeutung sein könnte, war allerdings weniger klar. Er stand nicht in dem Ruf, ein verschwenderisches Leben zu führen. Insbesondere zog es ihn kaum an die Spieltische, an denen so viele junge Männer ihr Vermögen verloren. Was tat er also mit seinem Geld?

Schließlich war auch seine Zuneigung zu seiner Cousine Ada näherer Betrachtung wert. Was dies mit dem Geheimnis um das Mädchen Mary zu tun haben sollte, war Julian jedoch schleierhaft. Es war sicherlich Pech für Avondale, sich in ein mittelloses junges Mädchen zu verlieben, wenn er selbst knapp bei Kasse war. War es tatsächlich seine Absicht, Ada Grantham zu heiraten, so würde er irgendwie Geld auftreiben müssen. Und kaum etwas konnte einen Mann so leicht zu verzweifelten Maßnahmen treiben wie finanzielle Nöte.

Sally, die auf den Knien lag und den Boden schrubbte, richtete sich auf und lauschte angespannt. Als sie nichts hörte, huschte sie auf Zehenspitzen zum Treppenabsatz und hielt vorsichtig Umschau. Nein, es kam niemand, weder von oben noch von unten.

Es war der ideale Augenblick. Viele der Frauen befanden sich zu ihrem täglichen Rundgang draußen im Garten. Harcourt hatte sich in sein Büro eingeschlossen. Mrs. Jessop, die heute Dienst hatte, war unter den Hausmüttern diejenige, die am wenigsten wachsam war. Sie war eine große Frau mit rundem Gesicht und roten Händen, die lieber herumstand und ihren Schützlingen fromme Vorträge hielt, statt sie bei ihrer Arbeit zu überwachen.

Sally eilte durch den Flur zur Kammer. Sie war nicht breiter als knapp zwei Meter, zwischen Harcourts Büro und dem Zimmer der Hausmutter eingepfercht. Sie öffnete die Tür und spähte hinein. Es wäre sicherer gewesen, hineinzugehen und die Tür zu schließen, aber drinnen war es stockfinster.

Sie musterte die Regale. Ganz oben standen mehrere Flaschen. Sie holte eine herunter und las mühsam das Etikett: Brechwurz. Mit einer Grimasse stellte sie sie zurück.

Die Flasche daneben war die, die sie suchte. ›Summersons Lebenselixier‹, verhieß das Etikett, und in der rechten oberen Ecke lachte auch die allgemein bekannte goldene Sonne. Sie hatte sie oft genug gesehen: Sie strahlte einem aus Schaufenstern, von Flugblättern und Reklameschildern entgegen.

Die Flasche war noch zur Hälfte gefüllt. Sie entkorkte sie, holte aus ihrer Tasche einen Kanten Schwarzbrot, den sie vom Frühstück aufgespart hatte, tränkte ihn mit dem dicken, braunroten Sirup, schloß die Flasche wieder und stellte sie zurück an ihren Platz. Nachdem sie das Brot in ihr Taschentuch eingewickelt hatte, schloß sie die Kammertür und flitzte zurück zu Putzeimer und Bürste.

Sie war sehr zufrieden. Nicht nur hatte sie es geschafft, eine Probe des Stärkungsmittels zu nehmen, sie hatte eine weitere nützliche Entdeckung gemacht. In der Kammer konnte man alles, was nebenan, in Harcourts Büro, vorging, haargenau hören. Zwar hatte sie im Augenblick nichts Lohnenswertes mitbekommen – nur den Klang von Harcourts Schritten, der hin und her ging, und ein gelegentliches Hüsteln. Aber nun wußte sie wenigstens, wie sie es anzustellen hatte, wenn sie wirklich einmal eine Notwendigkeit sehen sollte zu lauschen.

Es läutete zum Essen. Sally beendete ihre Arbeit und lief

ins Refektorium hinunter. Nach dem Essen stahl sie sich in den Garten hinter dem Bürohaus. Hier hatte sie, im Gebüsch verborgen, ein umgedrehtes Sieb deponiert, das mit einem Stein beschwert war.

»Wie geht's, Barney?« flüsterte sie.

Ein klägliches Quietschen unter dem Sieb antwortete ihr.

»Ich weiß genau, wie dir zumute ist. Ich mag auch nicht eingesperrt sein.« Um sich zu vergewissern, daß sie nicht beobachtet wurde, sah sie sich noch einmal hastig um, dann entfaltete sie ihr Taschentuch und nahm den Brotkanten heraus. »Ich hab' dir was zu futtern mitgebracht. Dir knurrt doch bestimmt schon der Bauch.«

Sie schob das Brot unter das Sieb, ganz vorsichtig, damit die Maus nicht entkommen konnte. Dann blickte sie mitleidig durch das feine Maschenwerk. Barney war schon dabei, mit bebenden Schnurrhaaren das Brot zu beschnuppern. »Es ist nicht meine Schuld«, erklärte sie der Maus. »Ich muß rauskriegen, ob in dem Mittel was drin war. Und du bist der einzige, der mir helfen kann. Also denk dran, wenn du wirklich ins Gras beißen mußt, dann tust du's für 'ne gute Sache.«

Sie sah die Maus erst nach dem Abendessen wieder, als sie sich mit einer Kerze in den Garten hinausschlich. Das Brot war fast aufgefressen, und Barney flitzte quicklebendig in seinem Gefängnis hin und her.

»Also das Stärkungsmittel ist in Ordnung«, flüsterte sie. »Danke,Barney, bist 'n feiner Kerl. Jetzt kannste abhauen.« Sie hob das Sieb hoch, und die Maus sauste davon.

Zunächst erschien ihr ihre Entdeckung höchst bedeutungsvoll. Wenn die Flasche mit dem Stärkungsmittel sauber gewesen war, dann mußte sich das Gift in der *Dosis* befunden haben, die Mary eingenommen hatte. Da Mrs. Fiske sie verabreicht hatte, mußte sie diejenige gewesen sein, die das Gift beigegeben hatte. Doch bei näherem Überlegen erkannte Sally, daß die Sache nicht ganz so einfach war. Summersons Lebenselixier gab es überall zu kaufen, und die Flaschen sahen alle gleich aus. Der Mörder konnte also leicht am Dienstag die ganze Flasche vergiftet haben, um sie dann am nächsten Tag, nach Marys Tod, durch eine andere, die nichts Schädliches enthielt, zu ersetzen.

Es war wie verhext, je mehr sie herausbekam, desto mehr Fragen hatte sie. Und noch etwas erkannte sie jetzt: Wenn sie heimlich in die Kammer schlüpfen konnte, dann konnte es auch jede der anderen Frauen, vorausgesetzt, sie waren bereit, Strafe oder Hinauswurf zu riskieren. Sie wußte, daß seit Marys Tod keine Frau das Asyl verlassen hatte. Hieß das, daß sie sie alle als Verdächtige betrachten mußte?

Sie konzentrierte sich zu sehr darauf, wer Mary getötet haben *konnte*. Sie mußte ihre Überlegungen stärker auf die Frage richten, wer einen zwingenden Grund gehabt hatte, ihren Tod zu wünschen. Nicht einfach Abneigung oder allgemeine Gewissenlosigkeit, sondern einen echten Grund.

Morgen war Dienstag. Zum erstenmal seit Sallys Ankunft würde Mrs. Fiske Dienst tun. Sie beschloß, die Frau mit Argusaugen zu beobachten. Mrs. Fiske war ihre bevorzugte Verdächtige, zum Teil weil sie sie nicht mochte, zum Teil weil Mrs. Fiske so gute Gelegenheit gehabt hatte, das Stärkungsmittel zu vergiften und die Laudanumflasche in Marys Zimmer zu deponieren. Es fehlte nur noch ein einziger Hinweis, um zwischen ihr und dem Mord eine feste Verbindung herzustellen. Und wenn es eine Möglichkeit gab, diesen Hinweis zu finden, so würde Sally das tun.

Es war unter den Herren der vornehmen Gesellschaft wenig bekannt, daß die Diener ihre eigenen Clubs und gesellschaftlichen Veranstaltungen hatten, ganz nach dem Vorbild der Herrschaften, denen sie dienten. Ihr Ansehen hing in hohem Maß von Rang und Position ihrer Herren ab. Bei Mr. Julian Kestrel, dem ersten der Dandys, in Diensten zu sein, verlieh einiges an Prestige. Charles Avondales Diener, Lawrence Birkett, fühlte sich daher ungeheuer geschmeichelt, als Dipper ihn am Montag abend zu einem Glühwein in ein Pub einlud.

Nach einigen Gläsern lockerte sich Birketts Zunge. Es sei dieser Tage die reine Hölle, Mr. Avondale zu dienen. Er sei stets ein guter Herr gewesen – großzügig mit dem Lohn und abgelegten Kleidern. In letzter Zeit jedoch war er wegen irgendwas ganz aus dem Häuschen. Er hetzte, wie Birkett erzählte, von einem Vergnügen zum anderen und schien sich dennoch niemals zu amüsieren. Abends sah er dauernd aus den Fenstern, als hätte er Angst, es schleiche jemand ums Haus.

»Und das ist noch nicht mal das Verdrehteste«, fügte Birkett ominös hinzu.

Dipper schenkte ihm noch ein Glas ein. »Na, was Verrückteres kann ich mir aber kaum vorstellen.«

»Dann werd' ich's Ihnen sagen.« Birkett machte eine Pause, um sein Glas zu leeren. Dipper gab heimlich Wasser in das seine. Er brauchte einen klaren Kopf.

»Was hab' ich gerade gesagt?« brummte Birkett vor sich hin. »Ach, ja! Letzte Woche ist was ganz Komisches passiert. Da hat jemand das Verdeck von Mr. Avondales Cabriolet aufgeschlitzt und in Riesengröße den Buchstaben R reingeschnitten. Mensch, der ist danach fast im Karree gesprungen. Das hat 'ne Bedeutung, sag' ich.«

»Ach, das waren bestimmt nur ein paar Straßenjungen, die sich einen Jux machen wollten.«

»Das hat 'ne Bedeutung«, wiederholte Birkett. »Weil nämlich ein oder zwei Tage später, wie Mr. Avondale heimgekommen ist, vorn auf der Haustür mit Kreide ein großes R aufgemalt war.«

»Das ist wirklich komisch«, gab Dipper zu. »Und was glauben Sie, was das R zu bedeuten hat?«

»Keine Ahnung, aber ich wette, der Herr weiß es genau. Er hat richtig geschlottert, wie er's gesehen hat. Mir hat er natürlich nichts drüber gesagt. Er vertraut mir nicht, Mr. Dipper, das ist es.«

»Ach was, das bilden Sie sich ein«, entgegnete Dipper beschwichtigend. »Weshalb sollte er Ihnen nicht trauen?«

»Das weiß ich doch auch nicht!« jammerte Birkett, der

jetzt das Stadium des heulenden Elends erreicht hatte. »Ich weiß nur, daß er's nicht tut. Manchmal verreist er 'ne ganze Woche und nimmt mich nicht mit und sagt mir nicht mal, wohin er fährt.«

»Wann hat er das denn das letzte Mal getan?«

»Das war – warten Sie mal –, ich glaub', das war im letzten Juli. Es war überhaupt die längste Reise bisher – ungefähr vierzehn Tage. Er hat gedacht, ich hätte keine Ahnung, wohin er fährt, aber ich hab' Augen im Kopf, Mr. Dipper. Ich hab' Augen im Kopf.«

»Das glaube ich Ihnen gern.«

»Genau. Ich hab' nämlich für ihn gepackt. Und er wollte lauter warme Sachen, Wolle – im Juli! Deshalb glaube ich, daß er nach Norden gereist ist, und zwar ziemlich weit nach Norden rauf.«

»Sie haben wirklich Köpfchen. Ihr Herr kann froh sein, daß er Sie hat.«

»Das finde ich auch. Aber ich laß mir das nicht gefallen, Mr. Dipper. Ich such' mir 'ne andere Stelle, genau das werde ich tun. Wer weiß, ob ich bis zum nächsten Quartal überhaupt noch bezahlt werd'?« Er senkte seine Stimme. »Mr. Avondale geht's nämlich ziemlich dick ein, wissen Sie.«

»Sitzt wohl zuviel am Spieltisch?«

»Nein, fürs Glücksspiel hat er nie viel übrig gehabt. Ich glaub' eher, daß er irgendwo ein Frauenzimmer sitzen hat, aber warum er für die das Geld verschleudert und so ein Geheimnis drum macht, ist mir ein Rätsel.«

»Wie schlecht steht's denn mit ihm?«

»Das weiß ich nicht genau. Aber er will eins von seinen Jagdpferden verkaufen – Delilah heißt sie –, und das würde er bestimmt nicht tun, wenn ihm das Wasser nicht bis zum Hals stünde.«

Birkett wurden Zunge und Augen schwer. Dipper stellte rasch noch eine letzte Frage, ehe der andere einnickte. »Wie lang geht das schon so mit Ihrem Herrn – daß er zum Fenster rausschaut, als hätte er Angst, daß er beobachtet wird und so?«

»Ich weiß nicht«, nuschelte Birkett. »Mir ist es erst in den letzten vierzehn Tagen aufgefallen«, sein Kopf sank auf den Tisch, sein Glas fiel um und rollte über den Rand. Dipper fing es gerade noch rechtzeitig auf.

Er setzte Birkett in eine Droschke und gab dem Kutscher Avondales Adresse in der Bury Street an. Dann kehrte er nach Hause zurück und berichtete Mr. Kestrel von dem Gespräch.

»Glaubst du, wir können uns auf seine Auskünfte verlassen?« fragte Julian.

»O ja, Sir. Er ist ein ordentlicher Bursche, auch wenn er ausschaut wie was, das man aus dem Wasser gefischt hat.«

»Lieber nützlich als schön. Lady Gayheart hat sich als beides erwiesen, aber ich kann nicht behaupten, daß es mir deswegen großes Vergnügen gemacht hätte, mit ihr zu sprechen. Ihre Schönheit hat etwas Abschreckendes – kalt und hart wie ein Bild in einem Spiegel.« Er überlegte einen Moment. »Birkett sagt also, daß Avondale seit etwa vierzehn Tagen ziemlich nervös ist? Das umfaßt die Zeit unmittelbar bevor und unmittelbar nach Marys Tod. Aber was, zum Teufel, hat der Buchstabe R zu bedeuten? Resozialisationsgesellschaft? Rettung?«

»Es könnte auch was anderes bedeuten, Sir. Rache oder Reue –«

»Oder es hat überhaupt nichts mit Mary zu tun. Das ist das Verflixte an so einer Untersuchung – man braucht so viele Fakten, ehe man auch nur ahnen kann, welche von Bedeutung sind.«

»Soll ich an Birkett dranbleiben, Sir?«

»Das wäre vielleicht ganz nützlich. Aber am wichtigsten ist mir, daß du weiter die Antworten auf unsere Schirmanzeige aussiebst.«

»Ja, Sir.« Dipper seufzte. Er war die letzten Tage von einem Schirmmacher zum anderen gelaufen. Über ein Dutzend hatten behauptet, in der letzten Woche schwarze Schirme mit Widderkopf-Krücken repariert zu haben, aber bei näherer Nachfrage hatten sich ihre Beschreibungen der

Schirme und des Schadens, der repariert hatte werden müssen, als unzutreffend erwiesen. Dipper war sogar so weit gegangen, zwei Eigentümer ihm beschriebener Schirme ausfindig zu machen, keiner der Männer jedoch hatte Sallys Bild von Blinkie entsprochen.

»Ich für meinen Teil«, sagte Julian, »denke, es ist an der Zeit, Avondale etwas näher auf den Pelz zu rücken. Birkett hat mir genau den Vorwand geliefert, den ich brauche. Morgen werde ich bei mir plötzlich ein großes Interesse entdecken, ein Jagdpferd namens Delilah zu erwerben.«

15 *Wenn dein rechtes Auge dich stört*

Am Dienstag morgen in aller Frühe löste Mrs. Fiske Mrs. Jessop ab. Hatte Sally die Zustände vorher schon bedrückend und erstickend gefunden, so wurde unter Mrs. Fiskes Regiment alles noch zehnmal schlimmer. Die Frau war überall zugleich, bespitzelte die Frauen, schimpfte und tadelte. Sallys einziger Trost war, daß sie nun endlich Mrs. Fiske genau unter die Lupe nehmen konnte. Es bereitete ihr ein teuflisches Vergnügen, sich zu sagen, daß Mrs. Fiske, während sie die Frauen beobachtete, selbst von einer der Frauen beobachtet wurde.

Es wurde bald offenkundig, daß irgend etwas sie tief beunruhigte. Sie konnte kaum stillsitzen, rannte ständig hin und her und rang dabei ihre knochigen Hände. Mehr als einmal fragte sie, ob Mr. Harcourt schon eingetroffen sei. Sally beschloß herauszufinden, warum sie ihn so dringend zu sprechen wünschte.

Er kam gegen vier Uhr nachmittags. Sally versteckte sich unter der Treppe und tat so, als wischte sie Staub, während Mrs. Fiske im Vestibül mit ihm sprach.

»Ich muß unbedingt mit Ihnen sprechen, Sir. Ich brauche dringend Ihren Rat. Ich hätte schon früher mit Ihnen gesprochen, aber ich weiß, daß Sie nach – nach allem, was geschehen ist, sehr beschäftigt waren.«

»Sie dürfen niemals zögern, bei mir Rat zu suchen. Sie wissen doch, daß ich meiner Gemeinde jederzeit zur Verfügung stehe, ob Tag oder Nacht.«

»Hätten Sie denn einige Minuten Zeit für mich, Sir? Ich bin wirklich in großer Verwirrung.«

»Aber selbstverständlich. Werden Sie die Güte haben, mit mir in meinem Büro den Tee zu nehmen – sagen wir in einer Stunde?«

Eine Stunde später stand Sally in der Kammer neben Harcourts Büro und drückte ihr Ohr an die Wand. Sie würde Riesenärger bekommen, weil sie ihre Arbeit einfach stehen- und liegengelassen hatte, aber das war ihr gleich. Sie konnte diese Gelegenheit, Harcourts Gespräch mit Mrs. Fiske zu belauschen, nicht auslassen.

»Ich hoffe, es geht Mr. Fiske nicht schlechter?« sagte er gerade.

»O nein, es geht ihm viel besser. In einigen Tagen kann er wieder aufstehen. Das ist nicht der Grund, weshalb ich mit Ihnen sprechen wollte.«

»Worum geht es dann?«

»Es hat am letzten Mittwoch angefangen, kurz bevor wir alle zur Leichenschau wollten. Sie waren mit den Kuratoriumsmitgliedern in Ihrem Büro, und ich hatte Miss Nettleton nach ihrem Anfall zu Bett gebracht. Ich bin vors Haus gegangen, um frische Luft zu schnappen, und da habe ich ihn gesehen – Caleb.«

»Caleb?« Harcourts Ton klang bestürzt. »Sind Sie sicher?«

»Jetzt ja. Damals war ich es noch nicht. Ich hatte ihn kaum gesehen, da hat er sich schon wieder abgewandt und ist in der Menge verschwunden. Es waren sehr viele Menschen draußen – sie hatten irgendwie von der Geschichte mit Mary Wind bekommen, und die Leute müssen ja ihre Nase immer in alles reinstecken, was irgendwie nach Skandal riecht.«

»Was tat er, als Sie ihn sahen?«

»Er hat nur so rumgelungert. Er stand ein bißchen abseits und hat das Asyl beobachtet. Das war ein Grund, warum ich ihn gleich erkannt habe – diese besondere Art, die er an sich hat, mitten in einer Menschenmenge immer irgendwie ganz allein zu wirken. Trotzdem hab' ich mir zuerst gesagt, es könnte unmöglich Caleb sein. Er hat zwar so ausgesehen wie er, war aber doch auch sehr verändert. Und warum sollte Caleb um das Heim herumschleichen, hab' ich mich gefragt. Ich hatte zwei Jahre lang nichts mehr von ihm gehört oder gesehen. Ich dachte, meine Augen hätten mir einen Streich gespielt. Als ich dann am Abend nach Hause kam, war mein Mann im Fieberwahn, und ich hatte so viel damit zu tun, ihn zu pflegen, daß ich mir alle Gedanken an Caleb erst mal aus dem Kopf schlagen mußte.«

»Aber jetzt, sagen Sie, seien Sie sicher, daß der Mann, den Sie gesehen haben, Caleb war?«

»Ja, ich bin sicher, weil ich ihn dann noch mal gesehen hab'. Am Samstag morgen. Mein Mann war zum erstenmal seit dem Ausbruch der Krankheit wieder bei Verstand. Bis dahin hatte er fast nur irre geredet. ›Armes kleines Ding‹, hat er immer gesagt. ›Armes kleines Ding: Ihre Hände waren so kalt, so kalt wie Stein.‹ Und dann hat er angefangen zu weinen und gejammert: ›Es tut mir leid, es tut mir leid.‹ Natürlich war es Marys Tod, der ihn so beschäftigt hat. Er hatte eine schändliche Schwäche für dieses Mädchen. Nur weil sie hübsch war und sich wie eine Lady ausgedrückt hat, hätte er am liebsten eine Heldin aus ihr gemacht, statt sie so zu sehen, wie sie wirklich war.«

»Wir müssen mit unseren anfälligeren Brüdern Geduld haben, Mrs. Fiske.« Harcourts Ton klang etwas verdrossen. Sally vermutete, daß er sich diese Klagen schon oft hatte anhören müssen.

»Ich bemühe mich ja, Mr. Harcourt, aber Sie können sich nicht vorstellen, was für ein Kreuz ich mit diesem Mann habe. Man weiß einfach nie, was ihm als nächstes einfallen wird. Als er im Delirium war, hat er plötzlich gerufen: ›O mein Gott, meine Stiefel!‹ Ich hab' ihn hinterher danach gefragt, und was glauben Sie wohl, was er gesagt hat? Er hat gesagt, er hätte ein praktisch neues Paar Stiefel irgendeinem Landstreicher geschenkt, der ihm auf der Straße über den Weg gelaufen ist. Ich sag' Ihnen, er macht dauernd solche Sachen! Mich wundert's nicht, daß es ihm hinterher leid getan hat. Die Stiefel haben eine Menge Geld gekostet.«

»›Ihr sollt euch nicht Schätze sammeln auf Erden, sondern im Himmel‹«, sagte Harcourt automatisch. »Aber ich schweife ab. Sie wollten mir von dem zweiten Mal erzählen, als Sie Caleb gesehen haben.«

»Ja. Wie ich schon gesagt habe, war mein Mann am Samstag morgen wieder bei klarem Verstand und wollte unbedingt die Post aus seinem Geschäft sehen. Mich hat's nicht gewundert – dieses Geschäft ist ihm so wichtig, er hält's nicht aus, ihm lang fernzubleiben. Er verbringt dort viel mehr Zeit als zu Hause. Kurz und gut, er war so versessen auf die Post, daß ich schließlich gesagt habe, ich würde sie holen, wenn er nur aufhört, so ein Theater zu machen. Ich war schon fast beim Geschäft, da hab' ich Caleb das zweite Mal gesehen. Er ist in die andere Richtung vom Geschäft weggegangen und um eine Ecke verschwunden, ehe ich ihn mir richtig ansehen konnte. Aber diesmal war ich absolut sicher, daß es Caleb war. Ich bin ins Geschäft gelaufen und hab' den Lehrling gefragt, ob gerade ein junger Mann hiergewesen sei, aber er sagte nein. Ich vermute, Caleb hat meinen Mann gesucht und ist sofort wieder verschwunden, als er sah, daß er nicht da war.«

»Hat er Sie bemerkt? Entweder beim ersten oder beim zweiten Mal, als Sie ihn sahen?«

»Ganz sicher nicht. Er hätte irgendein Zeichen gegeben. Die Furcht Gottes wäre über ihn gekommen. Er weiß, was er von mir zu erwarten hat, wenn er mir je in die Hände fällt. ›Wenn dein rechtes Auge dich stört, dann reiße es heraus!‹ heißt es in der Bibel.

Ich bin auf dem kürzesten Weg nach Haus gegangen und habe meinem Mann erzählt, daß ich Caleb zum zweiten Mal in einer Woche gesehen habe. Er hatte die Stirn, mir zu sagen, ich müßte mich irren! ›Hältst du mich für eine Närrin?‹ hab' ich gefragt. ›Glaubst du, ich kenne meinen eigenen Sohn nicht?‹

Er wollte mir weiter weismachen, es wäre alles nur meine Einbildung. Er hat behauptet, er hätte Caleb nicht mehr gesehen, seit wir nach London gekommen sind, und hätte keine Ahnung, wo er ist. Ich bin sicher, er hat gelogen. Er schützt den Jungen, genau wie er das vor zwei Jahren getan hat, als er die Constables lang genug abgelenkt hat, daß Caleb entkommen konnte. Er hat es immer bestritten, aber ich weiß es besser. Und die Leute im Dorf haben es auch gewußt – darum mußten wir ja wegziehen und nach London kommen, wo uns kein Mensch kennt. Und auch wenn man meinen Mann nicht verdächtigt hätte, Caleb bei der Flucht geholfen zu haben – wie hätten wir mit der Schande, einen Sohn wie ihn zu haben, weiterleben können?«

»Ich dachte immer, es sei ihm nie etwas nachgewiesen worden«, sagte Harcourt.

»Ach, Beweise – das ist doch alles Humbug! Ein Spiel für die Advokaten. Jeder Narr konnte sehen, daß er schuldig war. Ein junges kräftiges Mädchen ertrinkt doch nicht einfach in einem seichten Bach. Sogar eine Schwachsinnige wie sie wäre gescheit genug gewesen, aufzustehen und aus dem Wasser rauszukommen. Aber sie ist runtergedrückt worden – das hat der Arzt, der ihre Leiche untersucht hat, gesagt. Und Caleb war der letzte, den man mit ihr zusammen gesehen hat. Was für Beweise braucht es da denn noch?

Aber mein Mann wollte ja nie was Schlechtes von ihm denken. Immer hat er gesagt, was für ein braver Junge er sei, was für ein anständiger junger Bursche. Ist schon wahr, er hat den Eindruck gemacht, als wäre er ganz brav, aber in Wirklichkeit war er vom Teufel besessen, trotz allem, was ich getan hab', um ihm den Dämon auszutreiben. Es ist ja kaum ein Tag vergangen, ohne daß ich ihm eine gesunde Tracht Prügel verabreicht oder wenigstens eine Ohrfeige gegeben habe, oder ich hab' ihn im Kohlenkeller eingesperrt.

Und trotzdem konnte ich keinen guten gottesfürchtigen Christen aus ihm machen. Gerade weil mein Mann immer nur gejammert hat und Mitleid mit dem Jungen hatte. Immer hat er seine Partei ergriffen.

Ich weiß nicht, was ich jetzt tun soll, Mr. Harcourt. Soll ich zu den Behören gehen und ihnen sagen, daß ich Caleb in London gesehen habe? Er ist damals verdächtigt worden, in unserem Dorf den Mord begangen zu haben und – dieses andere unaussprechliche Verbrechen. Er wäre verhaftet worden, wäre er nicht geflohen. Ganz gewiß werden die Londoner Gerichte ihn doch fassen und bestrafen wollen?«

»Sie dürfen nichts Überstürztes tun, Mrs. Fiske. Denken Sie daran, daß Sie ihn ja kaum richtig gesehen haben. Das erste Mal nur ganz flüchtig, das zweite Mal nur von hinten.«

»Ja, aber ich weiß genau, daß es Caleb war.«

»Und ich glaube Ihnen natürlich«, sagte Harcourt mit wohlgeübtem feierlichen Ernst. »Aber die Behören werden Ihnen vielleicht nicht glauben, insbesondere da Ihr Mann sagt, er wisse nichts davon, daß Caleb sich in London aufhält.«

»Ja, der würde natürlich für Caleb lügen – wie vorher auch schon.«

»Und das war sicher unrecht von ihm, aber er ist eben kein so starker Mensch wie Sie. Die Schwachen neigen oft dazu, unzuträgliche Nachsicht mit Mitgefühl zu verwechseln.«

»O ja, in der Tat, Mr. Harcourt. Sie meinen also, ich sollte nichts darüber sagen, daß ich Caleb gesehen habe?«

»Ich glaube, Sie würden damit nur unnötige Schwierigkeiten für sich selbst heraufbeschwören. Ich weiß, daß Sie für das, was recht ist, frohen Herzens Ihre eigene Bequemlichkeit und weltliche Stellung opfern würden – daß Sie sogar Ihr einziges Kind Schande und Strafe überantworten würden –, aber Sie sollten wahrhaftig nicht Ihren guten Namen und den geschäftlichen Erfolg Ihres Gatten für eine Sache aufs Spiel setzen, die im Grunde eine Schimäre ist. Sie haben eine Verantwortung den vielen Menschen gegenüber, die mit uns zusammen für unsere Sache arbeiten, für die Sie Vorbild und Inspiration sind.«

»In diesem Licht habe ich das gar nicht gesehen, Sir. Wahrscheinlich haben Sie recht – ich werde vorläufig nichts von Caleb sagen. Aber ich halte meine Augen weiterhin offen. Wenn mein Mann hinter meinem Rücken mit Caleb in Verbindung sein sollte, werde ich das erfahren. Und die Polizei wird es auch erfahren! Caleb ist ein hartnäckiger Sünder. Er hat für alles, was ich ihm beizubringen versucht habe, nur Hohn und Spott übrig gehabt. Er muß gefaßt und bestraft werden.«

Harcourt antwortete mit teilnahmsvollem Gemurmel. Sally begriff, daß er versuchte, dem Gespräch ein Ende zu machen, und hielt es für geraten, ihr Versteck zu verlassen und wieder an ihre Arbeit zu gehen. Sie öffnete die Tür der Kammer einen winzigen Spalt, und als sie sah, daß die Luft rein war, schlüpfte sie hinaus und rannte nach oben in den Arbeitsraum gegenüber der Kapelle, wo sie eigentlich einer Gruppe Frauen beim Nähen hätte helfen sollen.

»Das ist aber nett von dir, daß du uns Gesellschaft leistest«, sagte die schlaue Peg.

Sally knickste frech.

»Jetzt sitzt du noch auf dem hohen Roß«, versetzte Peg, »aber Seine Gnaden wird dich dann schon runterholen, wenn er hört, daß du mehr als eine halbe Stunde die Arbeit geschwänzt hast.«

Es juckte Sally in den Fingern, Peg bei den schwarzen Locken zu packen und mit aller Kraft daran zu ziehen. Sie war sowieso schon wütend auf sie. Die letzten zwei Tage, seit dem nächtlichen Gespräch im Garten, hatte sie Peg ständig im Auge behalten und sich bei jeder Gelegenheit in den Garten hinausgeschlichen, immer in der Hoffnung, mehr darüber herauszubekommen, wie Peg verbotene Dinge ins Heim schmuggelte. Aber sie hatte kein Glück gehabt – Peg war zu schlau, um Spuren zu hinterlassen.

Sie beherrschte sich. Das war nicht der Moment, einen

Hinauswurf aus dem Heim zu riskieren. »Na schön«, sagte sie mürrisch, »was willst du dafür haben, daß du nicht petzt?«

»Einen Schilling, und das ist noch billig, finde ich.«

»Ich laß mich doch nicht ausplündern!«

»Tu, was du willst.« Peg zuckte mit den Achseln.

»Meinetwegen!« Sally setzte sich auf einen freien Stuhl und nahm Nadel und Faden zur Hand. »Die ist ja schlimmer als ein Straßenräuber«, flüsterte sie Florie zu.

Florie kicherte. »Wo warst du die ganze Zeit?«

»Beim Wachskopf in seinem Büro zur moralischen Aufrüstung.«

»Bring mich doch nicht dauernd zum Lachen. Peg schaut schon. Ehrlich, wo warst du?«

Was interessiert dich das? hätte Sally am liebsten gefragt. »Ich hab' mich ein bißchen aufs Ohr gelegt. Ich kann nachts kaum schlafen, weil die Rote Jane schnarcht, daß die Wände wackeln.«

Sie beugte sich über ihr Nähzeug, um nicht mehr reden zu müssen. Sie wollte nachdenken. Sie hatte heute zum erstenmal gehört, daß die Fiskes einen Sohn hatten und daß dieser Mann wegen Mordes gesucht wurde. Hatte er wirklich ein Mädchen in seinem Heimatdorf ertränkt? Und was war das für ein anderes Verbrechen, dessen er beschuldigt wurde – das Mrs. Fiske nicht hatte benennen wollen? Sally hoffte von Herzen, daß er nicht schuldig war. Mrs. Fiskes Bemerkungen über ihre Erziehungsmöglichkeiten hatten ihr Mitgefühl mit dem Mann geweckt. Ihr eigener Vater hatte eine lockere Hand gehabt, besonders wenn er getrunken hatte, aber diese eiskalte Art, einen Jungen tagtäglich zu schlagen, um seine Seele zu retten, war in ihren Augen viel schlimmer. Dennoch konnte der Verdacht gegen ihn natürlich berechtigt sein. Und wenn ja, dann war es schon interessant, daß er sich in der Nähe des Geschäfts seines Vaters und des Asyls herumgetrieben hatte. War es möglich, daß er bei Marys Tod die Hand im Spiel gehabt hatte?

Wenn irgend jemand die Wahrheit über Caleb wußte,

dann war das sicher Mr. Fiske. Mrs. Fiske hatte gesagt, es gehe ihm wieder recht gut – vielleicht würde er bald ins Asyl kommen. Sally war entschlossen, ihn sich dann vorzuknöpfen. Er hatte Mary gern gehabt – er wollte doch bestimmt, daß ihr Gerechtigkeit widerfuhr. Und er wäre ein nützlicher Verbündeter, wenn man ihm trauen konnte.

Das aber war das große ›Wenn‹. Angenommen, Caleb hatte mit Marys Tod zu tun? Mrs. Fiske zufolge gab es nichts, was ihr Mann nicht tun würde, um seinen Sohn zu schützen. Im übrigen, dachte Sally, kann man ja gar nicht wissen, ob nicht Fiske selbst Mary umgebracht hat. Seine Zuneigung zu ihr war vielleicht vorgetäuscht gewesen – oder Maske für eine geheime Lust, die ihn zur Gewalt getrieben hatte. Er war an dem Tag von Marys Tod im Heim gewesen und konnte der Flasche mit dem Stärkungsmittel Gift beigegeben haben. Als er dann am nächsten Morgen wiedergekommen war, um die Leiche zu untersuchen, konnte er eine zweite Flasche von dem Stärkungsmittel mitgebracht und gegen die mit dem Gift darin ausgetauscht haben. Im Delirium hatte er geschrien: ›Es tut mir leid, es tut mir leid.‹ War das vielleicht ein Schuldbekenntnis?

Sie wußte es nicht und hatte keine Möglichkeit, es herauszufinden, solange sie nicht mit Fiske sprechen konnte. Doch während sie auf eine Gelegenheit wartete, sich an ihn heranzumachen, konnte sie etwas anders tun: Sie konnte nach Caleb Ausschau halten. Er war schon einmal in der Nähe des Heims gewesen – warum sollte er nicht noch einmal kommen? Es würde natürlich nicht einfach sein, ihn zu erkennen. In der Nähe des Heims trieben sich häufig junge Männer herum, die hofften, einen Blick auf die Insassinnen werfen zu können. Woran hätte sie erkennen sollen, ob Caleb unter ihnen war? Außerdem hatte sie den ganzen Tag so viel zu tun, daß sie kaum Zeit aufbringen konnte, aus den Fenstern zu sehen. Sie hatte Mühe genug, wenigstens mittags an eines der vorderen Fenster zu gehen, um das verabredete Signal zu geben. Bei Nacht aber würde sie vielleicht Wache halten können, wenigstens ein, zwei

Stunden. Die Chance, daß dabei etwas herauskommen würde, war gering. Aber was hatte sie schon zu verlieren?

Am Morgen nach Dippers Gespräch mit Birkett sandte Julian Charles Avondale eine Nachricht, um ihm mitzuteilen, er habe gehört, er wolle sein Pferd Delilah verkaufen. Würde er, wenn das zuträfe, die Güte haben, ihm das Pferd zu zeigen?

Avondale antwortete prompt und erbot sich, ihm das Pferd am nächsten Tag vorzuführen.

Am Mittwoch begaben sich die beiden jungen Männer zu dem Stall, in dem das Pferd stand. Es war ein sehr schöner Brauner. Julian bewunderte das Tier, konnte es sich aber nicht leisten; das eine Pferd, das er bereits hatte, kostete ihn mehr als genug an Unterhalt. Dennoch musterte er das Tier wie ein ernsthafter Interessent und stellte die angemessenen Fragen.

»Die Stute ist aus erstklassiger Zucht«, sagte Avondale. »Ich weiß natürlich, daß jeder das sagt, der ein Pferd verkaufen will, aber Sie brauchen sie ja nur anzusehen, um es zu erkennen.«

»Sie scheinen dem Verkauf ziemlich zwiespältig gegenüberzustehen.«

»Ich habe keine Wahl. Ich bin verdammt knapp bei Kasse.«

»In der Tat?« Julian zog die Brauen hoch. Mitgefühl auszudrücken, wäre nicht am Platz gewesen; in Schulden zu stecken war ein so weitverbreitetes und uninteressantes Mißgeschick, daß junge Herren von Welt es zu übergehen pflegten. »Das ist eine beachtliche Leistung. Während der Saison kann jeder auf Grund laufen, aber man muß schon sehr erfindungsreich sein, um zu dieser Zeit des Jahres etwas zu entdecken, das es wert ist, sich dafür zu ruinieren.«

Avondale lachte, jedoch ein wenig gezwungen, als bereitete es ihm Schmerzen. »Von Erfindungsreichtum kann leider keine Rede sein. Es ist einfach das Übliche – Ehrenschulden, Schneiderrechnungen, Weinhändler. Nun, was sagen Sie zu Delilah?«

»Ich muß es mir noch durch den Kopf gehen lassen.«

»Gut, ich gebe Ihnen ein oder zwei Tage, aber danach muß ich sie anderen Interessenten zeigen. Sie verstehen das.«

»Selbstverständlich.«

Die Augen gegen das Sonnenlicht zusammengekniffen, traten sie aus dem Stall. »Ich habe neulich ein höchst kurioses Gerücht gehört«, bemerkte Julian.

»Was denn?« Avondale warf ihm einen raschen Blick zu.

»Irgend jemand hat mir erzählt, Ihr Vater habe sich mit einem Geistlichen zusammengetan und kümmere sich seit neuestem um die Bekehrung der Jungfrauen von der Drury Lane.«

»Ach so, Sie meinen die Sowieso-Gesellschaft. Ja, das ist ein guter Witz, nicht wahr? Aber glauben Sie nicht, daß mein alter Herr im Greisenalter fromm geworden ist. Er amüsiert sich nur. Er meint, da er in seiner Jugend so viel dazu beigetragen hat, diese Mädchen in ihrem gewählten Beruf zu unterstützen, habe er jetzt Lust, einige von ihnen zu retten, und wenn nur, um für frisches Blut Platz zu schaffen.«

Julian betrachtete ihn nachdenklich. Avondale stand in lässiger Haltung, eine Hand auf einen Pfosten gestützt. Seine dunkelblauen Augen blitzten vor Erheiterung. Er besaß eine ungezwungene Anmut – das Selbstbewußtsein eines Menschen, der sich seiner eigenen Schönheit bewußt war und sie, wie ein Tier seine Kraft oder Geschwindigkeit, zu seinem eigenen Vorteil nutzte. Argwohn prallte ab an seinem Charme wie ein Pfeil an einer Rüstung. Wenn die Erwähnung der Resozialisationsgesellschaft ihn beunruhigte, so ließ er es sich nicht merken.

»Ich hatte eigentlich vor, mich noch in ein Kaffeehaus zu setzen«, bemerkte Julian. »Vielleicht möchten Sie mitkommen?«

»Tut mir leid, ich kann nicht. Ich esse bei Caroline, und

da muß ich mich erst noch in Schale werfen. Sie werden das nicht verstehen; Sie schaffen es, aus einem Pferdestall zu treten und auszusehen, als hätten Sie den ganzen Tag im feinsten Salon verbracht, aber wir anderen müssen uns sehr anstrengen, um den gleichen Effekt zu erreichen. Apropos Caroline, was, zum Teufel, haben Sie mit ihr angestellt? Sie spricht seit zwei Tagen nur noch von Ihnen.«

»Ich bin geschmeichelt.«

»Sie sollten aus dem Land fliehen.«

»Lady Gayheart ist eine sehr charmante Frau. Da Sie ihr Bruder sind, sind Sie vielleicht nicht in der Lage, das zu würdigen.«

»Warten Sie, bis Sie sie besser kennen. Sie ist unglaublich eitel und egoistisch dazu. Wenn sie nicht so eine Augenweide wäre, würde kein Mensch sie auch nur mit der Feuerzange anfassen. Also, geben Sie mir Bescheid, sobald Sie sich wegen des Pferdes entschieden haben. Wenn Sie noch Fragen haben, stehe ich jederzeit zu Ihrer Verfügung.«

Julian hatte tatsächlich noch mehrere Fragen. Er hatte sie absichtlich zurückgehalten, um einen Vorwand zu haben, Avondale am Abend in seinem Haus aufzusuchen. Dort würde er nicht gerade in dem Moment weglaufen können, in dem das Gespräch interessant wurde. Außerdem erfuhr man immer mehr über einen Menschen, wenn man sich sein Haus ansah. Und schließlich, das war das Wichtigste, hatte Birkett ja erzählt, Avondale wirkte des Abends ängstlich, als fürchte er, sein Haus werde beobachtet. Wenn tatsächlich jemand ihn bespitzelte, wollte Julian herausfinden, wer und warum.

16 Miss Granthams Bräutigam

Am Mittwoch abend saß Ada Grantham an ihrem Toilettentisch und bürstete ihr Haar. Nach einer Weile legte sie seufzend die Bürste nieder und stützte das Kinn in ihre Hände.

Diesen Morgen war es endlich soweit gewesen. Major Thorndike hatte seine Aufwartung gemacht und ihre Mutter um Erlaubnis gebeten, mit Ada zu sprechen. Mrs. Grantham gab ihm ihren Segen und ließ Ada in den Salon rufen. Als Ada hineinging, war sie fest entschlossen, ihm ihr Jawort zu geben – doch im letzten Moment verließ sie der Mut. Es war, wie sie erkannte, keine Kleinigkeit, einen Mann zu heiraten, den man nicht liebte.

Sie griff deshalb zu einem Kompromiß – sagte ihm, sie fühle sich von seinem Antrag geehrt, und bat ihn dann um einen Tag Bedenkzeit. Er lobte ihre Umsicht und erklärte sich bereit, am folgenden Tag zurückzukehren. Charles an seiner Stelle hätte sie mit Leidenschaft zu einer Antwort gedrängt – aber der Major ist eben nicht Charles, sagte sie sich. Und er wird niemals wie Charles sein.

Der Rest des Tages war ein Graus. Mama war völlig aus dem Gleichgewicht, wollte sie einerseits sicher verheiratet sehen, hatte jedoch andererseits Angst, sie gegen ihren Willen zu drängen. Die jüngeren Kinder wußten, daß etwas in der Luft lag, und verfolgten sie mit Fragen. Dann kam ihre Cousine Caroline zu Besuch, und Mama mußte ihr natürlich von Major Thorndikes Antrag erzählen. Caroline floß förmlich über vor Bewunderung für Adas weibliche Schläue. Was sie doch für ein Pfiffikus sei, ihn so elegant eingewickelt zu haben! Keine schlechte Partie, er habe fünftausend Pfund im Jahr, und sein Cousin ersten Grades sei ein kinderloser Baron, der angeblich kränkele.

Carolines Bewunderung traf Ada schmerzhafter, als jede Kritik es gekonnt hätte. Sie sah ihre Heiratspläne im häßlichsten Licht. Sie war im Begriff, schlicht und einfach des Geldes wegen zu heiraten. Wo war der Unterschied zwischen ihr und den Frauen, die sich auf den Straßen verkauften?

Sie nahm ihre ganze Entschlußkraft zusammen. So konnte das nicht weitergehen. Morgen würde sie Major Thorndike ihre Antwort geben, und die Antwort würde ja lauten. Wenn sie erst einmal durch ihr Ehrenwort gebunden war und es kein Zurück mehr gab, würde alles leichter werden. Sie würde dann wenigstens Frieden haben …

An der Haustür wurde heftig geläutet und immer weiter geläutet. Ada warf sich einen Schal über ihr Nachthemd, nahm ihre Kerze und lief in den Flur hinaus. Oben an der Treppe traf sie mit ihrer Mutter zusammen. Sie hörten, wie Sukey, das Mädchen, zwei Stockwerke tiefer die Tür öffnete. »Herrje!« rief sie. »Mr. Charles!«

Mrs. Grantham ging hinunter. Ada folgte ihr. Jüngere Granthams hingen neugierig über dem Geländer.

Charles war unten im Vestibül, zog gerade seine Handschuhe aus und stopfte sie in seinen Hut. Mit flammendem Blick sah er Mrs. Grantham an.

»Es tut mir leid, daß ich um diese Zeit störe, aber ich muß mit Ada sprechen.«

»Ich glaube kaum, daß zu dieser späten Stunde –«, begann Mrs. Grantham.

»Bitte, Tante Dot! Ich möchte sie nur ein paar Minuten sprechen.«

Ada, die sich jetzt zu ihrer Mutter gesellte, war blaß und gefaßt. »Es ist in Ordnung, Mama. Ich werde nicht erlauben, daß Charles zu lange bleibt.«

Sie ging mit ihm in den kleinen Salon im Erdgeschoß. Dort brannte kein Feuer. Charles zog seinen Rock aus und legte ihn ihr um, ohne danach seine Hände von ihren Schultern zu nehmen.

»Ich komme eben von Caroline. Sie hat mir erzählt, daß Thorndike sich erklärt hat.«

»Ja.«

»Ada, sag mir, daß du seinen Antrag nicht angenommen hast! Sag mir, daß es noch nicht zu spät ist.«

»Ich habe ihm gesagt, ich würde es mir überlegen.«

»Genau das wirst du nicht tun. Ich werde dir die Entscheidung abnehmen – du wirst ihm einen Korb geben! Ada – Liebste, wunderbare Ada! – Hast du wirklich geglaubt, ich würde zulassen, daß du einen anderen als mich heiratest?«

Sie spürte, wie ihr die Röte ins Gesicht schoß. »Charles

– ich – ich weiß nicht, was ich sagen soll. Ich bin so überrascht –«

»Wie kannst du überrascht sein? Du mußt doch wissen, daß der Gedanke, du könntest Thorndike heiraten, mich fast krank gemacht hat.«

»Ich wußte, daß dir die Vorstellung nicht gefiel. Aber daß du selbst mich heiraten willst ...«

»Ich weiß, ich habe lange gebraucht, um zur Sache zu kommen –«

»Vielleicht weil du klug warst und gewußt hast, was du willst. Das hier ist doch ein plötzlicher Impuls. Morgen wirst du vielleicht schon ganz anders darüber denken –«

»Nichts daran ist plötzlich! Seit Wochen bewegt mich nichts anderes als der Wunsch, dich zu meiner Frau zu machen.«

»Aber warum – verzeih mir, Charles – hast du dann nicht früher mit mir gesprochen?«

»Weil ich weiß, daß ich nicht gut genug für dich bin. Ich bete zu Gott, daß du niemals erfahren wirst, wie unwürdig ich bin. Aber kein Mensch hat dich je so geliebt wie ich, und keiner kann dich so lieben, keiner wird dich so sehr lieben. Dich zu heiraten war von jeher mein einziges Streben. Wenn überhaupt, so wird mein Bemühen, dir gerecht zu werden, all das zum Vorschein bringen, was Gutes in mir ist.«

»Ich bin keine Heilige«, sagte sie stockend. »Ich kann dich nicht retten.«

»Kannst du mich lieben?«

Was sollte sie darauf sagen? Ein Ja würde sie verpflichten, seinen Antrag anzunehmen. Ein Nein wäre eine eklatante Lüge.

»Kannst du mich ansehen und mir sagen, daß du mich nicht liebst?«

»Nein«, antwortete sie flüsternd.

»Dann mußt du mich heiraten, Ada! Wir sind füreinander bestimmt. Sag, daß du mich nimmst, und ich werde mein Leben lang keine Anstrengungen scheuen, um dich glücklich zu machen. Es wird dir niemals leid tun, das schwöre ich –«

»Ja, Charles«, hörte sie sich sagen. »Ich möchte dich heiraten. Ja.«

Er zog sie an seine Brust. Sie schmiegte sich an ihn. Mit einem einzigen Wort hatte sie alle Brücken hinter sich abgebrochen und ihrer Zukunft eine neue Wendung gegeben. Sie neigte ihren Kopf nach hinten, um ihn anzusehen – um zu sehen, ob es wirklich wahr war. Und ihr wurde kalt bis ins Herz. Nicht Liebe oder Glück las sie in seinen Augen. Sondern Schmerz, Reue, Verzweiflung.

Am Donnerstag konnte Dipper keine Regenschirme mehr sehen. Er hatte sich in den letzten Tagen ungefähr zwanzig Beschreibungen von Regenschirmen und ihren Eigentümern angehört und war Blinkie nicht einen Schritt nähergekommen. Nun, wenigstens war seine Arbeit jetzt ein wenig leichter: Die Antworten auf die Anzeigen tröpfelten nur noch. Heute waren es lediglich drei, und zwei davon kamen nicht in Frage, weil sie zeitlich nicht paßten.

Die dritte kam von einer kleinen Werkstatt auf der Südseite des Flusses, unweit der High Street. Dipper fuhr hin und unterhielt sich mit dem Schirmmacher selbst, einem rundlichen alten Mann namens Tuttle. Er erzählte ihm, ein junger Mann habe am vergangenen Dienstag einen schwarzen Regenschirm mit Widderkopf-Griff zur Reparatur gebracht. Es habe sich um einen soliden, strapazierfähigen Schirm gehandelt. Tuttle war überzeugt, daß er bei einem Kampf als Waffe benutzt worden war – kein noch so starkes Unwetter hätte derartigen Schaden anrichten können.

»Über den Eigentümer kann ich Ihnen nicht viel sagen«, erklärte er und kratzte sich am Kopf. »Ein ganz gewöhnlicher Mann eigentlich – unauffällig. Aber mein Lehrling, Ned, der ihm den Schirm gebracht hat, als er gerichtet war, erinnert sich gut an ihn. – Ned! Ned, komm doch mal! Wo ist der Junge denn wieder?«

Ein Junge von etwa vierzehn Jahren stolzierte in lässiger Haltung ins Geschäft. Er wollte offensichtlich gern als Mann von Welt gelten. Er trug einen Schoßrock, der ihm viel zu lang war, schmutzige weiße Handschuhe und einen Zylinder, der aussah, als hätten die Jungen der Nachbarschaft mit ihm Fußball gespielt.

»Was ist denn, Meister?«

»Hier ist der Mann, der uns das Flugblatt geschickt hat – das, in dem zehn Pfund Belohnung für Auskünfte über den Regenschirm geboten werden.«

Der Junge schob seinen Zylinder auf den Hinterkopf und musterte Dipper von oben bis unten. »Find' ich ja schon komisch. Wer rückt schon zehn Pfund raus, um was über irgend 'nen kaputten Regenschirm zu erfahren?«

»Mein Herr«, antwortete Dipper ungerührt.

Ned versuchte, ihn zu fixieren, um ihn aus der Fassung zu bringen. Dipper erwiderte den Blick mit Interesse. Schließlich gab Ned klein bei und erzählte seine Geschichte. Er hatte den reparierten Schirm am vergangenen Mittwoch zu der Adresse gebracht, die der Eigentümer hinterlassen hatte. Es handelte sich um ein Büro über einem Tabakladen in einer kleinen Gasse, nicht weit von hier. In der Bürotür befand sich eine Glasscheibe, auf der ›Smith & Co, Händler und Importeure‹ stand.

»Ich erinnere mich an den Mann, der mir aufgemacht hat, weil er mir kein Trinkgeld gegeben hat, der Knicker! Hat nur den Schirm aufgespannt und ihn genau angeschaut, als ob er froh gewesen wäre, wenn er irgendwas dran auszusetzen gefunden hätte, dann hat er mich bezahlt und weggeschickt. Er war so ein stiller Typ, aber sehr von oben herab – als wäre er der große Macker und alle andern Hühnerdreck.«

»Wie hat er ausgesehen?« fragte Dipper.

»Er war mager und bestimmt nicht über fünfundzwanzig, und er hatte 'ne goldene Brille auf. Wie er heißt, weiß ich nicht. Ich hab' sonst niemanden da gesehen, vielleicht war er der Smith, der auf dem Schild steht.«

»Hatte er einen blauen Fleck im Gesicht?«

»Richtig, jetzt wo Sie's sagen, fällt's mir wieder ein. Genau hier.« Ned wies auf seine Stirm oberhalb des linken Auges. »Schade, daß der Kerl, der ihm den verpaßt hat, nicht seinen Zinken erwischt hat.«

Dipper dankte Ned und Mr. Tuttle, bezahlte die Belohnung und ließ sich den Weg zu der Firma Smith & Co beschreiben. Ein Spaziergang von wenigen Minuten brachte ihn in eine schmale staubige Sackgasse, an deren Ende ein Tabakgeschäft war. Er trat dicht an den Laden heran und spähte hinein. Ein Mann mittleren Alters war dabei, Pfeifen auf einem Regal zu ordnen, während ein Mädchen von etwa zwanzig einem Kunden am Verkaufstisch Schnupftabak zeigte.

Dipper öffnete die Haustür und trat ein. Linker Hand im Hausflur befand sich die Ladentür, vor ihm führte eine Treppe in den ersten Stock hinauf. Genau in diesem Moment kam ein junger Mann herunter. Er war mager und unauffällig und trug eine Brille mit Goldrand. Er eilte an Dipper vorbei und ging hinaus.

Blinkie! Blinkie! Dessen war Dipper sicher. Er entsprach Sallys Beschreibung bis aufs I-Tüpfelchen. Dipper sah ihm nach, bis er um eine Ecke verschwand. Danach ging er nach oben. Hier war die Tür, von der Ned gesprochen hatte, mit ›Smith & Co, Händler und Importeure‹ auf der schmutzigen Glasscheibe, aber sie war abgeschlossen. Er ging wieder nach unten und trat in den Tabakladen.

Hier nahm er sich viel Zeit, um sich die verschiedenen Tabaksorten anzusehen und die Theaterplakate zu lesen, die an den Wänden hingen. Der Laden war offensichtlich ein Familienunternehmen; den Gesprächsfetzen, die er auffing, entnahm er, daß das junge Mädchen die Tochter des älteren Mannes war. Er begutachtete sie heimlich aus dem Augenwinkel. Sie war schlank und zierlich, so blaß, als sähe sie kaum je die Sonne, und hatte große hellgraue Augen, die dem eigentlich uninteressanten Gesicht einen großen Reiz gaben. Ihr Vater nannte sie Annie.

Von Zeit zu Zeit lächelte Dipper ihr zu. Sie schlug die Augen nieder und tat so, als sei sie ganz beschäftigt, aber er merkte wohl, daß sie ihm verstohlene Blicke zuwarf, wenn sie meinte, er sähe nicht her. Nach einer Weile ging ihr Vater weg und ließ den Laden in ihrer Obhut. Dipper wartete, bis er außer Sicht war, dann trat er zum Verkaufstisch. Annie versuchte so zu tun, als hätte sie keine Ahnung gehabt, daß er kommen und mit ihr sprechen würde, doch auf ihren blassen Wangen breitete sich eine leichte Röte aus, und als sie den Blick hob, blitzten ihre Augen ein wenig.

»Morgen!« sagte Dipper.

»Guten Morgen, Sir.«

»Schöner Tag heute.«

»Ja, das stimmt.«

»Ich könnte jetzt sagen, ich wäre hergekommen, um Tabak zu kaufen, aber das wäre nicht wahr.«

»Dann – dann kann ich nichts für Sie tun.«

»Das stimmt nicht unbedingt.«

Sie senkte den Blick, und ihr Gesicht rötete sich noch ein wenig tiefer. »Ich – ich glaube, es wäre meinem Vater nicht recht, wenn ich mit einem Fremden spreche.«

»Dem ist leicht abgeholfen. Mein Name ist Dipper, und ich bin Diener bei einem feinen Herrn. Guten Tag.«

»Guten Tag. Mein Name ist Anne Price.«

»Gehört der Laden Ihrem Vater?«

»Ja. Das heißt, wir sind Pächter. Wir haben den Laden hier im Vorderzimmer und wohnen im Hinterzimmer und im Souterrain.«

»Und was ist im ersten Stock?«

»Den vermieten wir. Da ist ein Büro – Smith & Co.«

»Was ist das für eine Firma?«

Ihr Gesicht war plötzlich voller Zweifel. »Das wissen wir nicht genau. Mr. Rawdon – Mr. Joseph Rawdon, der Herr, der in dem Büro arbeitet – spricht nicht über seine Arbeit.«

»Wenn er Rawdon heißt, wer ist dann Smith?«

»Das weiß ich nicht. Außer Mr. Rawdon hab' ich nie jemanden von der Firma gesehen.« In einer Aufwallung plötzlichen Zutrauens fügte sie hinzu: »Es ist ganz komisch, wissen Sie – auf dem Schild steht, daß sie Händler und Importeure sind, aber ich hab' noch nie gesehen, daß sie mit irgendwas gehandelt oder was importiert haben. Und sie haben auch gar keine Ware in ihrem Büro. Ich hab' mal reingeschaut – da sind nur lauter Papiere. Aber es kommen Leute. Ein paar Männer kommen ziemlich oft, und auch ein paar Frauen – richtige Ladys und mindestens dreißig. Ich weiß nicht, was sie mit Mr. Rawdon zu tun haben.«

»Was ist er für ein Typ?«

»Sehr ruhig. Wir würden überhaupt nicht wissen, daß er da ist, wenn wir ihn nicht kommen und gehen sehen würden. Er kommt jeden Tag ungefähr um zehn und geht um fünf wieder. Mit uns hat er nichts zu schaffen, außer wenn er zum Quartal die Miete zahlt oder ab und zu mal reinkommt und 'ne Zeitung kauft. Er ist jetzt fast zwei Jahre hier und hat nie Schwierigkeiten gemacht. Mein Vater sagt, wir haben Glück, daß wir ihn als Mieter haben.«

»Aber Sie mögen ihn nicht?«

»Nein«, bekannte sie. »Er hat so was Schleichendes, und immer hat man das Gefühl, daß ihm nichts entgeht, und so höhnisch wirkt er, auch wenn man's seinem Gesicht gar nicht ansehen kann. Und mir ist es unheimlich, wie er mich anschaut – nicht anzüglich direkt, aber so, daß ich Angst hätte, mit ihm allein zu sein. Er – er ist irgendwie nicht echt.«

»Wie meinen Sie das?«

»Oh, er lacht nie, zeigt nie, was er fühlt, und er sondert sich irgendwie ab, als wäre er was Besseres. Wir wissen nicht mal, wo er wohnt. Er hat uns seine Adresse nicht gegeben, und da er seine Miete immer prompt bezahlt, möchte mein Vater ihn nicht gern drängen. Und da ist noch etwas. Einmal, als er hier eine Zeitung gekauft hat, hat er ein bißchen Schmutz ins Auge gekriegt und seine Brille abgenommen. Er hat sie einen Moment auf die Zeitung gelegt, und die Schrift sah überhaupt nicht anders aus. Es ist gar keine richtige Brille – die Gläser sind aus ganz gewöhnlichem Glas.«

»Das scheint ja ein komischer Kauz zu sein. Ich an Ihrer Stelle würde lieber nichts mit ihm zu tun haben wollen.«

»Glauben Sie, daß er – daß er vielleicht was Verbotenes tut?«

Dipper zuckte mit den Achseln. »Wenn sich einer so abkapselt, kann man schon annehmen, daß er was zu verbergen hat. Er könnte ein Hehler sein oder ein Leichenräuber, oder vielleicht druckt er auch Blüten.«

»Blüten – Sie meinen, er macht Falschgeld? Allmächtiger, wie furchtbar! Stellen Sie sich nur vor, wenn die Constables das herausfinden und dann glauben würden, mein Vater hätte davon gewußt. Wir könnten den Laden verlieren und –«

»Jetzt sehen Sie mal nicht gleich so schwarz«, sagte er beschwichtigend. »Vielleicht ist dieser Rawdon ganz in Ordnung. Ich sag' ja nur, es ist möglich, daß er's nicht ist.«

»Ich wollte, ich wüßte es mit Sicherheit.«

Dipper neigte den Kopf zur Seite und machte ein nachdenkliches Gesicht. »Haben Sie schon mal daran gedacht, sich in seinem Büro umzuschauen, um rauszukriegen, was er tut?«

»Ja, aber es ist immer abgeschlossen, wenn er nicht da ist.«

»Hat Ihr Vater keinen Schlüssel?«

»Doch«, antwortete sie unsicher. »Aber er will bestimmt nicht, daß ich da raufgeh', wenn Mr. Rawdon nicht da ist. Er sagt immer, es ist egal, wie er sich sein Leben verdient, Hauptsache er zahlt die Miete. Ich glaube, wenn an Mr. Rawdons Geschäften was nicht koscher ist, will er's lieber nicht wissen. Mir geht's da anders. Ich würde lieber das Schlimmste wissen.«

»Arbeitet Mr. Rawdon manchmal länger? Oder kommt er vielleicht auch mal abends in sein Büro?«

»Nein, ich hab' das noch nie erlebt.«

»Dann müßten Sie sich doch nur den Schlüssel beschaffen und mal nachts raufschleichen. Sie könnten sich in Ruhe umsehen, und er würde überhaupt nichts merken.«

»Aber mein Vater merkt vielleicht, daß ich nicht da bin, und sucht mich, und wenn er mich da oben erwischt, wäscht er mir ganz schön den Kopf –« Sie brach ab.

»Sie haben eine Idee«, sagte Dipper.

»Hm – mein Vater verreist am Montag. Er besucht meine Tante in Kent. Er bleibt über Nacht weg. Ich muß hierbleiben und mich um den Laden kümmern.«

»Na bitte. Wenn er weg ist, können Sie sich da oben umschauen.«

»Aber da hätte ich Angst. Es ist schon wahr, daß Mr. Rawdon niemals abends herkommt – aber wie's der Teufel will, kommt er vielleicht gerade an dem Abend und erwischt mich.«

»Ich würde mit Ihnen raufkommen, wenn Ihnen das recht wäre.«

Sie errötete. »Das ist freundlich von Ihnen, aber ich – das geht nicht. Das gehört sich nicht – und außerdem kenne ich Sie ja gar nicht.«

»Das ist wahr«, gab er zu. »Ich könnte ja vorhaben, die Kasse auszurauben. Aber um ehrlich zu sein – ich hab's nicht vor. Ich möchte dafür sorgen, daß Sie diesen Rawdon loswerden. Solange der da oben haust, sind Sie nicht sicher.«

Sie begriff plötzlich. »Sie sind extra hergekommen, um mich nach Mr. Rawdon zu fragen! Sie wissen, daß bei ihm was nicht stimmt.«

Er nickte.

»Und was wissen Sie über ihn?«

»Nicht so viel, wie mir lieb wäre. Ich kann Ihnen nur eines sagen: Er hat sich mit meiner Schwester angelegt und sie verprügelt.«

»Großer Gott! Das tut mir leid.«

»Und deshalb, verstehen Sie, würde ich ihm gern das Handwerk legen. Und wenn ich rauskriegen kann, was für Geschäfte er macht, kann ich ihn ins Kittchen bringen.«

»Ja, das verstehe ich«, sagte sie langsam. »Wir könnten uns gegenseitig helfen.«

»Genau! Vertrauen Sie mir?«

»Ich weiß nicht, ob's gescheit ist, aber ich werde Ihnen vertrauen. Kommen Sie Montag um Mitternacht. Sie – es macht Ihnen doch nichts aus, durchs hintere Souterrainfenster zu steigen? Die Leute hier reden so viel, und man kann ja nie wissen, wer noch wach ist.«

»In Ordnung.«

»Wissen Sie«, sagte sie leise, »ich wäre sofort einverstanden gewesen, wenn Sie mir gleich gesagt hätten, worum's geht.«

»Aber ich hab' Sie doch genausowenig gekannt wie Sie mich. Ich wollte Ihnen erst mal ein bißchen auf den Zahn fühlen.«

»Ja, das verstehe ich. Nur – Sie haben mich glauben lassen, daß Sie so nett zu mir sind, weil ich Ihnen gefalle.«

Er senkte den Kopf, um ihr in die Augen zu blicken, die sie niedergeschlagen hatte. »Aber ich mag Sie ja auch.«

»Aus Höflichkeit brauchen Sie das gar nicht zu sagen.«

»Das ist keine Höflichkeit. Oder sehe ich vielleicht aus wie ein höflicher Mensch?«

»Sie – Sie sehen so aus, als sollte ich Sie lieber nicht ins Haus lassen, solange mein Vater weg ist.«

»Sie können sich's ja immer noch anders überlegen.«

»Und was wäre dann?«

»Dann würde ich so lange hierbleiben, bis Sie sich's wieder anders überlegen.«

»Ach, das wär vielleicht ganz nett«, sagte sie scheu. »Aber es ist besser, wenn Sie jetzt gehen. Mein Vater kommt bestimmt jeden Moment zurück. Ach, warten Sie, mir ist gerade was eingefallen, mein Vater nimmt den Schlüssel zu M. Rawdons Büro mit, wenn er verreist.«

»Woher wissen Sie das?«

»Er nimmt seine Schlüssel immer mit, wenn er auf Reisen geht. Er hat sie an einem Ring in der linken vorderen Tasche von seinem Mantel.«

»Oh.« Dipper grinste plötzlich. »Wann fährt er denn los?«

»Die Kutsche fährt am Montag früh um halb sechs vom *George* ab.«

»Bestens.«

»Was haben Sie vor?«

»Sie sagen, er trägt den Schlüssel in der linken vorderen Tasche?«

»Ja.«

»In Ordnung. Ich hab' den Schlüssel bei mir, wenn ich am Montag abend komme.«

17 Der Buchstabe R

Am Donnerstag aß Julian früh und allein zu Abend. Dipper hatte ihm alles berichtet, was er über Joseph Rawdon in Erfahrung gebracht hatte. Nach dem ausführlichen Gespräch hatte sich Julian ein oder zwei Stunden ans Klavier gesetzt und einige Schubert-Kompositionen geübt, die ein Wiener Freund ihm geschickt hatte. Aber seine Gedanken wanderten; eine alte Ballade ging ihm ständig durch den Kopf, und seine Finger glitten auf der Suche nach der Melodie über die Tasten.

›Von all den Mädchen wunderfein
gleicht keine der schönen Sally
ich schließ' sie in mein Herze ein ...‹

Er klappte den Klavierdeckel zu, nahm Hut und Handschuhe und machte sich auf den Weg, um Charles Avondale zu besuchen.

Zu Fuß waren es nur ein paar Minuten zu Avondales Haus in der Bury Street. Aber es war ein regnerischer Abend, das Pflaster glitschig. Julian blieb nichts anderes übrig, als eine Droschke zu nehmen; ein Gentleman, der einen Ruf als eleganter Dandy zu verteidigen hatte, konnte nicht in schlammverschmierter Hose seine Aufwartung machen. Er nahm also in einer feuchten, schmutzigen Kutsche Platz und zupfte sich das Stroh, das den Boden bedeckte, von seinen Schuhen, während der Kutscher den Wagen im Schneckentempo durch den Verkehr am Piccadilly lenkte. Dichter Nebel machte alles noch schlimmer; die Straße war eine gelblichgraue Wand, durch die hier und dort das Licht der Gaslampen und aus Schaufenstern blitzte.

An der Ecke zur Bury Street stieg Julian aus. Er war noch nie zuvor in Avondales Haus gewesen, fand es aber ohne Mühe. Es war eine schmale, elegante Junggesellenwohnung. Gerade hatte er den Fuß auf die Vordertreppe gesetzt, als die Tür aufflog und eine Frau erschien. Sie trug einen fadenscheinigen schwarzen Umhang und einen großen karierten Schal um Kopf und Schultern.

Keuchend blieb sie stehen und starrte ihn an. Ihr Schal rutschte ihr vom Kopf, und im Licht der Lampe über der Tür sah er deutlich ihr Gesicht. Sie war dünn und blaß, nicht über dreißig, mit eingefallenen Wangen und dunkel umschatteten Augen. Ihr rostrotes Haar war achtlos im Nacken zusammengebunden. Die modischen Stirnlöckchen fielen ihr wirr und kraus in die Stirn.

»Sind Sie ein Freund von ihm – von Charles Avondale?« flüsterte sie.

»Wir sind Bekannte, ja.«

Sie trat näher, ihre großen grünen Augen schienen ihn durchbohren zu wollen. Ein schaler Geruch nach ungewaschener Wäsche und Haut umgab sie. Blitzschnell streckte sie die Hand aus und umschloß seinen Arm. »Fragen Sie Ihren Freund Charles, was er mit Rosemary getan hat.«

»Wer ist Rosemary?«

»Das weiß er schon.« Sie ließ ihn los und eilte an ihm vorüber.

Er lief ihr nach. »Warten Sie! Ich verstehe nicht, was Sie meinen. Bleiben Sie doch einen Moment stehen, damit ich mit Ihnen sprechen kann –«

»Nein!« Sie lief schneller, stolpernd und rutschend auf dem nassen Pflaster.

»Wie soll ich Ihnen denn helfen, wenn Sie mir nicht sagen, was los ist?«

»Ich hab' Sie nicht um Hilfe gebeten. Gehen Sie und lassen Sie mich in Frieden.«

»Aber –«

»Nein! Das ist nur wieder eine seiner Listen! Ich laß mich nicht ein zweites Mal zum Narren halten.« Sie bemerkte einen Wachmann und rannte auf ihn zu, fiel ihm praktisch in die Arme. »Sagen Sie diesem Mann, er soll aufhören, mich zu verfolgen.«

Der Wachmann hielt seine Laterne hoch. Die Frau wartete nicht, um sich von ihm in Augenschein nehmen zu lassen, sondern lief davon und verschwand im Nebel.

Julian wollte ihr nach, aber der Wachmann trat ihm in den Weg. »Augenblick, Sir«, sagte er und klopfte dabei mit seinem Schlagstock vielsagend auf seine offene Hand. »Wollen Sie hier unbedingt Krawall machen?«

Julian verfluchte sein Pech. Wie hatte er es nur geschafft, ausgerechnet dem einzigen Wachmann in London in die Arme zu laufen, der wach, kräftig und bereit war, seine Pflicht zu tun?

»Sie haben das mißverstanden. Diese Frau ist in Schwierigkeiten –«

»Das hab' ich gesehen«, versetzte der Wachmann grinsend, »und ich bin dazu da, ihr aus ihren Schwierigkeiten herauszuhelfen. Seien Sie also vernünftig, junger Mann, und zwingen Sie mich nicht, Sie einem Richter vorzuführen. Das ist 'ne unangenehme Sache, können Sie mir glauben. Und ehrlich gesagt, Sir, wenn ich mal persönlich werden darf, Sie könnten was viel Besseres haben als dieses Bündel Haut und Knochen, dem Sie da hinterhergelaufen sind.«

»Vielen Dank, Officer. Tut mir leid, Ihnen Mühe bereitet zu haben. Guten Abend.«

Julian ging in die entgegengesetzte Richtung wie die flüchtende Frau die Bury Street hinunter. An der ersten Seitenstraße bog er ab und rannte durch das Gewühl von Regenschirmen, Straßenkarren und jungen Männern, die auf dem Weg zu Spielhöllen oder Freudenhäusern waren, zurück. An der Ecke Bury und Jermyn Street sah er sich nach der Frau um und fragte Umstehende, ob sie sie gesehen hätten. Doch ihm war bereits klar, daß es keinen Sinn hatte. Sie hatte mehr als genug Zeit gehabt zu verschwinden, schon gar an einem so nebligen Abend und in einem so belebten Viertel.

Er gab die Jagd auf und setzte sich auf ein Glas Punsch in ein Pub. Er fragte sich, wer die Frau sein mochte. Ihrem Dialekt nach war sie Schottin, und nach ihrer Kleidung zu urteilen, hatte sie bessere Zeiten gesehen. Was hatte sie mit Avondale zu tun? Was hatte sie gemeint, als sie sagte, sie würde sich nicht ein zweites Mal zum Narren halten lassen? Vor allem aber, wer war Rosemary?

Er konnte sich nicht erinnern, den Namen je im Zusammenhang mit Avondale oder seiner Familie gehört zu haben. Rosemary, dachte er sinnend. Rosemary, zur Erinnerung. Rosemary – ein Name, der mit R anfing.

War es möglich, daß diese Schottin die Zeichen gesetzt hatte, daß sie das R in das Verdeck von Avondales Wagen eingeschnitten und ihm das zweite R mit Kreide an die Tür gemalt hatte? Warum war sie an diesem Abend in seinem Haus gewesen? Und hatte dies alles etwas mit Mary und dem Asyl zu tun?

Vielleicht nicht. Andererseits war es vielleicht so, daß die junge Frau, die unter dem Namen Mary bekannt war, einfach das ›Rose‹ am Anfang ihres Namens weggelassen hatte. Wenn das zutraf, gab es auf die Frage der Schottin, was Charles mit Rosemary getan habe, möglicherweise eine schlimme Antwort.

Nachdem er seinen Punsch bezahlt hatte, ging er zu Fuß zurück zu Avondales Haus. Seine Hose war mit Matsch und Schlimmerem verschmiert, aber das ließ sich nun nicht ändern. Am Fußabstreifer vor Avondales Tür schabte er sich den Schmutz von den Schuhen und läutete.

Birkett öffnete. Julian verstand, warum Dipper ihn mit einem toten Fisch verglichen hatte. Er hatte runde, leere Augen, und sein Mund stand ein wenig offen.

»Ich muß Ihren Herrn sprechen«, erklärte Julian ihm. »Es ist sehr wichtig.«

»Er ist nicht zu Hause, Sir.«

Julian zog die Brauen hoch. Birkett hüstelte und senkte den Blick.

Julian zog seine Karte heraus. »Bringen Sie ihm trotzdem meine Karte. Ich habe eine Nachricht für Ihren Herrn, und ich gehe erst, wenn ich sie ihm überbracht habe. Ich schlage vor, Sie sehen sich genau um, vielleicht können Sie ihn ja doch finden.«

Auf die Rückseite der Karte schrieb er: ›Ich muß Sie wegen Rosemary sprechen.‹ Birkett führte ihn ins Vestibül und nahm die Karte mit nach oben.

Ein, zwei Minuten vergingen. Die Hände auf dem Rücken wanderte Julian gemächlich auf und ab. Plötzlich hörte er schnelle Schritte auf der Treppe. Avondale, einen Morgenrock über Hemd und Hose, kam ins Vestibül geeilt.

»Was hat das zu bedeuten? Was wissen Sie über – über das, was da auf Ihrer Karte steht?«

»Was haben Sie mit Rosemary getan?« fragte Julian kühl.

Avondale umklammerte das Treppengeländer. Sein Gesicht war kreidebleich. »Hier können wir nicht sprechen. Kommen Sie.«

Er führte Julian in eine Art Herrenzimmer, in dem Reitpeitschen, Boxhandschuhe, Cricketschläger und Florette herumlagen. An der Wand hingen Stiche von Szenen aus dem Sportleben und ein Pferdekalender.

Avondale sperrte die Tür ab und fachte, schnell mit dem Schürhaken stochernd, das Feuer wieder an. Dann wandte er sich Julian zu.

»Also. In Gottes Namen, was wissen Sie über Rosemary?«

»Was haben Sie mit ihr getan?« wiederholte Julian.

»Ich glaube, ich werde verrückt.« Avondale umfaßte seinen Kopf mit beiden Händen. »Wie, zum Teufel, hat Megan ausgerechnet Sie dazu gebracht, sich ihrer Sache anzunehmen?«

Julian hatte nicht die Absicht zu offenbaren, wie wenig er in Wirklichkeit wußte. »Ich kam wegen des Pferdes her und begegnete ihr, als sie gerade auf dem Weg hinaus war. Wir – haben miteinander gesprochen.«

»Was – was wollen Sie tun?«

»Das weiß ich noch nicht. Ist Rosemary tot?«

Avondale fuhr heftig zusammen. »Nein, natürlich nicht. Hat Megan das etwa behauptet? Wenn ja, dann hat sie gelogen – um Ihre Anteilnahme zu gewinnen. Gott verfluche sie!«

Er riß einen Schrank auf und nahm eine Brandykaraffe heraus. Mit zitternden Händen goß er sich ein Glas ein und trank es mit einem Schluck aus. Dann jedoch gewann die feine Lebensart wieder die Oberhand. »Verzeihen Sie! Wie ungezogen von mir! Möchten Sie auch ein Glas?«

»Nein, danke. Wenn Rosemary nicht tot ist, wo ist sie dann?«

»Wenn ich das Megan nicht gesagt habe, warum, in Gottes Namen, sollte ich es Ihnen sagen?«

»Vielleicht um zu verhindern, daß ich den falschen Eindruck gewinne? Junge Frauen verschwinden zu lassen ist eine verteufelt peinliche Sache. So etwas führt zu sehr unangenehmen Nachforschungen. Wenn Sie mir keine Erklärung geben, muß ich dies alles jemandem mitteilen. Ich werde es als meine Pflicht betrachten, dafür zu sorgen, daß etwas unternommen wird.«

Avondale starrte ihn an wie vom Donner gerührt. Dann wandte er sich langsam ab. Er griff zu der Karaffe, um sich ein zweites Glas Brandy einzuschenken, überlegte es sich jedoch anders und stellte die Karaffe wieder nieder.

»Sie haben ein ganz falsches Bild, Kestrel«, sagte er unvermittelt. »Ich habe niemanden verschwinden lassen. Sie müssen doch gesehen haben, daß Megan nicht bei Sinnen ist.«

»Wollen Sie damit sagen, daß Rosemary eine Ausgeburt ihrer Phantasie ist? Sie scheinen sie doch eben noch für ganz real gehalten zu haben.«

»Rosemary ist real. Diese Idee, daß ich – daß ich sie habe verschwinden lassen –, das ist die Täuschung.« Er kam näher, schmeichelnd und drängend wie ein Schuljunge, der liebend gern ein Geheimnis erfahren möchte. »Kommen Sie, was hat Megan Ihnen erzählt? Was hat sie sich jetzt wieder in den Kopf gesetzt?«

»Sie sagte genug, um mich neugierig zu machen. Ich weiß, daß sie heute abend nicht zum erstenmal in Ihrem Haus war. Und ich vermute, sie hat Ihnen Mahnungen an Rosemary hinterlassen.«

»Das hat sie tatsächlich – der Teufel soll sie holen! Hören Sie, Kestrel, wir sind beide Männer von Welt. Ich bin bereit, Ihnen die Wahrheit zu sagen, aber Sie müssen mir Ihr Wort als Ehrenmann geben, daß Sie sie für sich behalten. Sehen Sie, ich habe mich verlobt. Meine Cousine Ada hat mir vor kurzem ihr Jawort gegeben.«

Er schwieg, um Julian Gelegenheit zu geben, ihm zu gratulieren. Doch Julian sah ihn nur mit erwartungsvoll hochgezogenen Brauen an.

»Nun ja«, fuhr Avondale fort, »Sie werden verstehen, daß ich nicht gerade jetzt, da sie mir versprochen hat, mich zu heiraten, einen Skandal heraufbeschwören möchte. Rosemary ist – sie ist eine Verwandte von Megan. Ich – na ja, es ist die übliche Geschichte. Ich bekam Krach mit ihr, und Megan fand es heraus und folgte uns nach London. Aber Rosemary ist nicht mehr bei mir, und ich kann Megan nicht sagen, wo sie ist, weil ich es ganz einfach nicht weiß. Sie hat sich wahrscheinlich einen neuen Mann gesucht. Wie das bei Frauen ihrer Art so üblich ist.«

Julian war klar, daß zumindest der letzte Teil dieser Geschichte eine Lüge war. Avondale mußte wissen, was aus Rosemary geworden war; als nämlich Julian ihn vorher gefragt hatte, wo sie sei, hatte er erwidert: ›Wenn ich es Megan nicht gesagt habe, warum, in Gottes Namen, sollte ich es Ihnen sagen?‹ Schön und gut, wenn er sich heimlich eine Mätresse hielt oder sie jetzt, da er vor der Heirat stand, in Pension schickte. Das ging Julian gewiß nichts an. Was aber, wenn er die Frau in dem Asyl versteckt hatte, das sein Vater finanziell unterstützte? Und was, wenn er deshalb nicht preisgeben konnte, wo sie war, weil er wußte, daß sie tot war?

Julian erinnerte sich an Marys Brief, in dem sie sich eines Akts der Torheit bezichtigt hatte; den sie an irgendeinen Angehörigen in der Hoffnung geschrieben hatte, daß man ihr vergeben und sie wiederaufnehmen möge. War es möglich, daß der Brief für Megan gedacht gewesen war, daß jemand ihn abgefangen und an Avondale weitergegeben hatte? Vielleicht hatte Avondale unverzüglich gehandelt, um dafür zu sorgen, daß sie keinen zweiten Brief abschicken konnte.

Aber es blieben Fragen. Wenn Avondale tatsächlich Mary – Rosemary? – getötet hat, dann gewiß nicht nur, um seiner zukünftigen Frau die Affäre mit ihr zu verbergen. Ada Grantham mußte wissen, daß er Mätressen gehabt hatte. Selbst den züchtigsten jungen Mädchen war bekannt, daß die jungen Lebemänner nicht wie Mönche lebten. Nein, Avondale hätte schon einen zwingenderen Grund haben müssen, sich Rosemarys zu entledigen. Julian fiel kein solches Motiv ein, das mit dem Inhalt von Marys Brief oder ihrem Verhalten im Asyl vereinbar gewesen wäre.

»Die Frau, der ich heute abend begegnet bin«, sagte er, »Miss?«

»MacGowan«, sagte Avondale widerwillig.

»Sie war offensichtlich Schottin. War Rosemary auch Schottin?«

»Ich weiß nicht, warum Sie ›war‹ sagen. Ich habe Ihnen doch eben gesagt, daß Rosemary lebt. Wenn nicht«, fügte er hastig hinzu, »so weiß ich nichts davon.«

»Aber ist sie Schottin?« Das war wichtig. Weder Marys Brief noch die Aussagen bei der Leichenschau gaben irgendeinen Hinweis darauf, daß sie Schottin gewesen war.

»Sie ist halb Schottin, halb Engländerin. Was spielt das für eine Rolle? Hören Sie, ich möchte darüber jetzt lieber nicht mehr sprechen. Das ist eine peinliche Geschichte. Sie werden doch niemandem etwas davon erzählen? Es wäre mir schrecklich, wenn Ada dadurch verletzt würde.«

»Ich glaube, Sie sind sich nicht ganz im klaren darüber, in welchem Dilemma ich stecke. Ich möchte wahrhaftig nicht meine Nase in Ihre Angelegenheiten stecken, aber heute abend hat eine Frau mich um Hilfe gebeten. So jedenfalls interpretiere ich die Tatsache, daß sie mir eine Nachricht für Sie anvertraut hat. Sie war zornig und verzweifelt. Sie glaubt offensichtlich, daß Sie Rosemary etwas angetan haben –«

»Das ist der blanke Unsinn! Ich sagte Ihnen doch schon, Megan ist verrückt. Man kann nichts glauben, was sie sagt.«

»Auf mich wirkte sie nicht verrückt. Im Gegenteil, ich fand sie ziemlich klug.«

»Gut ja, sie ist schlau. Das sind Verrückte oft, soviel ich weiß. Sie bilden sich irgend etwas ein und handeln im Hinblick darauf auch ganz vernünftig, aber die Idee an sich ist hirnverbrannt – wie bei meinem Großonkel, der sich einbildete, er wäre Heinrich VIII.«

»Es kann ja sein, daß Sie recht haben, mein Freund, und Miss MacGowan wirklich verrückt ist, aber ich muß die Gewißheit haben, daß ihre Befürchtungen in bezug auf Rosemary grundlos sind. Sonst muß ich, so lästig das ist, die Bow Street oder eine andere Behörde davon informieren, daß diese junge Frau verschwunden ist.«

»Nein, Sie dürfen nicht – verflixt noch mal, was wollen Sie eigentlich? Was kann ich tun, um Sie zu überzeugen?«

»Würden Sie mir einige Fragen beantworten?«

In angestrengtem Nachdenken schritt Avondale im Zimmer auf und ab. Julian war überzeugt, er überlegte, wieviel von der Wahrheit er preisgeben sollte.

»Also gut, schießen Sie los. Aber Sie müssen mir Ihr Wort geben, daß Sie das alles für sich behalten.«

»Wenn es keinerlei Anlaß zu der Vermutung gibt, daß Rosemary in Gefahr ist, werde ich die Sache nur zu gern fallenlassen.«

»Damit werde ich mich wohl zufriedengeben müssen. Also, was wollen Sie wissen?«

»Wann haben Sie Rosemary das letzte Mal gesehen?«

»Im Juli.«

»Wo?«

Avondale zögerte einen Moment. »In Brighton.«

Interessant. Wie Birkett Dipper erzählt hatte, war sein Herr tatsächlich im Juli verreist. Aber Birkett hatte gesagt, Avondale sei nach Norden gereist, nicht nach Süden, wenigstens nach der Garderobe zu urteilen, die er mitgenommen hatte. Und wenn Avondale wirklich in ein elegantes Bad wie Brighton gereist wäre, hätte er zweifellos seinen Diener mitgenommen.

»Wie haben Sie und Rosemary sich getrennt?«

»Sie hat mich verlassen. Ich kannte sie nicht sehr lang – ein paar Wochen nur. Ich habe sie in Brighton kennengelernt. Sie und Megan hielten sich dort auf.«

»Wo genau?«

»In einem Cottage etwas außerhalb des Orts. Ich kann das nicht so genau beschreiben.«

Julian bat ihn auch nicht, es wenigstens zu versuchen. Er war überzeugt, daß diese ganze Geschichte über Brighton ein Märchen war. Aber Avondale sollte ruhig weitersprechen. Je mehr er sprach, desto größer war die Chance, daß sich ein paar Fädchen Wahrheit aus diesem Lügengewebe lösen lassen würden.

»Ihre Bekanntschaft mit Rosemary scheint ziemlich plötzlich begonnen und auch geendet zu haben.«

»Nun, das ist bei diesen Geschichten manchmal so. Sie kennen das ja: Man verreist für ein Weilchen, weil man glaubt, allein sein zu müssen, dann fängt man an sich zu langweilen und sieht sich um. Und wenn zufällig ein hübsches Frauenzimmer in der Nähe ist, bändelt man mit ihr an, aber es hat nichts zu bedeuten. Rosemary verschwand eines Tages, ich weiß nicht, wohin, und ich reiste nach London zurück. Aber wie's der Teufel will, dachte Megan, ich wüßte, wo sie ist, und reiste mir nach. Und als ich ihr sagte, ich hätte keine Ahnung, verlor sie den Kopf und beschuldigte mich, sie zu verstecken oder – ich weiß nicht, was.«

»Wie lange treibt sich Miss MacGowan schon hier herum und bemalt Ihre Haustür und ähnliches?«

»Ein paar Wochen.«

»Seit September etwa? Was hat sie dann in der Zwischenzeit, seit Juli, getan?«

»Woher, zum Henker, soll ich das wissen? Ich vermute, sie hat nach Rosemary gesucht.«

»Aber wenn sie glaubte, Rosemary sei bei Ihnen, warum ist sie dann nicht sofort zu Ihnen gekommen?«

»Das weiß ich doch nicht!« Er ging schneller hin und her. »Vielleicht konnte sie mich nicht finden. Wie dem auch sei, sie mag mich nicht – ja, sie haßt mich.«

»Das Gefühl scheint auf Gegenseitigkeit zu beruhen.«

»Wie würden Sie denn reagieren, wenn eine Frau Sie dauernd verfolgte und Ihnen keine Ruhe ließe? Ich wollte keinen Ärger mit Megan. Ich hätte sie mit Freuden dort gelassen, wo ich sie gefunden habe, aber sie hängte sich an mich wie ein Blutegel.«

»Warum lassen Sie zu, daß sie Sie auf diese Weise verfolgt? Sie hat immerhin Ihr Eigentum beschädigt – das Verdeck Ihres Wagens aufgeschlitzt. Sie könnten sie vor Gericht bringen. Sie könnten sogar veranlassen, daß sie in Bedlam eingeliefert wird, wenn sie wirklich verrückt ist.«

»Aber verstehen Sie denn nicht? Das würde genau den Skandal heraufbeschwören, den ich vermeiden möchte.«

»Wenn sie fortfährt, diese Possen mit Ihnen zu treiben, wird Miss Grantham früher oder später unweigerlich davon erfahren.«

»Dann muß ich ihr eben die Wahrheit sagen. Aber ich habe immer noch die Hoffnung, daß Megan des Spiels müde wird, bevor es dazu kommt.«

»Wie oft kommt sie hierher?«

»Weiß der Himmel. Ich bin nie sicher, wo Megan gerade ist oder was sie gerade tut.«

»Wo wohnt sie?«

»Das weiß ich nicht. Sie weigert sich, es mir zu sagen.«

Das klang wahr. Der ohnmächtige Zorn in seiner Stimme war unverkennbar.

»Kannten Sie Megan schon vor Rosemary?«

Avondale sah ihn mit dem Blick eines gequälten Tieres an. »Nein.«

»Sie gebrauchen stets ihren Vornamen. Das läßt auf eine gewisse Intimität schließen.«

»Man kann mit einem Feind sehr intim werden. Intimer sogar als mit einem Freund. Einem Freund kann man nicht immer sein wahres Ich zeigen – es könnte ja sein, daß ihm das, was er sieht, nicht gefällt. Aber bei einem Feind spielt es keine Rolle, was er von einem weiß.«

»Megan weiß also mehr über Sie als Miss Grantham?«

»Sie weiß – anderes.«

»Und Rosemary – was weiß sie?«

»Nicht viel.« Avondale lächelte ohne Heiterkeit.

»Wie ist sie mit Miss MacGowan verwandt?«

»Ach, ich weiß nicht. In Schottland ist jeder mit jedem verwandt.«

»Lautet ihr Nachname ebenfalls MacGowan?«

»Ja«, antwortete er nach einer kleinen Pause.

Julian war versucht, ihn über Mary und das Asyl auszuhorchen. Wenn Mary Rosemary war und Avondale bei ihrem Tod die Hand im Spiel gehabt hatte, würde ihn vielleicht allein die Erwähnung des Asyls so heftig erschrecken, daß er seine Schuld verriet. Aber er war klug, und Julians Fragen hatten ihn gewarnt. Es würde ihm vielleicht gelingen, seine Bestürzung zu verbergen, und ohne echten Beweis würde Julian ihm nichts anhaben können. Da war es schon besser, ihn mit Marys Brief zu konfrontieren, sobald Sally mit den Informationen, die sie im Heim über Marys Leben und Tod hatte sammeln können, zurückkehrte.

Julians Schweigen schien Avondale nervös zu machen. »Ich habe Ihnen über Megan und Rosemary alles gesagt, was mir möglich war. Kann ich mich darauf verlassen, daß Sie es um Adas willen für sich behalten?«

»Selbstverständlich möchte ich Miss Grantham nicht beunruhigen oder Sie bei ihr in ein schlechtes Licht setzen.«

»Eben! Es ist eine reine Privatangelegenheit – eine peinliche Geschichte, in die jeder einmal hineingeraten kann, nur ist sie in diesem Fall etwas außer Kontrolle geraten.«

»Offensichtlich. Aber da ich anscheinend nichts für Miss MacGowan tun kann –«

»Nein, nichts!«

»– und es wirklich nicht meine Sache ist, sehe ich keine Notwendigkeit, mit irgend jemandem darüber zu sprechen. Es tut mir leid, daß ich Sie auf diese Art und Weise ins Verhör nehmen mußte.«

»Ach, das macht nichts. Um ehrlich zu sein, es war direkt eine Erleichterung, sich jemandem anvertrauen zu können.«

Sein Lächeln war gewinnend, jungenhaft, offen – und Julian glaubte ihm nicht einen Moment lang. Avondale hatte sich ihm nicht anvertraut. Er war erleichtert, weil er glaubte, er habe es geschafft. Aber was? Einen Mord zu vertuschen? Es war zu früh, dazu etwas zu sagen.

Er unterhielt sich mit Avondale noch kurz über das Jagdpferd, dann verabschiedete er sich. Auf dem Heimweg dachte er über Megan nach. Vorausgesetzt, sie war gar nicht verrückt, was steckte dann hinter ihrer Suche nach Rosemary? Warum quälte sie Avondale, und warum war sie selbst so außer sich? War Rosemary ihr so teuer oder Avondale ihr so verhaßt, daß sie nicht anders tun konnte als sein Eigentum verwüsten, sein Haus heimsuchen wie ein Gespenst, seine Freunde belästigen – gehetzt, heruntergekommen, eine Verkörperung obsessiver Liebe oder obsessiven Hasses? Irgend etwas ist mir entgangen, sagte sich Julian. Ich weiß nicht, ob Avondale mich auf den Leim geführt hat oder ob ich mich selbst verheddert habe. Ich weiß nur, daß es eine Verbindung gibt, die ich nicht hergestellt habe. Aber wo, zum Teufel, ist sie?

Sallys Plan, nach Caleb Fiske Ausschau zu halten, stellte sie vor praktische Probleme. Frei und ungestört war sie nur nachts, und ihr Schlafzimmer ging nach hinten hinaus. Es konnte zwar sein, sagte sie sich, daß Caleb, wenn er geschickt genug war, über die Gartenmauer klettern würde, aber das wäre mit einer Menge Mühe und Risiko verbunden. Als Mrs. Fiske ihn gesehen hatte, hatte er das Asyl von der Stark Street aus beobachtet. Sich von dort aus anzunähern, war sicherlich einfacher und gefahrloser. Sally beschloß deshalb, ihre Nachtwache auf die Straße zu konzentrieren.

Es gab im Frauenhaus nur einen Ort, an dem sie sich nachts niederlassen konnte, ohne gestört zu werden, und das war das Vorderfenster im Waschraum. Der Lichtschacht draußen vor dem Keller war so breit, daß er einen recht guten Blick auf die Straße zuließ, auch wenn sie schräg nach oben durch das Fenster sehen mußte. Dienstag nacht schlich sie sich die knarrende Treppe hinunter in den Waschraum. Sie zog einen Tisch zum Fenster und hockte sich darauf, warm eingehüllt in ihren großen braunen Schal. Die Straße war still. Gelegentlich torkelte ein Betrunkener vorüber, der Nachtwächter machte seine Runde, ein Bettler schleppte sich müde vorbei, aber niemand verweilte länger in der Nähe des Asyls oder schien es gar zu beobachten. Nach ungefähr zwei Stunden mußte sie sich geschlagen geben; sie ging wieder nach oben, in ihr Bett.

Am Mittwoch und Donnerstag war es nicht anders. Am Freitag war Sally schon ziemlich entmutigt. Es gab keinen Grund zu glauben, daß Caleb überhaupt noch einmal wiederkommen würde. Ihre Gelenke taten ihr weh, sie hatte den ersten Anflug einer Erkältung, und die Frauen, die das Zimmer mit ihr teilten, fragten schon, wo sie des Nachts herumwanderte. Ihre Mühen lohnten sich wahrhaftig nicht.

Aber sie wollte die Flinte nicht so schnell ins Korn werfen. Nur noch eine Nacht, sagte sie sich. Mrs. Fiske hatte Dienst. Hatte das vielleicht einen Einfluß darauf, ob Caleb kommen würde oder nicht? Es hieß auf jeden Fall, daß Sally besonders vorsichtig sein mußte, wenn sie nach unten ging. Mrs. Fiske hatte die schärfsten Augen und Ohren von allen im Heim.

Sobald ihre Zimmergenossinnen schliefen, schlüpfte Sally aus dem Bett und huschte nach unten. Sie kannte sich inzwischen im Heim so gut aus, daß sie kein Licht mehr brauchte und ihre Kerzen sparen konnte. Sie ging in den Waschraum und ließ sich vom gelblichen Lichtschein, der von der Straße hereinfiel, zum Fenster führen.

Aber es war weniger Licht als sonst. Auf halbem Weg erkannte sie, warum: Das Fenster war teilweise verdunkelt. Im selben Moment, als sie die schattenhafte Gestalt eines Mannes erkannte, verschwand dieser auch schon.

Sie rannte zum Fenster, riß es auf und drückte ihr Gesicht an das Eisengitter. Es fiel gerade so viel Licht von der Straße in den Schacht, daß sie es gesehen hätte, wenn der Mann die Treppe hinaufgelaufen wäre, um zu fliehen. Und wenn er nicht einen Schlüssel zum Tor hatte, hätte er gewiß ein paar Minuten gebraucht, um über das Gitter zu klettern. Nein, er mußte sich noch im Schacht befinden, und dort gab es nur ein Versteck.

Es war so, wie sie gedacht hatte: Er kauerte hinter der großen Zisterne. Sie konnte den oberen Teil seiner Mütze sehen, die auf der einen Seite hervorstand. Es war lächerlich – er mußte doch wissen, daß sie ihn sofort entdecken würde.

»Kommen Sie da hinten hervor«, rief sie leise.

Er rührte sich nicht.

»Sie können sich nicht verstecken. Ich sehe Sie ganz deutlich. Also los, kommen Sie raus. Ich würde Sie gern kennenlernen.«

Langsam schob sich sein Kopf hinter der Zisterne in die Höhe. Er war vielleicht zweiundzwanzig, hatte ein mageres Gesicht und runde, ziemlich vorstehende Augen. Sein langes braunes Haar hing wirr herunter, seine Mütze saß schräg über einem Ohr. Er starrte sie verstört an.

»Ihre Mütze sitzt schief«, sagte sie.

Er hob die Hand und zog sie gerade.

»Das ist schon besser. Kommen Sie doch her«, redete sie ihm gut zu. »Dann können wir ein bißchen miteinander quasseln. Ich bin ganz allein. Ich hab' keinen, mit dem ich reden kann.«

Mit ungelenken Bewegungen richtete er sich auf, blieb aber hinter der Zisterne stehen, obwohl sie ihn nur bis zu den Knien verbarg. Sie sah, wie er verstohlen zur Treppe spähte, die aus dem Schacht nach oben führte.

»Wollen Sie abhauen?« fragte sie. »He, wenn Sie das tun, muß ich ja glauben, daß Sie mich nicht mögen, dann schreie ich so laut, daß die ganze Nachbarschaft wach wird.«

Er zog den Kopf zwischen die Schultern und sah sich furchtsam um.

»Jetzt regen Sie sich nicht auf«, beschwichtigte sie. »Ich will ja gar nicht, daß einer kommt. Ich will ja nur ein bißchen mit Ihnen reden. Ich heiße übrigens Sally.« Sie wartete und fragte schließlich: »Kann ich Sie Caleb nennen?«

Der junge Mann starrte sie an. »Wenn Sie wollen«, stammelte er.

Wahrscheinlich, dachte sie, konnte sie froh sein, daß sich das Eisengitter zwischen ihnen befand. Er war offensichtlich nicht ganz dicht. Außerdem stand er unter Verdacht, in seinem Heimatdorf ein Mädchen umgebracht zu haben. Aber es war schwer, sich vorzustellen, daß er auch nur einer Fliege was zuleide tun konnte. Er wirkte so harmlos, ängstlich wie eine Maus – ganz wie man das von einem Jungen erwarten konnte, der jahrelang von einer Hexe wie Mrs. Fiske fertiggemacht worden war.

»Ich wohne hier«, schwatzte sie drauflos. »Nur gefallen tut's mir nicht. Aber Ihnen gefällt's anscheinend – Sie waren schon mal hier, stimmt's?«

»Ich – ich hab' nichts getan. Sie denken wohl, ich wollte rein, aber das wollte ich nicht – ich weiß, daß da drinnen schlechte Frauen wohnen. ›So laßt nun die Sünde nicht herrschen in eurem sterblichen Leibe und leistet seinen Begierden keinen Gehorsam. Denn der Sünde Sold ist der Tod.‹«

Sie war erschrocken. »Ich weiß, daß Sie nicht reinwollten. Das geht auch gar nicht – die Türen sind abgeschlossen, und alle Fenster sind vergittert. Sie können nicht rein, und ich kann nicht raus. Es ist alles bestens: Wir können miteinander reden, und es schadet keinem von uns beiden.«

Aber er war nicht zum Gespräch geneigt. Er schloß seine Augen, faltete die Hände und bewegte lautlos die Lippen. Er betete, sah sie, auf eine nervöse, zwanghafte Art, so wie manche Leute vielleicht unentwegt hin und her gehen oder ihre Hände ringen.

»Caleb!« zischte sie scharf, um seine Aufmerksamkeit zu gewinnen. »Warum kommen Sie immer wieder hierher?«

»Weil ich schlecht bin.«

»Aber Sie tun doch nichts Unrechtes hier.«

»›Laß dich nach ihrer Schönheit nicht gelüsten in deinem Herzen, und laß dich nicht fangen durch die Augenlider. Denn zahlreich sind die Erschlagenen, die sie gefällt hat, und viele sind, die sie getötet hat.‹«

»Es ist doch keine Sünde, wenn einem eine Frau gefällt. Das geht jedem Kerl so, das ist ganz natürlich, und wenn's nicht so wäre, gäb's überhaupt keine Menschen mehr.«

Er schüttelte heftig den Kopf. »›Flieht die Hurerei! Alle Sünden, die der Mensch tut, bleiben außerhalb des Leibes; wer aber Hurerei treibt, der sündigt am eigenen Leibe.‹«

Sie wechselte das Thema. »Caleb, haben Sie in letzter Zeit mal Ihren Pa gesehen? Ihn vielleicht um Hilfe gebeten?«

»Ich bitte meinen Vater immer um Hilfe.« Er hob den Blick. »Und manchmal gewährt er sie mir, aber auf seltsamen Wegen.«

»Ich meine doch Ihren Pa hier auf der Erde. Sie waren doch einmal in seinem Laden. Haben Sie ihn da gesucht?«

Er hörte ihr gar nicht zu. Er kauerte sich wieder hinter die Zisterne und begann erneut zu beten.

Sie hat dich so gemacht, dachte Sally. Ich glaube nicht, daß du jemanden getötet hast – nicht daheim in deinem Dorf und auch nicht hier.

Dennoch mußte sie versuchen, ihn über Mary auszuhorchen. »Caleb, kommen Sie immer hierher, weil Sie jemanden im Haus kannten? Ein Mädchen – eine von den Dirnen hier?«

Es starrte sie offenen Mundes an.

»Eine kleine Blonde?« drängt sie. »Hübsch.«

»Gott sei meiner Seele gnädig«, flüsterte er und wandte sich ab.

»Deswegen braucht man sich doch nicht zu schämen.«

Er war den Tränen nahe. »›Laß dein Herz nicht abweichen auf ihren Weg und irre nicht ab auf ihre Bahn. Ihr Haus ist der Weg ins Totenreich, da man hinunterfährt in des Todes Kammern.‹«

Sie versuchte, sich in ihn hineinzuversetzen – zu denken wie ein Mensch mit einem religiösen Wahn. Nach einer Woche im Asyl war das gar nicht so schwierig.

»Caleb, die Bösen müssen bestraft werden, nicht?«

Er nickte, ohne sie anzusehen.

»Vielleicht muß man sie schlagen oder einsperren, oder?«

Er nickte wieder und gab einen Laut von sich, der wie ein Schluchzen klang. »›Aber die Gottlosen werden aus dem Land ausgerottet und die Treulosen daraus vertilgt.‹«

»Ein gottloses Mädchen muß dann also vielleicht getötet werden, damit ihre Seele gerettet werden kann?«

»Nein!« Er hielt abrupt inne. »Oder doch, vielleicht.«

»Würden Sie so etwas tun, Caleb? Würden Sie selbst sie töten?«

Bei diesen Worten blickte er auf und sah sie aus großen klaren Augen an. »Mein ist die Rache«, sagte er leise. »Ich werde –«

Plötzlich hörte sie Schritte auf der Treppe, die zum Keller hinunterführte. »Seien Sie still«, flüsterte sie. »Da kommt jemand.«

Sie warf sich nieder und versteckte sich in der Dunkelheit unter dem Fenster. Dann sah sie sich vorsichtig um. Mrs. Fiske stand an der Tür, eine Kerze in der Hand, offensichtlich auf einem ihrer nächtlichen Rundgänge durch das Frauenhaus. Sie trat ein, schwenkte die Kerze langsam hin und her und spähte mit zusammengekniffenen Augen in jede Ecke. Sally hielt den Atem an.

Genau in diesem Moment waren von oben laute wütende Stimmen zu hören. Die Rote Jane und die Sommersprossige hatten sich wohl wieder einmal in der Wolle. Mrs. Fiskes kleine Augen blitzten auf, und schon rannte sie nach oben, um die Frauen auf frischer Tat zu ertappen. Sally seufzte erleichtert, sprang auf und sah zum Fenster hinaus.

Der junge Mann war verschwunden. Er war wohl über das Gitter geklettert und davongelaufen. Sie ärgerte sich über sich selbst. Sie hatte praktisch nichts aus ihm herausbekommen – weder wo er wohnte, noch wie er sein Leben fristete, noch was er getrieben hatte, seit er aus seinem Heimatdorf geflohen war. Sie hatte ihn nicht einmal nach den Verbrechen gefragt, deren man ihn dort beschuldigt hatte.

Pech. Das ließ sich nun mal nicht ändern. Es war ein Glück, daß sie ihn überhaupt zu Gesicht zu bekommen hatte. Warum war er gekommen? Hatte es überhaupt einen Sinn, danach zu fragen? Er war offensichtlich nicht ganz richtig im Oberstübchen. Wahrscheinlich hatte er überhaupt keinen Grund gehabt – oder jedenfalls keinen Grund, den ein vernünftiger Mensch verstanden hätte.

Nachdenklich betrachtete sie das Gitter vor dem Fenster. Die Quadrate zwischen den Stäben waren gerade so groß, daß man zwei Finger hindurchstecken konnte. Vielleicht, dachte sie plötzlich, hatte Mary ihren Brief auf diesem Weg befördert; sie konnte ihn zusammengerollt und durch das Gitter jemandem auf der anderen Seite gereicht haben. Caleb? Konnte Mary ihn hier unten getroffen und ihm den Brief anvertraut haben? Ein ziemlich unwahrscheinlicher

Kurier – aber Mary hatte keine große Auswahl gehabt. Er hatte praktisch zugegeben, daß er hier ein hübsches blondes Mädchen gekannt hatte. Aber wenn Mary ihm den Brief wirklich gegeben hatte, wie war er dann zu dem Mann gelangt, dem Sally ihn gestohlen hatte?

Daß Caleb bei Marys Tod die Hand im Spiel gehabt hatte, das glaubte sie nicht. Der Mord – wenn es einer war – war auf hinterhältige und durchtriebene Weise begangen worden. Wie hätte ein Schwachkopf wie Caleb ein solches Verbrechen verüben können? Außerdem glaubte sie nicht daran, daß er böse oder gefährlich war, ganz gleich, wessen man ihn in seinem Dorf beschuldigt hatte. Das sah den Landleuten ähnlich, daß sie glaubten, ein Junge müßte ein Mörder sein, nur weil er einen kleinen Dachschaden hatte.

Andererseits jedoch konnte sie die ominösen letzten Worte, die er gesprochen hatte, nicht vergessen: Die Rache ist mein. An wem und wofür? Wenn er wirklich geglaubt hatte, Mary sei schlecht, hätte er sie dann aus einer Art falsch verstandenem Pflichtgefühl getötet? Er schien ein gutmütiger Junge zu sein, der willentlich kein Unrecht tun würde. Aber wenn er nun aus seiner verdrehten Sicht geglaubt hatte, es wäre Recht, Mary zu töten?

Ada lächelte über all die Einladungen, die sie plötzlich erhielt. Seit ihre Verlobung mit Charles bekanntgegeben worden war, wurde sie von der vornehmen Gesellschaft umworben. Leute, die bisher von ihrer Existenz kaum Notiz genommen hatten, baten sie zu Bällen und Wochenenden auf ihren Landsitzen. Alle waren überzeugt davon, daß sie bei Hof vorgestellt werden würde. Es wurde sogar gemunkelt, sie brauche nur mit den Fingern zu schnippen, um zu Almacks Assembly Rooms zugelassen zu werden, jenem Allerheiligsten der *beau monde,* in dem Männer noch Kniehosen tragen mußten und zahllose Töchter reicher und mächtiger Familien vergeblich anklopften.

Charles mußte, ohne daß sie das geahnt hatte, das sein, was Caroline eine ›gute Partie‹ nennen würde. Alle mochten und bewunderten ihn; jeder suchte die Gelegenheit, seine Braut mit Lob und Schmeichelei zu überschütten, auch wenn manche sich Neid und Abfälligkeiten nicht verkneifen konnten.

Voller Liebe sah Ada ihn an. Er bemerkte es nicht; sein Kopf war über ein Spielzeugschiff geneigt, das er und James zusammen reparierten. Er hatte ein zu gutes Herz – sie hatte das vorher gar nicht richtig gewürdigt. So sehr hatte sie sich vorher bemüht, ihre Gefühle für ihn in Schach zu halten, daß sie viel zu ausgiebig bei seinen Fehlern und Schwächen verweilt und seinem freundlichen Wesen und seiner Großzügigkeit nicht genug Beachtung geschenkt hatte. Sie hatte geglaubt, ihn zu lieben, aber sie hatte nicht gewußt, wie es war, ihren wahren Gefühlen freien Lauf lassen zu können. Ihr Herz jubelte vor Glück. Die Vorbehalte, die sich gemeldet hatten, als er um sie angehalten hatte, konnten unter so viel Sonnenschein nicht gedeihen – sie zogen sich ins Dunkle zurück.

»Hier ist noch ein Brief für dich«, sagte Mrs. Grantham. Sie und Ada saßen an einem kleinen Tisch im Salon und sahen die Post durch. »Er hat einen eigenartigen Duft.«

Mit gespielter Entrüstung sah Charles auf. »Ich weiß nicht recht, ob es mir gefällt, daß meine Braut parfümierte Briefe erhält.«

»Ein richtiger Parfümgeruch ist es eigentlich nicht.« Ada blickte verwundert auf den Brief hinunter. Ihr Name und die Adresse waren in einer krakeligen Handschrift geschrieben, die sie nicht kannte. Sie erbrach das Siegel. Der Umschlag enthielt kein Schreiben – nur ein getrocknetes Zweiglein irgendeines Krauts. Sie hob es an ihre Nase. »Wie merkwürdig! Es ist Rosmarin.«

»Mama, Charles sieht auf einmal so komisch aus«, rief James. »Er ist ganz weiß geworden.«

»Nicht die Spur!« Lächelnd sprang Charles auf und trat zum Tisch, um sich den Brief anzusehen. »Was das wohl bedeuten soll? Ist das vielleicht eine neue Manier, jungen Bräuten Glück zu wünschen?«

Eine Wolke senkte sich über Ada und verdunkelte ihre Sonne. Belüg mich jetzt nicht! flehte ihr Blick. Du kannst mich jetzt so viel tiefer verletzen als je zuvor.

Er sah sie nicht an. Sie legte den Umschlag erst einmal zur Seite. Später am selben Tag jedoch, als sie mit ihren Geschwistern im Hydepark spazierengingen, brachte sie ihn noch einmal zur Sprache. James probierte sein kleines Schiff auf dem Teich aus, und Emma und Lydia hatten sich entfernt, um Charles und Ada ungestört zu lassen.

»Charles.« Sie legte ihre Hand auf seinen Arm. »Weißt du etwas über diesen Brief mit dem Rosmarin, den ich heute bekommen habe?«

»Nein. Was sollte ich darüber wissen?«

»James sagte, du wärst bleich geworden, als ich den Umschlag öffnete.«

»Wenn ich mit dir zusammen bin, werde ich dauernd blaß und wieder rot«, gab er leichthin zurück.

»Sei doch bitte einen Moment ernst.« Sie blieb stehen und sah ihn an, ohne zu lächeln. »Gibt es etwas, was du mir sagen solltest? Bitte fürchte nicht, ich könnte böse oder traurig werden. Ich bin nicht so leicht schockiert, wie du vielleicht glaubst. Ich kann mehr verstehen, als dir klar ist – und auch mehr verzeihen, wenn es nötig sein sollte.«

»Ich habe dir nichts zu sagen, Ada.«

»Ich vertraue dir, weißt du. Ich *muß* dir vertrauen, anders könnte ich nicht leben. Als ich klein war und du mir das Reiten beigebracht hast, wußte ich, daß mir nichts zustoßen konnte, weil du mir niemals erlauben würdest, ein Pferd zu reiten, dem ich nicht gewachsen war, oder irgend etwas Gefährliches zu tun. Ich hatte absolutes Vertrauen in dich. Kann ich auch jetzt solches Vertrauen in dich haben? Ich frage dich das nur dies eine Mal, und wenn du ja sagst, werde ich an dich glauben, ganz gleich, was geschieht.«

Er sah sie lange an. Sein Blick war unergründlich. Schließlich sagte er fest: »Du kannst mir vertrauen, Ada.«

Sie holte tief Atem. Sie hatte ihren Rubikon überschritten. Ihr Herz und ihre Ehre lagen in seinen Händen, auf Gedeih und Verderb.

Sally war wütend. Endlich war Mr. Fiske ins Heim gekommen, und sie hatte es nicht mitbekommen. Er war am Samstag nachmittag dagewesen, um den Arzneibestand aufzufüllen und nach einer der Frauen zu sehen, die eine schwere Erkältung hatte. Sally hörte erst am Abend von seinem Besuch, als Florie ihn beim Essen erwähnte. Er scheine wieder auf dem Damm zu sein, sagte sie, auch wenn er noch ein bißchen blaß und spitz aussähe.

So geht das nicht, sagte sich Sally. Natürlich war sie froh zu wissen, daß Harcourt sich Fiskes Dienste nicht entledigt hatte, obwohl ihm so sehr darum zu tun gewesen war, Fiskes Namen aus der amtlichen Untersuchung über Marys Tod herauszuhalten. Aber Fiske konnte ja ein dutzendmal in einer Woche ins Asyl kommen, ohne daß sie ihn zu sehen bekam. Wie sollte sie da je eine Gelegenheit finden, mit ihm allein zu sprechen?

Es gab nur ein Mittel, Abhilfe zu schaffen, doch ihr graute davor, es zu ergreifen. Den ganzen Sonntag dachte sie darüber nach, ob es nicht eine andere Möglichkeit gebe, aber es war zwecklos. Am Sonntag abend nach der Bibelstunde schlich sie sich mit einem Fläschchen, das sie aus der Küche gestohlen hatte, in die Kammer. Sie füllte es aus der Flasche mit dem Etikett ›Brechwurz‹ und nahm es an diesem Abend mit zu Bett.

In den frühen Morgenstunden weckte lautes Stöhnen ihre drei Zimmergenossinnen. Sie sahen Sally zusammengekrümmt in ihrem Bett liegen und nach einer Schüssel tasten. Nancy holte ihr eine, und Sally erbrach ihr ganzes Abendessen – und ihre Eingeweide dazu, wie es ihr schien. Bleich und keuchend, mit schweißnassem Gesicht, legte sie sich zurück. Nancy lief hinaus, um Peg Bescheid zu sagen, die ihrerseits die Glocke läutete, um die Hausmutter herbeizuholen.

An diesem Abend hatte Miss Nettleton Dienst. Mit

schief sitzender Nachthaube und gelben Papierwicklern im Haar kam sie ins Frauenhaus gerannt und tanzte händeringend um Sally herum, während Peg der Kranken zur Beruhigung eine heiße Milch mit Bier machte. Sally seufzte schwach, sprach tapfere Worte und bat Miss Nettleton, sich keine Vorwürfe zu machen, wenn sie sterben sollte. Miss Nettleton schrie erschrocken auf und ließ den Apotheker holen.

Bis Fiske kam, war es Tag geworden, und Peg hatte die anderen Frauen zum Morgengebet und Frühstück gescheucht. Sally war allein. Sie fühlte sich viel besser, aber sie blieb im Bett, bereit, sich sofort halbtot zu stellen, falls jemand ins Zimmer schauen sollte. Endlich hörte sie auf der Treppe den Schritt eines Mannes. Sie streckte sich in ihrem Bett aus und spielte die Erschöpfte und hoffte, er würde das leere Fläschchen unter ihrer Matratze nicht finden.

Ein Mann mittleren Alters mit einer Ledertasche in der Hand trat ein. Auf der Schwelle blieb er stehen und rief: »Sie!«

Sally fuhr hoch wie der Blitz. Dann ließ sie sich völlig überrascht auf ihren Ellbogen zurücksinken. »Hallo, Borstel!« sagte sie leise. »Ich hätte mir ja denken können, daß Sie es sind.«

19 Mr. Fiske unter Belagerung

»Was tun Sie hier?« stammelte Fiske. »Was wollen Sie?«

»Ich bin hergekommen, weil ich wissen wollte, ob Sie Ihren Brief zurückhaben wollen.«

»Was?«

»Ihren Brief! Der, den ich geklaut hab'.«

Er sah sie verständnislos an. »Ich weiß nicht, wovon Sie sprechen.«

»Das gibt's doch nicht! Ich bin Ihnen an die Taschen gegangen, als wir zusammen waren – hab' Ihnen Ihr Schnupftuch geklaut und den Brief dazu.«

»Ich weiß, daß Sie mein Taschentuch gestohlen haben. Ich habe es später gemerkt. Aber sonst haben Sie mir nichts gestohlen.«

»Ach, jetzt tun Sie doch nicht so, Borstel.« Sie lächelte mit nachsichtigem Verständnis. »Ich weiß doch, daß es Ihr Brief war. Diese Mary hat ihn hier im Heim geschrieben, bevor sie gestorben ist. Sie haben immer nach ihr gesehen. Ihr beide wart doch ganz dick miteinander. Sie hat Ihnen den Brief gegeben, und ich hab' ihn Ihnen geklaut, so war's.«

»Ich sage Ihnen, Sie haben mir keinen Brief gestohlen. Ich weiß nicht, warum Sie sich das einbilden. Ich hatte keinen Brief von Mary oder sonst jemandem, als ich – als wir an dem Abend zusammen waren.«

Er log. Natürlich log er. Es konnte nicht anders sein. Wenn er nicht der Mann ist, dem ich den Brief geklaut habe, freß ich 'nen Besen, dachte sie. Er geht hier im Heim ein und aus, er war Marys Freund, er kümmert sich um die Frauen hier, wenn sie ein Wehwehchen haben. Er muß der Mann sein. Zugegeben, er wirkte aufrichtig; seine Überraschung schien echt zu sein. Und trotzdem – er mußte lügen. Vielleicht konnte sie ihn irgendwie der Lüge überführen. Eines stand fest: Sie durfte ihm nichts von den beiden anderen Männern sagen. Das würde ihm nur Gelegenheit geben, sich die Hände in Unschuld zu waschen und zu behaupten, einer der anderen beiden müßte den Brief gehabt haben.

Sie musterte ihn scharf. Die Nachwirkungen seiner Krankheit waren deutlich zu erkennen. Er hatte so viel an Gewicht verloren, daß seine Kleider ihm nur so um den Körper schlotterten. Sogar seine Haut schien ihm zu groß geworden zu sein und hing in schlaffen Falten an ihm. Sein Gesicht war bleich, seine Augen lagen tief in den Höhlen. Die Bartstoppeln auf Kinn und Wangen wirkten grotesk, wie Haar auf einem Totenschädel.

»Ich hab' gehört, Sie waren krank«, sagte sie. »So wie Sie ausschauen, haben Sie sich immer noch nicht richtig erholt.«

»Es geht mir nicht schlecht. Aber was ist mit Ihnen? Ich dachte, Sie wären krank. Miss Nettleton hat mich holen lassen, um nach Ihnen zu sehen.«

»Ach, es ist überhaupt nichts. Miss Nettleton weiß es nicht, aber ich hab' gestern abend extra was von der Brechwurz genommen, damit Sie herkommen und nach mir schauen müssen. Weil ich Sie nämlich unbedingt sprechen wollte.«

»Warum?«

»Weil ich Sie was fragen muß. Da hab' ich natürlich noch nicht gewußt, daß Sie Sie sind – ich meine, daß Mr. Fiske Borstel ist. Aber ich wußte, daß Sie der einzige waren, mit dem Mary gut Freund war, und Sie haben sie auch als erster untersucht, als sie tot war. Darum dachte ich mir, daß Sie mehr als die anderen drüber wüßten, warum sie überhaupt ins Asyl gekommen war und wie sie gestorben ist.«

»Sie ist an einer Überdosis Laudanum gestorben«, sagte Fiske leise. »Daran gibt es keine Zweifel.«

»Aber wie ist sie zu dem Laudanum gekommen? Haben Sie's ihr gegeben?«

»Nein! Natürlich nicht. Wieso – wie kommen Sie auf diese Idee?«

»Ist doch logisch, oder? Sie haben doch bestimmt Laudanum in Ihrer Apotheke.«

»Das ja.«

»Könnte ja sein, daß Mary Ihnen gesagt hat, daß sie nicht mehr leben will, und Sie haben Mitleid mit ihr gehabt und ihr geholfen.«

»Das hätte ich niemals getan.«

»Na ja, vielleicht hat sie ja das Laudanum auch nur zum Schlafen gebraucht, und Sie haben es ihr heimlich gegeben, und dann hat sie's genommen, um sich umzubringen. Das wäre doch dann nicht Ihre Schuld.«

»Ich habe ihr das Laudanum nicht gegeben. Ich weiß nicht, woher sie es bekommen hat. Was interessiert Sie das überhaupt? Warum sind Sie hier? Was wollen Sie?«

»Ich hab' so ein Gefühl, daß Sie sich gar nicht freuen,

mich zu sehen, Borstel. Und dabei dachte ich, als wir uns das letzte Mal gesehen haben, daß ich Ihnen gefalle.«

Er wurde ein wenig rot. »Ich sage gar nicht, daß es nicht so war. Aber warum sind Sie jetzt hier? Ich dachte, ich würde Sie nie wiedersehen.«

»Und es paßt Ihnen gar nicht, daß ich hier aufgekreuzt bin.« Sie nickte lächelnd. »Schauen Sie, das war so: Ich hab' den Brief gelesen, den ich jemandem geklaut hatte, und bin neugierig geworden. Ich wollte wissen, wer ihn geschrieben hat. Ich bin hergekommen und hab' erfahren, daß es Mary war, aber die war am Abend vorher gestorben. Na ja, und weil ich so ein armes verlorenes Lamm bin, das dringend den rechten Weg wieder finden muß, bin ich gleich hiergeblieben, weil ich rauskriegen wollte, wer sie war und wer sie vielleicht abgemurkst hat.«

»Abgemurkst – Sie meinen, sie wurde getötet?«

»Genau!«

»Wie – wie kommen Sie darauf, zu sagen, daß es – daß es Mord war?«

»Sag' ich ja gar nicht, ich sag' aber auch nicht, daß es keiner war. Darum bin ich ja hier. Weil ich das rauskriegen möchte.«

»Aber wieso? Arbeiten Sie für die Bow Street Runners? Oder eines der Gerichte?«

»Nie im Leben! Richter und Polypen können mir gestohlen bleiben.«

»Dann tun Sie das alles auf eigene Faust?«

Jetzt mußte sie vorsichtig sein. Fiske sollte nicht wissen, daß noch von anderer Seite Nachforschungen über Marys Tod angestellt wurden. Keinesfalls würde sie ihm verraten, wer ihre Verbündeten waren. Wenn sie aber sagte, sie wüßte als einzige von Marys Brief, dann kam das einer Einladung gleich, ihr was anzutun, um ihrer Neugier ein Ende zu bereiten. Sie entschloß sich für einen Kompromiß. »Ich hab' niemandem gesagt, was ich vorhabe. Aber den Brief hab' ich 'nem Kumpel zur Aufbewahrung gegeben, und der weiß auch, wo ich bin.«

»Was stand eigentlich in dem Brief?« fragte er.

»Er war für jemanden aus Marys Familie gedacht. Sie hat geschrieben, irgendwas, was sie getan hat, täte ihr leid, und ob sie sie nicht zurücknehmen würden. Sie wäre hier wie im Kittchen eingesperrt, und alle würden sie bespitzeln, aber sie wüßte jemanden, dem sie vertrauen kann, und dem würde sie den Brief geben.«

»Haben – haben Sie mal daran gedacht, den Brief jemandem zu zeigen? Ich weiß auch nicht – einem Richter zum Beispiel. Sie sagen, Sie wollen mit dem Gesetz nichts zu tun haben, aber trotzdem ...« Er schwieg unsicher.

»Ne, das stimmt, mit dem Gesetz will ich nichts zu tun haben. Höchstens, wenn's 'ne Belohnung gibt, falls ich rauskriege, wer sie abgemurkst hat. Dagegen hätte ich nichts einzuwenden.«

»Ach Gott.« Fiske ging nervös hin und her.

»Was ist los, Borstel? Sie sind ja ganz aus dem Häuschen.«

»Sie sollten nicht hier sein. Das – das ist ein schrecklicher Irrtum –«

»Warum?« fragte sie rasch.

»Glauben Sie's mir einfach, vertrauen Sie mir, bitte, und stellen Sie keine Fragen. Sie müssen fort von hier – auf der Stelle, schnell, ehe sich jemand darüber Gedanken macht, was aus *Ihnen* geworden ist.«

»Sie wissen doch was!«

»Nein. Ich weiß nur, daß ich Mary nicht schützen konnte, und ich kann auch Sie nicht schützen. Darum müssen Sie fort von hier. Für Mary ist es zu spät, aber Sie haben noch eine Chance. Bitte, lassen Sie sich von mir helfen. Gehen Sie, bevor es zu spät ist.«

Sie war ein wenig gerührt. »Ich kann schon auf mich selber aufpassen, Borstel. Um mich brauchen Sie sich nicht zu sorgen. Aber ich möchte gern wissen, warum Sie so aufgeregt sind. Was wissen Sie über Mary?«

»Ich weiß gar nichts.«

»Also das ist wirklich lahm. Soll ich Ihnen mal sagen, was ich glaube? Ich glaub', Mary hat den Brief *Ihnen* anvertraut. Sie hat ihn Ihnen gegeben und Sie gebeten, ihn abzuschicken, aber dann hab' ich ihn Ihnen geklaut, und da konnten Sie das nicht mehr. Und dann ist sie krepiert, und Sie haben sich Vorwürfe gemacht, weil Sie dachten, Sie hätten sie im Stich gelassen.«

»Sie haben mir diesen Brief nicht gestohlen. Ich hatte ihn nicht, ich schwöre es.«

Sie war verwirrt. Sie wußte, daß er lügen mußte, und doch hatte sie gleichzeitig das Gefühl, daß er die Wahrheit sagte.

»Aber Mary hat sich doch mit Ihnen angefreundet – das stimmt doch, oder?«

»Ich glaube, sie hat mich ganz gern gemocht, ja«, sagte er.

»Und Sie haben sie auch gemocht?«

»Ja.«

»Und darum verwette ich auch meinen Kopf drauf, daß sie Ihnen Sachen erzählt hat, die sie sonst keinem verraten hat. Zum Beispiel, wer sie war und warum sie ins Asyl gekommen ist.«

»Nein, das hat sie mir nicht gesagt.«

»Ha!«

»Es ist wahr.«

»Schämen Sie sich eigentlich nicht, daß Sie mir solche Märchen erzählen?«

»Ich kann Sie nicht zwingen, mir zu glauben.« Müde setzte er sich auf das Bett neben dem ihren. Sein weißes Gesicht war schweißfeucht.

Er tat ihr leid, aber sie konnte nicht lockerlassen. Denn sie war sicher, daß er jetzt log. Er war vielleicht wirklich nicht der, dem sie den Brief gestohlen hatte – obwohl jede andere Vermutung unsinnig war –, aber er wußte offensichtlich mehr über Mary, als er verriet.

»Jetzt stellen Sie sich nicht so an, Borstel. Wenn Sie mir sagen, was Sie wissen, dann können wir vielleicht zusammen ausklamüsern, was Mary passiert ist. Falls sie wirklich umgebracht worden ist, dann wollen Sie den Kerl, der's getan hat, doch bestimmt festnageln, oder nicht?«

»Ich möchte nichts damit zu tun haben.«

»Ach, zeigen Sie doch mal ein bißchen Mumm! Wir könnten zusammenarbeiten, Sie und ich. Ihre Frau müßte überhaupt nichts davon erfahren, wenn Sie davor Angst haben.«

»Um Gottes willen! Sie – Sie werden ihr doch nichts von alldem erzählen?«

»Kommt ganz drauf an. Helfen Sie mir jetzt oder nicht?«

»Ich kann nicht!« beteuerte er. »Ich weiß nichts – oder – oder, selbst wenn ich etwas weiß, ich kann es Ihnen nicht sagen. Tun Sie, was Sie nicht lassen können, aber ohne mich.«

»So was Stures wie Sie hab' ich noch nie erlebt! Ich will Ihnen doch nichts Böses oder Sie bei Ihrer Frau anschwärzen. Ich will doch nur rauskriegen, was Sie wissen.« Sie beschloß, es anders zu versuchen. »Soll ich Ihnen mal was sagen? Ich hab' Caleb gesehen.«

»Was?«

»Da sind Sie platt, was? Wir haben einen kleinen Schwatz gehalten letzten Freitag, in der Nacht. Unten am Kellerfenster.«

»Aber das ist unmöglich. Er hätte – das ist ausgeschlossen.«

»Was hätte er? Ihnen davon erzählt? Vielleicht hat er's vergessen. Ein Wunder wär's nicht, der hat ja wohl nicht alle Tassen im Schrank.«

»Ich sag' Ihnen, das ist ausgeschlossen. Sie haben Caleb nicht gesehen. Er ist nicht in London. Ich weiß nicht, wo er ist. Ganz sicher würde er nicht herkommen. Sie wollen mich reinlegen.«

»Einer von uns kohlt, Borstel, und ich bin's nicht. Ich hab' ihn am Freitag in der Nacht gesehen am Kellerfenster. Und ich hab' ihn ganz leise gerufen. Er ist ganz schön erschrocken, aber er hat sich nicht getraut abzuhauen, weil ich gesagt hab', ich würde das ganze Viertel zusammenbrüllen. Da ist er geblieben, und wir haben ein Weilchen miteinander geplaudert. Leider hab' ich nich viel aus ihm rausgekriegt, weil er so ein Spinner ist. Er hat eigentlich dauernd nur gebetet und Bibelsprüche runtergeleiert. Aber er hat zugegeben, daß er vorher schon hier war, und ich glaub', daß er Mary gekannt hat. Vielleicht hat sie sogar ihm den Brief gegeben, und er hat ihn dann Ihnen gegeben.«

»Nein. Ich habe den Brief nie gehabt.«

»Schon recht, Borstel. Das brauchen wir nicht noch mal durchzukauen. Aber erzählen Sie mir keine Märchen über Caleb. Geben Sie zu, daß er in London ist und ich ihn gesehen hab'.«

»Sie sagen – Sie sagen, Sie haben ihn hier vor dem Haus gesehen?«

»Genau.«

»Und er war früher schon hier?«

Sie nickte.

Er holte tief Luft. »Wenn Sie sagen, daß Sie ihn gesehen haben, dann muß es wohl so gewesen sein. Aber ich habe ihn seit zwei Jahren nicht mehr gesehen.«

»Ha! Wenn Sie ihn wirklich so lang nicht mehr gesehen hätten, hätten Sie mich doch gleich gefragt, wie es ihm geht. Sie waren doch ganz vernarrt in ihn, sagt jedenfalls Ihre Frau.«

»Sie haben mit Ellen darüber gesprochen?« fragte er erstaunt.

»So was erfährt man nicht durch Reden – so was erfährt man durch Hinhören.« Sie tippte sich auf ihr Ohr. »Ich weiß alles über Sie und Caleb – daß er in dem Dorf, in dem Sie früher gewohnt haben, wegen Mord gesucht wird, daß er abgehauen ist und daß alle denken, Sie hätten ihm geholfen.«

»Ich habe damals allen erzählt, was geschah«, sagte er tonlos. »Ich habe Caleb in die nächste Stadt geschickt, weil er mir dort eine Arznei holen sollte. Er war bei mir in der Lehre – ich habe ihn oft solche Besorgungen für mich machen lassen. Ich hatte keine Ahnung, daß die Constables schon unterwegs waren, um ihn zu verhaften. Ich sagte ihnen, wo er war, aber sie haben ihn nicht gefunden. Er hat wohl dort gehört, daß man ihn suchte, und ist geflohen.«

»Er hat für Sie gearbeitet?«

Fiske nickte. »Er hat bei mir eine Apothekerlehre gemacht.«

»Da muß er aber damals noch ein bißchen heller im Kopf gewesen sein«, meinte sie nachdenklich.

»Er war sehr gescheit. Er war ein guter Junge, wenn man geduldig mit ihm umging. Seine Mutter –« Er zögerte.

»Das weiß ich alles. Sie hat ihn richtig fertiggemacht, ihm dauernd das Fell gegerbt, weil sie seine Seele retten wollte.«

»Sie war zu streng mit ihm. Sie hat seinen Willen gebrochen. Darum war das ganze Dorf gegen ihn. Er hat sich machmal wirklich – seltsam – benommen, aber das war nicht seine Schuld. Er war gut. Zu mir war er immer gut.«

»Jetzt regen Sie sich bloß nicht auf. Ich will mich ja gar nicht mit Ihnen streiten. Mir hat er auch gefallen, auch wenn er ein bißchen komisch war. Wer war eigentlich das Mädchen, das er angeblich kaltgemacht hat?«

»Sie war ein armes schwachsinniges Ding, das außerhalb des Dorfs für einen Holzfäller und seine Frau gearbeitet hat. Sie war keine sehr gute Magd, aber die beiden waren zu geizig, um eine bessere Kraft zu bezahlen.«

»Und sie ist ertrunken? Woher haben die gewußt, daß es Mord war?« Als er nicht antwortete, fügte sie hinzu: »Na kommen Sie schon, rücken Sie schon damit raus. Vorher laß ich sowieso nicht locker.«

»Eines Tages war sie verschwunden«, berichtete er widerstrebend. »Dann fand man sie im Bach, mit dem Gesicht nach oben. Erst glaubte man, sie sei hingefallen und habe sich den Kopf angeschlagen oder etwas Ähnliches, aber dann kam ein Arzt und hat sie untersucht. Er fand Blutergüsse am Hals und an den Schultern. Er sagte, jemand hätte sie unter Wasser gehalten. Und er sagte außerdem, der Mann, der sie ertränkt habe, habe sich auch noch an ihr vergangen – bevor sie starb.«

»Na, das ist ja 'n Ding!« Das also war das ›unaussprechliche Verbrechen‹, auf das Mrs. Fiske angespielt hatte. Sally versuchte sich Caleb vorzustellen, wie er das Mädchen gezwungen hatte. Einfach lachhaft – das war ihm noch weniger zuzutrauen als ein Mord. Und doch hatte er zu ihr gesagt, er sei schlecht, und dauernd von Lust und Versuchung gebrabbelt. Hatte er mit seiner Furcht vor Gott – und vielleicht auch vor seiner Mutter – gemeint, er müsse ein Mädchen töten, mit dem er gesündigt hatte, um zu verhindern, daß sie ihn verriet?

»Jemand im Dorf erinnerte sich, in der Nähe des Baches, in dem das junge Mädchen gefunden wurde, die Schreie einer Frau gehört zu haben«, fuhr Fiske fort. »Und jemand anders hatte Caleb etwas früher am Tag mit ihr zusammen gesehen. Bald sagten alle, Caleb müsse es getan haben. Ich konnte sie nicht überzeugen, daß sie sich täuschten. Sie sahen ihn schon lange alle mit Argwohn an, weil er – nun ja, er war eben anders. Und es war keine Hilfe, daß auch seine Mutter von seiner Schuld überzeugt war.«

»Für Sie muß das ganz schön schlimm gewesen sein.«

»Ja. Ich war der einzige, der an ihn geglaubt hat. Er war mein ein und alles. Als er fortging – ach, er hat eine so große Leere in meinem Leben zurückgelassen. Ich hatte nichts mehr außer meiner Arbeit.«

Aber du hast ihn wieder gefunden, dachte Sally. Sie war sicher, Fiske wußte genau, daß Caleb in London war. Vielleicht war das sogar der Grund, warum er hierher übersiedelt war, nachdem er und seine Frau das Dorf hatten verlassen müssen. Es war gut möglich, daß er Caleb ohne das Wissen seiner Frau häufig sah. Mrs. Fiske sagte, er sei ständig in seiner Apotheke – vielleicht war das der Ort, an dem er und Caleb sich trafen. Caleb wußte jedenfalls, wo das Geschäft war; Mrs. Fiske selbst hatte ihn an dem Tag dort gesehen, als sie die Post holen wollte, nachdem Fiske sein Fieber überwunden hatte.

Das erinnerte sie an etwas. »Wie Sie im Fieber gelegen haben, haben Sie ein paar komische Sachen gesagt.«

»Was denn? Woher wissen Sie das?«

»Ich hab' Ihnen doch gesagt, ich spitze die Ohren. Sie haben gesagt: ›Das arme kleine Ding, ihre Hände waren so kalt wie Stein.‹ Da haben Sie doch Mary gemeint, oder?«

»Ich erinnere mich nicht. Kann sein. Ich habe sie ja, kurz nachdem sie gestorben war, untersucht. Es war – sehr traurig.«

»Und dann haben Sie noch gesagt, es täte Ihnen leid. Was denn?«

»Ich weiß es nicht.«

»Papperlapapp!«

»Ich weiß es wirklich nicht«, wiederholte er bedrückt.

Sie ließ es dabei bewenden. »Aber das Komischste, was Sie gesagt haben, war: ›O Gott, meine Stiefel!‹ Würde mich doch interessieren, warum Sie so einen Wirbel um Ihre Stiefel gemacht haben.«

Er stand langsam auf. Er war noch bleicher als zuvor. Mit glasigem, entsetztem Blick starrte er vor sich hin.

»Was ist los?« rief sie. »Sie machen ein Gesicht, als ob Sie ein Gespenst gesehen hätten.«

Mit Mühe kehrte sein Blick zu ihr zurück. Er öffnete den Mund, aber es kam nur ein krächzender Laut heraus.

»Was ist los?« Sie sprang auf und schüttelte ihn am Arm. »Sie müssen's mir sagen.«

»Ich –« Er schluckte. »Hier kann ich es Ihnen nicht sagen.«

»Warum nicht? Uns stört doch keiner.«

»Ich kann es nicht riskieren. Sie müssen sich an einem anderen Ort mit mir treffen.«

»Das geht nicht. Sie kennen doch die Regeln. Wenn ich abhaue, lassen sie mich nicht wieder rein.«

»Aber hier spreche ich nicht mit Ihnen. Das ist zu gefährlich.«

Sie sah, daß es ihm ernst war. Sollte sie das Asyl verlassen, um zu erfahren, was er wußte?

»Also gut. Ich treffe mich irgendwo außerhalb mit Ihnen. Aber heute noch!«

»Ja. Sagen wir um vier ...« Er überlegte einen Moment. »Am Temple Gericht.«

»Warum so weit weg?« beschwerte sie sich. »Geht's nicht näher, dann könnte ich mich vielleicht wieder hier reinschleichen, bevor sie merken, daß ich weg war.«

»Nein, ich will auf keinen Fall hier in der Nähe sein. Das habe ich Ihnen doch schon gesagt.«

Sie ließ sich das durch den Kopf gehen. Wenigstens war das Temple Gericht ein öffentlicher Ort. Wenn er vorhatte, ihr etwas anzutun, hatte er dafür einen schlechten Ort gewählt. »Also schön. Um vier am Temple Gericht.«

Er nickte, nahm seine Ledertasche und wandte sich zum Gehen. »Ach – wie fühlen Sie sich überhaupt? Ich habe Sie ja gar nicht untersucht.«

»Nein, in letzter Zeit nicht«, sagte sie spitzbübisch.

Er senkte den Blick. »Tja, ich gehe jetzt wohl besser.«

»Wiedersehen, Borstel. Sie kneifen doch nicht?«

»Nein. Ich bin fest entschlossen. Auf Wiedersehen – äh – ich glaube, Miss Nettleton sagte, daß Sie Sarah heißen?«

»Meine Freunde nennen mich Sally.«

»Dann auf Wiedersehen, Sally.« Und zum erstenmal lächelte er.

Sally stand neben dem großen Torbogen des Gerichtshofs. Die Kirchenglocken der Stadt läuteten in heiterer Disharmonie die fünfte Stunde. Wo war Fiske?

Ein Glück, daß sie ihre Sachen gleich mitgenommen hatte, als sie sich aus dem Asyl geschlichen hatte. Die würden sie da nie zurücknehmen. Sie war jetzt schon über anderthalb Stunden weg, und bestimmt wurde sie inzwischen vermißt. Das Opfer hätte sich gelohnt, wenn Fiske Wort gehalten hätte. Aber er hatte sich so sehr verspätet, daß sie nicht mehr an sein Kommen glaubte. Nun, er würde bald merken, daß Sally Stokes sich so leicht nicht abschütteln ließ.

Jemand zupfte sie am Rock. Es war ein kleiner Junge – einer von den vielen Straßenjungen, die den Kutschen nachzurennen pflegten, weil sie hofften, sich ein paar Pennies verdienen zu können, wenn sie die Pferde hielten.

»Heißt du Sally?«

»Warum?«fragte sie neugierig. »Hat dich jemand zu mir geschickt?«

»Ich hab' was für dich.« Er schob eine schmutzige Hand in seine Hosentasche. »Hier.«

Er gab ihr einen gefalteten Zettel. Sie drückte ihm einen Penny in die Hand – zu spät fiel ihr ein, daß sie ihn vorher hätte ausfragen sollen. Er schoß davon und war verschwunden.

Sie lief ihm nicht nach – sie hatte es zu eilig, die Nachricht für sie zu lesen. Im schwindenden Licht starrte sie mit zusammengekniffenen Augen auf das Papier und bewegte die Lippen, während sie Wort für Wort las:

›*Verzeihen Sie mir. Sie waren nicht bereit, das Asyl zu verlassen, darum mußte ich Sie von dort weglocken. In Ihrem eigenen Interesse bitte ich Sie, nicht wieder dorthin zu gehen und auch keine Fragen mehr zu stellen. Sie können einer Toten nicht helfen. Lassen Sie sie in Frieden ruhen, sonst werden Sie ihr vielleicht bald folgen.*‹

Zornig knüllte sie das Papier zusammen. Du hältst dich wohl für verdammt schlau, Borstel, dachte sie. Aber das Spiel ist noch nicht aus.

Sie glättete den Zettel wieder und las ihn noch einmal. Die letzten Worte machten sie nachdenklich. ›Lassen Sie sie in Frieden ruhen, sonst werden Sie ihr vielleicht bald folgen.‹ War das eine Warnung – oder eine Drohung?

20 Unter Freunden

Dr. MacGregor wollte am Dienstag morgen in sein Dorf in Cambridgeshire zurückkehren. An seinem letzten Abend in London führte Julian ihn zum Essen aus. In der Öffentlichkeit vermieden sie es, über Julians Nachforschungen zu sprechen. MacGregor erboste sich über die Unhöflichkeit der Londoner Kellner, die liederliche Kleidung und Ausdrucksweise sowie die bedauerlichen Umgangsformen der

Leute, die um sie herum beim Essen saßen. Julian hörte sich alles an, lächelte und warf von Zeit zu Zeit ein beschwichtigendes Wort ein.

Nach dem Abendessen machten sie es sich vor einem knisternden Feuer in Dr. Greeleys Bibliothek gemütlich. Die Haushälterin hatte ihnen eine Kanne heißen Kaffee hingestellt. MacGregor gab gute englische Sahne zu seinem, während sich Julian mit Brandy bediente.

Julian berichtete von dem Gespräch, das er einige Abende zuvor mit Avondale geführt hatte.

»Sie scheinen recht milde mit ihm gewesen zu sein«, stellte MacGregor fest. »Wenn Sie den Eindruck hatten, daß er log oder etwas verheimlichte, warum haben Sie ihn dann nicht damit konfrontiert?«

»Ich möchte lieber warten, bis ich von Sally gehört habe. Was sie im Asyl erfahren hat, wird vielleicht unseren Verdacht gegen Avondale bekräftigen – oder aber widerlegen. Außerdem hätte er mich wahrscheinlich gefordert, wenn ich ihn ganz unverblümt einen Lügner genannt hätte, und das wäre mir verdammt ungelegen gekommen und hätte überhaupt nicht in meine Pläne gepaßt.«

»Wollen Sie sagen, Sie hätten sich mit ihm wegen einer Geringfügigkeit wie ein paar direkten Worten duelliert?«

»Wenn man es auf ehrenhafte Weise vermeiden kann, vermeidet man so was natürlich. Aber einen Gentleman der Lüge zu bezichtigen, ist die schlimmste Beleidigung überhaupt. Wenn er darauf bestanden hätte, daß ich ihm Satisfaktion gebe, wäre mir nichts anderes übriggeblieben, als darauf einzugehen.«

»Aber das ist ja absurd! Das ist kriminell! Ich verstehe Sie wirklich nicht. Da versuchen Sie mit all dem Ernst, der einer solchen Sache würdig ist, einem möglichen Mord auf die Spur zu kommen – und gleichzeitig erklären Sie mir, Sie würden sich hinstellen und auf einen Menschen schießen, weil er sich von irgend etwas, das Sie gesagt haben, beleidigt fühlt.«

»Im Duell zu töten ist kein Mord, ganz gleich, was die

Presse und die Geistlichkeit darüber sagen. Wenn ein Gentleman einen anderen beleidigt, weiß er um die Folgen: Sie tragen ihren Kampf nach den Gesetzen der Ehre aus, genau wie Nationen ihre Kämpfe nach den Gesetzen des Krieges austragen. Einen unbewaffneten Mann oder gar eine Frau zu töten ist etwas ganz anderes.«

»Nun ja, Sie können wohl nichts für diese hanebüchenen Ideen. Sie haben sie wahrscheinlich auf den Knien Ihres Vaters gelernt, ehe Sie alt genug waren, es besser zu wissen.«

»Es wird Sie vielleicht wundern, aber mein Vater hatte so ziemlich die gleichen Ansichten über das Duell wie Sie. Aber mein Vater war ja auch zu gut für das Leben.« Leise fügte er hinzu: »Und er hat ja auch nicht lange gelebt.«

MacGregor betrachtete ihn gedankenvoll. Nicht zum erstenmal fragte er sich, wie Kestrels Kindheit und frühe Jugend verlaufen waren. Er wußte, daß sein Vater ein Gentleman gewesen war, dessen Familie ihn verstoßen hatte, weil er eine Schauspielerin geheiratet hatte. Das war mehr, als die meisten von Kestrels Bekannten wußten, aber es war nicht viel. Es erklärte nicht, woher Kestrel seinen modischen Geschmack hatte, wie er ein so guter Musiker geworden war, warum er jahrelang in Frankreich und Italien gelebt hatte, woher sein Geld kam.

Wie üblich wechselte Kestrel das Thema, bevor MacGregor tiefer bohren konnte. »Bei meinen Nachforschungen über Avondale sitze ich also im Moment fest. Ich habe am Abend nach dem Gespräch mit ihm sein Haus beobachtet, weil ich hoffte, Miss MacGowan würde sich noch einmal zeigen, aber ich habe nur erreicht, daß ich von verschiedenen Nachtwächtern argwöhnisch beäugt, von sämtlichen vorüberkommenden Fahrzeugen mit Schmutz bespritzt wurde und von diversen Damen unzüchtige Anträge erhielt.«

»Tja, das war natürlich vergebene Liebesmüh«, sagte MacGregor.

»Es wird mir nicht wieder passieren. Ich habe einen Jungen engagiert, der das Haus abends beobachtet und Miss

MacGowan folgen wird, falls sie auftauchen sollte. Bisher hat sie sich nicht blicken lassen. Ich habe in der Zwischenzeit meinen ganzen Mut zusammengenommen und Lady Gayheart meine Aufwartung gemacht. Nachdem ich pflichtschuldigst ihre Augen, ihr Kleid und ihren gräßlichen Hund bewundert hatte, brachte ich das Gespräch auf Schottland. Sie erzählte mir, daß ihr Bruder John zur Jagd dort ist und auch Charles früher dorthin zu reisen pflegte, aber vor einigen Jahren plötzlich eine starke Aversion gegen diese Gegend entwickelt hatte. Was ich interessant finde, da er mir erzählt hat, er habe Rosemary und Megan erst im vergangenen Juli kennengelernt. Danach habe ich versucht herauszubekommen, ob sie etwas über irgendwelche Skandalgeschichten ihres Bruders mit Frauen weiß, aber da konnte sie mir gar nichts sagen.«

»Was ist mit dieser jungen Frau, mit der er verlobt ist? Glauben Sie, daß sie etwas weiß?«

»Nein. Ich glaube, es war ihm ernst, als er sagte, sie solle nichts erfahren. Und das ist auch ganz in Ordnung so, da ich sowieso nicht die leiseste Ahnung habe, wie ich an sie herankommen soll. Ich hatte allerdings noch einen Gedanken. Es würde mich interessieren, ob Avondale erpreßt wird. Das würde erklären, wieso er so knapp bei Kasse ist und warum er es so eilig hat, Geldmittel aufzubringen.«

»Und was glauben Sie, wer ihn erpressen könnte? Doch nicht Megan – wenn sie etwas gegen ihn in der Hand hätte, würde sie das dann nicht dazu gebrauchen, ihn zu zwingen, ihr über Rosemarys Verbleib Auskunft zu geben?«

»Nicht unbedingt. Vielleicht hat sie Angst, er würde Rosemary übel mitspielen, wenn sie etwas gegen ihn unternimmt. Andererseits müßte er ihr sowieso nichts bezahlen, wenn er Megan auf diese Weise in Schach halten könnte. Sie haben also recht, sie kommt als Erpresserin nicht in Frage.«

»Aber Rosemary könnte die Erpresserin sein.«

Julian nickte. »Oder jemand, der weiß, was aus Rosemary geworden ist. Aber genug der Worte über den ehrenwerten

Charles. Wenden wir uns dem weniger ehrenwerten Mr. Rawdon zu.«

Er berichtete, wie es Dipper gelungen war, Rawdon auf die Spur zu kommen, und was er von Annie Price über ihn erfahren hatte. »Ich würde einiges dafür geben zu wissen, was für Geschäfte die Firma Smith & Co macht – wenn sie überhaupt irgendwelche Geschäfte macht. Nun, mit ein bißchen Glück werde ich nicht lange auf Auskunft warten müssen. Dipper hat heute abend eine Verabredung mit Miss Price, die beiden wollen sich in Rawdons Büro umsehen. Ich wäre gern mit ihnen gegangen, aber ich möchte Dippers Kreise nicht stören – die scheinen sich im Moment ausschließlich um diese junge Dame zu drehen, nach der Tatsache zu urteilen, daß er unfähig ist, mir eine vernünftige Auskunft darüber zu geben, wie sie ist. Und wenn Dipper über eine Frau nicht spricht, heißt das immer nur eines – mein Diener, dieser Unschuldsengel von einem Frauenheld, hat wieder einmal ein Opfer gefunden.«

»Hm. Über solche Geschichten möchte ich lieber nichts hören.«

»Ich will Ihnen eine Liste seiner Eroberungen ersparen – sonst säßen wir die ganze Nacht hier. Es trifft mich allerdings ziemlich hart, da ich der Herr bin und er der Diener ist, daß ich für diesen Don Giovanni den Leporello abgeben soll. Wie dem auch sei, heute um Mitternacht trifft sich Dipper mit Miss Price. Heute morgen hat er kurz vor Abfahrt der Postkutsche vom *George's Inn* einen kleinen Zusammenstoß mit ihrem Vater arrangiert und ihm die Schlüssel abgenommen. Er und Miss Price sollten also keine Mühe haben, in Rawdons Büro zu gelangen.«

»Ich kann diese Methoden wirklich nicht billigen, aber ich weiß natürlich, daß er das Herz auf dem rechten Fleck hat.«

»Er tut übel, um Gutes zu tun, eines der köstlichsten Vergnügen, die es gibt. Man genießt den Spaß des Schelmenstreichs, ohne ein schlechtes Gewissen haben zu müssen.«

»Sie sind heute abend sehr geistreich – ganz der brillante Unterhalter. Was ist los mit Ihnen?«

Im ersten Moment verschloß sich Julian, dann jedoch bekannte er offen: »Ich mache mir Sorgen um Sally. Sie ist jetzt seit mehr als einer Woche in dem Asyl, und je mehr ich über Avondale und Rawdon höre, desto unbehaglicher wird mir ihretwegen.« Er fügte hinzu: »Sie brauchen mich gar nicht mit diesem wissenden Blick anzusehen. Selbstverständlich sind meine Gefühle persönlicher Natur. Ich dachte, das wäre inzwischen offenkundig.«

»Sie brauchen sich deshalb nicht zu schämen.«

»Ich schäme mich nicht. Ich bin durcheinander. Ich verstehe nicht, was ich in ihr sehe. Sie hat keine der Eigenschaften, die ich an Frauen bewundere. Sie ist klein und dunkelhäutig und hat eine Mopsnase und eine Quietschstimme. Sie kann kaum lesen, ist noch nie aus London herausgekommen und hält Mozart für ein Gebäck. Und trotzdem –« Er schüttelte den Kopf.

»Ich glaube langsam, ich habe mich in ihr getäuscht. Ich dachte, sie würde Ihnen nur Schwierigkeiten machen, aber Tatsache ist, daß sie einen guten Einfluß auf Sie hat. Sie waren zu glatt. Sally rauht Sie ein bißchen auf.«

»Sie geht mir verflixt unter die Haut.«

»Das wird Ihnen nicht schaden.«

»Ich bewundere Ihre philosophische Distanz. Sie muß für Ihre Patienten sehr tröstlich sein.«

MacGregor lachte. »Gut, gut, ich höre ja schon auf. Haben Sie sonst noch etwas über diesen Rawdon herausgefunden? Wissen Sie, wo er wohnt?«

»In Shoreditch. Dipper ist ihm am Freitag von seinem Büro aus nach Hause gefolgt.«

»Er wohnt in Shoreditch und hat sein Büro in Southwark?«

»Interessant, nicht wahr? Er legt offensichtlich großen Wert darauf, in diskreter Entfernung von seinem Arbeitsplatz zu wohnen. Er hat das Haus in Shoreditch vor ungefähr sechs Monaten bezogen. Das hat sich Dipper von den

Angestellten und den Geschäftsleuten in der Nachbarschaft erzählen lassen. Er hat das Haus gekauft und bar bezahlt – er muß also eine hübsche Menge flüssiges Geld gehabt haben. Es ist ein sehr anständiges Viertel, und das Haus ist durchaus ansehnlich, wenn auch nicht übermäßig groß. Die Frau, die täglich zum Putzen zu ihm kommt, sagte, es sei innen sehr komfortabel eingerichtet – elegante Möbel, Silber, teure Nippes. Er lebt ganz allein, ohne jeden Hausangestellten, und hat niemals Gäste. Er ist nicht verheiratet, hat keine Kinder – allem Anschein nach auch keine Angehörigen. Niemand weiß, woher er sein Einkommen bezieht. Es wird vermutet, daß er irgendwelche lukrativen, aber unerquicklichen Geschäfte macht – vielleicht ein Geldverleiher ist oder ein Steuereintreiber.«

»Und was sagt Mr. Digby zu alldem?«

Julian lächelte. »Große Ernte und wenig Korn, meint er. Und er hat recht damit – wir haben an allen Ecken und Enden eine Menge Informationen gesammelt, aber wir haben keine Ahnung, ob überhaupt etwas Nützliches dabei ist.«

»Tja, es tut mir leid, daß ich gerade jetzt, da Sie in der Geschichte mittendrin stecken, nach Hause fahre. Ich hätte gern miterlebt, wie sich das alles löst. Aber ich habe meine Patienten lange genug vernachlässigt, und Dr. Greeley kommt jetzt auch ohne mich zurecht – unter uns gesagt allerdings, er wird seine Praxis in nicht allzu langer Zeit ganz aufgeben müssen. Er ist zu alt und gebrechlich, um sie weiterführen zu können. Ich habe ihm versprochen, nach einem jungen Kollegen Ausschau zu halten, der sie übernehmen kann.«

Julian sah ihn an und zog eine Augenbraue hoch. »Sie denken nicht daran, sie selbst zu übernehmen?«

»Was?«

»Dr. Greeley könnte doch keinen besseren Nachfolger finden als Sie, und auch keinen, dem er mehr vertraut.«

»Sie meinen, ich soll hier leben, in London? In dieser dreckigen, stinkenden, verrußten Stadt? Nein danke! Du lieber Gott, sogar in einem Sumpf ist die Luft besser, und nicht einmal auf einem Sträflingsschiff trifft man so schlecht erzogene Leute.«

»Ja, es ist wahr, Sie haben sich eigentlich nur beschwert, seit Sie hier angekommen sind. Ich glaube, Sie haben noch nie so viel Spaß gehabt.«

MacGregor warf ihm einen zornfunkelnden Blick zu. »Ich kenne ja Ihre verrückten Ideen, aber diese hier setzt wirklich allem die Krone auf. Mein Gott, ich werde mich wahrscheinlich selbst in zehn Jahren zurückziehen. Na ja, sagen wir in fünfzehn – das heißt, wenn meine Gesundheit mir erhalten bleibt – ach verflixt, was ich sagen will, ist, daß ich mich jetzt bestimmt nicht mehr verpflanzen lasse.«

»Ich verstehe ja, wie Ihnen zumute ist. Aber ich kann doch nicht umhin, mich zu fragen, ob ein Leben in Aldershot für Sie nicht gleichbedeutend ist mit einem Leben in der Vergangenheit. Sie halten die Erinnerung an die Frau und den Sohn lebendig, die Sie vor Jahren verloren haben, Sie führen jahrein, jahraus die gleichen Behandlungen und die gleichen Operationen durch. Daran gibt es nichts auszusetzen, wenn es wirklich das ist, was Sie wollen. Ich dachte nur, Sie hätten vielleicht Lust auf Abenteuer; ein neues Leben anzufangen, solange Sie noch jung und kräftig genug sind, um es zu genießen.«

»Abenteuer! Das ist leicht gesagt, wenn man fünfundzwanzig ist.«

»Ich weiß, daß ich absolut egoistisch bin. Ich fände es wunderbar, wenn Sie bleiben würden.«

»Unsinn! Ich weiß genau, wie das enden würde. Das halbe Jahr lang wären Sie auf der Jagd oder gondelten in Venedig herum, und während der Saison würden Sie sich ständig in Clubs oder auf Bällen herumtreiben. Und ich würde Sie vielleicht einmal pro Jahr zu Gesicht bekommen.«

»Sie sollten wirklich bleiben und mir dieses ausschweifende Leben abgewöhnen. Aber im Ernst, wenn Sie in London lebten, würden wir uns selbstverständlich sehen. Die meisten meiner Freunde hier haben höchstens Bagatellwert und sind praktisch untereinander austauschbar. Sie müssen doch wissen, daß ich hundert von denen gegen einen Ihrer Art eintauschen würde.«

»Hm – nun ja – ich werd's mir durch den Kopf gehen lassen. Das heißt, ich will den Gedanken nicht von vornherein verwerfen. Das ist das äußerste, was ich versprechen kann.«

»Das ist das äußerste, worum ich bitten kann.«

Sie gingen ins Vestibül hinaus. Julian nahm seinen Zylinder und den langen schwarzen Abendumhang, der mit himmelblauer Seide gefüttert war. »Leben Sie wohl, mein lieber Freund. Empfehlen Sie mich den Fontclairs – obwohl das unter den Umständen wohl wenig angebracht ist. Ich vermute, diese Familie wird meine Person immer mit Mord und Totschlag verbinden. Ach, und übermitteln Sie bitte Miss Craddock meine herzlichsten Grüße. Und falls Hugh ihr nicht die angemessene Aufmerksamkeit zollen sollte, sehen Sie zu, daß Sie ihr meine Nachricht in seinem Beisein überbringen.«

»Oh, Sie brauchen keine Angst zu haben, daß Hugh die junge Frau vernachlässigt. Die beiden sind seit ihrer Verlobung unzertrennlich.«

»Eines noch.« Julian zog ein braunes Päckchen aus der Tasche seines Umhangs. »Das ist für Miss Philippa. Es ist ein Bericht von Marco Polos Reisen mit Illustrationen. Ich dachte mir, es würde ihr vielleicht gefallen, da sie ja schon eine richtige kleine Historikerin ist.«

»Sie wird es verschlingen.«

»Sie glauben doch nicht, daß ihre Familie etwas dagegen hat, wenn ich ihr ein Geschenk schicke?«

»Wie ich Pippa kenne, wird nichts und niemand sie bremsen können, wenn sie ein neues Buch in die Hand bekommt. Aber wissen Sie, Sie machen sich bezüglich der Fontclairs zuviel Kopfzerbrechen. Sie brauchen nicht so zaghaft zu sein. Die Fontclairs schätzen Sie sehr.«

Julian lächelte leicht ironisch. »Die Familie des Gehenkten hat vielleicht große Achtung vor dem Richter. Aber ich glaube nicht, daß sie ihn übermäßig mag.«

Als Julian sein Haus betrat, fiel ihm gerade noch rechtzeitig ein, daß Mrs. Mabbitt wieder einmal ihren Renovierungsfimmel hatte. Mindestens zweimal im Jahr ließ sie das Vestibül und die Treppe frisch streichen, eine Gefahr für jeden, der die schmale Treppe hinauf- oder hinunterging. Wie eine Fledermaus, die ihre Flügel faltet, zog er, bevor er den Anstieg begann, seine Cape um sich. Gegen Malerfarbe war selbst der findige Dipper machtlos.

Als er in die Wohnung trat, hörte er zu seiner Überraschung im Salon Geräusche. Dipper hätte doch längst zu seinem Rendezvous mit Annie Price fort sein müssen. Die Geräusche verstummten plötzlich; dann folgte der Klang leichter Schritte, und die Salontür flog auf.

»Sally!« Er riß sie in die Arme. »Sally, wie wunderbar!«

Sie lachte und strahlte vor Freude. »Ich wäre länger weggeblieben, wenn ich gewußt hätt, daß Sie mich so vermissen.«

»Wo kommen Sie her? Seit wann sind Sie zurück?!«

»Ich bin heute abend wieder eingetrudelt, als Sie aus waren. Dip mußte weg, sich Blinkies Büro anschauen. Ich hab' ihm gesagt, ich bleibe und kümmere mich um Sie, solange er weg ist. Ich hab' Ihnen auch Ihren Morgenrock schon hingelegt, piekfein, wie sich das für 'nen Diener gehört.«

»Das war doch nicht nötig. Es ist schon vorgekommen, daß ich mir meinen Morgenrock selbst aus dem Schrank geholt habe, und in Extremfällen hab' ich ihn sogar ganz allein angezogen.«

»Das bringt Sie jetzt ganz schön durcheinander, hm?« Sie lachte leise. »Sie haben Angst, daß ich mich an Sie ranmache, solange Dip weg ist, und wahrscheinlich kommt er vor morgen nicht wieder. Aber das tu' ich nicht mehr.« Sie trat einen Schritt von ihm weg und glättete mit züchtiger Geste ihr Kleid. »Sie haben recht gehabt. Das geht nicht. Am besten reden wir gar nicht mehr drüber. Ich möchte mich nur mit Ihnen unterhalten. Ich hab' Ihnen nämlich viel zu erzählen.«

Geschäftig nahm sie seinen Hut, seinen Umhang und

seine Handschuhe. Er ging ins Schlafzimmer, um in seinen Morgenrock zu schlüpfen. Sie folgte ihm und breitete die Hände aus, um ihm beim Ablegen seines Rocks behilflich zu sein.

Er zog die Brauen hoch. »Hatten Sie vor, mich auszukleiden?«

»Warum nicht? Dip tut's doch auch.«

»Dipper ist ein Mann und ein Diener. Sie sind weder das eine noch das andere.«

»Na, ich hab' schon Kerlen beim Ausziehen zugeschaut. Ich falle bestimmt nicht in Ohnmacht, wenn ich Ihre Hosenträger sehe.« Spitzbübisch fügte sie hinzu: »Soll ich die Augen zumachen?«

Er bedachte sie mit einem unwirschen Blick und wandte ihr den Rücken zu, um sich aus dem Rock helfen zu lassen. Sie hängte ihn in den Schrank, dann trat sie vor ihn, um ihm die Weste aufzuknöpfen. Das Haar hing ihr lose über die Schultern, ein wenig feucht noch und nach Seife riechend.

Er löste den Knoten in seinem Halstuch ein wenig energischer als nötig. Sie faltete seine Weste und das Halstuch und legte beides säuberlich aufeinander.

»Na, ist das nicht gemütlich und angenehm?« gurrte sie, als sie ihm in den Morgenrock half.

»Es ist ganz reizend«, erwiderte er bissig.

»Manchen Leuten kann man's aber auch nie recht machen. Da komm' ich aus dem Asyl direkt hierher, um Sie zu sehen, ich verwöhne Sie, und Sie können mich nur anknurren. So einen undankbaren Kerl hab' ich wirklich noch nie erlebt.« Sie schob ihren Arm durch den seinen. »Kommen Sie jetzt in den Salon. Ich hab' schon einen Topf Rumpunsch auf dem Feuer stehen.«

»Ich weiß genau, wie das ist.«

Ihre Augen blitzten. »Ich weiß doch, daß Sie nur Spaß machen. Kommen Sie jetzt.«

Er folgte ihr in den Salon. Sie goß zwei Gläser Punsch ein, und sie setzten sich ans Feuer. Sally machte es sich auf dem

Teppich bequem. Sie berichtete ihm alles über ihren Aufenthalt im Asyl; erzählte von ihren nächtlichen Wanderungen durch das Frauenhaus, ihrem Verdacht gegen die eine Person, dann gegen die andere, ihrem Experiment mit der Maus, ihrem Lauschangriff auf Mrs. Fiske und Harcourt, ihrer Begegnung mit Caleb. Zum Schluß eröffnete sie Julian triumphierend, daß Mr. Fiske Borstel war, und gab ihm eine Zusammenfassung ihres Gesprächs mit ihm.

»Sally, Sie sind wirklich ein Wunder!«

»Ach was«, sagte sie mit gespielter Bescheidenheit. »Das war doch fast nur Glück.«

»Von wegen Glück! Sie sind verteufelt klug. Sie haben uns einen ganzen Sack voll neuer Erkenntnisse gebracht – jetzt geht es nur darum, die einzelnen Teile alle zusammenzufügen. Hat Dipper Ihnen schon erzählt, was er und ich herausbekommen haben, während Sie weg waren?«

»Zum Teil.«

Julian ergänzte die Details. »Jetzt wollen wir doch einmal sehen, ob wir nicht etwas Ordnung in das Chaos bringen können. Wir fangen mit den drei Männern an: Fiske, Avondale und Rawdon. Sie sind alle nicht ganz koscher, aber am verdächtigsten ist Fiske. Er ist Apotheker, und das bedeutet, daß er Zugang zu Opiaten hat und sie auch anzuwenden versteht. Er hat das Stärkungsmittel verschrieben, wußte wahrscheinlich, wo es aufbewahrt wurde, und war an dem Tag vor Marys Tod im Asyl, um die fieberkranken Frauen zu behandeln. Er könnte ein starkes Opiat in die Flasche mit dem Stärkungsmittel gegeben und die Flasche dann am nächsten Tag, als er zur Untersuchung von Marys Leiche gerufen wurde, gegen eine andere ausgetauscht haben. Sie sagen, daß er immer eine Arzttasche dabei hat – darin könnte er die Flasche versteckt haben.«

»Und die Laudanumflasche in Marys Zimmer?«

»Wie Sie ja selbst schon gesagt haben, hat seine Frau Schlüssel zu allen Türen im Heim. Er könnte einen ausgeliehen oder gestohlen haben, hat eine Kopie anfertigen lassen und schlich in der Nacht ins Haus.«

Sally runzelte die Stirn. »Das sähe ihm aber gar nicht ähnlich. Es ist so – ich weiß auch nicht, so kaltblütig.«

»Er hat Sie sehr geschickt hinters Licht geführt, um Sie aus dem Heim zu locken.«

»Stimmt, aber das hat er doch wenigstens zum Teil für mich getan.«

»Sagt er.«

»Es war wahr«, beharrte sie. »Sie haben ihn nicht gesehen, aber ich.«

Julian zuckte mit den Achseln. »Das Verdächtigste an ihm ist, daß er bestreitet, etwas von Marys Brief zu wissen, obwohl alles dafür spricht, daß er der Mann war, dem Sie ihn gestohlen haben. Er steht in weit engerer Verbindung zum Asyl als Avondale und Rawdon, jedenfalls soweit wir wissen. Es kann durchaus sein, daß Mary ihm den Brief anvertraut hat. Vielleicht aber hat auch seine Frau den Brief in ihrem Zimmer gefunden, und er hat ihn von ihr bekommen. Wie dem auch sei, er hat ganz sicher gelogen, als er behauptete, nichts darüber zu wissen.«

»Genau das ist es, was ich nicht verstehen kann. Er hat so ehrlich ausgeschaut, wie er mir geschworen hat, daß ich den Brief nicht von ihm haben kann.«

»Könnte es sein, daß er ihn bei sich hatte, ohne es zu wissen?«

»Sie meinen, daß ihm jemand den Brief heimlich in die Tasche gesteckt hat? Wozu denn?«

»Vielleicht, um ihn schnell loszuwerden. Aber das erklärt immer noch nicht, weshalb Ihre Fragen über Mary ihn so in Panik versetzt haben. Er weiß ganz offensichtlich mehr über ihren Tod, als man von einem Unschuldigen erwarten würde.«

Sie schüttelte den Kopf. »Ich kann mir einfach nicht vorstellen, daß er so was macht, so was Raffiniertes, mit Gift und nachgemachten Schlüsseln und allem möglichen Hokuspokus – nur um so ein armes Ding, das ihm vertraut hat, kaltzumachen. So einer ist er nicht. Außer –«

»Außer was?«

»Wenn's Caleb irgendwie geholfen hätte, dann hätte er's getan. Für seinen Sohn würde er alles tun.«

»Können Sie sich denn Caleb als Verdächtigen vorstellen? Nach dem, was Sie erzählt haben, kann man sich schwer vorstellen, daß er so ein Verbrechen überhaupt planen kann – es sei denn, seine Einfältigkeit war nur gespielt.«

»Ne, die war echt. Aber er war nicht immer so ein Einfaltspinsel. Borstel hat gesagt, daß er früher bei ihm in der Lehre war.«

»Er muß also einiges von Giften verstehen. Und er wurde schon einmal beschuldigt, eine junge Frau getötet zu haben.«

»Aber ich glaub' nicht, daß er's getan hat. Der könnte keiner Fliege was zuleide tun. Obwohl – was er da gesagt hat, ehe er abgehauen ist, war ganz schön gruslig. Ich hab' ihn gefragt, ob er ein schlechtes Mädchen umbringen würde, um ihre Seele zu retten, und da hat er gesagt: ›Die Rache ist mein.‹«

»In der Bibel spricht Gott diese Worte. Vielleicht wollte Caleb damit sagen, daß es Gottes Sache ist, die Sünder zu strafen.«

»Daran hab' ich gar nicht gedacht. He, Sie sind wirklich ein ganz Gescheiter, mal sehen, was Sie damit anfangen können: warum hat Borstel im Fieber gerufen: ›O mein Gott, meine Stiefel!‹, und warum war er so verdattert, als ich ihn danach gefragt habe?«

»Da könnte ich mir schon etwas vorstellen. Sie haben gesagt, als Sie Caleb unten im Schacht ertappten, ist er partout nicht hinter der Zisterne hervorgekommen, obwohl sie ihm nur bis zu den Knien reichte. Vielleicht war das gar nicht so unsinnig, wie es schien. Vielleicht war er der ›Landstreicher‹, dem Fiske seine Stiefel geschenkt hat, und er wollte nicht, daß Sie sie sehen.«

»Hol mich der Teufel! Das ist wahr, seine Klamotten waren ganz runtergekommen – er hätte wahrscheinlich neue Stiefel brauchen können. Aber warum soll Borstel seinem Sohn nicht seine Stiefel schenken, wenn er will?«

»Sein Sohn wird wegen Vergewaltigung und Mordes gesucht. Wenn die Stiefel als die Fiskes erkannt würden, verrieten sie die Verbindung zwischen Vater und Sohn, und das würde womöglich dazu führen, daß Caleb identifiziert und gefaßt wird.«

»Aber ich wußte doch schon, daß er Caleb war. Da hätte er die Stiefel doch nicht mehr vor mir verstecken brauchen. Und überhaupt – warum hätte er sie anziehen sollen, wenn er Angst hatte, daß sie ihn verraten?«

»Das ist eine gute Frage.« Er stand auf und stocherte mit dem Schürhaken im Feuer herum. Einen Moment lang sprühten die Kohlen Funken, dann sank das Feuer in rötlicher Glut zusammen.

Sally zog ihre Knie hoch und umschlang sie mit den Armen. »Ich kann mir nicht vorstellen, wie Caleb den Mord begangen haben soll. Er hätte ins Asyl einbrechen müssen, Marys Zimmer suchen, ihr das Gift einflößen –«

»Ich gebe zu, daß er sicher nicht allein gehandelt hat, wenn er an dem Mord beteiligt war. Das Verflixte ist, daß jeder dieser Leute zusammen mit einem anderen den Mord hätte ausführen können. Da sind alle möglichen Paarungen denkbar: Fiske und Caleb, Avondale und Harcourt – die schlaue Peg und jeder, der ihr genug gezahlt hätte.«

»Ja, die ist ein tiefes Wasser«, bestätigte Sally nickend. »Die hätte alle Möglichkeiten gehabt, Mary was anzutun; die kann im Asyl überall aus- und eingehen, und der Wachskopf hat anscheinend einen Narren an ihr gefressen. Außerdem hat sie mir erzählt, daß sie draußen Kumpel hat, die ihr alles besorgen können, was sie will – vielleicht auch Gift. Und sie wußte, daß Mary einen Brief schreiben wollte – sie hat ihr das Papier und den Bleistift beschafft und ihr angeboten, den Brief heimlich in den Postbeutel zu stecken. Vielleicht hat Mary ihn ihr gegeben, und sie hat ihn dann einem von den drei Männern zugesteckt.«

»Aber gerade daß sie Ihnen das alles erzählt hat, Sally, spricht doch für ihre Unschuld. Wenn sie bei Marys Tod die Hand im Spiel gehabt hätte, würde sie sich gewiß die größte

Mühe geben, alles zu vertuschen. Statt dessen hat sie eine Spur gelegt, die direkt zu ihr führt.« Er überlegte einen Moment. »Was ist mit den anderen Frauen? Haben Sie eine in Verdacht?«

»Nein. Nur Florie gibt mir ein bißchen zu denken. Sie hat gesagt, sie ist ins Heim gekommen, weil sie von 'nem Karl wegwollte, aber mehr wollte sie mir einfach nicht erzählen.«

»Tja, wir können leider nicht sagen, ob das von Bedeutung ist oder nicht.«

»Also *ich* hoffe, daß Mrs. Fiske Mary abgemurkst hat. Der würde ich's wünschen, daß sie an den Galgen kommt.«

»Ich mag sie auch nicht besonders. Unglücklicherweise kann man sich nicht darauf verlassen, daß gerade die Leute Mörder sind, die man am wenigsten mag. Aber die Indizien belasten sie tatsächlich stärker als jeden anderen. Sie hätte das Gift direkt in Marys Glas geben können. Und sie hätte die leere Laudanumflasche in Marys Zimmer stellen können, als sie nachts ihre Runde machte.«

»Ich weiß nicht, wie's Ihnen geht, aber ich brauche noch einen Schluck.« Sie stand auf und füllte die beiden Gläser nach.

»Danke. Sehen wir uns jetzt einmal Avondale an. Gibt es einen Grund zu der Annahme, daß Mary Schottin war?«

»Im Heim hat keiner gewußt, woher sie stammte. Aber wenn sie wie 'ne Schottin geredet hätte, hätte bestimmt eine von den Frauen was drüber gesagt.«

»Avondale hat zu mir gesagt, sie sei nur zur Hälfte Schottin. Aber ich habe nicht das Gefühl, daß wir uns auf sein Wort verlassen können. In seinem Fall wäre die Sache sonnenklar, wenn auch rein spekulativ. Mary war die mysteriöse Rosemary. Er hat sie aus irgendeinem Grund, der noch nicht klar ist, in dem Asyl versteckt und dann jemanden gedungen, der sie aus dem Weg räumen sollte.«

»Aber wenn Mary Rosemary war, warum hat sie's dann verschwiegen?«

»Sie schrieb in ihrem Brief, sie wolle durch die Enthüllung ihrer wahren Identität nicht Schande über ihre Familie bringen. Es ist auch möglich, daß Avondale ihr gedroht oder sie einfach überredet hat zu schweigen. Ich habe den Eindruck, er versteht sich glänzend darauf, von Frauen das zu bekommen, was er haben will.«

»O ja, das kann man sagen!« Sie lächelte vor sich hin.

»Wenn Sie damit fertig sind, in Erinnerungen zu schwelgen, könnten wir vielleicht zum Thema zurückkehren.«

Sie richtete sich auf ihre Knie auf und beugte sich über die Armlehne seines Sessels. »Sind Sie vielleicht eifersüchtig?«

»Nein, nein, ich knirsche nur zur Übung mit den Zähnen. Würde es Ihnen etwas ausmachen, ein Stück von mir abzurücken, ehe ich völlig den Faden verliere?«

»Na, das wäre aber 'ne Tragödie, hm?« Lachend hockte sie sich wieder auf den Teppich. »Sie haben eben gesagt, Blauauge könnte Mary dazu gebracht haben, daß sie nicht sagt, wer sie ist. Aber vielleicht hat er gar nicht gewußt, daß sie im Asyl war. Vielleicht hat sie sich dort versteckt, und er hat's erst erfahren, nachdem er ihren Brief bekommen hat.«

Julian schüttelte den Kopf. »Das paßt nicht. Wenn Mary wirklich Rosemary war, dann muß Avondale gewußt haben, wo sie sich aufhielt, und dafür gesorgt haben, daß sie im Asyl von jemandem überwacht wurde – wie hätte er sonst überhaupt an ihren Brief kommen sollen? Er kann nicht für ihn bestimmt gewesen sein. Vielleicht war er für Megan bestimmt, aber die hat ihn offensichtlich nie bekommen, sonst hätte sie ja gewußt, wo sie nach Rosemary suchen muß. Es kann sein, daß ihn jemand im Heim abgefangen und Avondale gegeben hat. Und da der Brief nichts über eine Verbindung Marys zu Avondale verriet, muß die betreffende Person bereits gewußt haben, daß er Interesse an ihr hatte.«

»Und wer, glauben Sie, hat ihm den Brief gegeben? Der Wachskopf?«

»Sehr wahrscheinlich. Andererseits sind gerade Harcourts Eitelkeit und Ehrgeiz Tatsachen, die ihn entlasten. Hätte er tatsächlich einen Mord in seinem Asyl zugelassen, obwohl er doch damit rechnen mußte, daß das seinem Ruf schwer schaden würde? Sein eifriges Bemühen, Marys Tod zu vertuschen, legt natürlich nahe, daß er im voraus wußte, was geschehen würde. Wir wissen, wieviel Lord Carburys Gönnerschaft ihm bedeutet. Vielleicht wog er die Gefahr, Carburys Sohn zu verärgern, und die Gefahr eines Skandals gegeneinander ab und gelangte zu dem Schluß, es sei das Wichtigste, die Carbury-Verbindung zu wahren.

Gut. Kommen wir zu Mr. Rawdon – dem rätselhaftesten unserer Verdächtigen. Einerseits hat er keine offenkundige Verbindung zum Asyl und hatte nicht das geringste Motiv, Mary zu töten. Andererseits hat er einen üblen Charakter und schreckt, wie wir wissen, vor Gewalt gegen Frauen nicht zurück.«

»Aber das ergibt keinen Sinn nich. Ich kenne Kerle wie Blinkie. Die kommen Frauen wie uns immer wieder mal unter. Denen macht's Spaß, 'ner Frau weh zu tun, sie so weit zu bringen, daß sie heult und bettelt oder vielleicht mit ihm kämpft. Einem Kerl wie Blinkie würd's überhaupt nichts bringen, 'ne Frau zu ermorden, noch dazu auf so eine Weise, wie's bei Mary war. Der würde nur töten, wenn er 'nen Grund hätte.«

»Und wir haben keine Ahnung, was für einen Grund er haben könnte. Aber da kann uns Dipper vielleicht weiterhelfen, wenn er sich in dem Büro umgesehen hat. Wenn Rawdon bei Marys Tod die Hand im Spiel hatte, dann steht sein Motiv im Zusammenhang mit seinen mysteriösen Geschäften, da gehe ich jede Wette ein.

Aber wir haben noch gar nicht über Alibis gesprochen, die im allgemeinen bei jeder Morduntersuchung die wichtigste Rolle spielen. Ich glaube allerdings nicht, daß da in dem Fall unserer drei Männer viel zu holen ist. Wenn Avondale oder Rawdon für Marys Tod verantwortlich sind, haben sie zweifellos einen Komplizen oder eine Komplizin gehabt und brauchen zur Tatzeit nicht in der Nähe des Asyls gewesen zu sein. Mit Fiske ist das eine andere Sache – er könnte das Verbrechen ganz allein begangen haben. Es wäre interessant zu wissen, wo er in der Nacht von Marys Tod war – oder behauptet, gewesen zu sein.«

»Mit Borstel bin ich sowieso noch nicht fertig – noch lange nicht. Ich habe gute Lust, morgen mal in seinen Laden zu gehen und ihn zu fragen, was ihm eigentlich eingefallen ist, mich so an der Nase herumzuführen.«

»Sie haben doch selbst gesagt, er wollte Sie schützen.«

»Ich pfeif' auf seinen Schutz! Ich kann –«

»Sie können selbst auf sich aufpassen. Ja, das haben Sie bereits ein- oder zweimal erwähnt.«

Sie warf ihm einen zornigen Blick zu. Dann lächelte sie einschmeichelnd. »Sie haben ein gutes Gedächtnis, Blitz. Macht Ihnen doch nichts aus, wenn ich Sie Blitz nenne, zur Erinnerung an alte Zeiten?«

»Von alten Zeiten kann bei uns nicht die Rede sein. Wir haben uns vor genau vierzehn Tagen das erste Mal gesehen.«

»Ich wußte gar nicht, daß Sie die Tage zählen. Hoho, Sie sollten sich mal sehen, was Sie für eine tiefe Falte auf der Stirn haben, genau da –«

Sie hob einen Finger, um sie nachzuzeichnen. Er faßte nach ihrer ausgestreckten Hand, drehte sie mit der Fläche nach oben und drückte sie an seine Lippen.

Sie blickte schweigend auf seinen gesenkten Kopf. Dann strich sie ihm mit der anderen Hand über das Haar. »Ich war richtig grausam, nicht? Tut mir leid. Ich wollt's Ihnen nur heimzahlen, daß Sie vorher so von oben herab waren. Immer haben Sie mich abgewiesen. Und als ich dann gesehen hab', wie sehr Sie sich drüber freuen, daß ich wieder da bin, dachte ich, jetzt dreh' ich den Spieß mal um. Aber ich hab's nicht ernst gemeint.«

»Ich habe es wohl nicht anders verdient. Ich war wirklich von Anfang an entschlossen, Dippers wegen von Ihnen Abstand zu halten. Der Haken war nur, daß Sie mir viel näher gekommen waren, als mir bewußt war – nachdem Sie weggegangen waren, mußte ich ständig an Sie denken. Und das Verrückteste ist, daß ich mich dauernd fragte, was ich eigentlich in Ihnen sehe. Jetzt frage ich mich, wieso. Sie sind klug und mutig und ganz und gar hinreißend. Was ich in Ihnen sehe, ist das, was jeder Mann, der Augen, Ohren und Blut in seinen Adern hat, sehen würde.«

Ihre Augen leuchteten. Dann schüttelte sie bedauernd den Kopf. »Wir waren beide starrköpfig. Ich war genauso schlimm.«

»Wie meinen Sie das?«

»Ich wollte Sie nicht nur rumkriegen, weil Sie mir gefallen. Ich wollte beweisen, daß Sie genauso sind wie alle andern Kerle – daß es Ihnen nur um das eine geht. Aber später, als ich dann im Heim war, hab' ich begriffen, daß es nicht so ist. Sie haben mich wie den letzten Dreck behandelt – der Wachskopf und die Hausmütter –, aber mir hat's nichts ausgemacht: Ich bin's gewöhnt. 'ne Hure ist das letzte auf der Welt, das weiß jeder. Sie sind der einzige, der mich je – ich weiß nicht, höflich und mit Respekt behandelt hat. Als ob ich 'ne Lady wär. Ich hätte nie erfahren, wie das ist, wenn Sie nicht gewesen wären.

Und ich sag' Ihnen noch was. Ich hab immer gedacht, ein Gentleman ist ein Kerl mit tollen Klamotten und 'ner eigenen Kutsche und 'nem Titel. Aber jetzt weiß ich's anders. Ein Gentleman ist einer, der zu andern freundlich ist und sie anständig behandelt – besonders die, die schwächer sind.«

Er stand unvermittelt auf und ging ein paar Schritte von ihr weg. »Ich verstehe nicht, wie Sie das sagen können. Ich habe Sie doch den ganzen Abend nur angeblafft.«

»Na ja, ich hab's doch nicht anders gewollt, oder? Wenn man den Hund lang genug ärgert, dann beißt er einen, ganz gleich, wie gutmütig er ist.« Sie stand ebenfalls auf, stellte sich ihm gegenüber und nahm seine Hände. »Ich möcht heute nacht bei Ihnen bleiben. Aber wenn Sie finden, daß es nicht recht ist, dann brauchen Sie's nur zu sagen, und ich komme Ihnen nie wieder zu nahe.«

Es war also vorbei mit Kampf und Spannung zwischen ihnen. Aber die Lösung war nicht die, die er erwartet und für sich beschlossen hatte. In diesem Moment nämlich veränderte sich sein Blick. Er hatte oft zu ergründen versucht, was sie ihm bedeutete; nicht einmal hatte er sich gefragt, was er ihr bedeuten könnte. Als er jetzt in ihr zu ihm empor gewandtes Gesicht blickte, sah er sie zum erstenmal nicht als Verführerin, sondern als eine Frau, die ihm das einzige auf der Welt geben wollte, was sie geben konnte. Und plötzlich erschien es ihm nicht mehr unrecht, es anzunehmen, sondern kleinlich, es auszuschlagen.

Er nahm sie in die Arme und sah ihre Überraschung. Da begriff er, wie wenig sie von ihrem Appell erwartet hatte.

»Sie meinen es ernst?« fragte sie. »Oder machen Sie sich nur einen Spaß mit mir?«

Zur Antwort zog er sie näher an sich, umschloß mit einer Hand ihren Kopf, so daß ihr Haar durch seine Finger strömte. Dann küßte er sie. Tief und berauschend.

»Als ich dich das letzte Mal geküßt habe«, murmelte er, seinen Mund an ihren Lippen, »hast du gesagt, es sei kein richtiger Kuß. War das hier besser?«

»Ich weiß noch nicht genau«, hauchte sie mit einem Lächeln, das neckend und zärtlich zugleich war. »Du mußt mir noch mal 'ne Kostprobe geben.«

21 *Smith & Co bei Nacht*

Punkt Mitternacht klopfte Dipper leise an das hintere Kellerfenster der Wohnung der Familie Price. Annie kam sofort mit einer Kerze und machte ihm auf. Im Nu schlüpfte er ins Zimmer, und sie zog ihn eilig mit sich in den vorderen Teil des Hauses. Ein rascher Blick verriet ihm, warum: Das hintere Zimmer war ihr Schlafzimmer.

Vorn war die Küche. Annie blieb verlegen stehen. »Soll ich – soll ich uns eine Tasse Tee machen, oder wollen wir lieber gleich nach oben gehen?«

»Erst die Arbeit, dann das Vergnügen«, antwortete er sachlich.

Sie zündete noch eine Kerze an und reichte sie ihm. Am Geschäft vorbei, das durch einen eisernen Vorhang geschützt war, gingen sie zur Treppe nach oben.

»Haben Sie die Schlüssel?« fragte sie.

»Ja.« Er zeigte ihr einen Messingring, an dem mehrere Schlüssel hingen. »Welcher ist für die Tür hier?«

Annie berührte seinen Arm. »Sie – Sie mußten Pa doch nichts tun, oder?«

»Keine Spur, nein!« Dipper stellte seine Kerze nieder und faßte sie beruhigend bei den Schultern. »Ich war ganz sanft mit ihm. So.« Er hob mit der linken Hand leicht ihre Schürzentasche, schob Zeige- und Mittelfinger seiner Rechten rasch hinein und zog sie wieder heraus.

»Das hab ich nicht mal gespürt.«

»Das sollten Sie auch nicht. Machen Sie sich also keine Gedanken um Ihren Pa. Kein Härchen würde ich ihm krümmen.«

»Entschuldigen Sie. Ich vertraue Ihnen ja eigentlich. Aber manchmal hab' ich auch ein bißchen Angst vor Ihnen. Ich hab' nämlich noch nie einen Dieb gekannt.«

»Ich bin kein Dieb mehr. Ich gebe Ihnen die Schlüssel ja zurück, und dann können Sie Ihrem Pa sagen, daß er sie zu Hause liegengelassen hat.«

Er gab ihr die Schlüssel und schloß seine Hand um die ihre. Sie zog ihre Hand nicht weg. Er rief sich zur Ordnung, schließlich gab es etwas zu erledigen, und ließ sie los. Sie schloß die Tür auf, und sie gingen hinein.

Das Büro war schäbig und unpersönlich. Das ganze Mobiliar bestand aus einem Schreibtisch mit Stuhl, zwei steiflehnigen Stühlen für Besucher und, neben der Tür, einem Garderobeständer, an dem ein schwarzer Herrenrock hing. Annie fuhr zusammen, als sie den Rock sah, und klammerte sich an Dippers Arm.

»Das heißt nicht, daß er hier ist«, flüsterte er beschwichtigend. »Das ist wahrscheinlich sein zweitbester

Rock, den er im Büro anzieht, weil er seinen besten, den er auf der Straße trägt, schonen möchte.« Es war allerdings merkwürdig, daß Rawdon so sparsam sein sollte, wenn er es sich leisten konnte, ein schönes Haus in Shoreditch zu kaufen und es mit teuren Möbeln einzurichten.

Sicherheitshalber warf Dip einen Blick ins hintere Zimmer und leuchtete es mit seiner Kerze aus. Es war niemand dort. Dieser Raum war noch kahler als der andere. Es gab dort nur einen Waschtisch, einen schmalen Schrank und eine große Eichentruhe.

Er kehrte ins vordere Zimmer zurück. »Wir fangen hier an.«

Es gab herzlich wenig zu untersuchen. Das Zimmer enthielt nichts, was über Rawdons Geschmack oder Persönlichkeit den geringsten Aufschluß gegeben hätte. An den Wänden hingen keine Bilder, der Kaminsims war leer, im offenen Kamin selbst lagen nur ein Schürhaken und eine Kohlenschaufel. Auf dem Schreibtisch fanden sie Löschpapier, Tinte, mehrere Federn und Bleistifte, eine Zunderbüchse und ein in Leder gebundenes Registrierbuch. Das war das einzige, was Dipper interessierte.

Er und Annie setzten sich nebeneinander auf die Besucherstühle und sahen es gemeinsam durch. Die erste Hälfte war voller Einträge, alle in derselben pedantischen kleinen Handschrift. Der Rest des Buchs war leer. Es waren nur sechs verschiedene Artikel aufgeführt: Teetasse, Teekistchen, Teekanne, Kaffeetasse, Kaffeemühle, Kaffeekanne.

»Damit handeln die?« fragte Annie.

»Ein bißchen komisch«, meinte Dipper stirnrunzelnd.

Viele der Artikel waren mit einer kurzen Beschreibung versehen: Porzellan oder japanische Lackarbeit, vergoldet oder bemalt, einfach oder verziert. Einige trugen den Vermerk: angeschlagen. Neben den meisten standen am Rand ein oder zwei Buchstaben, denen eine Zahl zwischen fünf und dreißig folgte. Einige Artikel waren in Bleistift eingeklammert; einige wenige in Tinte. Mehrere waren mit einer kräftigen schwarzen Linie durchgestrichen.

»Das ist ein komisches Registrierbuch«, sagte Annie. »Es steht nicht mal drin, wo die Sachen herkommen, und auch nicht, an wen sie verkauft worden sind. Und Daten oder Preise sind auch nicht eingetragen.«

»Schauen wir mal nach nebenan«, schlug Dipper vor. »Vielleicht sind da noch mehr Unterlagen.«

In dem Schrank fanden sie Büromaterialien: Kerzen, Schreibpapier, einige Briefumschläge, einen Stapel Löschpapier und eine Tintenflasche. In der Truhe waren zwei weitere Registrierbücher mit ähnlichen Eintragungen wie in dem Buch auf dem Schreibtisch. Diese beiden Bücher jedoch waren voll und offensichtlich älter. Hier waren viel mehr Artikel eingeklammert oder durchgestrichen.

Es waren auch mehrere Kassenbücher da, in denen die Büroausgaben, wie zum Beispiel für Miete, Kohle, Papier und Tinte aufgelistet waren.

»Das Geschäft muß viel größer sein, als es aussieht«, bemerkte Annie. »Schauen Sie doch mal, was die für Ausgaben für Abendessen und Postkutschen und Droschken haben. Mr. Rawdon kann's nicht sein, der so viel reist – er ist ja fast jeden Tag im Büro.«

»Und er geht spätestens um fünf – das haben Sie doch gesagt?«

»Ja.«

»Warum braucht er dann so viele Kerzen?«

Verwundert sahen sie sich an.

Dipper ging daran, die beiden Räume genauer zu untersuchen. Er klopfte gegen die Paneele und Bodendielen und strich mit den Händen über alle Möbelstücke. Doch er fand keine Geheimfächer. Die Räume erinnerten ihn an Rawdon selbst: äußerlich unauffällig, jedoch unheimlich und rätselhaft, wenn man ein wenig an der Oberfläche kratzte.

Es war sehr kalt, und als Dipper sah, wie Annie unter ihrem Schal zitterte, sagte er: »Wir können genausogut wieder gehen. Mehr gibt's hier nicht.«

Er ging noch einmal durch beide Räume, um sich zu vergewissern, daß sie keine Spuren hinterlassen hatten. Als er ein paar Tropfen Talg auf dem Boden entdeckte, kratzte er sie sorgfältig weg. Dann schlossen sie die Bürotür hinter sich ab und gingen nach unten.

In der Küche hängte Annie einen Kessel über das Feuer und holte eine Flasche Gin, eine Zuckerdose und zwei Zitronen aus dem Schrank. Sie trug alles zum Tisch, schnitt die Zitronen in Hälften und drückte den Saft in eine große Schale. Dipper erbot sich, ihr zu helfen, aber sie versicherte ihm, sie schaffe das schon. Er setzte sich an den Tisch, stützte das Kinn auf seine Hände und sah ihr zu.

»Viel haben wir nicht rausbekommen, nicht?« sagte sie seufzend. »Wir wissen immer noch nicht, was für Geschäfte Mr. Rawdon macht.«

»Auf jeden Fall sind's krumme Geschäfte«, erklärte Dipper mit Entschiedenheit. »Vielleicht ist er ein Hehler. Das würde erklären, warum er nirgends aufgeschrieben hat, wo die Ware herkommt und wer sie gekauft hat. Ich hab' bloß noch nie von einem Hehler gehört, der nur mit Tee- und Kaffeegeschirr handelt. Und wieso führt er überhaupt die ganzen Bücher, wenn die Ware geklaut ist? Da würde er doch bestimmt keine Beweise rumliegen lassen wollen, daß er sie je gehabt hat, und noch weniger 'ne Beschreibung, wie die Sachen ausgesehen haben. Soll ich Ihnen mal was sagen? Ich glaube, das Ganze ist 'ne Finte. Ich glaube, die Wörter in den Büchern bedeuten was ganz andres.«

»Was denn?«

»Keine Ahnung. Aber mein Herr hat vielleicht 'ne Idee. Er hat Köpfchen.« Er tippte sich an die Stirn.

Sie mischte den Punsch, kostete ab und zu, um festzustellen, ob der Geschmack stimmte. »Weiß er, daß Sie rausbekommen wollen, was Mr. Rawdon für einer ist?«

»Ja. Ich hab's ihm gesagt, und er hat gesagt, er hilft mir, wenn er kann.« Dipper hielt es für das beste, ihr von Mr. Kestrels Untersuchung über Marys Tod nichts zu sagen. Sie würde nur noch mehr Angst bekommen, wenn sie erführe, daß sie Rawdon des Mordes verdächtigten.

Sie schenkte zwei Gläser ein, und sie setzten sich ans

Feuer. Dipper rückte seinen Sessel unauffällig näher an sie heran.

»Haben Sie einen Freund?« fragte er.

»Ich hatte einen. Wir wollten eigentlich heiraten, aber dann ist der Wirt vom *Bear and Chain* gestorben, und John hat seine Witwe geheiratet. Sie könnte seine Mutter sein.« Zorn blitzte in ihren Augen auf und verglomm zu Wehmut. »Er wollte immer schon ein Pub führen.«

»Das tut mir leid.«

»So was kommt vor.« Sie stocherte im Feuer herum. »Ich wollte, ich wüßte, was ich jetzt wegen Mr. Rawdon tun soll. Ich kann Pa nicht erzählen, was wir rausgekriegt haben. Er würde Mr. Rawdon nicht raussetzen – schließlich gibt's ja keinen Beweis dafür, daß er was Verbotenes tut. Er würde mich nur fürchterlich ausschimpfen, weil ich ihm nachspioniert habe.«

»Ich an Ihrer Stelle würde erst mal gar nichts tun. Vielleicht kriegen wir ja noch mehr raus.«

»Heißt das – heißt das, daß Sie vielleicht wiederkommen?«

»Oh, oft!« Er sah sie lächelnd an. Sie erwiderte sein Lächeln. Ihre großen grauen Augen schimmerten weich im Feuerschein.

Er legte wie nachdenklich den Kopf ein wenig zur Seite. »Wenn ich Sie jetzt küssen würde und Sie's nicht mögen, würde ich's nicht noch mal probieren müssen.«

Sie errötete in scheuer Erwartung. Er küßte sie vorsichtig, wie versuchsweise. Da der Kuß gut anzukommen schien, küßte er sie gleich noch einmal. Sie standen auf, um sich näherzukommen, ließen sich dann auf dem Teppich vor dem Kamin nieder, um sich noch näher sein zu können.

»Findest du mich nicht zu direkt?« fragte sie und drückte ihr Gesicht an seine Jacke.

»Ich finde dich ganz erstklassig.«

»Das kommt nur, weil ich so lange allein war.«

»Weil so 'n dummer Kerl lieber ein Wirtshaus führt, als daß er dir in deine schönen Augen schaut?« Er küßte sie auf die geschlossenen Augenlider. »Der weiß ja nicht, was gut für ihn ist. An den zu denken lohnt sich überhaupt nicht.«

»Ich denke jetzt ja gar nicht an ihn«, murmelte sie.

»Woran denkst du dann?«

Sie drückte ihr Gesicht wieder an seine Schulter. »Ich dachte gerade – na ja, ich dachte, in meinem Bett wär's viel gemütlicher.«

22 *Smith & Co bei Tag*

»Jetzt kann ich dich aber nicht mehr Blitz nennen«, sagte Sally und kuschelte sich an Julians Schulter.

»Wieso? Habe ich meinen Glanz für dich verloren?« fragte er lächelnd.

»Das ist es nicht.« Sie richtete sich auf ihren Ellbogen auf. »Aber der Blitz ist schnell. Und das bist du nicht.«

Sie küßte ihn voll Zärtlichkeit. Er zog sie an sich und streichelte ihren Rücken.

Sie krümmte sich wie eine zufriedene Katze, dann schmiegte sie sich wieder an seine Schulter. »Es tut dir doch nicht leid, daß wir's getan haben?«

»Sehe ich so aus?«

»Nein. Aber jetzt, wo's vorbei ist, macht's dir vielleicht wegen Dip was aus. Aber weißt du, er braucht's gar nicht zu erfahren. Ich kann sein Bett ein bißchen verwursteln, so als hätte ich drin geschlafen, dann merkt er bestimmt nichts.«

»Ich möchte aber nicht, daß du ihn belügen mußt.«

»Das ist doch keine Lüge. Ich sag' ihm nur was nicht, was ihn sowieso nichts angeht. Es ist am besten, wenn er nichts erfährt. Du und Dip, ihr seid die zwei Männer, die ich am allerliebsten mag. Ich will euch nich auseinanderbringen.«

»Na gut. Im Augenblick könnte ich dir sowieso nichts abschlagen.«

»Vorsicht! Gleich wünsche ich mir Diamanten.«

»Für dich stürze ich mich mit Freuden in den Bankrott.«

»Du spinnst ja!« Sie lachte.

»Was meinst du wohl, wer daran schuld ist?«

Er drehte sie auf den Rücken und küßte ihre Lippen und ihren Hals. Sie umschlang ihn mit beiden Armen, strich über seine Schultern und seinen Rücken. Seine Hände mit den langen kräftigen Fingern glitten über sie hin, und sie dachte gerade, daß Klavierspielen doch eine gute Übung für einen Mann sei, als er sich plötzlich aufrichtete.

»Weißt du, was unser Problem ist?« fragte er.

»Ich hab' gar nicht gewußt, daß wir eins haben«, murmelte sie, während sie an seinem Ohr knabberte.

»Nein, im Ernst. Hör mal einen Moment auf. Und *damit* mußt du ganz entschieden aufhören.« Er hielt lachend ihre Hand fest. »Hör mir zu. Unser Problem ist, daß wir zu viele Informationen haben.«

Offenen Mundes starrte sie ihn an. Wollte er jetzt wirklich über den Mord reden?

Offensichtlich ja. »Als wir begannen, uns für diese drei Männer zu interessieren, erwarteten wir, etwas zu finden, das zeigen würde, daß zwischen einem der drei Männer und dem Mord oder wenigstens dem Asyl eine Verbindung besteht. Und jetzt haben wir Hinweise und verdächtige Umstände in Hülle und Fülle. Fiske hat, wie sich herausstellt, enge Beziehungen zum Asyl und außerdem einen flüchtigen Sohn, der angeblich schon eine Frau getötet hat. Avondales Vater gehört zu Harcourts Gönnern, und Avondale selbst hat anscheinend eine Frau namens Rosemary verschwinden lassen. Rawdon ist in dunkle Geschäfte verwickelt, und wenn wir ihn genauer unter die Lupe genommen haben, werden sich vielleicht noch zusätzliche Indizien gegen ihn zeigen. Aber nur einer von diesen drei Männern hatte Marys Brief in seiner Tasche. Und solange wir nicht wissen, welcher, können wir nicht beurteilen, welche Fakten von Bedeutung sind. Wir werden dann drei getrennte Untersuchungen führen, obwohl wir uns auf eine konzentrieren sollten.«

»Das ist wahr.« Wider Willen interessiert, setzte Sally

sich auf. Julian zog die Bettdecke um sie herum. Das Zimmer war in der Nacht kalt geworden, aber keiner von beiden hatte das Nest verlassen wollen, um Kohle nachzulegen. Nicht einmal die Bettvorhänge hatten sie aufgezogen, obwohl schwaches Licht, das durch die Ritzen fiel, zeigte, daß es Morgen wurde.

Sie umschlang ihre Knie mit beiden Armen, während sie überlegte. »Wie wär's, wenn wir jedem von den drei Kerlen schreiben, daß wir den Brief haben? Wir könnten doch vorschlagen, daß sie zu irgendeinem verabredeten Ort kommen sollen und daß wir ihnen den Brief verkaufen. Dann brauchen wir nur noch hinzugehen und zu sehen, welcher von den dreien kommt.«

»Weißt du was, das ist vielleicht genau das richtige. Der Mann, dem der Brief abhanden gekommen ist, will ihn bestimmt dringend zurückhaben. Fiske hat natürlich behauptet, nichts davon zu wissen, aber du hattest den Brief ja nicht bei dir, also hätte es sich für ihn auch nicht gelohnt zuzugeben, daß du ihn bei ihm gefunden hast. Aber wenn er eine Chance sähe, ihn zurückzubekommen, würde er vielleicht ein anderes Liedchen singen. Wenn unser Mann Avondale oder Rawdon ist, wird er sich wundern, von dir zu hören, und sich fragen, wie du auf ihn gekommen bist. Aber er wird wahrscheinlich nicht erraten, daß du gar nicht weißt, wem du den Brief gestohlen hast. Er wird annehmen, er sei der einzige, an den du dich gewendet hast.

Dennoch«, warnte er, »müssen wir vorsichtig sein. Der Mann, der den Brief in der Tasche hatte, kann Marys Mörder sein, und wenn das zutrifft, wird er sicher nicht davor zurückschrecken, ein zweites Mal zu töten.«

»Wenn ich meine Karten richtig ausspiele, glaubt er gar nicht erst, daß ich's wert bin, umgelegt zu werden. Ich tu' so, als wüßte ich überhaupt nichts über den Brief. Nicht, wer ihn geschrieben hat oder sonst was. Ich sage einfach, ich hätte den Verdacht, daß da was nicht ganz koscher ist, und hätte mir gedacht, er gibt mir ein paar Pennies dafür, wenn er den Brief zurückkriegt. Und das tut er dann höchstwahrscheinlich auch, und er glaubt, ihm kann nichts mehr passieren.«

»Aber dann würdest du ihm den Brief geben müssen, und wir wollen ihn doch behalten. Und was meinst du überhaupt, wenn du immer ›ich‹ sagst? Du glaubst doch nicht im Ernst, ich würde zulassen, daß du dich allein mit diesem Kerl triffst?«

»Warum nicht?«

»Wenn du mir jetzt noch einmal sagst, daß du selbst auf dich aufpassen kannst, sperre ich dich in den Garderobenschrank, bis die Untersuchung vorbei ist.«

»Mit euch Männern ist's doch immer das gleiche«, beschwerte sie sich. »Kaum ist man ein bißchen nett zu euch, denkt ihr, wir wären euer Eigentum.«

»Darüber werde ich jetzt nicht mit dir streiten. Du triffst dich nicht ohne mich mit diesem Mann, und basta.« Er zog sie an sich. »Glaubst du denn, ich könnte es ertragen, wenn dir etwas zustößt?«

Sie war besänftigt, aber eine kleine Rache wollte sie sich dennoch gönnen. »Oho, schau mal, wie hell es ist. Zeit zum Aufstehen.«

»Noch nicht.«

»Gleich kommt Dip.«

»Dann sollten wir die Zeit, die uns bleibt, nutzen.«

Sie wollte durch die Bettvorhänge hinausschlüpfen, doch er zog sie zurück. Es gab ein Handgemenge, das mit friedlicher Kapitulation endete.

Sie standen ungefähr eine halbe Stunde später auf. Sally spielte das Hausmädchen, machte Ordnung im Schlafzimmer, bereitete Julian sein Bad vor und legte ihm die Kleider zurecht. Sie bestand sogar darauf, ihn zu rasieren. Er sah sie zweifelnd an, als sie mit dem Rasiermesser vor ihm stand.

»Weißt du auch wirklich, wie man mit so einem Ding umgeht?«

»'türlich! Das hat mir mein Matrose beigebracht.« Sie zog ihn vorwurfsvoll am Haar. »Heute nacht hast du gesagt, meine Hände wären wunderbar.«

»In einem etwas anderen Zusammenhang.«
»Jetzt halt die Klappe, sonst schneide ich dir die Nase ab.«
Es zeigte sich, daß sie sehr geschickt mit dem Rasiermesser umzugehen wußte, und Julian gab sich diesem ungewohnten Vergnügen genußvoll hin. Aber als sie ihm beim Ankleiden helfen wollte, scheuchte er sie mit der Begründung hinaus, ihre Anwesenheit würde höchstens dazu führen, daß er sich heute überhaupt nicht mehr anzog.

Sie ging hinaus, setzte Kaffee auf und spießte einige Brotscheiben auf Röstgabeln. Dann sah sie auf der Straße einen Obstverkäufer und lief hinaus, um ein halbes Dutzend Äpfel zu kaufen.

Als Dipper endlich nach Hause kam, saßen sie beide züchtig im Speisezimmer beim Frühstück. Dipper berichtete von seinem nächtlichen Besuch bei Smith & Co.

»Teekannen und Teekistchen?« wiederholte Julian verblüfft. »Da hast du recht, das muß ein Code sein.«
»Für was?« fragte Sally.
»Eben das müssen wir herausbekommen.« Er überlegte. »Smith & Co gibt sich als ein Geschäftsunternehmen aus, auf dem Schild an der Tür steht ›Händler und Importeure‹. Ich finde, es ist an der Zeit, daß wir Mr. Rawdon einen Kunden liefern.«

Sally starrte ihn an. »Sollen wir reingehen und nach einem Teekistchen fragen?«
»So könnte es ablaufen.«
»Aber wir wissen doch gar nicht, was das bedeutet.«
»Er weiß ja nicht, daß ich es nicht weiß. Er wird vermuten, daß ich den Code kenne, wenn ich schon von ihm weiß. Und wenn er wütend wird oder Verdacht schöpft, kann er mich schlimmstenfalls vor die Tür setzen.«
»Das könnte klappen, Sir«, meinte Dipper. »Aber glauben Sie nicht, er wird ein bißchen erstaunt sein, wenn ein vornehmer Herr wie Sie was bei ihm kaufen will?«
»Da wir gar nicht wissen, was für Geschäfte er macht, können wir auch nicht wissen, was für Kunden er erwartet. Die Rolle des gelangweilten jungen Snobs, der ein Aben-

teuer sucht, könnte doch eine gute Maske sein. Und wenn es wirklich ganz dumm kommen sollte, kann ich immer sagen, ich sei aufgrund einer Wette zu ihm gekommen. Das ist immer eine gute Ausrede, wenn sich ein Gentleman wie ein Esel benimmt.«

»Und was wird aus meiner Idee?« warf Sally ein. »Ich dachte, wir wollten dem Kerl, dem ich den Brief geklaut hab', 'ne Falle stellen.«

»Es ist eine sehr gute Idee«, bestätigte Julian, »aber sie muß noch ein bißchen ausgearbeitet werden. Im Augenblick würde ich mich lieber auf Mr. Rawdon konzentrieren.«

Sie schwieg gekränkt.

»Sir«, sagte Dipper. »Wenn Mrs. M. hört, daß Sally wieder da ist –«

»Du lieber Himmel, die Queen Mab hatte ich ganz vergessen. Wir werden sie bitten müssen, Sally wieder in ihrem Mädchenzimmer wohnen zu lassen.«

»Aber ich will da nicht mehr hin. Sie ist nicht übel, aber mir gefällt's hier.«

»Es wird sowieso schon einen Riesenspektakel geben, wenn sie erfährt, daß Sie letzte Nacht wieder hier übernachtet haben, obwohl sie uns doch gesagt hat, daß ihr das nicht recht ist. Ich schulde ihr ein bißchen Rücksichtnahme. Sie ist eine erstklassige Wirtin – es gibt in London bestimmt nicht viele wie sie. Ich fürchte, Sie werden gehen müssen.«

»Komm schon, Sal.« Dipper nahm sie beim Arm. »Packen wir deine Sachen.«

»Das mach' ich schon.« Sie sprang auf und rannte hinaus. Sie mußte sein Zimmer ein wenig in Unordnung bringen, bevor er es sah, damit er glaubte, sie hätte dort geschlafen.

Dipper sah ihr verwundert nach. Dann zuckte er mit den Achseln und machte sich daran, den Frühstückstisch abzudecken. Als er fertig war, ging er in Mr. Kestrels Schlafzimmer und stellte beifällig fest, daß Sally versucht hatte, dort Ordnung zu machen. Sie hatte das Bett gerichtet, ziemlich ungeschickt allerdings; er würde es noch einmal machen müssen.

Als er die Decke zurückzog, sprang etwas heraus und fiel zu Boden. Er hob es auf. Es war ein mit grünem Wollstoff überzogener Knopf, an dem noch ein abgerissenes Fadenendchen hing. Er wußte, daß der Knopf nicht von einem Kleidungsstück seines Herrn stammte. Er stammte von Sallys Kleid.

Daraufhin unterzog er das Bett einer genaueren Inspektion. Auf dem einen Kopfkissen ringelte sich ein langes braunes Haar, das eindeutig nicht von Mr. Kestrel war.

Lächelnd warf er das Haar in den Papierkorb und steckte den Knopf ein. Sally, dachte er, während er leise vor sich hin pfiff, hat Mr. Kestrel doch rumgekriegt. Darüber konnte sich Dipper nur freuen. Irgendwie rückten dadurch sein Herr und er näher zusammen – fast wie Verwandte. Natürlich würde er zu Mr. Kestrel keinen Ton davon sagen. In so was war er heikel. Da war man besser vorsichtig.

Später an diesem Morgen suchte Julian das Büro der Firma Smith & Co auf. Er hob sein Lorgnon vor sein Auge und musterte sowohl den Büroraum als auch Mr. Rawdon eingehend. Keins von beiden schien ihn sonderlich zu beeindrucken. Er inspizierte einen Stuhl, um zu sehen, ob er sauber war, und setzte sich.

Rawdon, der hinter seinem Schreibtisch saß, beobachtete ihn mit taxierendem und ein wenig mißtrauischem Blick.

»Guten Morgen, Sir.«

»Guten Morgen, Mr. Rawdon.« Julian lächelte und streckte seine Beine aus.

»Sie kennen meinen Namen?«

»Oh, Sie sind in gewissen Kreisen sehr bekannt.«

Das schien ihm ein hinreichend unverfänglicher Allgemeinplatz zu sein. Rawdon wirkte sogar leicht geschmeichelt – soweit sein verkniffenes Gesicht das überhaupt zuließ.

»Was kann ich für Sie tun?«

»Ich wollte eigentlich einen kleinen Kauf tätigen.«

»Woran haben Sie gedacht?«

»Was empfehlen Sie?«

»Wir geben keine Empfehlungen. Wir liefern, was unsere Kunden verlangen. Ihr Geschmack ist Ihre eigene Angelegenheit.«

»Was können Sie mir an« – Julian wählte auf gut Glück – »an Teekistchen zeigen?«

Rawdon lächelte unangenehm. Julian dachte: ich habe soeben etwas über mich verraten – etwas Unehrenhaftes oder Peinliches –, und er genießt es, in das Geheimnis eingeweiht zu werden.

»Wir haben da eine große Auswahl«, sagte Rawdon. »Einige sind angeschlagen, aber wir haben auch neue da. Was ziehen Sie vor?«

»Oh, ein neues, denke ich.«

»Billig wird das nicht.«

»Mein lieber Herr, bitte belästigen Sie mich nicht mit Zahlen. Ich kann sie nicht ausstehen.«

»Sie müssen aber den Preis wissen. Er beläuft sich auf fünfzig Pfund. Bringen Sie das Geld in bar mit, wenn Sie die Ware übernehmen. Einer unserer Angestellten wird zur Stelle sein, um sicherzustellen, daß bezahlt wird. Ich würde Ihnen raten, sich nicht mit ihm anzulegen. Er ist ein recht grober Kerl.«

»Wirklich charmant Ihr Geschäftsgebaren, Mr. Rawdon, kein Wunder, daß Ihr Geschäft blüht.« Julian sah sich in dem kahlen, schmutzigen Büro um.

»Es geht sehr gut, in der Tat«, versetzte Rawdon verkniffen. »Es besteht keine Notwendigkeit, das Büro zu renovieren – nur wenige unserer Kunden kommen persönlich hierher. Die meisten schreiben uns oder bitten um einen Vertreterbesuch.«

»Ich war – nur neugierig.«

Rawdon zuckte mit den Achseln. »Beschreiben Sie mir doch näher, was Sie eigentlich suchen. Soll das Teekistchen vergoldet sein? Oder bemalt?«

Julian tat so, als überlegte er. »Vergoldet.«

»Hm.« Rawdon konsultierte das ledergebundene Buch auf seinem Schreibtisch. »Wir können Ihnen ein Teekistchen schlichter Machart bieten, Porzellan und vergoldet. Es ist vor elf Tagen hereingekommen. Was sagen Sie?«

»Das klingt zufriedenstellend.«

»Gut.« Rawdon klappte das Buch knallend zu. »Sie können es heute abend um zehn Uhr in der Windmill Street abholen. Hier ist die Hausnummer.« Er schrieb sie nieder. »Und vergessen Sie nicht, das Geld in bar mitzubringen.«

Julian stand auf und nahm seinen Spazierstock.

»Eines noch«, sagte Rawdon. »Ich brauche einen Namen für Sie. Es spielt keine Rolle, wie er lautet, solange Sie immer denselben benutzen.«

Julian lächelte. »Nennen Sie mich einfach Mr. Ketch.«

»Nach dem berühmten Henker? Ich muß sagen, ich finde Ihren Humor etwas eigenartig, Sir.«

»Tatsächlich? Ich bin niedergeschmettert, Mr. Rawdon. Guten Tag.«

Er verließ das Büro, ging die Treppe hinunter und trat auf die schmale Gasse vor dem Tabakgeschäft. Erst da gestattete er sich ein Aufatmen. Für ihn gab es jetzt kaum noch einen Zweifel darüber, welcher Art die Geschäfte waren, die Mr. Rawdon betrieb. Heute abend würde er Gewißheit bekommen.

23 *Lieferung eines Teekistchens*

Es war Viertel nach zehn, als Julian in der Windmill Street ankam. Pünktlichkeit paßte nicht zu dem Typ von Mann, den er spielte. Vor dem Gebäude mit der Nummer, die Rawdon ihm angegeben hatte, stieg er aus der Droschke. Die Fensterläden des grauen Backsteinhauses waren alle geschlossen und ließen keinen Lichtschimmer hinaus. Das ganze Haus war so still und dunkel, daß Julian sich fragte, ob überhaupt jemand da war.

Er läutete. Die Tür wurde sofort geöffnet, allerdings nur einen Spalt. Gelbliche Augen musterten ihn. Dann wurde die Tür weiter aufgezogen, und die Frau mit den gelblichen Augen forderte ihn mit einer Handbewegung auf einzutreten. »Guten Abend, *Monsieur*.«

Sie war vielleicht vierzig, dunkelhaarig, mit spitzer Nase und spitzem Kinn. Ihre Kleidung war modisch, aber matronenhaft. Ihr französischer Akzent klang echt. An ihrer Seite stand ein stiernackiger, muskelbepackter Mann, der einen ganzen Kopf größer war als Julian. Er hatte buschige schwarze Augenbrauen und einen ebenso buschigen Schnauzer und roch nach Tabak und Schweiß. Ein gelbseidenes Halstuch verbarg teilweise seinen schmutzigen Hemdkragen. Seine Handschuhe und seine Stiefel waren ebenfalls gelb, seine Weste war weiß und mit roten Pailletten besetzt.

»Guten Abend.« Julian trat lässig ein, reichte der Frau seinen Zylinder, sein Abendcape und seinen Spazierstock aus Ebenholz. Während sie die Sachen an einem Garderobeständer neben der Tür verstaute, sah er sich um. Die Holztäfelung des Vestibüls war mit einem dunklen Anstrich auf Mahagoni getrimmt. Eine Treppe wand sich zu den oberen Stockwerken hinauf. Die Hintertür am anderen Ende des Flurs war mit Brettern vernagelt.

Dic Französin führte ihn in einen kleinen Salon, der elegant, aber unpersönlich eingerichtet war. Ihr stiernackiger Begleiter folgte ihnen.

»Sie kommen spät, *Monsieur*«, sagte sie. »Bart und ich haben uns schon gewundert.«

»Ich wurde aufgehalten. Wo ist die – Ware?«

»Oben, *Monsieur*. Wir warten hier, bis Sie damit fertig sind. Ich hoffe, Sie haben das Geld mitgebracht?«

»Ja, *Madame*, aber Sie werden doch nicht erwarten, daß ich für etwas bezahle, das ich nicht gesehen habe.«

»Sie zahlen hinterher«, sagte der Mann, der aussah wie ein Preisboxer. »Da kümmere ich mich drum.«

Julian hob sein Lorgnon und musterte ihn von oben bis

unten. »Mein lieber Mann, ist das eine Weste, oder leiden Sie an einem Ausschlag?«

Der Preisboxer kniff die Augen zusammen. »Nehmen Sie sich in acht, damit ich Ihnen nicht die Fresse poliere.«

Und das würdest du wahrscheinlich mit links schaffen, dachte Julian bedauernd. Wenn es zwischen uns zu einer tätlichen Auseinandersetzung kommt, stehe ich so schlecht da wie eine Katze ohne Krallen.

Die Französin mischte sich hastig ein. »Möchten Sie etwas trinken, *Monsieur* – einen Cognac vielleicht? Oder möchten Sie gleich hinaufgehen?«

»Ich denke, ich gehe hinauf.«

»Da wäre vorher noch eine kleine Formalität zu erledigen. Einige unserer Klienten kommen mit Waffen, und Sie sehen gewiß ein, *Monsieur*, daß das nicht *convenable* ist. Ich muß Sie leider bitten, so gut zu sein, sich von Bart überprüfen zu lassen.«

Julian antwortete mit einem Hochziehen der Augenbrauen, bei dem jeder Möchtegern-Dandy in den Boden versunken wäre. Aber da ihm klar war, daß sie ihn nicht nach oben lassen würden, wenn er die Durchsuchung ablehnte, ließ er sich mit gequälter Miene, und sein Taschentuch an die Nase gedrückt, von dem Preisboxer abtasten.

»*Très bien,* danke sehr, *Monsieur*. Hier ist der Schlüssel. Das Zimmer ist in der ersten Etage hinten.«

»Ich hoffe, es versteht sich, daß ich nicht gestört werde.«

»Aber selbstverständlich, *Monsieur*! Wir sind besonders stolz auf unsere Diskretion. Es besteht für uns keine Notwendigkeit, nach Ihnen zu sehen. Wir wissen, daß Sie auf diesem Weg zurückkommen müssen. Man kann das Haus nur durch diese Tür zur Straße verlassen.«

Lächelnd machte sie es sich auf einem Sofa bequem, von dem aus sie das Vestibül im Auge behalten konnte. Sie war offensichtlich entschlossen, dafür zu sorgen, daß er das Haus nicht unbemerkt verlassen konnte. Sie griff zu einem Stickrahmen und begann ruhig zu arbeiten. Der Preisboxer hockte sich mit einem Würfelbecher vor das Feuer.

Julian ging. Er nahm eine angezündete Kerze vom Tisch im Vestibül und stieg die Treppe hinauf. Das hintere Zimmer im ersten Stockwerk hatte eine schwere Eichentür. Er drehte den Schlüssel und trat ein. Es war fast dunkel im Raum; ein wenig Licht spendete nur die glühende Kohle im Kamin. Er hielt die Kerze hoch und sah sich um.

Ein kleines Mädchen, nicht älter als zwölf, stand an die gegenüberliegende Wand gedrückt und starrte ihn aus großen angstvollen Augen an. Sie trug ein weißes Musselinkleidchen mit rosa Bändern, unter dem eine lange Spitzenhose hervorsah. Blonde Korkenzieherlocken umrahmten ihr Gesicht.

Einen Moment lang fehlten ihm die Worte. Dann fand er die Sprache wieder. »Hab keine Angst. Ich tue dir nichts. Ich werde dich nicht einmal anrühren.«

Ihre großen, verängstigten Augen blieben starr auf ihn gerichtet. Sie zitterte am ganzen Leib.

»Ich tue dir nichts«, wiederholte er und fuhr in festem Ton fort: »Ganz gleich, was sie dir über mich gesagt haben, es ist nicht wahr. Ich werde dir nicht weh tun. Ich werde dir helfen. Schau, ich schließe die Tür nur ab, damit wir nicht gestört werden können, und dann komme ich ein bißchen näher, damit wir ganz leise miteinander sprechen können. Aber ich gehe ganz langsam und komme dir auch nicht zu nahe.«

Er ging sehr langsam zu einem Stuhl an der Wand und setzte sich. »Guten Tag. Ich bin Julian Kestrel. Und wie heißt du?«

»Emily«, flüsterte sie. »Emily Wickham.«

»Woher kommst du, Emily?«

»Wiltshire.«

»Wie kommt es, daß du so weit von zu Hause fort bist?«

Sie schluchzte unterdrückt. Er zog sein Taschentuch heraus und legte es auf den Tisch zwischen ihnen. Sie drückte es an ihr Gesicht und brach in Tränen aus.

Er zwang sich, auf seinem Stuhl sitzenzubleiben und Abstand zu halten. Auf keinen Fall durfte er riskieren, das kleine bißchen Vertrauen, das er vielleicht gewonnen hatte, zu erschüttern. Er wünschte, er hätte etwas von dem Brandy, den die Französin ihm angeboten hatte – ein paar Tropfen davon hätten Emily gutgetan. Aber er wagte nicht, jetzt hinauszugehen und den Cognac zu holen. Außerdem war er nicht sicher, ob er nicht der Frau die Flasche über den Schädel schlagen würde.

Endlich hörte Emily zu weinen auf. Sie hielt ihm sein Taschentuch so vorsichtig hin, als böte sie einem Hund ein Stück Fleisch und hätte Angst, er würde sie beißen.

»Behalt es ruhig noch eine Weile«, meinte er. »Vielleicht brauchst du es noch einmal. Meinst du, du kannst mir ein bißchen was über dich erzählen?«

»Ja, Sir.«

»Wie alt bist du?«

»Elf, Sir.«

Julian erinnerte sich, daß Rawdon gesagt hatte, das ›Teekistchen‹ sei vor elf Tagen hereingekommen. Vielleicht war das Teil des Codes. ›Vergoldet‹ konnte sich auf die Farbe von Emilys Haar beziehen, ›Porzellan‹ auf ihre helle Haut. Die Bedeutung von ›neu‹ und ›angeschlagen‹ waren klar.

Er stellte ihr noch einige Fragen, und nach einer Weile begannen ihre Worte von selbst zu fließen. Sie stammte aus einem kleinen Dorf in der Nähe von Salisbury. Ihr Vater bewirtschaftete einen kleinen Bauernhof, der zu einem Gut gehörte, ihre Mutter war Wäscherin. Sie hatte sechs Geschwister. Eines Tages war Mme. Leclerc mit zwei anderen Mädchen in Emilys Alter auf der Durchreise ins Dorf gekommen. Sie sagte, sie sei Schneiderin in London und suche junge Mädchen zur Ausbildung. Sie machte viel Getue um Emily, lobte ihre kleinen feinen Stiche und versicherte ihren Eltern, sie besitze Geschmack und Talent weit über ihr Alter hinaus. Wenn sie dem Kind gestatten würden, nach London zu gehen und die Schneiderlehre zu machen, würde es davon gut leben und sogar noch etwas Geld nach Hause schicken können. Madame hatte versprochen, Emily anständig auszustatten, ihr eine gute Unterkunft zu bieten und sie sorgfältig zu beaufsichtigen. Die Stadt kann für Kinder ein gefährliches Pflaster sein, sagte Madame, wenn man sich nicht richtig um sie kümmert.

Emilys Eltern meinten, es sei eine günstige Gelegenheit für ihre Tochter. Madame bezahlte ihnen sogar einen kleinen Vorschuß auf ihren Lohn – um ihnen dafür zu danken, wie sie sagte, daß sie ihr gestatteten, das Kind so kurzfristig mitzunehmen. Emily sagte also ihrer Familie Lebewohl und begab sich auf die Reise nach London.

Unterwegs war Madame zu den drei Mädchen sehr freundlich. In einem Gasthaus, in dem sie haltmachten, bestellte sie ihnen ein gutes Abendessen und legte jeder von ihnen ein Papier vor, das sie unterschreiben sollten. Es sei ein Lehrvertrag, erklärte sie. Die Mädchen verstanden das Geschriebene nicht recht, aber Madame versicherte ihnen, es sei alles in bester Ordnung, deshalb unterschrieben sie.

In London wurden sie in einer Art Fremdenheim untergebracht. Emily konnte nicht sagen, wo es war, sie wußte nur, daß es auf der anderen Seite des Flusses war. Hauptsächlich wohnten dort Frauen und Mädchen, aber Emily bekam nicht viel von ihnen zu sehen. Sie und die beiden Mädchen, mit denen sie angekommen war, wurden zusammen in ein spärlich eingerichtetes, schäbiges Zimmer gesperrt.

Madame war jetzt nicht mehr freundlich zu ihnen. Sie sagte, sie könnten die Schneiderlehre nicht sofort beginnen. Zuerst müßten sie eine andere Arbeit tun. Jede von ihnen würde einem Herrn vorgestellt werden, und sie müßten alles tun, was er verlangte, sonst würde Madame sie bestrafen. Sie würde sie grün und blau schlagen und ihnen nichts zu essen geben. Sie müßten ihren Befehlen gehorchen, weil sie den Lehrvertrag unterschrieben hätten, und wenn sie nicht gehorchten oder wegzulaufen versuchten, würden sie ins Gefängnis gesteckt werden.

»Das ist nicht wahr«, sagte Julian. »Kein Vertrag kann dich zu einer solchen Arbeit zwingen.«

»Wissen Sie das ganz bestimmt?«

»Ich bin absolut sicher.«

»Wir haben das nicht gewußt. Madame hat gesagt, wir kämen ins Gefängnis und würden vor allen Leuten ausgepeitscht werden. Wir haben Angst gehabt.«

»Natürlich.«

Ein oder zwei Tage nach ihrer Ankunft in dem Fremdenheim kam ein Mann, sah sich die drei Mädchen an und sagte, sie seien in Ordnung. Er war sehr dünn und hatte braunes Haar und eine Brille mit goldenem Rand.

»Dann kam ich ganz allein in ein Zimmer. Einmal ist Madame zu mir hereingekommen und hat mich angeschaut – ohne meine – meine –«

»Ich habe schon verstanden.«

»Dann ist sie wieder gegangen. Und ich glaube, dann sind noch ein paar Tage vergangen, ohne daß was passiert ist. Aber heute abend ist Madame wiedergekommen und hat mich geweckt. Ich müßte mich waschen und diese Kleider anziehen. Dann hat sie einen sehr großen Mann geholt, mit einem Schnauzbart, und die zwei haben mich in eine Kutsche gesetzt und hierhergebracht. Sie hat gesagt, daß jetzt gleich der Herr kommt – der, den ich – zu dem ich nett sein müßte. Und sie hat mir noch mal gesagt, was passiert, wenn Sie mit mir nicht zufrieden wären.« Ihre Stimme wurde schrill vor Angst. »Sind Sie mit mir zufrieden?«

»Emily –« Ihm fehlten wieder die Worte. »Du brauchst dir darum keine Sorgen mehr zu machen. Ich werde dich von hier wegbringen. Ich werde dafür sorgen, daß du gesund nach Hause zu deinen Eltern kommst.«

»Nach Hause?«

»Ja. Aber erst müssen wir einen Plan schmieden, und du mußt versuchen, dich genau daran zu halten. Meinst du, du kannst das?«

»Ja, Sir.«

Er überlegte kurz. »Wir gehen jetzt zusammen aus diesem Zimmer hinaus. Dann wartest du oben an der Treppe, während ich hinuntergehe und mit Mme. Leclerc und ihrem Bekannten spreche. Wenn ich rufe: ›Lauf!‹, läufst du, so schnell du kannst die Treppe hinunter und zur Haustür hinaus. Lauf sofort nach rechts bis zum Ende der Straße. Da wartest du auf mich. Wenn ich nicht in – ungefähr zehn Minuten – da bin, dann mußt du eine Droschke anhalten – das sind diese schäbigen alten Kutschen, die hinten ein Nummernschild darauf haben. Sag dem Kutscher, er soll dich zu dieser Adresse bringen.« Er schrieb sie auf und gab ihr zusammen mit dem Zettel etwas Geld für die Fahrt. »Wenn du dort ankommst, fragst du nach Dipper und erzählst ihm, was geschehen ist. Hast du das alles verstanden?«

Sie konzentrierte sich mit aller Kraft. »Ja, Sir.«

»Gut. Du brauchst keine Angst zu haben – das klappt bestimmt alles wunderbar. Also dann.«

Er legte einen Finger auf die Lippen, ging zur Tür und spähte vorsichtig hinaus. Dann winkte er ihr. »Bleib hinter mir«, flüsterte er ihr zu und ging den Flur entlang zur Treppe. Emily folgte.

An der Treppe bat er sie leise zu warten, dann ging er hinunter. Auf halbem Weg blieb er stehen, angewidert von der Rolle, die er spielen mußte. Was waren das für Männer, die fünfzig Pfund dafür bezahlten, ein Kind zu schänden? Es mußte sie in London zu Hunderten geben, nach den blühenden Geschäften der Firma Smith & Co zu urteilen. Aber daran durfte er jetzt nicht denken. Wieder in die Rolle des blasierten Snobs schlüpfend, ging er ins Vestibül hinunter. Dort holte er Hut, Mantel und Spazierstock, dann schlenderte er lässigen Schritts in den Salon.

Mme. Leclerc legte ihre Stickerei weg und stand mit anmutiger Gebärde auf. Der Preisboxer, der am Feuer gesessen hatte, trat zielstrebig auf Julian zu.

»Ich hoffe, es war alles zufriedenstellend, *Monsieur*«, gurrte die Französin.

»Tolerabel«, antwortete Julian mit einem Achselzucken. »Einen Schuldschein nehmen Sie wohl nicht?«

»Nein, tut mir leid, das ist unmöglich. Wir müssen auf sofortiger Bezahlung bestehen.«

Der Preisboxer hob eine riesige Faust. »Wenn Sie nicht zahlen, müssen Sie bluten.«

»Augenblick, Bart, ich bin überzeugt, *Monsieur* wird vernünftig sein. Nicht wahr, *Monsieur*?«

Julian blickte zu dem Riesen auf, der wie ein Turm vor ihm stand. »Sie lassen mir keine Wahl.«

Er nahm seine Brieftasche heraus, klappte sie auf und blies. Eine Wolke Schnupftabak flog dem Riesen ins Gesicht. Er schlug beide Hände über die Augen und nieste gewaltig. Genau in dem Moment versetzte ihm Julian einen kräftigen Schlag mit seinem Spazierstock; zuerst gegen die Knie, so daß er zu Boden fiel, dann einmal auf den Kopf, um ihn zu betäuben.

»Lauf, Emily!« rief er laut.

Er hörte die rasenden Schritte des Kindes auf der Treppe. Madame Leclerc wollte zur Tür, aber Julian riß sie zurück und drehte ihr die Arme auf den Rücken. Sie wehrte sich, stieß und trat und versuchte, ihn zu beißen. Er stieß sie mit dem Gesicht nach unten aufs Sofa und schob ihr seinen Spazierstock unter die Nase.

»Wenn Sie sich noch einmal rühren, bevor ich es Ihnen erlaube, blüht Ihnen das gleiche wie Ihrem Freund.«

»*Salaud*!« zischte sie. »*Merdeux*!«

»Hören Sie mir gut zu, Madame. Ich werde jetzt gehen, weil ich das kleine Mädchen finden und dafür sorgen muß, daß sie nicht wieder solchen Wohltätern wie Ihnen in die Arme läuft. Hätte ich etwas mehr Zeit, würde ich Sie mit dem größten Vergnügen der Polizei übergeben – oder in den Fluß werfen. Ich rate Ihnen, hier zu bleiben und nicht zu versuchen, mir zu folgen. Es ist nicht meine Art, Frauen zu schlagen, aber in Ihrem Fall, Madame, würde ich eine Ausnahme machen. *Vous comprenez*?«

Sie zitterte vor Wut, aber sie nickte.

»*Au revoir*, Madame.« Er verneigte sich und ging.

Emily erwartete ihn an der Ecke der Windmill Street. Sie fror erbärmlich in ihrem dünnen Mousselinkleidchen, und er legte ihr seinen Schoßrock um die Schultern.

»Kommen sie uns nach?« fragte sie und blickte furchtsam die Windmill Street hinunter.

»Nein. Aber trotzdem ist es besser, wenn wir schnellstens verschwinden.«

Er winkte einer Droschke und gab seine Adresse in der Clarges Street an. »Ich nehme dich jetzt mit zu mir nach Hause. Ich werde meine Hauswirtin bitten, dich bei ihr übernachten zu lassen. Sie ist sehr freundlich und hat Kinder gern.«

»Kann ich nicht nach Hause?«

»Doch, sehr bald. Gleich morgen arrangieren wir alles, damit du zu deinen Eltern zurückkehren kannst.«

»Oh.« Sie begann wieder zu weinen.

»Willst du mir nicht diese eine Nacht vertrauen, Emily? Willst du mir nicht glauben, daß ich es gut mit dir meine und nicht zulassen werde, daß dir irgend jemand etwas antut?«

Sie sah ihn flehend an. »Ich will zu meiner Mama.«

Ach verdammt, dachte er. Das ist doch unmöglich. Nach allem, was die Kleine durchgemacht hat, kann ich sie doch nicht einfach in eine Postkutsche nach Wiltshire setzen und wie ein Paket verfrachten. Und ich kann auch nicht einfach die ganze Untersuchung sausenlassen und mit ihr fahren. Außerdem wird man sie vielleicht in London als Zeugin brauchen. Vielleicht könnten ihre Eltern herkommen und sie holen …

Sie sah ihn noch immer mit diesem flehentlichen Blick an. Ach was, zum Teufel, dachte er. Er ließ den Kutscher halten und befahl ihm, ihn zum *Golden Cross* zu bringen.

Emily sah ihn verwirrt an. Er erklärte: »Das ist eine große Poststation in der Nähe von Charing Cross.«

»Und warum fahren wir dahin?«

Er seufzte. »Weil wir es zu Fuß nicht bis nach Wiltshire schaffen würden.«

Im *Golden Cross* angekommen, überlegte Julian, ob er die Postkutsche nehmen oder einen Privatwagen mieten sollte. Emily würde sich vielleicht in einer Gruppe sicherer fühlen. Doch als er sah, wie sie gähnte und sich die Augen rieb, sagte er sich, daß sie dringender als alles andere Schlaf brauchte, und in einer Postkutsche zu schlafen war praktisch unmöglich. Außerdem waren er und Emily ein seltsames Paar und würden womöglich unwillkommene Aufmerksamkeit erregen. Jetzt schon starrten die Leute sie an, ihn in seinem satingefütterten schwarzen Umhang und Emily in seinem Schoßrock, der auf dem Boden hinter ihr herschleifte.

Er mietete eine Chaise und bat, sie in einer Stunde bereitzustellen. Doch Emily konnte nicht in diesem dünnen Kleidchen siebzig oder achtzig Meilen reisen. In aller Eile schrieb er Dipper einen Brief, erklärte kurz, was geschehen war, und bat ihn, warme Kleidung für Emily zu bringen und ihm selbst ein Reisenecessaire und Kleider zum Wechseln. Er wußte, daß er nicht länger als eine Nacht und einen Tag unterwegs sein würde, aber er hatte nicht die Absicht, nach Wiltshire und zurück in Abendkleidung zu reisen.

Selbst zu dieser späten Stunde lungerten im Wagenhof noch Straßenjungen herum, die hofften, sich mit einer Erledigung für die Reisenden ein paar Pennies verdienen zu können. Einem von ihnen gab Julian den Brief und trug ihm auf, ihn in die Clarges Street zu bringen. Dann ging er mit Emily ins Gasthaus und bestellte ihr etwas zu essen und ein Glas warme Milch mit Honig. Sie fiel wie eine Ausgehungerte über das Essen her. Entweder hatte sie seit ihrer Ankunft in London keinen Appetit gehabt, oder Madame Leclerc hatte sie hungern lassen, um sie gefügig zu machen. Für sich bestellte er eine Flasche Brandy für unterwegs, um sich wenigstens etwas gegen die Kälte und die Unbequemlichkeit der langen Fahrt wappnen zu können.

Dipper kam, als Emily gerade den letzten Bissen ihrer Mahlzeit gegessen hatte. Er hatte wie immer alles zur Hand. Er brachte einen wollenen Umhang und Strümpfe für Emily mit – von Sally ausgeliehen, erklärte er –, dazu eine Wagendecke, einen Mantel mit einem kurzen Cape daran und eine Reisetasche für Julian sowie eine kleinere für sich selbst.

»Du willst mit uns fahren?« fragte Julian.

»Aber natürlich, Sir. Schon wegen dem Eindruck.«

Julian zog amüsiert die Brauen hoch. »Ach wirklich?«

»Aber ja, Sir. Weil in den Gasthäusern, bei denen der Wagen unterwegs anhält, müssen Sie doch zeigen, daß Sie von Stand sind, sonst behandeln die Sie wie einen dahergelaufenen Vagabunden. Deshalb müssen Sie mit Diener reisen.«

»Natürlich. Ich verstehe gar nicht, wo ich meine Gedanken hatte. Aber was ist mit Sally?«

»Die kommt schon zurecht, Sir. Sie kann bei Mrs. M. wohnen, bis wir zurückkommen. Gefällt ihr zwar überhaupt nicht, daß wir ohne sie losziehen, aber ich hab' ihr gesagt, daß es Blödsinn wäre, wenn wir alle zusammen fahren würden.«

»Da hast du recht. Wir können nicht gleich wie eine ganze Deputation bei Emilys Eltern aufkreuzen. Das ist übrigens ein sehr nützlicher Trick, den du mir da beigebracht hast, der mit dem Schnupftabak.«

»Ja, ist 'ne erstklassige Masche, Sir«, stimmte Dipper zu.

Ihr Wagen wartete im Hof. Wie die meisten Postchaisen bot er im Inneren nur zwei Personen Platz, aber es gab hinten einen offenen Sitz für Bedienstete. Dipper machte es nichts aus, sich mit diesem Platz zu begnügen, da dies ihm erlaubte, die Augen nach Kofferknackern, wie er sie nannte, offenzuhalten: Räubern, die die Gepäckräume der Wagen aufzubrechen und das Gepäck zu stehlen pflegten. Julian fragte sich nicht zum erstenmal, wie andere Herren von Stand sich mit Bediensteten ohne Unterweltserfahrung durchwurstelten.

Emily schlief praktisch schon im Stehen. Julian half ihr in den Wagen und folgte ihr. Der Postjunge sprang auf das Pferd auf der linken Seite, der Stallknecht brüllte: »In Ordnung, zieht an!« Und die Chaise preschte davon.

Emily schlief sofort ein. Julian legte ihr die Decke über. Seine Gedanken wandten sich Sally zu. Er hatte ein ungutes Gefühl, obwohl er sich kaum vorstellen konnte, wie sie es schaffen sollte, in der kurzen Zeit seiner und Dippers Abwesenheit Dummheiten zu machen. Aber wenn es einen Weg gab, so würde sie ihn finden, da war er sicher.

24 Die besten Pläne

Sally stieß gereizt ihre Faust in ihr Kopfkissen und setzte sich auf. Sie konnte nicht schlafen. Wie konnten die beiden abreisen und sie zurücklassen? Sie wußten doch, wie sehr sie ihnen bei ihrer Untersuchung geholfen hatte, wie fasziniert sie von der ganzen Geschichte war. Und jetzt hatten sie sie einfach wie einen alten Koffer, den sie nicht brauchten, bei Mrs. Mabbitt verstaut, während sie selbst eine lustige Landpartie unternahmen. Mr. Kestrel hatte gut lachen. Er hatte seinen Spaß mit ihr gehabt, und jetzt hatte er sie eben ausrangiert.

Sie verschränkte die Arme, fest entschlossen, die beleidigte Leberwurst zu spielen, aber es gelang ihr nicht. Es war zu albern. Sie fing an zu kichern und fühlte sich gleich viel wohler.

Sie zog die Knie hoch und umschlang sie mit den Armen. Es reichte mit dem Selbstmitleid und der Wut auf die ganze Welt. Mr. Kestrel – sie konnte ihn nicht bei seinem Vornamen nennen, er war schließlich ein Gentleman – hatte geschrieben, er werde voraussichtlich morgen gegen Ende des Tages zurück sein. Oder, genauer, heute, denn es war schon nach Mitternacht. Sie sollte vielleicht einmal darüber nachdenken, wie sie die Untersuchung während seiner Abwesenheit vorantreiben konnte.

Er hatte gemeint, ihre Idee, ein Treffen mit den drei Männern zu vereinbaren, müsse erst noch ausgearbeitet werden. Den drei Männern einen kleinen Brief zu schreiben und sie mit Informationen über Marys Brief zu locken war nicht schwer. Aber wo sollte das Treffen stattfinden? An einem abgeschiedenen Ort – in einem Park oder einem Hinterhof mitten in der Nacht. Nein, das war zu gefährlich. Da würde der Kerl vielleicht versuchen, ihnen etwas anzutun, besonders wenn er entdeckte, daß sie gar nicht die Absicht hatten, ihm den Brief zu übergeben. Die Sache mußte möglichst risikolos sein – sonst würde Mr. Kestrel sie nicht mitgehen lassen, und das könnte sie nicht ertragen. Denn von wem stammte schließlich die Idee?

Dann also lieber ein öffentlicher Ort. Unter Menschen. Da konnte der Bursche ihnen nichts antun. Sie konnten mit ihm über den Brief verhandeln und ihn gleichzeitig über Marys Leben und Tod aushorchen. Wenn sie dann von ihm alles erfahren hatten, was sie wissen wollten, konnten sie einfach abhauen. Wie sollte er sie aufhalten?

Wenn natürlich Avondale ihr Mann war, würde er Mr. Kestrel erkennen und später vielleicht Scherereien machen. Und wenn es Rawdon war, würde er sofort sehen, daß Mr. Kestrel der Mann war, der das kleine Mädchen gerettet hatte, und womöglich gleich wieder Leine ziehen. Es wäre wirklich viel besser, wenn Mr. Kestrel sich da raushalten würde. Aber sie wußte, daß er ebensowenig wie sie bereit sein würde, dieses Rendezvous zu verpassen.

Also, was kam als Treffpunkt in Frage? Das *Cockerel* natürlich. Fiske und Rawdon wußten beide, wo es war, und Avondale konnte es sicher ohne Mühe finden. Im Schankraum war es abends immer voll. Ihrem Mann würde gar nichts anderes übrigbleiben, als sich anständig aufzuführen.

Sie war richtig aufgeregt. Endlich würden sie erfahren, welcher Mann am Abend vor Marys Tod den Brief in der Tasche gehabt hatte. Sobald Mr. Kestrel und Dipper zurück waren, konnten sie ihren Plan in die Tat umsetzen.

Aber warum mit dem ersten Schritt bis dahin warten? Sie konnte das Rendezvous doch ruhig schon festsetzen und ihre beiden Kumpane damit überraschen. Gleich morgen früh konnte sie den drei Männern schreiben und ein Treffen am selben Abend vorschlagen. Wenn sie den Zeitpunkt spät genug wählte, würden Mr. Kestrel und Dipper sicher zurück sein.

Sie stand auf, warf sich einen Schal um und zündete eine Kerze an. Neben ihrem Zimmer war die Küche, in der Mrs. Mabbitt auch ihr Haushaltsbuch liegen hatte. Sally kramte in den Schubladen und fand drei Bogen Papier und einen Bleistift. Sie setzte sich an den Tisch und kaute lang auf dem Bleistift. Dann begann sie endlich in ungelenken Druckbuchstaben zu schreiben:

›Lieber Mr. Fiske

wenn Sie was über einen bestimmten Brief wissen wolln kommen Sie heut abend um zehn ins Cockerel. Ein Freund.‹

Sie lehnte sich zurück und las das Geschriebene noch einmal durch. So mußte es gehen. Wenigstens war sie sicher, ›Cockerel‹ richtig geschrieben zu haben – sie hatte das Schild ja oft genug gesehen. Sie schrieb den Brief zweimal ab, einmal für Avondale und einmal für Rawdon. Dann kroch sie, erschöpft von ihren Anstrengungen, wieder in ihr Bett und schlief sofort ein.

Bei Tagesanbruch war sie wach, bedacht darauf, die Briefe so bald wie möglich auf den Weg zu bringen. Mit der Post würde es nicht schnell genug gehen. Sie konnte sich einen Jungen schnappen, um sie überbringen zu lassen, aber der würde vielleicht herumtrödeln oder die Briefe sogar wegwerfen, wenn er sein Geld hatte. Sie konnte ihm ja nicht versprechen, daß der Empfänger ihm ein Trinkgeld geben würde. Nein, nur wenn sie selbst die Briefe überbrachte, konnte sie sicher sein, daß sie auch wirklich ankamen.

Gleich nach dem Frühstück machte sie sich auf den Weg. Zuerst ging sie in die Bury Street, läutete kühn und übergab den Brief Avondales Diener. Dann marschierte sie zu Fuß nach Eastcheap, da sie sich erinnerte, daß Fiske dort seine Apotheke hatte. Sie hatte ein wenig Geld, aber sie verschmähte es, eine Droschke zu nehmen. Ein Schilling für die Meile, obwohl sie gesunde Füße hatte? Wohl kaum!

Sie fand Fiskes Geschäft ohne Mühe. Es war noch nicht geöffnet. Ein Junge von ungefähr fünfzehn Jahren – zweifellos Fiskes Lehrling – war gerade dabei, die Läden zu öffnen.

»Wo ist dein Herr?« fragte Sally ihn leise.
»Hinten.«
»Gib ihm das hier.« Sie reichte ihm den Brief mit ihrem gewinnendsten Lächeln. Er starrte sie offenen Mundes an, bereit, sich bei der kleinsten Ermutigung Hals über Kopf in sie zu vergaffen. Aber sie hatte keine Zeit für Tändeleien. Ohne auf eine Antwort zu warten, eilte sie davon und verschwand im morgendlichen Gedränge.

Noch ein Brief. Eine kalte Angst erfaßte sie. Was, wenn sie Blinkie direkt in die Arme lief? Wehe, er würde ihr dumm kommen!

Sie ging über die London Bridge nach Southwark und fand den Laden der Prices ohne Mühe. Dipper hatte ihr genau beschrieben, wo er war. Sie sah zu den Fenstern im ersten Stock hinauf. Die Rolläden waren heruntergelassen. Sie runzelte die Stirn. Und wenn nun Rawdon heute nicht da war?

Sie trat zum Schaufenster des Ladens. Drinnen bediente ein Mann gerade einen Kunden, und ein Mädchen saß in einer Ecke und sortierte Zigarren. Sally wartete, bis sie aufblickte, und winkte heftig. Das Mädchen warf einen Blick auf den Mann am Verkaufstisch, dann kam sie heraus.

Sally zog sie vom Fenster weg. »Sie sind doch bestimmt Annie Price.«

»Ja.«

»Ich bin Sally Stokes. Dipper ist mein Bruder.«

Annie wurde flammend rot.

Du Schurke, Dip! dachte Sally bewundernd. »Ich würde gern länger bleiben und ein bißchen mit Ihnen plaudern, aber ich kann nicht. Sonst sieht der da oben mich.« Sie spähte kurz zu den oberen Fenstern hinauf. »Ist er da?«

»Ja. Ein Mann ist bei ihm oben.«

»Wer?«

»Das weiß ich nicht. Er ist so schnell reingegangen, daß ich ihn kaum gesehen hab'. Ich glaube, er war wegen irgendwas ganz aufgeregt.«

Damit konnte Sally nichts anfangen. »Ich hab' 'nen Brief

für ihn. Ich glaube, ich laß ihn einfach vor seiner Tür und hau ab, ehe er mich sieht. War nett, Sie kennenzulernen.« Sie schüttelte Annie herzlich die Hand und wandte sich ab.

»Oh, Miss Stokes – Ihr Bruder – wie geht es ihm?«

Sallys Augen lachten. »Der ist mit seinem Herrn aufs Land gefahren, ganz plötzlich. Aber heute abend kommt er wieder. Ich sag' ihm, daß Sie nach ihm gefragt haben.«

»Danke.« Annie errötete wieder und kehrte in den Laden zurück.

Sally schlich die Treppe hinauf zur Tür von Smith & Co und steckte ihren Brief in eine Ritze zwischen zwei Bodendielen, so daß Rawdon ihn nicht übersehen konnte. Dann nahm sie ihren ganzen Mut zusammen, klopfte laut und rannte sofort die Treppe hinunter und aus dem Haus. Erst als sie in der High Street war, ging sie langsamer.

Sie hätte jubeln können. Es hatte alles prächtig geklappt. Jetzt brauchte sie nur noch abzuwarten, welcher von den Männern am Abend erscheinen würde.

Schlamm gluckste unter Julians Stiefeln, als er und Dipper sich die Straße hinunter auf den Weg machten. Regenwasser, das sich in der Krempe seines Huts gesammelt hatte, floß über und rann ihm in den Nacken. Er war bereits so durchnäßt, daß es ihm kaum auffiel. Er hob einen Zipfel des kurzen, auf seinen Mantel geknöpften Capes, das er sich über den Kopf gezogen hatte, um den Regen abzuhalten, und blickte voraus. Durch den strömenden Regen war nichts zu sehen als tropfende Hecken und die leere Straße, die sich bis zum grauen Horizont dehnte.

Der erste Teil der Reise von London in Emilys Heimatdorf war glatt verlaufen. Schon am späten Vormittag erreichten sie Salisbury. Dort frühstückten sie in einem Gasthaus, Julian rasierte sich und wechselte die Kleider, während sich Dipper darum kümmerte, daß sich Emily waschen konnte, damit sie ihren Eltern sauber und ordentlich gegenübertrat. Für das kurze Stück Fahrt bis zum Dorf mieteten sie ein Gig. Emily betrachtete jeden Zaun und jeden

Baum mit leuchtenden Augen wie eine Schiffbrüchige, die endlich Land sieht.

Mrs. Wickham empfing ihre Tochter mit Freude und Überraschung, die sich allerdings in Entsetzen wandelten, als Julian sie beiseite nahm und ihr erklärte, welchem Schicksal Emily mit knapper Not entgangen war. Sie ließ ihren Mann holen, der auf dem Feld arbeitete, und in der folgenden Stunde wechselten sich die beiden darin ab, Julian mit Dank und Mme. Leclerc und ihre Spießgesellen mit Beschimpfungen zu überhäufen. Julian blieb gerade so lange, wie die Höflichkeit es gebot, dann erklärte er, er müsse dringend nach London zurück, um der Firma Smith & Co das Handwerk zu legen. Die Wickhams gaben ihm ihren Segen mit auf den Weg und versprachen, Emily nach London zu bringen, falls sie als Zeugin vor Gericht gebraucht werden sollte. Ein letzter Blick zurück zeigte Julian Emily scheu winkend neben ihrer Mutter vor der Tür des Häuschen stehend.

In Salisbury mietete er eine Chaise, und kurz danach begann der Ärger. Ein heftiges Gewitter brach los, und die Straße nach London verwandelte sich innerhalb von Minuten in einen Morast. Sie kamen nur noch im Schrittempo vorwärts. Und dann geriet plötzlich unmittelbar vor ihnen eine große schwankende Postkutsche ins Rutschen, überschlug sich und landete in einem Graben. Die Passagiere, die auf den Außensitzen mitgefahren waren, flogen in die Hecken, im Inneren des Wagens regnete es Glassplitter. Julian hielt seine Chaise an, und er und Dipper sprangen heraus, um beim Losschneiden der Pferde zu helfen und den Leuten Beistand zu leisten. Zwei der Reisenden hatten ernsthafte Verletzungen erlitten und jammerten mit blutenden Gesichtern. Der Kutscher, den es vom Bock gerissen hatte, rannte humpelnd hin und her und beteuerte, es sei nicht seine Schuld gewesen, er rühre nie einen Tropfen an, wenn er im Dienst sei. Die Pferde waren außer Rand und Band; eines lahmte und würde wohl in der Abdeckerei enden.

Der Postschaffner ritt in den nächsten Ort, um einen Arzt und ein Ersatzfahrzeug aufzutreiben, während sich Julian, Dipper und die Passagiere, die am glimpflichsten davongekommen waren, inzwischen um die Verletzten kümmerten. Die Reisenden waren alle im Schock, und eine junge Frau bekam immer wieder Weinkrämpfe. Ihr Mann, der wie ein Büroangestellter aussah, versuchte hilflos, sie zu trösten.

Schließlich trat er zu Julian und lüftete trotz des Regens seinen Hut. Seine Frau sei guter Hoffnung, gestand er. Sie kamen aus Devon und waren schon Tage unterwegs, seine Frau war völlig erschöpft, er war mit seinem Latein am Ende …

Da gab es für einen Gentleman nur eine Möglichkeit: Julian bat die beiden, seine Chaise zu nehmen und ihm von der nächsten Poststation einen anderen Wagen schicken zu lassen. Der junge Mann dankte ihm überschwenglich und half seiner Frau in den Wagen. Die anderen Reisenden sahen neidisch zu.

Julian wandte sich an Dipper. »Der Postjunge hat gesagt, die nächste Station sei sechs Meilen von hier. Hier können wir jetzt doch nichts mehr tun, darum würde ich vorschlagen, wir machen uns zu Fuß auf den Weg und gehen unserem neuen Wagen entgegen.«

Dipper packte die Reisetasche seines Herrn mit der einen Hand und seine eigene mit der anderen.

»Eine nehme ich«, sagte Julian.

»Die kann ich leicht tragen, Sir.«

»Jeder Blinde sieht, daß die Natur dich nicht zum Packesel vorgesehen hat. Los, gib mir mein Portmanteau.«

»Aber wie sieht das aus, Sir? Wenn nun jemand vorbeikommt, der Sie kennt?«

»Dann beschmiere ich mir das Gesicht mit Schlamm und tue so, als wäre ich ein Schweinehirt.« Mit fester Hand nahm er seine Reisetasche. »Du wirst mir ein bißchen zu aufmüpfig. Erinnere mich daran, daß ich dir ein paar Schläge auf die Fußsohlen gebe, sobald wir zu Hause sind.«

Die Köpfe gegen Wind und Regen gesenkt, stapften sie durch den Schlamm. »Es ist ein Glück, daß in London keine dringenden Geschäfte auf uns warten«, sagte Julian. »Wir können von Glück sagen, wenn wir um Mitternacht in Charing Cross ankommen. Nun, wenigstens haben wir endlich eine Gelegenheit, einmal in aller Ruhe über unsere Untersuchung zu sprechen. Wir wissen jetzt, was für Geschäfte die Firma Smith & Co macht, und damit eröffnet sich eine ganze Reihe neuer Möglichkeiten. Wir haben uns gefragt, wie eine junge Frau von Marys Herkunft und Erziehung in einem Asyl für Prostituierte landen konnte. Jetzt geht mir ständig durch den Kopf, was sie in ihrem Brief geschrieben hat: ›Ich trage nicht allein die Schuld an meinem Ruin. ... Ich habe nie gewußt, daß es auf der Welt solche Bosheit gibt, wie ich sie kennengelernt habe, seit ich fortgegangen bin.‹«

»Glauben Sie, daß sie Mädchenhändlern in die Hände gefallen ist, Sir?«

»Mädchenhändlern?«

»Ja, Sir, die holen sich junge Mädchen auf dem Land oder verschleppen sie einfach von der Straße. Dann verkaufen sie sie entweder an Bordelle oder verschiffen sie ins Ausland. Das ist ein Riesengeschäft, Sir.«

»Kaum zu glauben, daß in London immer noch Bedarf an Prostituierten besteht. Das ist ein teuflisch hoher Preis für die Erhaltung der Tugend unserer Ehefrauen und Schwestern. – Ach verdammt! Halt mal einen Moment, ich habe einen Nagel in meinem Stiefel. Was ist eigentlich aus unserer Flasche geworden?«

»Die hab' ich hier, Sir.«

»Ist noch was drin?«

»Ein bißchen, Sir.« Dipper reichte ihm die Flasche.

»Den teilen wir uns. Jetzt zieh nicht schon wieder so ein Gesicht. Die Märtyrerrolle steht dir sowieso nicht.« Er trank einen wärmenden Schluck aus der Flasche und gab sie dann Dipper zurück, der es ihm nachtat. »Auf jeden Fall«, nahm er den Faden wieder auf, »wäre es doch eine gute Tat, dieses eine Rattennest auszuräuchern, auch wenn dafür wieder andere Rattennester entstehen. Weiß Gott, wie viele kleine Mädchen wie Emily Verbrechern wie diesen Leuten von Smith & Co in die Hände fallen und auf Nimmerwiedersehen verschwinden, während ihre Familien sich fragen, was aus ihnen geworden ist, und mit der Zeit alle Hoffnung verlieren, sie je wiederzusehen. Mary könnte sehr wohl eines dieser Mädchen gewesen sein, auch wenn sie nicht so jung war wie Emily. Diese Artikel in Rawdons Büchern – Teekistchen, Teetassen, Teekannen – können sich auf verschiedene Typen beziehen. Kleine Mädchen, junge Frauen –«

»Jungs«, sagte Dipper sachlich.

Julian schauderte.

»Aber diese Mädchenhändler sind nicht so leicht zu schnappen, Sir. Die werden fast nie eingelocht, weil sie die Polizisten schmieren. Und wenn sie doch mal kassiert werden, gibt's oft fast keine Beweise gegen sie. Dann werden sie freigesprochen und können weitermachen wie vorher. Alle heiligen Zeiten mal landen ein paar im Knast, aber dann auch nicht länger als einen Monat.«

»Einen Monat Gefängnis? Dafür, daß sie ein elfjähriges Mädchen zur Prostituierten machen? Elf Jahre alt – genau so alt wie Philippa Fontclair.«

Dipper nickte. Er erinnerte sich an das frühreife kleine Mädchen, das damals, als sie den Mord auf Bellegarde aufgeklärt hatten, Mr. Kestrels Freundin und Verbündete gewesen war. »Aber ihresgleichen passiert so was nicht, Sir – nicht so kleinen Adelsfrolleins mit 'nem reichen Vater. Erwischen tut's immer nur solche, die keine Eltern mehr haben oder aus Familien kommen, die kein Geld und keinen Einfluß haben, um sich Gerechtigkeit zu kaufen.«

»Das spricht ja nicht gerade für unsere sogenannten englischen Bürgerrechte.« Julian versank eine Weile im Nachdenken. »Nehmen wir mal an, Mary ist von Mädchenhändlern verschleppt worden, konnte aber diesen Leuten entkommen und versteckte sich im Asyl. Rawdon fand heraus, wo sie war, und ließ sie von einem oder einer Verbündeten im Heim töten, um zu verhindern, daß sie enthüllte, was sie über die Geschäfte der Firma Smith & Co wußte. Die schlaue Peg wäre die ideale Kandidatin: Sie ist gerissen und käuflich und besitzt Harcourts Vertrauen. Sie wußte, daß Mary einen Brief schreiben wollte, sie kann ihn also abgefangen und an Rawdon weitergegeben haben. Ich glaube allerdings immer noch, daß ihre Offenheit Sally gegenüber dafür spricht, daß sie nichts zu verbergen hat.«

»Aber Sir, es muß doch massenhaft Leute geben, die über Mr. Rawdons Geschäfte Bescheid wissen. Wenn Mary wirklich verschleppt worden und dann ins Asyl geflohen ist – ich meine, sie war bestimmt nicht die erste, die Mr. Rawdon durch die Finger geschlüpft ist.«

Wahr, dachte Julian. Es kam sicher immer wieder vor, daß diesen Leuten eines ihrer Opfer entkam. Was wäre mit einem Mädchen wie Emily geschehen, nachdem irgendein Kunde sie für fünfzig Pfund entehrt hatte? Höchstwahrscheinlich hätte man sie in ein Bordell gesteckt. Vermutlich waren überall in den Häusern rund um Covent Garden und den Haymarket Frauen, die ihre Karriere Smith & Co verdankten. Und einige von ihnen scherten sicherlich irgendwann aus – manche retteten sich und heirateten oder suchten sich ehrliche Arbeit, andere rutschten ab und verkauften sich für Sixpence in den Parks und den Elendsquartieren des East End. Unmöglich konnte Rawdon jedes Mädchen töten lassen, das ihm durch die Finger schlüpfte.

Er meinte: »Vielleicht wußte Mary etwas Besonderes über die Mädchenhändler. Vielleicht hat sie einen der Kunden erkannt – irgendeinen vornehmen, äußerlich tadellosen Mann. Oder vielleicht hat Rawdon einen hochstehenden Geschäftspartner, der natürlich seine Anonymität wahren möchte. In diesem Fall ist Rawdon möglicherweise nur ein Werkzeug, und hinter dem Mord stehen mächtige Leute, die sich nicht zeigen.

Andererseits ... Du hast doch eben gesagt, ein Mädchen wie Philippa Fontclair würde niemals verschleppt werden, weil diese Leute sich nicht an Frauen mit Geld und Verbindungen vergreifen. Aber nehmen wir einmal an, es unterlief ihnen ein Irrtum und sie verschleppten eine junge Frau mit Rang und Namen – deren Familie genug Geld und politischen Einfluß besitzt, um ihnen das Gesetz auf den Hals zu hetzen und sie zur Strecke zu bringen? In dem Fall wäre die Schlüsselfrage nicht, was Mary wußte, sondern wer sie war.«

»Aber wenn sie 'ne Prominente war, Sir, warum hat sie's dann nicht gesagt?«

»Vielleicht eben deshalb. Ihr Stolz und ihr Schamgefühl hätten zweifellos ihrer gesellschaftlichen Position entsprochen. Aus ihrem Brief geht hervor, daß sie gerade um ihrer Familie willen ihre wahre Identität nicht preisgeben wollte, und je angesehener diese Familie wäre, desto stärker wäre ihr Bestreben, sie vor einem Skandal zu schützen. Sie war offensichtlich eine Dame – die Frage ist nur, war sie bloß die Tochter eines verarmten Pfarrers, oder war sie von hohem Stand? Wenn wir wüßten, wem sie diesen Brief geschrieben hat, hätten wir die Antwort. Jammerschade, daß das Deckblatt verschwunden ist, auf dem die Adresse – ach, jetzt kommt mir eine Idee!«

Er blieb plötzlich stehen. »Wieso ist mir das nicht gleich eingefallen?«

»Sir?«

Julian wandte sich Dipper mit blitzenden Augen zu. »Ist eigentlich der Anstreicher immer noch im Haus?«

»Ich glaube, ja, Sir.«

»Gut. Das wird interessant.«

Beim Abendessen brachte Sally kaum einen Bissen hinunter. Mrs. Mabbitt erklärte, sie mache sie ganz verrückt mit ihrem ewigen Aufspringen-und-zum-Fenster-Laufen. »Sie wissen doch, wenn man den Topf dauernd im Auge behält, läuft die Milch bestimmt über«, warnte sie.

»Sie müssen jetzt doch jeden Moment kommen, oder?« fragte Sally ungeduldig. »Es ist fast sieben.«

»Ach, Sie wissen doch, wie das ist, wenn man mit der Postkutsche reist. So vieles kann unterwegs passieren – ein Pferd verliert ein Eisen, die Deichsel bricht, ein Rad löst sich. Es würde mich gar nicht wundern, wenn sie erst mitten in der Nacht nach Hause kommen.«

Sally sah sie bestürzt an.

Mrs. Mabbitt lächelte. »Sie sind wohl noch nie mit der Postkutsche gefahren?«

»Nein«, antwortete Sally jämmerlich.

»Sie brauchen sich keine Sorgen zu machen. Sie werden schon gesund und munter wieder zurückkommen. Es kann nur ein bißchen dauern.«

Aber ich habe keine Zeit, dachte Sally.

Den ganzen Abend lungerte sie am Küchenfenster herum, und jedesmal, wenn sie draußen einen Wagen hörte, drückte sie ihre Nase ans Glas. Es wurde acht, es wurde neun, und die Reisenden waren immer noch nicht zurück.

Mrs. Mabbitt packte ihre Näherei weg. Sie sei reif für ihr Bett, sagte sie. Die Zeiger der Uhr krochen weiter auf halb zehn. Sally stand entschlossen auf und ging in ihr Zimmer, um sich umzuziehen. Mr. Kestrel und Dipper waren nicht zurück – dann mußte es eben ohne sie gehen. Sie konnte diese Gelegenheit, herauszufinden, zu welchem Mann der Brief gehörte, nicht einfach verstreichen lassen. Sie würde allein gehen müssen.

25 *Ein bißchen Farbe*

Sally grub eines ihrer alten Kleider aus, ein Prachtstück aus rosafarbener Seide mit grünen Schleifen am Hals und einem breiten grünen Volant am Rocksaum. In den biederen Klamotten, die Mrs. Mabbitt für sie angemessen fand, konnte sie sich im *Cockerel* unmöglich sehen lassen. Da würden ihre alten Freunde sie ja kaum erkennen, und der Mann, mit dem sie verabredet war, würde vielleicht mißtrauisch werden. Sie steckte ihr Haar fester, spuckte auf ihre Finger und drehte ihre Stirnfransen zu kleinen Löckchen. Dann setzte sie ihren großen Hut mit dem roten Federbusch auf und betrachtete strahlend ihr Spiegelbild. Das sah doch nach was aus!

Und noch einmal schrieb sie in mühevoller Konzentration ein kleines Briefchen, um zu erklären, wohin sie gegangen war und warum. Sie lief nach oben und stellte es in Mr. Kestrels Salon auf den Kaminsims. Ein Blick auf die Uhr sagte ihr, daß es Viertel vor zehn war. Sie warf sich ihren Umhang um die Schultern und eilte hinaus.

Am Piccadilly herrschte das übliche Gedränge von Wagen und Menschen. Da würde sie zu Fuß am schnellsten vorwärts kommen. Sie schlängelte und pufte sich durch bis zum Haymarket, wo sie die von Gaslampen erleuchtete große Straße verließ und die kleine dunkle Gasse hinunterlief, in der das *Cockerel* war.

Der Schankraum war voll an diesem Abend. Sie war froh darüber – je mehr Menschen sie um sich herum wußte, desto sicherer würde sie sich fühlen. Mit klopfendem Herzen sah sie sich um. Die Gäste waren die gleichen wie immer: heruntergekommene Boxer, abgetakelte Schauspieler, Zuhälter und Huren. Sie entdeckte den Mann, den sie suchte, sofort. Er wirkte hier so fehl am Platz wie ein Pfau in einem Hühnerhof. Charles Avondale.

Ruhelos ging er hin und her, soweit das in dem engen kleinen Raum überhaupt möglich war. Als er Sally sah, runzelte er die Stirn, als wüßte er nicht, wo er sie unterbringen sollte. Sie lachte und knickste.

Da erkannte er sie. Sofort ging er auf sie zu. »Sie!« sagte er erstaunt.

»Klar, wen haben Sie denn erwartet?«

»Ich hatte keine Ahnung, wen oder was ich erwarten sollte.«

»Na, Sie müssen doch gewußt haben, daß ich Ihren Brief geklaut hab'.«

Fiebriger Glanz leuchtete in seinen Augen auf. Er packte ihren Arm. »Haben Sie ihn bei sich?«

»Nein.« Zum erstenmal hatte sie ein wenig Angst. Sie hatte sich gesagt, daß kein vernünftiger Mensch ihr an einem öffentlichen Ort wie diesem etwas antun würde. Aber war Avondale bei Vernunft?

»Sie tun mir weh«, beschwerte sie sich.

Er ließ sie los und holte mehrmals tief Atem. »Sie wollen natürlich Geld. Kommen Sie, setzen wir uns und sprechen wir miteinander.« Er wies auf einen Tisch in der Ecke.

»Aber da müssen Sie uns schon was zu trinken holen, sonst wird Toby krätzig.«

»In Ordnung. Was möchten Sie haben?«

»Gin.«

Sie besetzte den Ecktisch, während er zum Tresen ging. Mit einem Glas Gin für sie und einem Bier für sich kam er zurück. Sie prostete ihm zu, aber er bemerkte es gar nicht. Er sah sich voll Unbehagen in der Schenke um.

»Was suchen Sie?« fragte sie.

»Ich hatte das Gefühl, daß mir jemand hierher gefolgt ist. Aber wahrscheinlich ist es nur Einbildung.« Er lachte ohne Heiterkeit. »Ich habe dieser Tage oft das Gefühl.«

Er trank von seinem Bier. Sie beobachtete ihn und dachte: Ihm hab' ich also den Brief geklaut. Dann muß Mary diese Rosemary gewesen sein, und wahrscheinlich hat er sie umgebracht. Aber warum? Und wer ist diese Megan MacGowan?

»Gut«, sagte er. »Sprechen wir über das Geschäft. Wieviel wollen Sie für den Brief?«

»Ich weiß noch nicht«, antwortete sie ausweichend. »Ich möchte erst ein bißchen mehr drüber hören. Sonst weiß ich ja gar nicht, wieviel ich verlangen kann?«

»Sie glauben doch nicht im Ernst, daß ich Ihnen etwas über diesen Brief sagen werde? Je weniger Sie darüber wissen, desto besser.«

»Na gut, wenn das so ist –« Achselzuckend stand sie auf.

Er packte sie am Handgelenk. »Setzen Sie sich!« zischte er.

»Wozu denn noch?«

»Weil ich eine Pistole direkt auf Ihr Herz gerichtet halte, und wenn Sie sich nicht setzen, erschieße ich Sie.«

Ihr Blick flog zu seiner rechten Hand, die in der Tasche seines Mantels steckte. Er zog sie einen Moment heraus, um sie eine kleine Pistole sehen zu lassen. Sie war doppelläufig, er konnte es sich also sogar leisten, sie einmal zu verfehlen.

»Sie bluffen«, stammelte sie. »Nie im Leben würden Sie mich vor den ganzen Leuten hier abknallen.«

»Nein?« Die Hand um ihren Arm packte fester zu. Der Ring mit dem Totenkopf, den er an seinem kleinen Finger trug, blitzte im Kerzenlicht auf. »Ich bin wegen dieses Briefs durch die Hölle gegangen. Daß ich mir diese Hölle selbst bereitet habe, macht es nicht leichter. Vor ein paar Jahren ließ ich mich mit einer Frau ein – in meiner Unbesonnenheit gab ich ihr ein Versprechen, das ich nie zu halten beabsichtigte. Das war Unrecht, aber Hunderte von Männern haben schon das gleiche getan und sind nicht so grausam bestraft worden wie ich. Ich würde vor nichts zurückschrecken, um diesen Brief zurückzubekommen. Zum letztenmal also, setzen Sie sich und nennen Sie Ihren Preis.«

Langsam ließ sie sich wieder auf den Stuhl sinken. Es gab keinen Zweifel, daß es ihm ernst war. Was sollte sie tun? Ihm den Brief zu überlassen kam nicht in Frage. Sie und Mr. Kestrel hatten ausgemacht, daß sie den Brief nicht aus der Hand geben würden. Sie konnte ihre Freunde nicht hintergehen. Nein, aus diesem Schlamassel würde sie selbst irgendwie herausfinden müssen.

Verzweifelt blickte sie sich nach einem Menschen um, der ihr hätte helfen können, und da sah sie – es war unglaublich – Matthew Fiske kommen. Was tat der denn hier? Wußte er doch was von dem Brief? Oder ging's ihm immer noch drum, sie zu warnen?

»Was wollen Sie?« fragte Avondale den älteren Mann scharf, ohne Sallys Arm loszulassen.

Fiske richtete sich an Sally. »Ich bin auf Ihren Brief gekommen.«

»Welchen Brief?« fuhr Avondale sie heftig an. »Steckt dieser Kerl mit Ihnen unter einer Decke? Soll ich ihm etwa auch etwas bezahlen?«

»Mir etwas bezahlen?« fragte Fiske. »Ich verstehe Sie nicht, Sir. Ich bin hergekommen, um mit dieser jungen Fau über – über eine private Angelegenheit zu sprechen.«

»Meinetwegen, aber jetzt können Sie sie nicht sprechen. Im Augenblick spricht sie mit mir. Seien Sie also so gut und gehen Sie.«

»Es ist besser, Sie tun, was er sagt, Borstel«, sagte Sally seufzend. »Mit dem ist nicht gut Kirschen essen.«

»Aber – aber was ist mit dem Brief?« stammelte Fiske.

»Was, zum Teufel, weiß *er* von meinem Brief?« fragte Avondale.

»Er weiß gar nichts«, entgegnete Sally. Weshalb sollte sie den armen Borstel in diese Geschichte hineinziehen? »Zuerst dachte ich, es wär' seiner, aber jetzt weiß ich, daß ich ihn Ihnen geklaut hab'.«

Avondale starrte sie verständnislos an. »Was, in Gottes Namen, reden Sie da?«

»Ich rede von dem Brief«, antwortete sie ungeduldig, »den ich Ihnen aus der Tasche geklaut hab', als wir neulich abend die Spazierfahrt gemacht haben.«

»Aus *meiner* Tasche! Ja glauben Sie denn, wenn ich den Brief in Besitz gehabt hätte, hätte ich ihn mit mir herumgetragen, damit Sie ihn entwenden können? Ich hätte ihn doch sofort vernichtet!«

»Aber –« Sie brach ab. Langsam ging ihr ein Licht auf. »Der Brief, den Sie suchen, war der von einem Mädchen, das ins Unglück gekommen war und an jemanden von ihrer Familie geschrieben hat, daß sie sie wiederaufnehmen sollen?«

»Unsinn! Es war *mein* Brief, *ich* habe ihn geschrieben. Sie wollen mich nur durcheinanderbringen, aber das verfängt bei mir nicht. Ich lasse mich von Ihnen nicht an der Nase herumführen.« Der Lauf der Pistole hob sich abschreckend.

»Aber verstehen Sie denn nicht?« fragte sie drängend.

»Das sind zwei verschiedene Briefe! Der, den ich hab', ist nicht der, den Sie suchen. An dem Abend, an dem ich mit Ihnen zusammen war, war ich vorher mit ihm zusammen –«, sie wies mit dem Kopf auf Fiske – »und hinterher noch mit 'nem anderen Freier. Einem von euch hab' ich den Brief geklaut, aber ich wußte nicht, welchem. Darum hab' ich euch allen dreien geschrieben, ihr sollt mich hier treffen. Weil ich sehen wollte, wer von euch kommt. Und jetzt sind zwei von euch gekommen, aber *Sie* sind umsonst hier. Das ist nicht Ihr Brief. Verstehen Sie jetzt?«

Es war fast Mitternacht, als Julian und Dipper zu Hause ankamen. Julian schickte Dipper mit dem Auftrag nach unten, aus dem Schrank im Flur eine Dose mit Tünche und einen Pinsel zu holen. Er selbst ging zum Klavier und drückte dort auf eine verborgene Feder. Ein Türchen sprang auf, hinter dem sich ein kleines Fach befand. Ihm entnahm er Marys Brief. Nachdem er zuerst eine alte Zeitung auf dem Tisch ausgebreitet hatte, legte er den Brief mit der Schrift nach unten darauf. Dann zündete er eine Lampe an und schraubte den Docht in die Höhe, um möglichst viel Licht zu haben.

Als Dipper mit der Tünche kam, öffnete Julian die Dose und tauchte den Pinsel hinein.

»Ich verstehe gar nicht, warum mir das nicht früher eingefallen ist. Wir wußten, daß Mary einen zweiten Bogen Papier als provisorischen Umschlag benutzt hat. Und wir wußten auch, daß ihr Bleistift beim Schreiben stumpf geworden war, so daß sie zum Schluß sehr fest aufdrücken mußte. Wenn sie die Adresse zuletzt geschrieben hat – was anzunehmen ist, da sie den Brief fertig schreiben mußte, ehe sie ihn in das gefaltete Deckblatt steckte –, können wir den Abdruck der Adresse vielleicht herauskitzeln.«

Er trug eine hauchdünne Schicht Farbe auf die Rückseite des Briefs auf. Dann hielt er ihn ans Licht, etwas schräg, um die Oberfläche im Relief sehen zu können. In der Mitte des Blatts waren schwache Eindrücke geschriebener Worte zu erkennen, die durch die Farbschicht hervorgehoben wurden: Lord Braxton, Braxton Castle, Shropshire.

Langsam legte Julian den Brief nieder. »Und wir haben über das sogenannte Braxton Desaster unsere Witzchen gemacht. Wir hatten ja keine Ahnung.«

»Lord Braxton – ist das der Mann, der die ganzen feinen Herrschaften auf sein Schloß eingeladen und alles wieder abgeblasen hat, als seine Tochter mit 'nem Offizier nach Frankreich abgehauen ist?«

»Sie ist nicht *mit* ihm durchgebrannt, sie ist durchgebrannt, weil sie *zu* ihm wollte. Captain Hartwell war bereits in Frankreich. Er war bei Nacht und Nebel vor seinen Gläubigern geflohen. Lady Lucinda wollte zu ihm – und jetzt wissen wir, daß sie nie bei ihm angekommen ist. Sie liegt in einem Armengrab, als Prostituierte und Selbstmörderin gebrandmarkt.«

»Glauben Sie, sie ist von Mädchenhändlern verschleppt worden, Sir?«

»Das ist die wahrscheinlichste Erklärung, nicht wahr? Sie reiste ja allein und höchstwahrscheinlich nicht unter ihrem richtigen Namen. Sie kann sehr wohl wie ein unbedeutendes junges Ding gewirkt haben – wohlerzogen, aber arm, ohne Verbindungen. Sie war noch nicht in die Gesellschaft eingeführt worden, die Welt kannte sie nicht, und sie kannte die Welt nicht. Eine Frau wie Mme. Leclerc könnte sie leicht eingewickelt haben. Sie wird bis heute nicht vermißt, weil allgemein angenommen wird, sie sei bei ihrem Geliebten auf dem Kontinent, und weil ihr Vater zu wütend und starrköpfig ist, um ihr zu schreiben oder zu versuchen, sie ausfindig zu machen. Captain Hartwell wußte vielleicht nicht einmal, daß sie kommen wollte, und selbst wenn doch, kann er nicht nach England zurückkehren, um sie zu suchen, weil er dann sofort von seinen Gläubigern verhaftet würde.«

Er drehte den Brief um und überflog noch einmal das Geschriebene. »In diesem Licht gelesen, ergibt alles, was sie geschrieben hat, einen Sinn. ›Ich glaube, ich könnte keinem, den ich kenne, je wieder ins Gesicht sehen – weder Dir noch sonst jemandem aus unserer Familie, noch dem, den ich einmal zu lieben glaubte.‹ Der Brief ist an Lord Braxton gerichtet, und die Worte ›dem, den ich einmal zu lieben glaubte‹ beziehen sich auf Captain Hartwell. Die ›Torheit‹, die sie bedauert, betrifft ihren Entschluß durchzubrennen, um gegen den Willen ihres Vaters den Captain zu heiraten. Und die Worte ›Ich trage nicht allein die Schuld an meinem Ruin‹ beziehen sich natürlich auf Smith & Co.

Darüber, wie sie schließlich in das Asyl gekommen ist, können wir nur Mutmaßungen anstellen. Vielleicht floh sie und suchte dort Schutz. Stell dir Rawdons Schrecken vor, wenn er inzwischen herausgefunden hat, wer sie wirklich war! Er war der Anstifter der Entführung – und sehr wahrscheinlich auch der Schändung – von Lady Lucinda Braxton, Tochter eines der reichsten Adligen Englands, dem das halbe Parlament aus der Hand frißt und der obendrein noch für seinen unversöhnlichen Zorn bekannt ist. Er wußte, daß ihr Vater, wenn er erfahren sollte, was ihr widerfahren war, ihn und seine Komplizen vernichten würde. Aber sie hat sich Lord Braxton nicht anvertraut – jedenfalls nicht gleich. Sie war so außer sich vor Scham und Entsetzen, daß sie sich in dem Asyl versteckte und niemandem verriet, wer sie war. Dadurch gewann Rawdon einen Aufschub, und er ist schlau und skrupellos genug, um sich so etwas zunutze zu machen.

Wie aber kann er herausbekommen haben, daß sie sich in dem Asyl befand? Durch ihren Brief vielleicht? Nehmen wir an, irgend jemand – zum Beispiel die schlaue Peg – fing den Brief ab und gab ihn an ihn weiter. Zeitlich würde das passen: Lady Lucinda hat ihn am Samstag abend geschrieben, spätestens am Montag war er einem der drei Männer in die Hände geraten, und in der folgenden Nacht ist Lady Lucinda gestorben. Das würde bedeuten, daß Mr. Rawdon schnell und gründlich wie immer gearbeitet hat.

Ich glaube, Avondale können wir von jedem Anteil an dem Mord freisprechen. Wer immer diese Rosemary auch ist – oder war –, sie ist nicht die junge Dame, die im Asyl getötet wurde. Fiskes Rolle hingegen ist undurchsichtiger. Wenn er tatsächlich unschuldig ist, dann stehen wir hier vor einer ganzen Reihe unglaublicher Zufälle. Überall hätte Lady Lucinda Zuflucht suchen können – in Kirchen, Arbeitshäusern, anderen wohltätigen Einrichtungen –, aber sie landete ausgerechnet in dem Asyl, in dem Fiskes Frau arbeitet und er selbst die Insassinnen medizinisch betreut. Er war derjenige, der ihr das Stärkungsmittel verschrieben hat. Allen Berichten zufolge war er praktisch der einzige im Asyl, dem sie traute und dem sie von dem Brief erzählt haben könnte. Und dennoch ist Sally überzeugt, daß er die Wahrheit sagte, als er behauptete, ihm könnte sie den Brief nicht gestohlen haben. Es ergibt keinen Sinn – es sei denn – guter Gott, ist es möglich?«

»Sir?«

Julian sagte langsam: »Dipper, weißt du über das Bauernfängerspiel Bescheid?«

»Das spielen sie immer auf dem Jahrmarkt, Sir, mit drei Tassen und einer Erbse. Da muß man erraten, unter welcher Tasse die Erbse ist.«

»Aber man gewinnt nie, nicht wahr?«

»Nein, Sir. Weil diese Schwindler – die die Tassen hin und her schieben – die Erbse immer in der Hand verschwinden lassen, und dann kommt sie jedesmal unter 'ner andern Tasse raus als der, auf die man getippt hat.«

»Genau! Und ich habe eben gedacht – hoppla, was ist denn das?«

Dipper sah, wie sein Blick zum Kaminsims flog. Dort lehnte ein Zettel an der Wand. Julian ging hinüber und nahm ihn an sich. Noch beim Lesen veränderte sich sein Gesicht. Dann hielt er Dipper den Zettel hin, der ihn ebenfalls las und bestürzt aufblickte.

Julian nahm Hut und Handschuhe. »Hol meine Pistolen. Wir laden sie unterwegs.«

Zu Sallys Erleichterung zog Avondale seine rechte Hand ohne die Pistole aus der Manteltasche. »Ich bin wieder da, wo ich angefangen habe«, sagte er niedergeschlagen. »Sie waren meine letzte Hoffnung. Als ich Ihren Brief las, wußte ich nicht, wer Sie sind, aber ich nahm selbstverständlich an, der Brief, den Sie erwähnten, sei der, den ich suche.«

»Kein Wunder, daß Sie aus allen Wolken gefallen sind, als Sie mich gesehen haben«, versetzte Sally und lachte ein wenig. »Sie konnten sich nicht vorstellen, was ich mit Ihrem Brief zu tun habe.«

Fiske tippte ihr zaghaft auf die Schulter. »Kann ich jetzt mit Ihnen sprechen? Ich dachte, wir könnten vielleicht in eines der oberen Zimmer gehen – nur zum Reden«, fügte er hastig hinzu.

»Kommt nicht in Frage. Ich rühr' mich hier nicht von der Stelle. Wir können hier genauso reden.«

»Hier sind viel zu viele Leute. Ich muß Sie wirklich allein sprechen.«

»Sie können mich mal! Als Sie das letzte Mal gesagt haben, wir müssen allein reden, haben Sie mich ganz schön reingelegt.«

»Das tut mir wirklich leid. Ich hielt es damals für das beste.« Er senkte die Stimme zu einem Flüstern. »Sie bekommen Geld für den Brief, viel Geld, aber Sie müssen mit nach oben kommen, wo wir ungestört sind. Bitte, glauben Sie mir! Weshalb wäre ich überhaupt gekommen, wenn es mir nicht darum ginge, das mit dem Brief mit Ihnen zu klären?«

»Also hab' ich ihn doch Ihnen geklaut?«

Er zögerte. »Ich erkläre Ihnen alles oben. Bitte kommen Sie jetzt mit.«

Sie überlegte. Dann stand sie auf und wandte sich noch einmal Avondale zu. »Gehen Sie jetzt lieber, Sie blauäugiger Held. Ich muß mit dem Herrn hier etwas Geschäftliches erledigen.«

Avondale stand schwerfällig auf. Sally schlang ihm einen Arm um den Hals. »Machen Sie nicht so ein langes Gesicht. Das steht so 'nem hübschen Kerl wie Ihnen gar nich.« Spielerisch strich sie ihm über die gerunzelte Stirn. »Es wird schon alles gut werden, warten Sie nur.«

»Hören Sie«, sagte er impulsiv, »es tut mir leid, wenn ich Ihnen Angst eingejagt habe. Ich wußte nicht, mit was für Leuten ich es hier zu tun bekommen würde – mit was für Gaunern Sie vielleicht zusammenarbeiten –«

»Jetzt regen Sie sich mal nicht auf«, beschwichtigte sie. »Es ist ja vorbei, und nichts ist passiert.« Sie stellte sich auf die Zehenspitzen und küßte ihn leicht auf den Mund. »Und jetzt schieben Sie ab.«

Er nahm seinen Hut vom Haken, verneigte sich leicht in Richtung Fiske und ging. Sally sah ihm lachend nach. Dann drehte sie sich nach Fiske um. »Also gut, gehen wir rauf.«

Sie gingen zum Tresen. Ziemlich verlegen fragte Fiske, ob Toby ein Zimmer frei habe.

»Zweiter Stock hinten«, knurrte Toby.

Fiske zahlte seinen Schilling, und Toby warf den Schlüssel auf den Tresen. Fiske streckte die Hand nach ihm aus, aber Sally war schneller. Sie nahm den Schlüssel, zündete eine Kerze an und ging ihm voraus aus dem Schankraum.

Sie traten in den düsteren Flur mit den rissigen Wänden und den Spinnweben in allen Ecken. Die Hintertür, die in den Hof des *Cockerel* führte, war verrammelt wie immer. Sie stiegen die Treppe hinauf, und wieder mahnte Sally Fiske, sich nicht an das wacklige Geländer zu lehnen. Als sie in das Zimmer kamen – dasselbe triste kleine Zimmer, in dem sie vor einigen Wochen gewesen waren –, stellte Sally die Kerze auf den Waschtisch und sagte zu Fiske: »Also? Was wollten Sie mir sagen?«

»Wir können noch nicht anfangen. Ich muß Sie einen Moment allein lassen. Ich bin gleich wieder da.«

»He da! Was soll das? Wo wollen Sie hin?«

»Es ist noch jemand da, der mit Ihnen sprechen möchte. Wir sind bereit, Ihnen eine Menge Geld für den Brief zu bezahlen, aber Sie müssen einen Moment hier warten, während ich ihn hole. Sie gehen doch nicht weg, nicht wahr?«

»Nein.« Sie lehnte sich an die Wand gegenüber der Tür und schob die Hände in die Taschen ihres Umhangs. »Ich warte, Borstel. Ich möchte mir Ihren Freund doch ansehen.«

Er ging hinaus und schloß die Tür hinter sich. Sally wartete gespannt, den Blick unverwandt auf die Tür gerichtet. Endlich wurde sie geöffnet. Sich nervös die Hände reibend, trat Fiske ein. Ihm folgte lautlos und kalt Joseph Rawdon. Er schloß die Tür hinter sich und sah Sally an. Seine Lippen verzogen sich zu dem räuberischen Lächeln, an das sie sich nur zu gut erinnerte. Er schwang seinen Arm in die Höhe, und im Kerzenlicht blitzte das lange Messer in seiner Hand auf.

»Nein!« schrie Fiske. »Du hast versprochen, ihr nichts zu tun.«

Rawdon sprang auf Sally zu. Doch schon im nächsten Moment fuhr er zurück, sichtlich erschrocken und wütend zugleich. Sally hielt die kleine doppelläufige Pistole auf ihn gerichtet, die sie Avondale aus der Tasche gestohlen hatte, als sie ihn zum Abschied geküßt hatte.

Rawdon wich zur Tür zurück.

»Wieso hast du's plötzlich so eilig, Blinkie?« fragte sie. »Du kommst hier nicht weg. Leg das Messer hin.«

Zähneknirschend wollte er gehorchen, da flog plötzlich hinter ihm die Tür auf, und eine Frau stürzte herein. Sie hatte ein hageres Gesicht und langes, wirres rotes Haar und war in einen schäbigen schwarzen Umhang mit einem karierten Schal darüber gekleidet.

Rawdon packte sie mit einem Triumphschrei und hielt ihr das Messer an die Kehle. »Ich gehe jetzt«, sagte er zu Sally, »und diese Frau nehme ich mit. Wenn du versuchen solltest, mich aufzuhalten, oder mir jemanden hinterherschickst, schneide ich ihr die Kehle durch.«

Die Frau rang keuchend um Atem, den Blick starr auf Sally gerichtet. »Ich hab' Sie mit ihm gesehen«, rief sie erstickt. »Mit Avondale! Ich bin ihm hierher gefolgt. Sagen Sie es mir, sagen Sie es mir! Sie müssen es wissen! Wo ist Rosemary?«

»Sie sind Megan MacGowan!« Sally wollte auf sie zugehen.

»Zurück!« warnte Rawdon.

»Sagen Sie es mir!« Megans Stimme schwoll zu einem heiseren Schrei an. »Wo ist –«

»Maul halten!« Rawdon drückte ihr die Klinge fester an den Hals. Ein paar Blutstropfen liefen zu ihrem Kragen.

»Ich weiß nicht, wo sie ist«, beteuerte Sally, die Megan beruhigen wollte. »Ich schwör's, ich weiß überhaupt nichts von ihr. – Laß sie in Ruhe, du Dreckskerl! Sie hat mit alldem nichts zu tun!«

Fiske stand niedergeschlagen in einer Ecke und rang die Hände. »Du hast mir versprochen, du würdest niemandem etwas antun«, wimmerte er.

»Und Sie haben ihm geglaubt?« schrie Sally ihn verächtlich an. »Sie alter Trottel, der Kerl ist doch das größte Schwein, das mir je untergekommen ist.« Sie ging wieder auf Rawdon los. »Du hast Mary umgebracht!«

»Nein, das war zufällig nicht ich«, erklärte er mit seidenweicher Stimme. »Mr. Matthew Fiske hatte die Ehre, dieses lästige Luder ins Jenseits zu befördern.«

»Sie?« Mit aufgerissenen Augen starrte Sally Fiske an. Er bedeckte sein Gesicht mit den Händen.

»Schau ihn dir doch an!« sagte Rawdon. »Er macht einen fertig mit seiner Angst und seinem Gejammer und seinem gottverdammten Gewissen. Du hast keine Ahnung, was ich alles anstellen mußte, um ihn bei der Stange zu halten. Aber jetzt bin ich fertig mit dir, Alter. Sollen sie dich ruhig aufknüpfen für den Mord an – nennen wir sie mal weiter Mary, hm?«

»Wie kannst du nur?« stieß Fiske mit brüchiger Stimme hervor. »Alles, was ich getan habe – jede Sünde, die ich begangen habe, Gott sei meiner Seele gnädig! –, habe ich für dich getan, nur für dich allein. Und du wendest dich gegen mich – ich ertrage das nicht. Du warst das einzige, was ich auf der Welt geliebt habe.«

»Ach was?« versetzte Rawdon höhnisch. »So ein Pech! Ich hatte nämlich für dich nie was andres übrig als Verachtung, du wunderbarer Vater!«

Fiske stöhnte laut auf und sank schluchzend zu Boden.

»Er ist dein *Vater*?« rief Sally. »Aber – aber du bist doch gar nicht Caleb –«

»Jetzt nicht mehr. Den Caleb hab' ich abgelegt wie eine Schlangenhaut, damals im Dorf, in dem dieses flennende Wrack und meine Mutter, dieses Höllenweib, mich großgezogen haben.«

Aber ich habe Caleb doch gesehen, dachte Sally völlig verwirrt. Dieser Trottel, mit dem ich im Asyl geredet hab', der hat doch gesagt, er wäre Caleb –

Hatte er es wirklich gesagt? Sie dachte angestrengt nach. Nein, er hatte nichts dergleichen gesagt. Sie hatte gefragt, kann ich dich Caleb nennen? Und der verschreckte Junge hatte geantwortet: ›Wenn Sie wollen.‹ Und hatte sie dabei ganz verwirrt angeschaut, verständlicherweise.

»Aber auch wenn dein Vater den Mord begangen hat«, sagte sie, »hast du ihn dazu angestiftet.«

»Stimmt genau«, bestätigte Rawdon. »Glaubst du vielleicht, er hätte den Mumm, so etwas auf eigene Faust zu tun? Er kann sich ja nicht mal gegen meine Mutter, diese elende Hexe, durchsetzen – hat's nie gekonnt. Ich war ihr vollkommen ausgeliefert, bis ich alt genug war, für mich selbst zu sorgen. Aber jetzt bestimme ich!«

»Und er bezahlt«, entgegnete sie. »Er hat das ganze Risiko auf sich genommen, als du Mary stumm gemacht hast. Er muß das Gift in das Stärkungsmittel getan und die Laudanumflasche in ihr Zimmer gestellt haben –«

»Woher weißt du das alles?«

»Ich hab' so meine Methoden.« Verleite ihn zum Reden, sagte sie sich. Er hält sich ja für so verdammt gescheit. Vielleicht vergißt er mal einen Moment, Megan so festzuhalten, dann kann sie sich losreißen und abhauen.

»Der Plan war gut«, sagte Rawdon. »Alles hätte geklappt wie geschmiert, wenn du nicht gewesen wärst. Obwohl ich mir den Mund fußlig reden mußte, um den Alten dazu zu kriegen. Den wahren Grund, warum das kleine Luder wegmußte, konnte ich ihm natürlich nicht sagen. Wenn er den gewußt hätte, hätte vielleicht sogar er sich geweigert.«

»Was war denn der wahre Grund?« fragte Sally.

»Ich sage nur, sie hätte mir das Geschäft verderben können. Meinem geliebten Vater habe ich natürlich nie genau gesagt, was für Geschäfte ich mache. Importhandel, hab' ich immer nur gesagt.«

»Aber ich weiß Bescheid. Mädchenhändler seid ihr – du und deine Kumpane.« So viel hatte sie dem Brief entnommen, den Kestrel nach Emilys Rettung an Dipper geschickt hatte.

»Du weißt wohl alles? Der Teufel soll dich holen! Wie gesagt, mein ganzes schönes Geschäft wäre zum Teufel gegangen, wenn diese dumme Gans gequatscht und ihr großmächtiger Herr Papa mich aufs Korn genommen hätte.«

»Wer ist ihr Vater?« fragte Sally begierig.

»Nichts da! Das kriegst du nicht aus mir heraus. Das behalten wir für uns, was, Pa?«

Fiske antwortete nicht. Er hockte völlig gebrochen an die Wand gelehnt, die Augen geschlossen, das Gesicht fleckig und verquollen vom Weinen.

Rawdon fuhr fort: »Da ich dem Alten die Wahrheit nicht sagen konnte, hab' ich mir eben eine Geschichte ausgedacht. Ich habe ihm weisgemacht, sie wäre gar nicht der arme verletzte Unschuldsengel, für den sie sich ausgab – sie wäre schlecht, sie wäre ihrer vornehmen Familie davongelaufen und aus reiner Lasterhaftigkeit auf die Straße gegangen. Ich habe gesagt, ich wäre auf sie hereingefallen, hätte mich von ihr einwickeln lassen und ihr erzählt, wer ich in Wirklichkeit bin und daß ich in meinem Heimatdorf wegen Mordes gesucht werde.«

»Sie haben's wohl wirklich getan – dieses schwachsinnige Mädchen umgebracht.«

»Natürlich. Ich habe es ungeschickt angestellt. Aber damals war ich noch ein Junge. Ich dachte, ich könnte es so hinstellen, als wäre sie ertrunken, aber man fand Blutergüsse an ihrem Körper, die bewiesen, daß ich sie unter Wasser gehalten hatte, und vorher hatte mich jemand gesehen, als ich mit ihr zum Bach hinunterging. So leichtsinnig war ich nie wieder. Es ist aufregend – das Aufregendste überhaupt! –, ein Leben so auszulöschen wie eine Kerze, aber meistens lohnt sich das Risiko nicht. Es gibt andere Möglichkeiten, sich ein bißchen Kitzel zu verschaffen, ohne daß man gleich töten muß.«

Sally war zutiefst angeekelt. Aber sie wollte den Rest der Geschichte erfahren, und sie mußte dafür sorgen, daß er weitersprach. Megan wirkte zu schwach und hilflos, um sich loszureißen, aber vielleicht würde sie sich doch erholen. Vor allem mußte Rawdon zurückgehalten werden, er durfte nicht entkommen.

»Hat er gewußt, daß du das Mädchen in eurem Dorf umgebracht hast?« fragte sie mit einem Blick auf Fiske.

»Ich habe ihm einen Teil der Wahrheit verraten. Ich habe gesagt, daß ich sie unten am Bach genommen habe – sie war zu blöde, um sich groß zu wehren. Hinterher hätte sie einen hysterischen Anfall bekommen, habe ich ihm gesagt, und ich wollte sie zum Schweigen bringen und hätte sie aus Versehen getötet. Im großen und ganzen war das wahr, nur habe ich von Anfang an gewußt, daß ich sie töten muß. Was hätte ich denn sonst tun können – hätte ich sie aller Welt erzählen lassen sollen, was ich mit ihr getan hatte? Meiner Mutter vielleicht?« Er lief rot an.

»Und er hat dir geglaubt?«

»Hab' ich dir nicht schon mal gesagt, daß ich dem Alten alles weismachen kann. Er hat mir bei der Flucht geholfen. Hat sich dadurch leider im Dorf sehr unbeliebt gemacht. Deshalb sind er und meine Mutter nach London gezogen, kurz nachdem ich hierhergekommen war. Dann hat er mich gesucht, mit Anzeigen in den Zeitungen. ›M. F. würde sich freuen, von C. F. zu hören‹ – und ähnliches Zeug. Ich habe mich von Zeit zu Zeit mit ihm getroffen. Ich hielt es für besser, die Verbindung nicht abreißen zu lassen. Sie konnte sich ja vielleicht mal als nützlich erweisen. Meiner Mutter hat er natürlich verheimlicht, daß er mich gefunden hat. Ich wurde in unserem Dorf immer noch wegen Mordes gesucht, und sie hätte es für ihre göttliche Pflicht gehalten, mich den Behörden auszuliefern, wenn sie herausgefunden hätte, wo ich war.

Davor hatte er die meiste Angst – daß man mich finden und wegen des Mordes an dem Mädchen verhaften würde. Diese Angst habe ich ausgenutzt, um ihn zu überreden, Mary zu töten. Ich habe ihm erzählt, ich hätte ihr meine Geschichte anvertraut, und jetzt wolle sie mich hinhängen. Ich habe ihm vorgemacht, ich sei in tödlicher Gefahr und müßte fliehen, mein Leben und mein Geschäft in London aufgeben, und er würde mich nie wiedersehen. Und wenn sie mich erwischen sollten, sagte ich, würde der Galgen auf mich warten. Er hat mir geglaubt wie immer. Er wollte mich schützen. Immer hat er Himmel und Hölle in Bewegung gesetzt, um mich vor allem zu beschützen – nur nicht vor meiner Mutter! Vor der hatte er solche Angst, daß er immer nur tatenlos zugesehen hat, wenn sie auf mich losgegangen ist. Sie konnte mit mir tun, was sie wollte – mich schlagen, verbrühen, hungern lassen – mich für alles und nichts bestrafen. Sie müßte mir den Teufel austreiben, behauptet sie immer. Aber das einzige, was sie erreicht hat, war, daß ich den Teufel erst recht reingelassen habe.«

Sally schüttelte den Kopf. »Ich hätte wissen müssen, daß du ihr Sohn bist. Du bist genau wie sie – ihr habt beide kein Herz im Leib, und euch macht's beiden Spaß, auf anderen Leuten rumzutrampeln und zuzuschauen, wie sie sich vor Schmerzen winden.«

Mit wütendem Blick sah er sie an. »Lieber habe ich kein Herz als kein Rückgrat, wie dieser Schlappschwanz, der mich gezeugt hat. Und jetzt flennt er, weil ich sage, daß ich ihn verachte. Was hat er denn erwartet?«

Sally sah zu Fiske hinüber. Er hockte noch immer in sich

zusammengesunken auf dem Boden. Sein Gesicht war angespannt, seine Augen fest geschlossen, als konzentriere er sich ganz darauf, seinem Sohn zuzuhören, ohne den Verstand zu verlieren.

»Na, auf jeden Fall war er eine erstklassige Hilfskraft«, sagte Rawdon. »Er hat Mary aus dem Weg geräumt. Ich habe den Plan ausgetüftelt, er hat ihn ausgeführt. Er ging ja im Asyl ein und aus – ich nicht. Und ich wußte, wenn er erwischt wird, brauche ich nur zu verschwinden, und er muß alles ausbaden.«

»Ein Glück für dich, daß sich Mary ausgerechnet dieses Asyl ausgesucht hat, in dem ihr sie zum Schweigen bringen konntet.«

»Das war überhaupt kein Glück – das war gottverdammte Dummheit!« Sally merkte, daß er jetzt gar nicht mehr aufhören konnte zu reden. Kein Wunder, da er sich ja fast sein Leben lang hinter Schweigen und Betrug hatte verschanzen müssen. Der Chance, endlich einmal frei von der Leber weg zu reden, mit seinen Triumphen zu prahlen und seiner Wut freien Lauf zu lassen, konnte er nicht widerstehen. »Mary ist uns auf die übliche Weise ins Netz gegangen. Eine meiner Mitarbeiterinnen stieß in einem Gasthaus außerhalb von London auf sie. Die arme Kleine wußte nicht, wohin sie sich wenden sollte. In dem Gasthaus wollten sie sie nicht aufnehmen – sie reiste allein, ohne Begleitung und ohne Bedienstete, das kam den Leuten komisch vor, darum wiesen sie sie ab. Sie hätte sie zur Räson bringen können, wenn sie ihnen gesagt hätte, wer sie war, aber sie war von zu Hause weggelaufen – weil sie heimlich einen Kerl heiraten wollte oder so was Ähnliches – und wollte sich deshalb nicht zu erkennen geben. Diese Mitarbeiterin von mir – eine freundliche, mütterliche Frau – hat ihr angeboten, in ihrem Haus zu übernachten. Es ist eines unserer Häuser in London, die wir extra für Neuzugänge eingerichtet haben.

Der langen Rede kurzer Sinn, das Lamm wurde zur Schlachtbank geführt – bekam ein bißchen was eingeflößt und wurde einem unserer Kunden überlassen, dessen Lieblingssport es ist, so hübsche kleine Döschen zu knacken. Am nächsten Tag, als sie zu fertig war, um zu reden oder sich zu wehren, wurde sie an eine Puffmutter verkauft, die in der Nähe von Covent Garden ein Haus führt. Und da fing der Ärger an. Als sie bei der alten Schlampe aufwachte, schnappte sie völlig über und gab preis, wer sie wirklich war. Daraufhin geriet die blöde Alte in Panik, und es fiel ihr nichts anderes ein, als das Mädchen schnellstens abzustoßen. Sie brachte sie in das Asyl.« Erbittert fügte er hinzu: »Ausgerechnet ich hatte ihr von dem Haus erzählt! Ich hatte von meinem Vater gehört, daß meine Mutter von dem alten Salbader, der es führt, ganz hingerissen war, und machte später bei der alten Schlampe meine Witze über das Hurenheim. Ich sagte, sie könnten uns dafür dankbar sein, daß wir ihnen so viel Material liefern.

Als ich hörte, wer Mary war und was aus ihr geworden ist, schrieb ich meinem Vater und bat ihn, sich mit mir zu treffen. Ich horchte ihn zunächst über Mary aus. Er kannte sie. Er hatte sie im Heim behandelt und ihr ein Stärkungsmittel verschrieben. Ich konnte mein Glück kaum fassen, als ich erfuhr, daß sie keinen Ton über ihre Herkunft gesagt hatte. Aber ich wußte, daß sie früher oder später reden würde. Und wenn sie dann zu ihrer vornehmen Familie zurückgekehrt wäre, wäre für mich und mein ganzes Geschäft alles vorbei gewesen. Darum mußte ich meinen Vater dazu bringen, ihr den Mund für immer zu stopfen.«

»Und der Brief, den ich geklaut hab' – was hat der für eine Rolle gespielt?«

»Mein Vater hätte ihr eigentlich an einem Montag Gift in das Stärkungsmittel mischen sollen. Er hatte das Zeug auch schon bereit – ein starkes Opiat mit einer Dosis Schierling. Ich hatte mich für denselben Abend mit ihm am Haymarket verabredet – da ist immer so viel los, daß ich wußte, wir würden keinem Menschen auffallen. Ich wollte mich vergewissern, ob er den ersten Schritt unseres Plans ausgeführt hatte. Ich wußte, daß er mich nicht belügen konnte – das hätte ich sofort gemerkt. Das war schon immer so. Aber dann stellte sich heraus, daß das kleine Miststück ihm am selben Nachmittag diesen Brief zur Beförderung gegeben hatte. Sie sagte ihm, er sei so freundlich, er sei der einzige, dem sie vertrauen könnte, und dergleichen Quatsch mehr.

Natürlich war er tief gerührt. Er meinte, wir sollten sie am Leben lassen. Wir könnten doch einfach nur den Brief vernichten, dann würde sie glauben, ihr Vater wolle nichts mehr von ihr wissen, und weggehen und keine Scherereien mehr machen. Das hätte sie auch in ihrem Brief geschrieben, sagte er. Aber ich wußte sofort, daß das nur Gerede war. Ich wußte, sie würde so lange nicht aufgeben, bis ihr Väterchen sie in Gnaden wiederaufnahm. Ich ließ mir den Brief von ihm geben und habe ihn dann noch einmal gründlich bearbeitet, bis ich ihn schließlich weichgekocht hatte. Am Ende versprach er mir, die Sache am nächsten Tag zu erledigen.

Den Brief behielt ich – das war mein einziger Fehler. Das Deckblatt mit der Adresse und mit dem Namen ihres Vaters habe ich sofort vernichtet, aber den Brief wollte ich in aller Ruhe lesen – nur so zum Privatvergnügen. Darum steckte ich ihn ein.

Ich verabschiedete mich von meinem Vater, aber irgendwie gefiel er mir nicht. Ich folgte ihm mit einigem Abstand und beobachtete, wie du ihn angequatscht hast. Der arme Hund hatte wahrscheinlich seit Ewigkeiten keine Frau mehr. Ich folgte euch beiden. Ich war immer noch beunruhigt. Ich hatte Angst, im Bett würde er vielleicht weich werden und zu reden anfangen. Als du mit ihm nach oben gegangen warst, hab' ich dem Wirt was in die Hand gedrückt, und der hat mich zu euch raufgehen lassen. Ich hab' euch durchs Schlüsselloch beobachtet. Satt gemacht hat er dich wohl nicht – so ein geiles kleines Stück, wie du bist.«

Ausnahmsweise einmal fehlten Sally die Worte. Sie spuckte vor ihm aus.

»Du kannst spucken und kratzen, soviel du willst. Das

mag ich. Aber das weißt du ja, nicht? Ich beschloß, dich mir vorzunehmen, sobald mein Vater mit dir fertig war. So was nennt man pikant, findest du nicht? Ich wartete in der Schenke, bis ihr zwei herunterkamt, aber als mein Vater ging, hast du dir so schnell irgendeinen andern Kerl in einer Droschke aufgegabelt, daß ich nicht zum Zug kam. Trotzdem bin ich in der Spelunke geblieben, weil ich hoffte, du würdest zurückkommen. Und du kamst ja dann auch.«

»Und da hast du den Brief noch in der Tasche gehabt. Dir hab' ich ihn also geklaut!«

»Ein hoher Preis für einen kleinen Nahkampf mit einer Hure, meinst du nicht? Du warst nicht schlecht, aber den Ärger, den du gemacht hast, bestimmt nicht wert.«

Megan versuchte plötzlich, sich von ihm loszureißen und unter dem Messer wegzutauchen.

»Nichts da!« fuhr er sie an. Er packte noch fester zu und drückte ihr die Messerspitze ans Kinn. Angstvoll bog sie ihren Kopf nach hinten, und die Augen traten ihr fast aus den Höhlen.

»Du wolltest mich nur hinhalten«, zischte er Sally wütend an. »Aber jetzt hab' ich genug geredet. Ich bin fertig mit euch hier, zum Teufel mit euch allen!«

Megan mit sich schleppend, ging er rückwärts zur Tür hinaus. Sally rannte ihnen nach. An der Treppe machte Rawdon abrupt halt. Unter ihnen erklangen polternde Schritte – Männer, die die Treppe heraufstürmten.

Rawdon fluchte, als er sah, daß er zwischen den heraufeilenden Männern und Sally mit ihrer Pistole gefangen war. Wie rasend blickte er um sich, um dann mit einem Wutschrei Megan von sich zu stoßen und mit gezücktem Messer die Treppe hinunterzurasen. Megan flog gegen das Treppengeländer, das verfaulte Holz brach, und unter einem Hagel von Splittern stürzte sie in die Tiefe.

Sally rannte zum Treppenschacht und starrte hinunter. Rawdon stand wie erstarrt auf der Treppe, Auge in Auge mit Julian Kestrel, der eine schlanke langläufige Duellpistole auf seine Brust gerichtet hielt. Gleich hinter ihm war Dipper. Und eine Treppe tiefer stand Toby und sah zu ihnen hinauf. Unten, auf dem Grund des Treppenschachts, lag Megan, reglos, mit gebrochenen Gliedern.

27 *Eine Sache für die Bow Street*

Als der erste Schreck vorbei war, rannte Sally hinunter, um nach Megan zu sehen. Julian nahm Rawdon das Messer ab und trieb ihn die Treppe hinauf. Toby sperrte ihn in das vordere Zimmer im zweiten Stock, nachdem Julian sich vorher versichert hatte, daß er nicht durch das Fenster fliehen konnte. Dipper entdeckte Fiske im hinteren Zimmer, und Toby schloß ihn ebenfalls ein. Es schien geraten, die beiden getrennt zu halten. Rawdon war in solcher Rage, daß er zu allem fähig schien.

Unten kniete Sally neben Megan nieder. »Hol Decken«, befahl sie dem Schankkellner, der gaffend dastand. »Und Brandy, den stärksten, den ihr habt. Und schick nach 'nem Arzt. Los, mach schon! Was stehst du hier noch rum?«

Megan lebte noch, aber ihr Leben hing an einem seidenen Faden. Sie war leichenblaß, atmete kaum, und ihre Augen waren wie verschleiert. Als Sally ihre Hand nahm, schien sie es nicht zu fühlen, und sie konnte auch den Brandy nicht schlucken, den sie ihr einzuflößen versuchten. Sally konnte sie nur zudecken und warten.

Julian, Dipper und Toby kamen herunter, und Toby sah sich Megan an. Nach zehn Jahren als Boxer verstand er einiges von körperlichen Verletzungen.

»Sie fühlt anscheinend überhaupt nichts«, sagte Sally leise.

»Ihr Rückgrat ist gebrochen«, murmelte Toby und schüttelte den Kopf. »Sie wird nicht mehr lang leben.«

Megans glanzloser Blick richtete sich auf Julian, der auf ihrer anderen Seite niedergekniet war. »Charles' Freund«, flüsterte sie.

»Kann ich irgend etwas für Sie tun?« fragte er.

»Sagen Sie Charles –« Ihre Stimme erstarb. Als sie wieder zu sprechen begann, mußte sich Julian dicht über sie neigen, um sie hören zu können. »Sagen Sie ihm, er hat gewonnen. Der Brief – ist in der Tasche meines Umhangs. Geben Sie ihn ihm. Ich wollte ihn heute abend zu ihm bringen, aber als ich ihn allein von zu Hause weggehen sah – mußte ich ihm folgen. Ich dachte – er ginge vielleicht – zu Rosemary. Sagen Sie ihm ...«

Sie konnte nicht weitersprechen. Ihr Gesicht zuckte und bebte vor Anstrengung, als sie von neuem zu sprechen versuchte. »Sagen Sie ihm, er soll gut zu ihr sein. Was ich getan habe, ist nicht ihre Schuld. Sagen Sie ihm, er soll Mitleid mit ihr haben, wenn er sie nicht lieben kann. Sagen Sie ihm –«

Ein Krampf verzerrte ihre Züge. Als er sich löste, war ihr Gesicht so weiß und verschlossen wie das einer Statue. Sie brauchte keinen Arzt mehr.

Julian und Toby trugen sie in das schmutzige kleine Zimmer hinter der Schenke, aus dem Sally die wenigen Gäste, die sich dort aufhielten, hinausgescheucht hatte. Sie legten Megan auf einen langen Holztisch und stellten eine brennende Kerze neben ihren Kopf.

Julian wandte sich an Dipper. »Nimm eine Droschke in die Bow Street. Sag ihnen, sie sollen ein paar Leute schicken, die sich um Rawdon und Fiske kümmern können. Versuch gar nicht erst, alles zu erklären, was hier passiert ist – sag einfach, daß es um Mord geht und Leute von Rang in die Sache verwickelt sind. Das wird ihnen Beine machen.«

Dipper gehorchte. Toby war sichtlich nicht glücklich über die Aussicht auf eine Invasion von Bow Street Runners. Er ging davon, um seinen Gästen zu versichern, daß das mit ihnen nichts zu tun hatte.

»Jetzt möchte ich doch sehen, was das für ein Brief ist«, sagte Sally, während sie in Megans Umhang herumtastete. In einer Tasche fand sie ein paar Münzen und einen Schlüssel; eine zweite Tasche war zugenäht. Sie riß sie auf und zog einen alten vergilbten Briefbogen mit erbrochenem Siegel heraus.

Sie faltete ihn auseinander. Begierig hielt sie Julian den Brief hin. »Was steht drin?«

»Sie hat uns gebeten, ihn Avondale zu geben«, sagte er. »Und nicht, ihn zu lesen.«

»Wegen dem Brief wäre ich beinah abgeknallt worden, fällt mir nicht ein, den jetzt herzugeben, ohne daß ich weiß, was drin steht.« Sie berichtete eilig von ihrem Zusammentreffen mit Avondale im *Cockerel* und seiner Drohung, sie zu erschießen.

Daraufhin war auch Julian der Meinung, sie habe sich das Recht verdient zu erfahren, was der Brief enthielt. Er hielt ihn dicht an die Kerze und las ihr vor:

›November 1821, Samstag

Meine liebste Megan,

um Gottes willen, sei vernünftig und komm heute abend nicht hierher. Die Lauders geben eine Dinnerparty für eine Menge einflußreicher Leute, und wenn Du hier einen Auftritt machst, ist die Hölle los. Du weißt, daß ich Dich liebe, und ja, ich verspreche Dir, Dich zu heiraten. Ich tue gern alles, was Du willst, nur komm bitte nicht hierher und stelle mich vor meinen Freunden nicht bloß. Ich erwarte Dich morgen am gewohnten Platz. Mach Dir keine Sorgen. Glaube mir, ich bin immer der Deine

Charles.‹

»Ich werd' verrückt!« rief Sally. »Was hat' das zu bedeuten? War Megan seine Donja? Und hat er sie abserviert, weil er Rosemary wollte? Warum wollte Megan dann Rosemary unbedingt finden? Die müßte sie doch eigentlich gehaßt haben wie die Pest.«

Julian hörte ihr nur mit halbem Ohr zu. »Da habe ich ja wirklich etwas angerichtet«, sagte er leise zu sich selbst. »Ich war so darauf fixiert, eine Verbindung zwischen Avondale und Mary und dem Asyl herzustellen, daß ich überhaupt nicht mehr richtig aufgepaßt habe. Kein Wunder, daß er diesen Brief unbedingt zurückhaben wollte ...«

Toby meldete ihnen, der Arzt sei eingetroffen. Der untersuchte Megan nur kurz und bestätigte dann, daß der Sturz ihren Tod herbeigeführt hatte.

Kurz danach kehrte Dipper mit zwei Männern zurück. Der eine war ein großer, jovialer Mann um die Vierzig mit einer roten Knollennase. Der andere war jünger, etwa fünfundzwanzig, und trug die Uniform der Bow Street Polizeitruppe: blauer Rock mit goldenen Knöpfen, blaue Hose, scharlachrote Weste. Er war mit einer Machete, einer Pistole und einem Schlagstock bewaffnet. An seinem Gürtel hing ein Paar Handschellen. Der Mann mit der Knollennase reichte allen die Hand. »Guten Abend. Ich bin Peter Vance.«

Mehr brauchte er nicht über sich zu sagen. Jeder kannte die Namen der Bow Street Eliteoffiziere, der sogenannten Runners. Zeitungsartikel, Straßenballaden und Kriminalromane erzählten von ihnen; sie bewachten Banken, Theater, sogar den König selbst. Sie trugen keine Uniform, einziges Zeichen ihrer Würde war ein Amtsstab, ein Stock von etwa zwanzig Zentimeter Länge mit einer goldenen Krone am Ende.

Julian stellte sich und Sally vor. »Es wird hier eine Menge zu erklären geben, fürchte ich.«

»Schießen Sie los«, sagte Vance. »Ich habe Zeit. Ich wußte gleich, daß das eine ernste Sache sein muß. Diesen Jungen hier hätten doch sonst keine zehn Pferde in die Bow Street gebracht.« Er legte Dipper die Hand auf die Schulter.

»Sie kennen sich?«

»Ob ich Dipper kenne? Das kann man wohl sagen! Wir haben uns den ganzen Weg hierher über alte Zeiten unterhalten. Er ist mir früher oft genug über den Weg gelaufen. Einmal hab' ich ihn sogar verhaftet. Das war wirklich eine Leistung. Dipper war ein Riesentalent in seinem Fach – verdammt schwer, ihn zu schnappen.«

»Danke, Sir«, sagte Dipper.

»Keine Ursache, mein Junge. Aber ich habe ihn nicht vor Gericht stellen lassen – das war die Sache nicht wert. Eine

Bagatelle. Darum gibt's zwischen uns auch kein böses Blut.«

Er meinte, daß die Belohnung für die Festnahme von Dipper wegen eines kleineren Diebstahls zu gering gewesen wäre. Die Runners waren tapfere, entschlossene Männer, aber über ihre Motive machte sich niemand Illusionen. Sie arbeiteten gegen Belohnung; das war nicht anders zu erwarten. Die Bow Street zahlte ihnen bei weitem nicht so viel, daß sie von ihren Gehältern hätten leben können.

»Ist das das Opfer?« fragte Vance und trat zu Megan.

»Eines der Opfer.« Julian folgte ihm und berichtete kurz, wie sie umgekommen war.

»Wer ist sie?« fragte Vance.

»Sie wurde Megan MacGowan genannt, aber ich glaube nicht, daß das ihr richtiger Name ist. Ein Mann kann es uns mit Sicherheit sagen: Charles Avondale, Lord Carburys jüngerer Sohn.«

Vance pfiff durch die Zähne. »Da mischt also wirklich die Prominenz mit.«

»Das ist erst der Anfang. Ich schlage vor, wir lassen Dipper Avondale holen, und inzwischen erzählen Sally und ich Ihnen, was wir über diese Geschichte wissen.«

Vance nickte. Dipper machte sich sogleich auf den Weg, und Julian und Sally begannen zu erzählen: von dem Asyl, den Mädchenhändlern und dem Mord. Sally wiederholte, was Rawdon ihr über seine Verbrechen verraten hatte, und Julian enthüllte, daß es sich bei der ermordeten Frau um Lady Lucinda Braxton handelte. Den Beamten wurde beinahe ein bißchen schwindlig bei diesem Durcheinander von Verschwörungen und Gegenverschwörungen, Verwechslungen und getäuschtem Vertrauen.

Am Ende stand Vance auf und trank erst einmal einen kräftigen Schluck von dem Bier, das Toby allen Gesetzesvertretern, die in seine Kneipe kamen, zu spendieren pflegte. »Mir scheint, die Gründe zur Festnahme dieser beiden Männer, Rawdon und Fiske, sind mehr als ausreichend – genauer gesagt, Fiske und Fiske, aber es ist einfacher, wenn wir den jüngeren weiterhin bei seinem angenommenen Namen nennen. Wir sperren sie jetzt erst mal für die Nacht ein, und morgen vormittag werden sie gleich dem Richter vorgeführt. Ich muß Sie bitten, zu der Verhandlung zu erscheinen, Sir, und Ihre Aussage zu machen. Und Sie auch, meine Schöne.«

Er zwinkerte Sally zu, aber sie rümpfte nur die Nase. Mit einem von der Bow Street flirten? Nie im Leben!

Toby führte Vance und seinen Begleiter nach oben, zu Rawdon und Fiske.

Als sie weg waren, sah Sally Julian mit gekrauster Stirn an. »Manches verstehe ich immer noch nicht. Wer war dieser Schwachsinnige, der da vor dem Asyl rumgeschlichen ist, wenn er nicht Caleb war?« Mit einem Anflug von Gereiztheit fügte sie hinzu: »Dich hat's ja anscheinend überhaupt nicht gewundert, daß Blinkie Caleb ist und daß er und sein Vater gemeinsam den Mord begangen haben.«

»Nein, weil mein Verdacht bereits in diese Richtung ging. Ich war noch nicht darauf gekommen, daß Rawdon Caleb ist, aber mir war klar, daß zwischen den beiden Männern eine Verbindung bestehen mußte. Diese ganze Untersuchung hat große Ähnlichkeit mit dem Bauernfängerspiel: Wir hatten drei Männer und einen Brief, und wir verhielten uns genauso wie die Dummen, die meinen, sie könnten beim Bauernfängerspiel gewinnen: Sie glauben, die Erbse befände sich unter einer der drei Tassen und sie könnten erraten, unter welcher. Aber die Erbse wandert; der Spielmacher tut so, als legte er sie unter die eine Tasse, dann nimmt er sie heimlich weg und schiebt sie unter eine andere. Mir war klar, daß das hier auch so gewesen sein muß: Fiske hatte den Brief zuerst und gab ihn dann Rawdon.

Denn das Motiv für den Mord hatte Rawdon. Ich war sicher, daß er und seine Komplizen Lady Lucinda verschleppt hatten. Damit hatten sie allen Grund, sie aus dem Weg zu räumen, sobald sie von ihrer wahren Identität wußten. Aber zwischen Rawdon und dem Asyl gab es keine Verbindung. Fiske war derjenige, der die Verbindung zu Lady Lucinda hatte: Fiske hatte die Möglichkeit, an ihren Brief heranzukommen, das Stärkungsmittel zu vergiften und sich nachts ins Heim zu schleichen, um die Laudanumflasche in ihr Zimmer zu stellen. Was er so überzeugend bestritt, war ja nicht, daß er den Brief einmal hatte, sondern daß er der Mann sei, dem du ihn gestohlen hast.

Und wenn Fiske den Brief von Lady Lucinda bekommen hat und ihn dann an Rawdon weitergab, so war damit erklärt, warum sie beide an jenem Abend am Haymarket waren. Du selbst hast gesagt, du konntest dir nicht vorstellen, was Fiske um diese Zeit dort tat – er suchte ganz offensichtlich nicht die Art von Vergnügung, die dieses Viertel zu bieten hat. Dann war da die Tatsache, daß Rawdon dich und Fiske im *Cockerel* beobachtet hat. Wir haben uns gefragt, was sein Interesse an dir erregt haben könnte. Wir kamen nicht auf die Idee, daß er dich nur deshalb beobachtet hat, weil du mit Fiske zusammen warst.«

»Seinen eigenen Vater bespitzeln!« sagte sie angewidert. »Der Kerl ist wirklich ein Schwein. Ich hätte nie geglaubt, daß er so wär – Caleb, mein' ich. Als ich seine Mutter mit dem Wachskopf über ihn reden gehört hab', hat er mir richtig leid getan. Die hat ihn ja wie Dreck behandelt, dachte ich. Und als ich dann den Jungen vorm Asyl entdeckte, so ein Mäuschen, das vor seinem eigenen Schatten Angst hatte, dachte ich sofort, daß er Caleb sein müßte.«

Julian nickte. »Du hattest dir von Caleb ein Bild gemacht, und dieser Junge paßte hinein. Den gleichen Fehler habe ich mit Rosemary gemacht, und das hat meine ganze Analyse durcheinandergebracht. Weil ich dachte, sie könnte Mary sein, stellte ich mir sie nach Marys Bild vor – also eine schöne, hilflose junge Frau – ein Opfer. Die wahre Rosemary ist vielleicht ganz anders –«

Er brach ab, als ihm plötzlich wieder Avondales Brief ins Auge fiel. »Guter Gott! Halb Engländerin, halb Schottin! Wie konnte ich nur so blind sein? Avondale hat mir ja praktisch gesagt, wer Rosemary ist, und ich habe es nicht verstanden.«

Sally sah ihn verdutzt an. Doch bevor sie eine Frage äußern konnte, brachten die Polizisten Rawdon und Fiske herunter. Fiske war lammfromm, Rawdon jedoch schäumte vor Wut. Die Polizisten hatten ihn fesseln und ihm ein Taschentuch in den Mund stopfen müssen.

»Sie hätten mal hören sollen, mit was für Ausdrücken der um sich geworfen hat«, bemerkte Vance mit einem leichten Lachen. »Das meiste war uns zwar nicht neu, aber wir hatten es satt, es uns anhören zu müssen. Tja also, wir sind hier fertig. Wenn Sie morgen um zehn aufs Amt kommen, Sir, wird der Richter, denke ich, alles andere wegen dieser Sache verschieben.«

»Wir werden dasein«, sagte Julian. »Danke für Ihre Bemühungen.«

»Wir danken *Ihnen*, Sir. Sie besitzen ja für diese Art der Arbeit ein seltenes Talent. Würden Sie aus meinen Kreisen stammen, hätten Sie eine große Karriere daraus machen können. Aber für Sie als Gentleman – und Liebling der St. James Street, wie jeder weiß – ist das natürlich ein amüsanter Zeitvertreib. Ein Sport, könnte man sagen. Wie die Fuchsjagd.«

»So etwa.« Julian lächelte unergründlich. Er wußte sehr wohl, was Vance meinte. Ein Gentleman machte keinen Beruf daraus, Verbrecher zu fangen – und würde es sich gewiß nicht träumen lassen, einen Anteil einer eventuellen Belohnung zu verlangen.

Toby holte eine Droschke, die die Polizisten mit ihren Gefangenen in die Bow Street bringen sollte. Julian und Sally kehrten ins Hinterzimmer zurück, um bis zum Eintreffen Avondales bei Megan zu wachen. Schon wenige Minuten später kam Dipper und teilte ihnen mit, Avondale warte im Schankraum.

»Ich hab' ihn erst mal dort gelassen, Sir, weil ich nicht wußte, ob Sie mit den Leuten von der Bow Street schon fertig sind.«

»Was haben Sie ihm gesagt?« fragte Julian mit einem Blick zur Tür des Schankraums.

»Nur daß Sie ihn sofort sprechen müßten, Sir – und daß es mit Miss MacGowan zu tun hätte.«

»Gut. Dann gehe ich jetzt zu ihm.«

Er ging in den Schankraum. Die meisten von Tobys Gästen hatten nach der Ankunft der Bow Street das Feld geräumt. Avondale kam sofort auf ihn zu.

»Was, zum Teufel, hat das zu bedeuten? Erst nehmen Sie auf der Straße Botschaften von Megan entgegen, und jetzt schicken Sie mir Ihren Diener, um mir sagen zu lassen, Sie müßten mich ihretwegen sprechen. Ich verstehe das alles nicht. Wieso verfolgen Sie mich?«

»Sie sind leider mitten in eine Geschichte geraten, der ich nachging – mit der Sie, wie sich herausstellt, überhaupt nichts zu tun haben, obwohl es zunächst anders aussah. Es ist eine sehr lange Geschichte. Aber ich muß Ihnen etwas mitteilen. Ich fürchte, es wird ein Schock für Sie sein. Die junge Frau, die Sie Miss MacGowan nennen, kam heute abend hierher. Sie folgte Ihnen zu Ihrer Verabredung mit Sally.«

»Sally? – Oh, die kleine Covent Garden Schwester, die mir den Brief geschickt hat.« Er hielt einen Moment inne. »Was soll das heißen, die Frau, die ich Miss MacGowan *nenne*?«

»Die geriet mitten in eine Auseinandersetzung«, fuhr Julian ruhig fort. »Es kam zu einem – einem Unglücksfall. Sie kam dabei ums Leben.«

»Sie ist tot?«

»Ja, es tut mir leid.«

Avondale griff blind nach einer Stuhllehne und hielt sich daran fest. »Tot. Megan ist tot.«

»Sie bat mich, Ihnen etwas auszurichten. Schon das zweite Mal«, fügte er bedauernd hinzu. »Ich soll Ihnen sagen, daß Sie gewonnen haben. Und sie bat mich, Ihnen einen Brief zu geben, den sie bei sich hatte. Sie möchten gut zu Rosemary sein. ›Sagen Sie ihm, er soll Mitleid mit ihr haben, wenn er sie nicht lieben kann‹, sagte sie –«

»O Gott, nein!« Avondale hob die Hand, als wolle er weiteres abwehren. »Sie müssen mir glauben, auf diese Weise wollte ich nicht gewinnen. Ich habe Megan gehaßt – es gibt nicht viel, was ich nicht getan hätte, um sie aus meinem Leben zu verbannen. Aber das – das wollte ich nicht.«

»Möchten Sie sie sehen?«

»Ja. Ja, das bin ich ihr schuldig.«

Sie gingen in das andere Zimmer. Avondale trat zu dem Tisch, auf dem Megan lag, und blickte schweigend auf sie hinunter. Dipper betrachtete ihn nachdenklich, Sally mit unverhohlener Neugier.

»Das alles ist meine Schuld«, sagte er. »Ich hatte so ein Gefühl, als sei mir heute abend jemand hierher gefolgt. Sie hat mich ständig verfolgt oder beobachtet. Sie glaubte, ich würde sie vielleicht zu Rosemary führen oder zu jemandem, der wußte, wo Rosemary ist.«

»Und wo ist sie?« fragte Sally. »*Wer* ist sie?«

Avondale antwortete nicht. Er blickte weiter traurig in Megans steinernes verschlossenes Gesicht.

Julian reichte ihm den Brief. »Ich habe versprochen, Ihnen diesen Brief zu geben. Sie hat es so gewünscht. Was Sie damit tun, müssen Sie mit sich und Ihrem Gewissen ausmachen.«

»Ich nehme an, Sie haben ihn gelesen?«

»Ich muß gestehen, ja.«

»Was hat das alles zu bedeuten?« Sally ließ nicht locker. »Wer ist Rosemary?« Sie sah Julian scharf an. »Und warum haben Sie gesagt, *ihr* Name wäre in Wirklichkeit gar nicht Megan MacGowan?«

Avondale lächelte schwach. »Sie haben es also herausbekommen.«

»Ja«, antwortete Julian. »Ich habe einen Freund, der geborener Schotte ist, und er und ich hatten einmal ein Gespräch über die Besonderheiten der schottischen Gesetze.«

»Ach, zum Teufel mit den schottischen Gesetzen!« Sally stampfte mit dem Fuß auf. »Wer war sie?«

»Sie war«, sagte Avondale ruhig und gefaßt, »Mrs. Charles Avondale.«

Sally starrte ihn an. »Sie war Ihre Frau?«

»Ich denke, Sie haben ein Recht darauf, die ganze Geschichte zu hören«, meinte Avondale seufzend, »da Sie nun einmal in das alles hineingezogen worden sind. Aber dafür müssen Sie mir dann sagen, was das alles hier zu bedeuten hat: Woher Sie beide sich kennen –« Er blickte von Sally zu Julian – »und wie sie ums Leben gekommen ist.«

Julian erzählte noch einmal die ganze Geschichte, diesmal jedoch in aller Kürze und ohne Lady Lucindas Namen zu nennen, obwohl er wußte, daß er schon bald in aller Munde sein würde. Avondale hörte schweigend zu, und das schien ihm zu helfen, seine innere Erregung zu beruhigen. Hilfreich war auch, daß der praktische Dipper einen großen Topf dampfenden Punsch bestellt hatte, von dem sie sich alle dankbar bedienten.

Endlich war Avondale an der Reihe, seine Geschichte zu erzählen. Er stand auf und ging eine Weile schweigend auf und ab, als wollte er seinen Mut sammeln.

»Nun gut. Es begann alles vor drei Jahren, als ich zur Jagd nach Schottland reiste und danach Freunde in Edinburgh besuchte, die Familie Lauder. Während meines Aufenthalts dort lernte ich eine junge Frau kennen, eine Gouvernante aus der Nachbarschaft. Das war Megan.

Sie war damals eine sehr ansprechende Frau. Als Sie sie kennenlernten, war sie schrecklich heruntergekommen, aber damals besaß sie eine Vitalität – ein Feuer, eine Art animalischer Kraft, ich weiß nicht. Sie war ein wenig älter als ich, aber das spielte keine Rolle. Wir trafen uns heimlich und – nun, den Rest können Sie erraten.

Dann aber begann sie mich zu bedrängen, ich solle sie heiraten. Es war wirklich nicht fair. Ich hatte nie auch nur angedeutet, daß ich an Heirat denke, und sie selbst brachte das Thema erst aufs Tapet, als sie meine Geliebte geworden war. Schließlich war es für mich beinahe Zeit, wieder aus Schottland abzureisen, und ich war froh zu entkommen, aber Megan war nicht bereit, mich kampflos aufzugeben. Eines Morgens, wenige Tage vor meiner Abreise, bekam ich einen Brief von Megan. Es war ein aufgebrachter, wütender Brief. Sie schrieb, sie sei in jeder Hinsicht meine Ehefrau, nur nicht dem Namen nach, ließ sich dann seitenlang darüber aus, was wir uns bedeuteten, und drohte, am selben Abend zu den Lauders zu kommen und mir vor allen eine Szene zu machen, wenn ich nicht unverzüglich zurückschriebe und ihr verspräche, sie zu heiraten. Und ich dachte, ach, zum Teufel, warum nicht? Wenn sie hinterher wegen Bruchs des Eheversprechens klagen sollte, konnte man sie immer noch abfinden. Die Lauders gaben an diesem Abend ein großes Fest, und bei der Vorstellung, daß Megan dort auftauchen und mich vor all diesen Leuten bloßstellen könnte, wurde mir ganz übel. Ich schrieb ihr also das hier.«

Er schwenkte den Brief. Seine Lippen verzogen sich zu einem bitteren Lächeln. »Und schon saß ich in der Falle. Ich hatte keine Ahnung, was da mit mir angestellt wurde. Jeder weiß, daß es sehr einfach ist, in Schottland zu heiraten – es brennen ja immer wieder junge Paare nach Gretna Green durch. Aber was die meisten Leute nicht wissen – was auch ich nicht wußte –, ist, daß Schottland das einzige Land in der zivilisierten Welt ist, in dem man *versehentlich* heiraten kann. An dem Tag, nachdem Megan meinen Brief erhalten hatte, war sie ganz Hingabe und Zärtlichkeit – konnte sich gar nicht genug für ihr Verhalten entschuldigen. Ich ließ mich von ihr verleiten, die Nacht mit ihr zusammen in einem Gasthaus zu verbringen – und am folgenden Morgen eröffnete sie mir, daß wir nun verheiratet seien. Indem ich ihr ein schriftliches Heiratsversprechen gegeben und sie dann als meine Ehefrau behandelt hatte, war ich nach schottischem Gesetz die Ehe mit ihr eingegangen. Man nennt das eine formlose Eheschließung, und sie ist so rechtsgültig und bindend wie eine reguläre Trauung. Vor dem Gesetz gilt das, was eigentlich hätte erfolgen müssen, als erfolgt – so hat es mir später ein Anwalt in Edinburgh erklärt. Megans Vater war Rechtsanwalt, daher kannte sie sich so gut aus.

Erst als ich erfuhr, daß ich wirklich immer an Megan gebunden war, wurde ich mir über meine wahren Gefühle klar. Ich erkannte, daß ich meine Cousine Ada liebte und immer geliebt habe. Aber wie ein Idiot, wie ein dummes, verwöhntes Kind, hatte ich mir eingebildet, ich hätte noch viel, viel Zeit, um mir die Hörner abzustoßen und dann, wenn ich all die anderen Frauen genossen hatte, die mir gefielen, um ihre Hand zu bitten. Ich rechnete nie damit, daß sie einen anderen heiraten würde. Sie ist keine Schönheit im landläufigen Sinn – was nur zeigt, wie wenig die Leute wissen –, und sie hat kein Geld, was ja auf dem Heiratsmarkt das einzig Wichtige ist. Darum glaubte ich, sie würde auf mich warten, und das hat sie auch getan, aber nun konnte ich sie ja nicht mehr heiraten. Und niemals wäre sie meine Geliebte geworden. Sie ist das ehrenhafteste und tugendhafteste Wesen, das ich kenne. Aber die Ehe konnte ich ihr nicht bieten, weil ich ja schon eine Ehefrau hatte. Mein Gott, es war grauenhaft.«

Blaß und atemlos hielt er inne. Dipper füllte sein Glas auf. Er trank einen Schluck und fuhr dann, ruhiger geworden, zu sprechen fort.

»Mir fiel nur ein Ausweg ein: Diese Heirat so lange wie möglich geheimzuhalten. Hätte Ada von Megan erfahren, wäre zwischen uns alles ein für allemal vorbei gewesen. Wenn es mir aber gelänge, dachte ich, diesen Brief an mich zu bringen – den einzigen Beweis meines Eheversprechens, den Megan hatte –, wäre ich praktisch wieder Junggeselle. Es muß nämlich ein schriftlicher Beweis des Eheversprechens vorliegen, wissen Sie, sonst wird die Ehe vor dem Gesetz nicht anerkannt. Aber Megan hatte den Brief gut versteckt, und keine Macht der Welt konnte sie dazu bewegen, ihn herauszugeben. Ich wußte, daß es keinen Sinn hatte, mit ihr zu reden. Meine einzige Hoffnung war fürs erste die Geheimhaltung.

Ich sagte Megan, meine Eltern würden ein großes Spektakel machen, wenn sie hörten, daß ich unter meinem Stand geheiratet hatte – was ich auch wirklich getan hatte. Ich sagte, ich würde ihnen früher oder später unsere Eheschließung mitteilen, aber dies wäre kein günstiger Moment. Ich hatte eine unverheiratete Tante, die mich sehr liebte und von der ich wußte, daß sie mich bei ihrem Tod großzügig bedenken würde. Ich erzählte Megan, diese Tante würde mich enterben, wenn sie erfahren sollte, daß ich eine schottische Gouvernante geheiratet hatte. Megan wußte, daß wir das Geld nötig haben würden – sie war schließlich Schottin –, deshalb war sie damit einverstanden, unsere Ehe bis zum Tod von Tante Charlotte geheimzuhalten.

Ich wußte, daß das nur eine Notlösung war. Früher oder später würde entweder meine Tante sterben oder Megan das Warten leid sein. Fürs erste kaufte ich ihr ein Haus in Nordengland, weit entfernt vom Haus meiner eigenen Familie in Somerset. Der Unterhalt war verdammt kostspielig. Ab und zu besuchte ich sie auch, sowohl um sie bei Laune zu halten, als auch um nach dem Brief zu suchen. Natürlich fand ich ihn nie. Anfangs ging alles ganz gut. Megan ahnte nicht, wie entschlossen ich war, sie loszuwerden. Sie hatte andere Dinge im Kopf.« Er lächelte bitter. »Ich nehme an, inzwischen ist Ihnen klar, wer Rosemary ist.«

»Ich war lange auf der falschen Fährte«, bekannte Julian. »Ich dachte, sie könnte die junge Frau sein, die im Asyl ermordet wurde. An dem Abend, an dem ich Megan zum erstenmal begegnete, machte ich Ihnen gegenüber ja auch eine entsprechende Andeutung. Sie machten sich meinen Irrtum zunutze, um mich auf eine falsche Fährte zu führen; Sie ließen mich glauben, Rosemary sei eine Frau, die Sie verführt hatten. Jetzt würde ich vermuten, daß sie für so etwas noch viel zu jung ist – selbst wenn Sie nicht ihr Vater wären.«

»Sie ist zwei Jahre alt. Nachdem Megan mich in die Falle gelockt hatte, erfuhr ich, daß sie ein Kind erwartete. Das war ein Grund, warum sie mich unbedingt heiraten wollte.

Es ging ihr sehr um Rosemary, das muß ich gerechterweise sagen. Allein hätte sie es vielleicht akzeptiert, nur meine Geliebte zu sein, aber auf keinen Fall wollte sie, daß unser Kind unehelich zur Welt kommt.

Aber nach Rosemarys Geburt wurde alles sehr schwierig. Megan hatte den Leuten in dem Dorf, in dem sie wohnte, erzählt, ich sei bei der Armee, deshalb käme ich so selten zu Besuch, aber die witterten natürlich, daß da etwas nicht in Ordnung war. Es gab die ersten Gerüchte, daß sie nur meine Geliebte sei, und die anständigen Leute weigerten sich, sie zu empfangen. Sie war wütend. Sie fing an, mir böse Briefe zu schreiben, verlangte, ich solle endlich zu ihr stehen, und drohte mir, unsere Eheschließung selbst publik zu machen, wenn ich es nicht täte. Ich gebrauchte alle möglichen Ausflüchte – Tante Charlotte, die Gesundheit meiner Mutter, die Hochzeit meiner Schwester, was mir eben einfiel. Immer wieder schlug ich eine kurze Gnadenfrist heraus, aber es wurde auch jedesmal schwieriger.

Im vergangenen Frühling dann traf mich ein Schlag aus anderer Richtung. Major Thorndike erschien auf der Bildfläche und begann, Ada zum umwerben. Nichts hätte ich lieber getan, als ihm in die Parade zu fahren, aber das ging ja nicht. Ich bemühte mich, den Freund und Mentor zu spielen, ich neckte sie wegen Thorndike, gab ihr gute Ratschläge – aber es war grausam. Es hat mir fast das Herz zerrissen. Ich wußte, daß sie ihm ihr Jawort geben würde, wenn er um sie anhalten sollte. Ihre Familie ist zu arm, um eine solche Chance ausschlagen zu können. Und ich selbst machte ja keinerlei Anstalten, sie um ihre Hand zu bitten. Nacht für Nacht bin ich wach gelegen und habe mir sie mit ihm zusammen vorgestellt – meine Ada, meine einzige wahre Liebe! Es fraß mich innerlich völlig auf. Sie müssen verstehen, ich war kaum bei Sinnen, als ich – als ich tat, was ich tat.

Im Juni wurde Thorndike nach Irland gerufen, weil dort eine Revolte ausgebrochen war. Ich hoffte von Herzen, irgendein irischer Rebell würde ihn erwischen, aber darauf konnte ich mich natürlich nicht verlassen. Ich wußte, daß er Ada regelmäßig schrieb – es konnte leicht sein, daß er sie brieflich um ihre Hand bitten würde. Ich hatte praktisch keine Zeit mehr. Im Juli dann schrieb Megan mir, ihr Mädchen hätte ihr den Dienst aufgekündigt. Da sah ich meine Chance. Ich fuhr zu Megan und sagte ihr, ich würde jetzt unsere Ehe nicht länger geheimhalten. Aber erst, sagte ich, müßten wir ihren Lebensstil verbessern. Ich kaufte ihr und Rosemary neue Kleider, für das Haus neue Möbel. Wir feierten Rosemarys zweiten Geburtstag. Wir waren lange nicht mehr so gut miteinander ausgekommen. Megan war glücklich – sie glaubte mir. Nun, sie hatte *mich* ja auch einmal hereingelegt, nicht wahr? Ich fand es nur fair, den Spieß umzudrehen.

Ich stellte ein neues Mädchen für Megan ein – eine junge Londonerin, die mit städtischer Lebensart vertraut war. Ich sagte, sie würde Megan helfen, sich an ihr neues Leben zu gewöhnen. Dieses Mädchen, Selina, war in Wirklichkeit eine Zypriotin, mit der ich einmal gut bekannt gewesen war – ein schlaues kleines Ding, die Intrigen liebte. Sie spielte ihre Rolle perfekt. Ich gab vor, nach London zurückzureisen, blieb aber statt dessen heimlich in der Nähe, während Selina Megans Tageslauf kennenlernte und sich ihr Vertrauen erwarb. Eines Abends dann gab sie Megan beim Abendessen einen Schlaftrunk und verschwand – mit Rosemary.

Ich hatte vorher schon dafür gesorgt, daß es unmöglich sein würde, ihre Spur aufzunehmen. Sie wechselten heimlich die Pferde, so daß Megan später nicht herausbekommen konnte, wo sie angehalten oder welche Richtung sie genommen hatten. Nachdem ich mich vergewissert hatte, daß sie unbemerkt entkommen waren, kehrte ich nach London zurück. Selina ließ Megan einen Brief von mir zurück, in dem ich ihr geschrieben hatte, sie solle keinem Menschen sagen, daß ich Rosemary entführt hatte, wenn sie das Kind je wiedersehen wolle. Sie brauche mir nur einen gewissen Brief zu geben, dann würde ich ihr Rosemary wieder zuführen und ihr Leben lang für sie beide sorgen. Und das hätte ich auch getan. Ich weiß, daß das mein Handeln nicht weniger verabscheuenswürdig macht. Ich war einfach völlig verzweifelt.

Aber nun waren wir beide in einer Sackgasse. Megan schrieb mir, sie würde den Brief niemals ausliefern. Und keinesfalls würde sie ihr Kind für den Preis, es zum Bastard zu erklären, zurückkaufen. Andererseits jedoch wagte sie nicht, öffentlich zu machen, daß wir verheiratet waren und daß ich Rosemary entführt hatte. Sie hatte Angst. Sie war die Tochter eines Rechtsanwalts – sie war sich ihrer Lage nur allzu bewußt. Ich ebenfalls – ich hatte mich inzwischen über die einschlägigen Gesetze kundig gemacht. Da Rosemary ehelich geboren war, gehörte sie mir, nicht Megan. Und Megan hätte sie mir niemals nehmen können, wenn ich, da ich ja dann sowieso nichts mehr zu verlieren hatte, meine Rechte als Rosemarys ehelicher Vater geltend gemacht hätte. Ich hätte Megan für untauglich oder verrückt erklären lassen können, alles mögliche. Mein Vater hätte mich unterstützt, und was hätte Megan gegen *ihn* ausrichten können? Manchmal ist es schon sehr angenehm, der Sohn eines Earl zu sein.

So standen die Dinge also. Ich weigerte mich, Rosemary herauszugeben, und stellte meine Zahlungen an Megan ein. Sie konnte das Haus nicht mehr halten und mußte alles, was sie besaß, verkaufen, nur um ihre Schulden zu bezahlen. Was soll ich sagen? Ich glaubte, so könnte ich sie schneller dazu bringen, zu Kreuze zu kriechen. Aber sie gab nicht auf. Sie suchte überall im Land nach Rosemary. Und ich reiste zu dem Haus, das sie verlassen hatte, und suchte überall nach dem Brief. Keiner von uns beiden fand, was er wollte. Eine Sackgasse, wie ich schon sagte.

Vor ungefähr einem Monat kam Megan nach London. Eines Abends stand sie vor meiner Tür, und ich war entsetzt über die Veränderung, die mit ihr vorgegangen war. Sie war schmutzig und abgemagert, und ihre Kleider wirkten schäbig und heruntergekommen. Ich sagte ihr, sie sei verrückt, und ich glaube, sie war zu dem Zeitpunkt tatsächlich ein wenig verrückt. Wir waren es wahrscheinlich beide.

Zuerst flehte sie mich an, ihr Rosemary zurückzugeben, aber dann steigerte sie sich in eine ungeheure Wut hinein. Ich hätte sie entehrt, sagte sie, sie ohne einen Penny sitzengelassen, ihr ihre Tochter geraubt. Sie sei einmal eine anständige Frau gewesen. Wie ich es über mich brächte, sie zu einem solchen Leben zu zwingen? Und ich entgegnete ihr, es sei allein ihre Schuld, daß wir jetzt in diesem Schlamassel säßen; wenn sie mich nicht mit Arglist in die Ehe gezwungen hätte, wäre das alles nicht geschehen, und – ach, ersparen Sie mir den Rest. Wir haben uns gegenseitig nur gequält.

Megan flehte mich an, ihr wenigstens zu sagen, ob es Rosemary gutginge. Sie hatte Angst, sie könnte krank und vernachlässigt sein – vielleicht sogar tot. In dieser Ungewißheit wollte ich sie natürlich nicht lassen. Ich sagte ihr, Rosemary ging es gut; die Frauen, bei denen sie lebte, kümmerten sich bestens um sie. Megan wollte wissen, was das für Frauen seien. Und, Gott helfe mir, ich sagte darauf, Frauen, die normalerweise nicht heiraten.«

»Und war das wahr?« fragte Julian.

»O ja, es war wahr. Rosemary ist in einem Kloster in Frankreich. Aber Megan dachte etwas ganz anderes. Das war auch meine Absicht gewesen. Sie dachte, Rosemary befände sich in einem Bordell, und sie war außer sich. Aber sie wollte immer noch nicht aufgeben. Die Auseinandersetzung endete damit, daß sie aus dem Haus rannte und ich überhaupt nichts erreicht hatte, sondern weiterhin fürchten mußte, für immer in diesem Alptraum leben zu müssen.

Ich habe keine Ahnung, was sie in den folgenden Wochen tat, ich weiß nur, daß sie mich häufig beobachtete. Manchmal, wenn ich abends aus dem Fenster schaute, sah ich sie draußen auf der Straße. Sie schrieb mir mit Kreide den Buchstaben R auf die Haustür und schlitzte ein R in das Verdeck meines Wagens. Es machte mich wirklich mürbe.

Zu allem Überfluß geriet ich immer tiefer in Schulden. Dieses Kloster ist teuer, ich mußte ja auch Selina bezahlen. Als ich mit Ihnen zusammentraf –«, er wandte sich Sally zu –, »wollte ich nur eine Weile Ruhe haben und alles vergessen.

Am folgenden Morgen lief mir in meinem Club Thorndike über den Weg. Ich hatte keine Ahnung, daß er aus Irland zurück war. Ich fuhr sofort zu Ada, und sie bestätigte mir, daß sie vorhatte, seinen Antrag anzunehmen, falls er um sie anhalten sollte. Er tat es auch in der folgenden Woche. Da war mir plötzlich alles egal: Megan hatte zwar den Brief noch, aber Thorndike durfte Ada nicht heiraten – nicht, wenn ich es irgendwie verhindern konnte. Ich bat sie selbst um ihre Hand, und sie gab mir ihr Jawort, die arme Arglose. Kurz zuvor noch hätte ich mir lieber die rechte Hand abgehackt, als unter den gegebenen Umständen um sie anzuhalten. Aber es ist seltsam, wenn man einmal etwas Niedriges getan hat, dann ist man viel schneller bereit, auch ein zweites Mal so zu handeln. Es ist beinahe so, als ob unser Gewissen abstumpft. Ich war entschlossen, Ada zu heiraten, nur damit kein anderer sie bekam. Weil ich sie liebte, war ich sogar bereit, sie mit einer Scheintrauung zu täuschen und sie zu meiner Geliebten zu machen – Ada, diese engelsreine, vertrauensvolle –« Er schluckte. »Entschuldigen Sie. Wie dem auch sei, es war wahnsinnig, ein schreckliches Risiko. Megan hätte mit dem Brief, den sie von mir hatte, jederzeit den Betrug ans Licht bringen können.

Ich glaubte auch, daß sie das vorhatte. Sobald sie von meiner Verlobung erfahren hatte, kam sie zu mir, und es gab wieder einen Streit. Sie sagte, solange sie lebte, würde ich niemals eine andere Frau heiraten. Und ich sagte, wenn sie mir den Brief nicht gäbe, würde ich sie in eine Anstalt sperren lassen. Und wenn sie versuchen sollte, Ada etwas anzutun oder sie irgendwie zu ängstigen, würde ich sie umbringen. Sie war wütend bis zur Weißglut, als sie ging – und Sie ihr an der Tür in die Arme liefen. Ich vermute, das war der Grund, weshalb sie Ihnen die Nachricht für mich gab – Ihnen auftrug, mich zu fragen, was ich mit Rosemary angestellt hätte. Sie wollte mir Schwierigkeiten machen, aber weiterzugehen wagte sie nicht.

Ein paar Tage später ließ sie sich etwas anderes einfallen – sie schickte Ada mit der Post einen Brief, der nichts enthielt als ein Sträußchen getrockneten Rosmarin. Megan ist – war – eine teuflisch kluge Frau. Sie wußte genau, wie sie mich quälen konnte, ohne mich zu weit zu treiben.

Tja, das ist die ganze Geschichte.« Er wandte sich Sally zu. »Sie verstehen jetzt sicher, weshalb ich, als ich heute morgen Ihren Brief bekam, glaubte, es handle sich um meinen Brief an Megan. Ich wußte nicht, wer Sie sind oder wie Sie in diese Sache geraten waren, aber ich war bereit, Ihnen jeden Preis für diesen Brief zu bezahlen. Weil ich keine Ahnung hatte, mit was für Leuten ich es heute abend hier zu tun bekommen würde, nahm ich vorsichtshalber eine Pistole mit. Die ich übrigens nicht mehr hatte, als ich nach Hause kam.«

Er warf Sally einen vielsagenden Blick zu, und sie antwortete mit einem unschuldigen Augenaufschlag. »Behalten Sie sie«, sagte er mit einem schwachen Lächeln. »Sie können sie vielleicht gebrauchen – Sie scheinen mir ein Talent dafür zu haben, sich in Gefahr zu begeben.«

»Danke.« Sie lachte. »Aber Sie haben Glück, was? Sie haben jetzt alles, was Sie wollten. Sie haben den Brief, Sie sind Megan los, und Ihre Ada hat von allem keine Ahnung.«

»Ach, Sie begreifen nicht.« Avondale lächelte schmerzlich. »Und auch Megan hatte nicht begriffen, als sie sagte, ich hätte gewonnen. Ich habe nicht gewonnen – ich habe verloren. Denn sehen Sie, ich kann der toten Megan nicht antun, was ich der lebenden antun konnte. Ich wollte immer für sie und Rosemary sorgen, wenn sie nur nachgegeben und ihren Anspruch, meine rechtmäßige Ehefrau zu sein, zurückgezogen hätte. Niemals wollte ich, daß sie umkommt und Rosemary mutterlos zurückbleibt. Vor allem anderen ging es Megan –« Er brach ab und blickte niedergeschlagen zu der Toten hinunter. »Sie wollte vor allem anderen die Ehelichkeit für ihr Kind. Dafür ist sie gestorben

– weil sie mir hierher folgte und mitten in Ihre Auseinandersetzung mit diesen Männern geriet. Und das kann ich ihr jetzt nicht mehr verweigern. Gleich morgen vormittag – oder, genauer gesagt, heute, es muß ja längst nach Mitternacht sein – werde ich zu Ada gehen und ihr alles beichten. Ich werde sie wohl verlieren. Wenn sie erfährt, wie ich sie getäuscht habe – was ich ihr antun wollte –, wird das das Ende sein.« Er schwieg einen Moment, dann fuhr er mit fester Stimme fort: »Danach werde ich mit den Anwälten unserer Familie sprechen und ihnen diese ganze Geschichte unterbreiten, damit sie alles veranlassen können, um eine Anerkennung meiner Ehe mit Megan durchzusetzen. Ich denke, das hier –«, er hielt den Brief hoch – »wird reichen, um die Sache ins Rollen zu bringen.«

Plötzlich trat ein Ausdruck der Furcht in seine Augen. »Kestrel, Sie könnten mir einen großen Gefallen tun.«

»Was denn?«

»Bewahren Sie diesen Brief für mich auf. Nur heute nacht. Ich habe die feste Absicht, Megan und Rosemary Gerechtigkeit widerfahren zu lassen, aber – ich kenne mich. Solange ich nicht mit Ada gesprochen habe, traue ich mir selbst nicht über den Weg. Es wäre allzu leicht, den Brief einfach ins Feuer zu werfen und Megan und ihre Rechte zu vergessen. Sobald ich mit Ada gesprochen habe, werde ich ihn mir wieder holen.«

»In Ordnung.« Julian nahm den Brief an sich.

»Ich danke Ihnen.« Dann verabschiedete er sich, erschöpft, aber nun doch in Frieden mit sich und seinem Entschluß. Dipper ging nach ihm hinaus, um eine Droschke zu holen, die sie in die Clarges Street zurückbringen sollte.

Sally zog Avondales elegante kleine Pistole heraus und hielt sie ans Licht. »Ist die nicht schön? Und er hat's überhaupt nicht gemerkt, wie ich sie ihm aus der Tasche gezogen hab. Ich bin zwar nicht so geschickt wie Dipper, aber ich kann meine Finger auch ganz gut gebrauchen. Ein Glück, sonst wäre ich aus dem Schlamassel mit Blinkie nicht mehr rausgekommen.«

»Du wärst ohne deine Geschicklichkeit aber auch gar nicht erst hineingeraten«, erinnerte Julian sie. »Die ganze Geschichte hat doch damit angefangen, daß du den Brief gestohlen hast.«

»War doch gut so«, entgegnete sie. »Wenn ich's nicht getan hätte, wären Blinkie und Borstel nie geschnappt worden, und Blinkie würde immer noch kleine Mädchen wie Emily auf die Straße schicken. 'ne ganze Menge Dinge wären nicht passiert«, fügte sie leise hinzu und trat ganz nah an ihn heran. »Hast du ein bißchen Angst um mich gehabt?«

»Ab und zu hat mich schon ein bißchen Unbehagen gezwickt.«

»Aber jetzt doch nicht mehr?« Sie stellte sich auf die Zehenspitzen, um ihn zu küssen. Doch dann fiel ihr die tote Megan ein, die unbedeckt so nahe lag, und sie wich zurück. Sie ging zu ihr und zog ihr den Umhang übers Gesicht. Ein Schwächegefühl überkam Sally plötzlich. Die Knie zitterten ihr, als wollten ihr die Beine den Dienst versagen.

»Sally!« Sofort war er an ihrer Seite. Er zog sie an sich und strich ihr über das Haar. »Denk nicht mehr daran, Liebes. Es ist ja jetzt vorbei.«

29 *Der Preis der Schwäche*

Es war natürlich noch nicht ganz vorbei. Am folgenden Morgen mußten Julian, Dipper und Sally vor dem Polizeigericht in der Bow Street erscheinen, um gegen Rawdon und Fiske auszusagen. Die täglichen Verhöre und Verhandlungen fanden in einem schmutzigen, rußgeschwärzten Raum statt, in dem die Luft trotz seiner Größe stickig und muffig war. An einem Ende befand sich die Richterbank, am anderen die Anklagebank, und dazwischen war ein durch ein Geländer abgesperrter Raum für die Zeugen. Neben der Anklagebank warteten mehrere gefesselte Gefangene auf ihre Vernehmung, unter ihnen Rawdon und Fiske. Im Saal drängte sich die übliche Menge: Bow Street Runners, verstörte oder empörte Opfer von Verbrechen, Verwandte und Freunde der Angeklagten und der Kläger, junge Herren, die Zerstreuung suchten, und Landstreicher, die ein Dach über dem Kopf suchten. Doch es gab gewisse Anzeichen dafür, daß hier etwas zu erwarten war, was den Rahmen des Alltäglichen sprengte. Die Journalisten waren in großer Menge vertreten und warteten sichtlich gespannt. Und der oberste Richter persönlich, Sir Richard Birnie, hatte den Vorsitz.

Gleich als erstes wurden Rawdon und Fiske aufgerufen und zur Anklagebank gebracht. Julian, Sally und Dipper machten ihre Aussagen. Gespannt folgte das Publikum jedem ihrer Worte; die Reporter kritzelten wie die Wilden. Peter Vance und Toby steuerten bei, was sie über den letzten Akt des Dramas wußten. Es dauerte eine geraume Zeit, das verwickelte Knäuel von Verbrechen und Betrug zu entwirren, und zunächst schien Sir Richard fast geneigt zu glauben, Julian wäre ein verwöhnter junger Lebemann, der sich aus reiner Langeweile einen unverschämten Scherz mit dem Gericht erlaubte. Aber dann kam Samuel Digby, dem Julian geschrieben hatte, und bestätigte, daß die ganze Untersuchung gewissermaßen unter seiner Schirmherrschaft durchgeführt worden sei. Sir Richard konnte nicht länger daran zweifeln, daß man es hier mit einem Fall von Mord, Entführung und Vergewaltigung zu tun hatte, in den zwei von Englands vornehmsten Familien verwickelt waren.

Die Richter vernahmen Rawdon und Fiske. Rawdon spie Gift und Galle und erging sich in wüsten Beschimpfungen gegen seinen Vater, Julian, Sally, die Richter und jeden anderen, der in seine Nähe kam. Sir Richard ordnete seinen Prozeß für die nächste Gerichtsperiode im Old Bailey an und ließ ihn hinausbringen. Vance zerrte ihn von der Anklagebank und sorgte dafür, daß er ins Gefängnis Newgate gebracht wurde.

Fiske erschien erleichtert, als er ihn gehen sah. Er hatte bis zu diesem Moment kaum etwas gesagt, doch sobald sich die Tür hinter seinem Sohn geschlossen hatte, hob er sein kalkweißes, erschöpftes Gesicht und erklärte, er sei bereit, ein Geständnis abzulegen.

Er bestätigte im wesentlichen die Geschichte, die Rawdon am vergangenen Abend erzählt hatte: daß Rawdon ihn glauben gemacht hatte, Lady Lucinda sei eine Gefahr für ihn; daß er den Plan entworfen hatte, sie zu vergiften und ihren Tod als Selbstmord hinzustellen.

»Ich beschaffte mir den Schlüssel meiner Frau zur Kellertür des Frauenhauses und ließ eine Kopie machen. Dann mischte ich ein starkes Gift – Opium und Schierling. Ich wußte, daß es sehr schnell wirken und daß sie überhaupt nicht merken würde …« Seine Stimme erstarb.

Er hätte das Gift eigentlich an einem Montag, als er einige an Fieber erkrankte Frauen behandelte, in die Flasche mit dem Stärkungsmittel geben sollen, erklärte er. An diesem Tag jedoch vertraute ihm Lady Lucinda an, wer sie wirklich war, und flehte ihn an, einen Brief für sie zur Post zu bringen.

»Da hoffte ich, wir brauchten sie nun doch nicht zu töten. Am selben Abend traf ich mich mit Caleb in einem Gasthaus am Haymarket und berichtete ihm von dem Brief. ›Wenn wir ihn einfach nicht abschicken‹, sagte ich, ›erfährt ihr Vater nie, wo sie ist, und sie wird glauben, er will nichts mehr von ihr wissen. Dann wird sie vielleicht fortgehen und niemandem sagen, wer du in Wirklichkeit bist.‹ Denn deswegen hatte er mir ja dauernd in den Ohren gelegen – sie wüßte, daß er in unserem alten Dorf wegen Mordes gesucht wurde. Es war alles so plausibel, die ganze Geschichte, wie er sie erzählt hat.«

Sally schüttelte den Kopf. Ihr erschien Rawdons Geschichte einfach absurd. Sich als Opfer dieses armen Mädchens auszugeben, obwohl es doch in Wirklichkeit genau umgekehrt war! Aber dann fiel ihr etwas ein, was die schlaue Peg einmal gesagt hatte: ›Wenn man die Leute belügen will, muß man ihnen was erzählen, was sie glauben wollen.‹ Fiske hätte sich nicht weigern können, Rawdons

Märchen zu glauben, ohne der Tatsache ins Gesicht zu sehen, daß sein Sohn ein kaltblütiger, eigennutziger Lügner war. Und das eben hatte er nicht gewollt.

»Ich habe mich wahrscheinlich wie ein Narr benommen«, sagte Fiske seufzend. »Aber er war mein Sohn, mein einziges Kind. Und wir waren immer eine Art Verbündete – jedenfalls glaubte ich das. Erst natürlich gegen Ellen. Sie hat ihn so entsetzlich schlecht behandelt. Ich hätte sie daran hindern müssen. Ich habe es versucht – aber nicht energisch genug. Ich hatte Angst vor ihr. Ich war so schwach, beiden gegenüber. Und Schwäche ist etwas Schreckliches, schlimmer als das Böse, glaube ich.«

Mit großem Widerstreben hatte er sich bereit erklärt, den Mord zu begehen. Dann hatten er und Rawdon sich getrennt. Kurz danach war Fiske Sally begegnet. Er hatte keine Ahnung gehabt, daß Rawdon ihm folgte, um sicherzugehen, daß er nicht in einem Anfall von Angst oder Reue etwas Unüberlegtes tun würde.

»Erst nach – nach Lady Lucindas Tod erzählte er mir, daß er mich mit Sally ins *Cockerel* hatte gehen sehen. Er mußte es mir sagen, um mir zu erklären, wie sie den Brief hatte stehlen können. Er sagte kein Wort davon, daß er – daß er uns beobachtet hatte und später selbst mit ihr zusammen war. Er behauptete, er hätte nur mit ihr gesprochen, um zu erfahren, ob ich etwas über unsere Pläne verraten hätte.

Am nächsten Morgen goß ich das Gift in die Flasche mit dem Stärkungsmittel. Ich überlegte, ob ich nicht lieber bis zu einer Nacht warten sollte, in der Ellen nicht im Heim sein würde. Ich wußte, wie streng sie alles beaufsichtigte, wenn sie da war. Aber ich wußte auch, daß sie und Mr. Harcourt die Nacht durcharbeiten wollten, und dachte mir, daß ihre Aufmerksamkeit dadurch vielleicht abgelenkt werden würde. Im Grunde wollte ich das, was ich tun mußte, auch nicht länger hinausschieben. Ich wollte es hinter mir haben.

Spät am Abend bin ich dann zum Heim gegangen und habe in der Nähe gewartet, bis kein Mensch mehr auf der Straße war. Ich bin über das Gitter gestiegen und durch die

Kellertür ins Haus gegangen. Vor der Tür habe ich meine Stiefel ausgezogen, weil es im Frauenhaus keine Teppiche gibt und jeder Schritt zu hören ist. Außerdem wollte ich keinen Schmutz hineintragen.

Ich wartete in der Wäscherei, bis sich im ganzen Haus nichts mehr rührte. Dann bin ich nach oben gegangen. Es gab kein Licht, aber ich kannte mich aus – ich war schon oft im Heim gewesen, um Kranke zu behandeln. Ich ging direkt in Marys – Lady Lucindas Zimmer.«

»War sie tot?« fragte Sir Richard scharf.

»Ich weiß es nicht, Sir. Ich wollte sie mir nicht ansehen. Aber der Raum ist so klein, daß ich sie sehen mußte. Sie lag auf dem Bett, ohne sich zu rühren. Wenn sie geatmet hat, dann nur sehr schwach.

Was ich noch zu tun hatte, tat ich so schnell wie möglich. Ich hatte eine fast leere Flasche Laudanum mitgebracht – von der Art, wie man sie in jedem Lebensmittelgeschäft oder Gasthaus kaufen kann. Ich goß ein paar Tropfen Laudanum in das Glas, aus dem sie das Stärkungsmittel getrunken hatte, gab ein paar Tropfen Wasser dazu und ließ das Glas und die Flasche auf dem Nachttisch stehen. Dann bin ich leise hinausgeschlichen, wieder in den Keller hinuntergegangen und von dort aus hinaus.

Aber da passierte etwas Komisches. Ich wollte meine Stiefel anziehen und merkte plötzlich, daß es gar nicht meine waren. Sie waren viel älter als meine, das Leder rissig und die Absätze abgetreten. Ich bekam einen furchtbaren Schrecken. Ich dachte, irgend jemand hätte mir einen teuflischen Streich gespielt.«

»Deshalb haben Sie gerufen, ›O Gott, meine Stiefel!‹, als Sie im Fieber lagen!« rief Sally laut.

»Keine Störung bitte!« fuhr Sir Richard sie an.

»Ich kann mich nicht erinnern, das gesagt zu haben«, erklärte Fiske, »aber wahrscheinlich ist es mir im Kopf herumgegangen. Kurz und gut, ich hatte nicht die Zeit, lang darüber nachzudenken. Ich zog die Stiefel an und lief weg. Als ich nach Hause kam, versteckte ich sie, und am nächsten Tag warf ich sie in den Fluß. Aber ich mußte immerzu an diese Stiefel denken. Irgend jemand mußte mit mir die Stiefel getauscht haben, und das bedeutete, daß jemand wußte, daß ich in der Nacht im Heim gewesen war. Ich sagte mir, selbst wenn es nur ein Landstreicher war, der mich überhaupt nicht kennt und den ich nicht interessiere, könnte er jemandem von meinen Stiefeln erzählen, und dann kommt die ganze Geschichte heraus. Es hat mir Angst gemacht. Aber wissen Sie, andererseits hat's mich auch wieder nicht überrascht. Denn ich wußte, daß ich etwas Schreckliches getan hatte, und schreckliche Taten kommen immer ans Licht. Das lehrt uns wenigstens die Bibel, und ich glaube daran.

Am nächsten Morgen ging es mir schlecht. Ich hatte Kopfschmerzen, und mir war schwindlig. Ich wußte sofort, daß ich mir das Fieber geholt hatte, das im Asyl umging. Aber als Mr. Harcourt mich holen ließ, mußte ich hin. Ich mußte wissen, was man dort dachte, jetzt, wo man die – Leiche gefunden hatte. Und ich mußte die Flasche mit dem Stärkungsmittel, in die ich das Gift gegossen hatte, durch eine andere ersetzen, sonst hätte vielleicht noch jemand etwas davon genommen. Ich – habe die Tote untersucht. Ich weiß nicht, wie ich das durchgestanden habe. Ich hatte das Gefühl, ich müßte so schuldig aussehen wie Kain, aber kein Mensch schien etwas zu merken. Sie waren wahrscheinlich alle viel zu aufgeregt. Mr. Harcourt zerbrach sich schon den Kopf darüber, was er den Leuten erzählen sollte. Ich schaffte es, mich davonzuschleichen und die Flaschen mit dem Stärkungsmittel auszutauschen, aber dann ging es mir so schlecht, daß ich in den Salon gehen und mich hinlegen mußte. Mr. Harcourt hat mich dann nach Hause geschickt. Ich hab' gleich geahnt, daß er mich aus allem raushalten wollte. Ich war so durcheinander, daß er wahrscheinlich Angst hatte, ich würde den Kopf verlieren und vor den Leuten was sagen, was er nicht wollte. Er muß erleichtert gewesen sein, daß ich zu krank war, um zur Leichenschau zu kommen.

Caleb hat mir hinterher erzählt, er hätte sich große Sorgen gemacht, als ich ihm keinen Bescheid gab. Am Ende ist er in die Stark Street gegangen und hat sich eine Weile in der Nähe vom Asyl rumgetrieben, bis er aus dem Klatsch in der Nachbarschaft erfahren hat, daß alles wie geplant geklappt hatte. Er wußte es nicht, aber Ellen hat ihn gesehen, als er dort war. Und sie hat ihn ein paar Tage später noch einmal gesehen, in der Nähe von meinem Geschäft. Er hat sich immer noch Sorgen gemacht, weil er nichts von mir hörte. Ich glaubte, es ginge ihm um meine Gesundheit, aber jetzt begreife ich, daß er nur Angst hatte, es könnte was schiefgegangen sein und ich würde ihn verraten. Ellen sagte mir, daß sie ihn gesehen hatte, und ich stellte mich einfach dumm, tat so, als wüßte ich überhaupt nichts von ihm, hätte seit Jahren nichts mehr von ihm gehört oder gesehen.

Sobald es mir wieder einigermaßen gutging, habe ich Caleb geschrieben und mich mit ihm verabredet. Das war ungefähr zehn Tage nach – nach Lady Lucindas Tod, und ein oder zwei Tage bevor ich Ihnen im Asyl begegnet bin.« Er sah Sally an. »Er sagte mir, daß Sie den Brief gestohlen hätten. Mir machte das große Angst. Er wollte mich beruhigen und sagte, Sie hätten den Brief höchstwahrscheinlich gar nicht gelesen, sondern in den nächsten Papierkorb geworfen. Wenn Sie aber tatsächlich im Heim auftauchen und Fragen stellen sollten, solle ich unbedingt so tun, als wüßte ich nichts von dem Brief, und versuchen, möglichst viel über Sie herauszukriegen: Wo Sie wohnen, warum Sie sich für den Brief interessieren, ob Sie ihn jemandem gezeigt hätten. Das sollte ich ihm dann später alles erzählen.

Ein paar Tage später sah ich Sie plötzlich im Heim. Ich war erschrocken, aber ich hatte bis dahin schon einen Schrecken nach dem anderen erlebt und mich fast schon daran gewöhnt. Das, was mich vor allem wunderte, war, daß Sie glaubten, Sie hätten mir den Brief gestohlen. Der Gedanke, daß Sie nicht wissen könnten, woher Sie ihn hatten, war mir überhaupt nicht gekommen. Wenigstens konnte ich Ihnen in dieser Hinsicht die Wahrheit sagen.

Es war alles so merkwürdig. Sie hatten eine ganze Menge rausgefunden, aber in manchem täuschten Sie sich gewaltig. Sie hatten einen Fremden mit Caleb verwechselt – diesen Mann, mit dem Sie durchs Kellerfenster gesprochen haben. Ich wußte, daß das nicht Caleb gewesen sein konnte, weil ich kurz vorher mit ihm gesprochen hatte und er ziemlich wütend darüber war, daß wir keine Ahnung hatten, wer Sie waren oder wo wir Sie finden sollten. Aber ich konnte Ihren Irrtum natürlich nicht richtigstellen, ohne zu verraten, was ich von Caleb wußte. Dann haben Sie mir einen üblen Schrecken eingejagt – Sie erzählten mir, ich hätte im Fieber von meinen Stiefeln geredet. Plötzlich ging mir auf, daß der Mann, mit dem Sie gesprochen hatten – daß er vielleicht der war, der meine Stiefel vertauscht hatte. Sie sagten ja, er hätte sich früher schon beim Asyl rumgetrieben. Ich hatte große Angst, daß Sie womöglich noch einmal mit ihm sprechen könnten und er Ihnen dann erzählen würde, wie er meine Stiefel gefunden und mit seinen eigenen vertauscht hatte. Ich weiß, das sieht aus, als wär's nur eine Kleinigkeit, aber manchmal reicht es, einen Faden zu ziehen, um ein ganzes Gewebe zu zerreißen. Sie waren gefährlich. Ich mußte Sie loswerden. Aber vor allem mußte ich Sie aus dem Heim weglotsen, weil Sie in Gefahr waren.« Er senkte den Blick. »Ich wollte nicht, daß *er* erfährt, wo Sie sind. Ich hatte Angst, er würde von mir verlangen, Ihnen etwas anzutun. Ich – ich wollte nicht noch jemandem was zuleide tun.

Danach hörte ich ein oder zwei Tage nichts von Ihnen. Ich hoffte, Sie hätte das Interesse verloren. Ich hätte es besser wissen müssen. Als ich gestern Ihren Brief bekam – er war zwar nicht unterschrieben, doch ich war sicher, daß er von Ihnen stammte –, hatte ich ein sehr ungutes Gefühl. Aber dann kam mir ein Gedanke: Vielleicht konnte ich einfach zu der von Ihnen vorgeschlagenen Verabredung gehen und Ihnen den Brief gegen Geld abkaufen. Aber das konnte ich nicht tun, ohne vorher mit Caleb zu reden. Darum begab ich mich in aller Eile zu seinem Büro in Southwark.

Er freute sich gar nicht, mich zu sehen – wir hatten vereinbart, daß wir uns niemals dort treffen würden –, aber er schien nicht allzu beunruhigt darüber, daß Sie sich für den Brief interessierten. Jetzt weiß ich natürlich, warum. In der Patsche saß ja nur ich; ihm hätte man nicht an den Wagen fahren können. Aber während wir noch miteinander sprachen, klopfte es an der Tür, und draußen in einer Bodenritze fanden wir einen Brief. Es war genau so ein Brief, wie ich ihn bekommen hatte, aber er war an ihn adressiert. Er war sehr erschrocken darüber, daß Sie wußten, wer er war. Er rannte raus, um Sie zu suchen, aber Sie waren schon verschwunden.«

Sally nickte. Es stimmte alles überein. Sie erinnerte sich, daß Anne Price ihr, bevor sie zu Rawdons Büro hinaufgelaufen war, gesagt hatte, er habe einen Mann bei sich oben. Es wunderte sie nicht, daß Fiske vor ihr eingetroffen war; er hatte es eilig gehabt, seinen Sohn zu sprechen, während sie nur mit Widerstreben nach Southwark gegangen war.

Fiske befeuchtete seine spröden Lippen. Er war so erschöpft, daß er sich anlehnen mußte, um sich auf den Beinen halten zu können. »Als er wieder ins Büro kam, sagte er, wir würden am Abend beide zum *Cockerel* gehen. Er wollte im Hof warten, und ich sollte hineingehen und Sie überreden, mit mir nach oben zu kommen. Danach sollte ich Sie einen Moment allein lassen und wieder runterkommen, um ihm die Hintertür aufzumachen. Wir würden beide raufgehen und Sie überreden, uns den Brief zu verkaufen. Natürlich hatte er nie die Absicht, mit Ihnen zu reden – er wollte Sie töten. Und ich sollte wohl den Sündenbock abgeben. Ich war schließlich derjenige, den man mit Ihnen zusammen gesehen hatte. So hat er immer alles arrangiert. Von ihm wurde nie etwas gesehen oder gehört – das Risiko hab' immer ich getragen.« Das klang nicht zornig, nur traurig. »Sie müssen mir glauben, ich wußte nicht, was er vorhatte. Zu mir sagte er, wir würden Ihnen nur den Brief abkaufen.«

Sally glaubte ihm. Sie war aber auch ziemlich sicher, daß

es kaum einen Unterschied gemacht hätte, wenn Rawdon ihm die Wahrheit gesagt hätte. Gab es denn etwas, was Fiske für seinen Sohn nicht getan hätte?

Sir Richard ordnete an, Fiske bis zu seinem Prozeß ins Gefängnis Newgate zu bringen. Und Fiske lächelte tatsächlich dazu. Sir Richard wurde zornig. »Nehmen Sie das alles so leicht? Nehmen Sie die Strafe, die Ihnen für Ihre Verbrechen droht, so leicht?«

»Nein, Sir. Aber sehen Sie, ich bin Apotheker. Ich kenne mich aus mit Krankheiten. Das Fieber, mit dem ich vor ein paar Wochen im Bett lag, ist nicht geheilt – es sitzt tief in meinem Körper und frißt mich von innen auf. Ich glaube nicht, daß ich lange genug leben werde, um das Urteil entgegenzunehmen. Jedenfalls nicht das weltliche Urteil.«

Sir Richard unterrichtete Lord Braxton von den gerichtlichen Vorgängen. Dieser eilte wutentbrannt nach London. Es sei alles ein Irrtum, erklärte er, diese grauenvolle Geschichte könne mit seiner Tochter nichts zu tun haben. Sie sei in Frankreich bei ihrem Captain – diesem Blechhelden, den sie unbedingt heiraten wollte. Zu aufgebracht, um seine Panik zu verbergen, verlangte er Fakten, Zeugen, Beweise. Er bekam alles. Er selbst identifizierte die Handschrift von ›Marys‹ Brief als die seiner Tochter. Und als Peter Vance nach Boulogne reiste, um Captain Hartwell aufzusuchen, erfuhr er, daß der Captain Lady Lucinda zwar erwartet hatte, sie jedoch nie eingetroffen sei. Er habe daraufhin vermutet, sie sei anderen Sinnes geworden. Er war nicht nach England zurückgekehrt, um mit ihr zu sprechen, weil seine Gläubiger ihn ins Gefängnis geworfen hätten, sobald er einen Fuß auf englischen Boden gesetzt hätte.

Lord Braxton konnte die Augen nicht länger vor der Wahrheit verschließen, und sein Schmerz und sein Zorn waren überwältigend. Julian, der zu ihm befohlen wurde, erkannte, daß seine Gefühle ihre Wurzeln im Schuldbewußtsein hatten. Hätte er sich der Heirat nicht so energisch widersetzt – hätte er nach Lady Lucindas Verschwinden nach ihr gefahndet, statt sich in seinem Schloß im Norden zu vergraben ...

Aber er war kein Mensch, der sich lange Vorwürfe machte, wenn sich andere finden ließen, denen man wenigstens einen Teil der Schuld aufbürden konnte. Wie ein Racheengel stieß er auf die Mädchenhändler herab, heuerte die Bow Street Runners an, diese Verbrecher zu jagen, bis auch der letzte von ihnen dingfest gemacht war, deckte ganz London mit Anzeigen und Flugblättern ein, in denen er all denen, die gegen diese Bande aussagen konnten, Belohnungen anbot, und brachte die Regierung so weit, jenen Komplizen, die bereit waren, als Zeugen auszusagen, Straffreiheit zu gewähren. Es fehlte nicht an denen, die dieses Angebot wahrnahmen. Um sich selbst zu retten, gaben Rawdons Handlanger bereitwillig darüber Auskunft, wie die Organisation gearbeitet hatte. Man verschleppte Mädchen und Frauen und verkaufte sie an Freudenhäuser oder an Einzelpersonen. Smith & Co bediente insbesondere Männer mit anspruchsvollem oder ungewöhnlichem Geschmack. Der Firma gehörten Häuser wie das in der Windmill Street, in dem Julian Emily gefunden hatte. Rawdon führte die Bücher, heuerte ›schwere Jungs‹ an, die sich um Kunden zu kümmern hatten, die Ärger machten, und sorgte dafür, daß allzu neugierige Wachleute mit Schmiergeldern zum Schweigen gebracht wurden.

Einer von Rawdons Komplizen erläuterte die Aufzeichnungen in den Firmenbüchern. Sie bezogen sich auf Frauen und Kinder, die zur Prostitution gezwungen worden waren. ›Teetassen‹ waren Frauen, ›Teekistchen‹ waren kleine Mädchen, und ›Teekannen‹ waren Knaben. ›Kaffee‹ stand für Ware, die aus Frankreich kam, dem zweiten bedeutenden Jagdrevier der Organisation. Rawdon führte genau Buch über Aussehen und Aufenthaltsort jeder einzelnen Person, für den Fall, daß bei Smith & Co ein Kunde erscheinen sollte, der diesen besonderen Typ suchte. ›Porzellan‹ hieß, daß die Frau oder das Kind blond und hellhäutig war; ›japanische Lackarbeit‹ stand für dunkle Haut. ›Vergoldet‹

bedeutete blond und ›bemalt‹ rothaarig. ›Verziert‹ im Gegensatz zu ›einfach‹ bezog sich auf eine Person aus relativ guter Familie. Die Buchstaben am Rand standen für das Bordell, das den betreffenden Artikel erworben hatte; die Zahlen standen für den Preis. War ein Eintrag mit Klammern in Bleistift versehen, so hieß das, daß die Prostituierte schwanger oder sonstwie vorübergehend indisponiert war; Klammern in Tinte standen für einen dauerhaften Defekt, wie zum Beispiel Alter oder Entstellung. War ein Artikel durchgestrichen, so hieß das, daß er nicht mehr zur Verfügung stand – meistens, daß die betreffende Person tot war.

Die Verbrecher waren so versessen darauf, sich gegenseitig zu belasten, daß es nicht nötig war, Emily nach London zu holen und zu zwingen, das, was ihr von Mme. Leclerc widerfahren war, noch einmal zu durchleben. Diese Dame wurde in Dover aufgegriffen, wo sie gerade das Schiff nach Frankreich besteigen wollte. In ihrem Gepäck versteckt war eine große Summe Geldes, das sie aus dem Büro der Firma Smith & Co gestohlen hatte. Rawdon hatte sie, wie sich herausstellte, dort für seine eigene Flucht auf den Kontinent bereitgelegt.

Als Rawdons Verbrechen bekannt wurden, erfaßte eine Welle wütenden reformerischen Eifers ganz London. Die schockierende Nachfrage nach Prostitutierten und die Unmenschlichkeiten, die begangen wurden, um sie zu befriedigen, waren überall Tagesgespräch. Julian sah sich zu seinem Entsetzen als Moralist gefeiert. Welche Rolle er bei der Aufklärung des Mordes auf Bellegarde gespielt hatte, war damals weithin unbekannt geblieben, doch das öffentliche Aufsehen, das Lady Lucindas Tod erregte, machte es ihm unmöglich, im Hintergrund zu bleiben. Die Zeitungen stürzten sich auf ihn, Freunde schrieben ihm amüsierte oder ungläubige Briefe von ihren Landsitzen, die Gesellschaft zur Beseitigung des Lasters versuchte, ihn für einen Vortrag zu gewinnen. Ein hartnäckiger Geistlicher fragte ihn, was gegen das Übel unmäßigen Trinkens getan werden könnte. Julian empfahl Sodawasser und kalte Kompressen und beschloß, London zu verlassen, sobald der Prozeß gegen Rawdon vorüber war.

30 Abreisen

In einem solchen Klima moralischer Erneuerung hätte die Resozialisationsgesellschaft des Reverend Harcourt einen großen Aufschwung erleben können, wäre ihr Ansehen nicht durch den Skandal um Lady Lucindas Tod beschädigt gewesen. Anfangs drohte Lord Braxton, Harcourt wegen fahrlässiger Tötung vor Gericht zu bringen, mit der Begründung, daß er durch seine Nachlässigkeit und Herzlosigkeit dem Mord an Lady Lucinda Vorschub geleistet habe. Am Ende begnügte er sich damit, Harcourts Reputation zu zerstören und unter Einsatz aller ihm zur Verfügung stehenden Mittel dafür zu sorgen, daß seine Gönner ihm ihre Gunst entzogen, soweit sie das nicht bereits getan hatten. Vierzehn Tage nach der Verhaftung Rawdons und Fiskes schloß das Asyl seine Türen für immer. Sally ging hin, um sich das Haus ein letztesmal anzusehen und zu hören, was aus ihren alten Bekannten Florie und der schlauen Peg geworden war.

Die Haustür stand weit offen, als sie kam, und zwei kräftige Männer waren dabei, Möbelstücke und Kartons hinauszutragen. Sie luden ihre Lasten auf einen großen Wagen auf der Straße und gingen dann ins Haus, um mehr zu holen. Die Tür blieb offen, also marschierte Sally ihnen einfach hinterher.

Das düstere Vestibül war leer. Keine Hausmutter kam angefegt, um sie barsch nach ihrem Anliegen zu fragen. Im vorderen Salon, der früher Harcourts Gönnern vorbehalten gewesen war, fand sie zwei Frauen vor und fragte sie, wo Florie sei. Sie schickten sie in die Küche.

An der Küchentür blieb sie verblüfft stehen. Florie saß am Feuer und aß gerösteten Käse. An ihrer Seite war ein junger Mann mit langem wirren Haar, der aufsprang, als er Sally sah.

»›Und siehe‹«, stammelte er, »›in der Stadt war eine Sünderin –‹«

»Jetzt hör endlich damit auf!« unterbrach ihn Florie lachend und schüttelte ihn. »Du hast mir versprochen, daß du das nicht mehr tust.«

»Es tut mir leid. Aber – aber sie ist es wirklich!« flüsterte er laut. »Du weißt schon – die, von der ich dir erzählt hab'.«

»Sie haben mir eine Menge Scherereien gemacht«, sagte Sally streng zu ihm. »Warum haben Sie mir nicht gleich gesagt, daß Sie nicht Caleb sind?«

»Ich hatte Angst. Sie haben gesagt, ›darf ich Sie Caleb nennen?‹, und ich dachte, wenn ich nein sag', machen Sie Lärm, und dann kommt jemand und fängt mich. ›Wehe mir! Denn es ist um mich geschehen; weil ich –‹«

»Nathan!« fuhr Florie ihn an.

»'tschuldigung.« Er setzte sich kleinlaut wieder auf seinen Stuhl.

Florie schüttelte gereizt den Kopf. »Mit dem ist wirklich nichts anzufangen. Hier, du August.« Sie stieß ihn mit dem Fuß an. »Verzupf dich jetzt mal. Ich will ein bißchen mit Sally schwatzen.«

Er stand gehorsam auf und setzte seine Mütze auf. »Kann ich morgen wiederkommen?«

»Würdest du doch sowieso«, sagte Florie seufzend.

Sie brachte ihn nach oben und kam dann zu Sally zurück. »So 'ne Plage. Den wird man einfach nicht los.«

»Er ist der Kerl, vor dem du abgehauen bist?« fragte Sally.

Florie nickte. »Aber im Grund ist er ein guter Junge. Ganz in Ordnung, nur daß er ein bißchen spinnt.« Sie tippte sich an die Stirn.

»Er heißt Nathan?«

»Nathan Winters. Ich kenne ihn seit ein paar Monaten. Als ich mal abends unterwegs war, hat er mich gesehen und ist mir gefolgt. Zuerst hatte ich Angst, weil er so komisch war. Er ist mir den ganzen Abend nachgelaufen, bis er rausgekriegt hat, wo ich wohne, und danach ist er dauernd bei mir aufgekreuzt, hat mich mit seinen Bibelsprüchen vollgequatscht und mich angesehen wie ein Mondkalb. Ich hab' genau gewußt, was er wollte, der arme Kerl, auch wenn er's selber nicht gewußt hat. Na ja, warum nicht? dachte ich. Wenn ich den mal ranlaß, verzieht er sich vielleicht. Aber es ist nur schlimmer geworden. Den haben sie ganz religiös erzogen, verstehst du. Sein Vater Geistlicher von irgend 'ner Sekte. Drum hat er dauernd diese Sprüche losgelassen, er wär ein Sünder, und daß wir alle beide in die Hölle kommen, wenn wir uns nicht bessern. Ich hab' immer gesagt, wenn ich so schlecht bin, warum läßt du mich dann nicht in Frieden? Er hat's auch versucht, aber er hat's einfach nicht geschafft. Na schön, hab' ich gesagt, wenn du nicht abhaust, verschwinde eben ich.

Ich hatte schon von dem Heim hier gehört und wußte, daß Nathan mir hierher nicht nachkommen konnte, weil die doch hier gar keine Männer reinlassen. Also hab' ich mich hier verkrochen. Aber einmal, als ich abends aus dem Fenster geschaut hab', sah ich Nathan draußen rumschleichen. Ein paar Freundinnen von mir haben ihm gesagt, wo ich bin, nur so zum Spaß.

Ich hab' niemand was von ihm gesagt. Wegen Mr. Harcourt – der hätte ihn bestimmt einsperren lassen, vielleicht sogar in 'ne Verrücktenanstalt. Und das hat er nicht verdient. Er ist ein guter Kerl. Verdient sich sein Geld mit ehrlicher Arbeit – ein Zimmermann hat ihn eingestellt, weil er so geschickte Hände hat, auch wenn's im Kopf nicht stimmt. Na kurz und gut, ich hab' gehofft, er würde aufgeben und verschwinden. Aber so war's nicht, und jetzt wo das Heim aufgelöst wird, kreuzt er dauernd hier auf, und ich verwöhne ihn ein bißchen, weil er ohne mich so allein war.«

Sally lachte. »Auf diese Weise wirst du ihn nie los.«

»Ich werd ihn sowieso nicht mehr los«, erklärte Florie fatalistisch.

»Und ich hab' mich für so schlau gehalten«, erklärte Sally

mit einer gewissen Selbstironie. »Ich hab' ihn gefragt, ob er hierher gekommen ist, weil er ein blondes Mädchen sucht, und als er ja gesagt hat, dachte ich, er meint Mary. Dabei warst du's!«

Florie griff sich an ihre flachsblonden Locken. Sie trug immer noch die Heimtracht, die Haube jedoch zurückgeschoben, um ihr Haar zu zeigen.

»Setz dich und iß einen Happen. Du mußt mir jetzt ganz genau erzählen, wie du rausgekriegt hast, daß Mr. Fiske die arme Mary – Lady Lucinda, meine ich – umgebracht hat. Wir konnten's ja kaum glauben, als wir's gehört haben.«

Sally sonnte sich in ihrem Ruhm. Florie reichte ihr eine Röstgabel mit einer dick mit Butter bestrichenen Scheibe Brot und einem Stück Käse, und sie erzählte kauend, während Florie ihr mit großen Augen zuhörte und immer wieder »Das gibt's doch nich!« und »Ist das zu glauben!« rief.

Als die Geschichte in aller Ausführlichkeit erzählt und mit ungläubiger Verwunderung durchgehechelt war, fragte Sally Florie: »Und was machst du jetzt, wo das Asyl geschlossen ist?«

»Ich hab 'ne Stelle als Bedienung in einem Gasthaus. Mal sehen, wie's mir gefällt. Viel Geld bekomme ich nicht, aber es is 'ne regelmäßige Arbeit, und der Wirt ist, glaube ich, ganz in Ordnung. Wird sicher hart, aber vielleicht nicht so hart wie's Laufgeschäft. Weißt du, das fehlt mir überhaupt nicht – jeden Abend im dünnen Fähnchen auf der Straße rumspazieren und aufpassen, daß kein Wachmann kommt. Ich glaube, 'ne richtige Arbeit ist besser für mich.«

»Und Nathan?«

»Ach, der treibt mich bestimmt wieder auf. Wie immer.«

Sally erkundigte sich nach den Hausmüttern.

»Die kommen nicht mehr her«, sagte Florie. »Mrs. Jessops Mann hat ihr den Umgang mit Mr. Harcourt verboten, und Miss Nettleton kriegt schon einen hysterischen Anfall, wenn sie nur an ihn denkt. Mrs. Fiske verkauft ihr Haus und zieht aus London weg. Ich hab' gehört, sie geht überhaupt nicht mehr aus dem Haus, nicht mal in die Kirche. Und noch kein einziges Mal hat sie ihren Mann oder ihren Sohn besucht.«

»Schade. Einen Besuch von seiner Mutter hätte ich Blinkie gewünscht. Aber Borstel nicht – der ist todkrank. Sie haben ihn ins Krankenhaus gelegt.«

»Der arme Mr. Fiske. Aber es war 'ne Lektion, nicht?«

»Ich brauche keine Lektionen mehr. Ich hab' genug fürs ganze Leben.« Sie sprang auf. »Komm, gehen wir mal rauf. Ich möchte mich noch mal umschauen.«

Auf dem Weg nach oben sahen sie die beiden Möbelpacker, die Harcourts Schreibtisch aus dem ersten Stock herunterschleppten. Einer der beiden hatte eine griechische Urne unter dem Arm. Als sie die Tür erreichten, kam die schlaue Peg die Treppe heruntergerannt. Sie trug ein schlichtes, aber sehr hübsches blaues Wollkleid mit einer Kamee am Hals.

»Halt!« rief sie scharf.

Die Männer stellten den Schreibtisch ab und drehten sich um. Der mit der Urne sagte nervös: »Ist was nicht in Ordnung, Mrs. Harcourt?«

»Mrs. Harcourt?« wiederholte Sally verblüfft.

»Pscht!« Florie zog sie in den Schatten der Treppe.

»Geben Sie mir das!« Peg streckte beide Hände nach der Urne aus. »Wie können Sie das so leichtsinnig runtertragen?«

»Die Urne kenne ich!« flüsterte Sally. »Das war ihr Versteck für ihren –«

»Ist etwas nicht in Ordnung, Margaret?« Harcourt erschien oben an der Treppe.

»Schon gut, Gideon. Es ist nichts. Ich versuche nur, diesen Trampeln ein bißchen Respekt vor dem Eigentum anderer Leute beizubringen.«

Der Mann mit der Urne spähte mit zusammengekniffenen Augen in das Innere des Gefäßes. »Da ist was drin.« Er drehte es um, schüttelte es ein wenig, und ein kleiner Beutel fiel heraus. »He, das ist ja Tabak!«

Peg entriß ihm den Tabak. »Sie lasterhafter Kerl! Sie elender Sünder! Wie kommen Sie dazu, dieses widerliche Kraut in ein christliches Haus zu bringen?«

»Aber, Mrs. Harcourt, das ist gar nicht mein –«

»Sparen Sie sich Ihre Ausreden! Und das Zeug auch noch in der Urne von meinem Mann verstecken!« Ihr Ton schlug um, aus Zorn wurde Bekümmerung. »Wissen Sie denn nicht, was für einen Schaden Sie Ihrer Seele zufügen? Der Wurm des Bösen nagt und nagt an ihr, bis nichts mehr von ihr übrig ist, und Sie können beim Jüngsten Gericht nichts, aber auch gar nichts vorzeigen.«

»Bitte entschuldigen Sie, Mrs. Harcourt. Es wird nicht wieder vorkommen, Madam.« Er griff sich an seine Mütze und gab seinem Partner ein Zeichen, den Schreibtisch wieder zu schultern. So rasch sie konnten, verschwanden sie.

Harcourt kam nach unten. Er wirkte zerzaust und unordentlich, als hätte er kaum geschlafen. »Du bist wirklich sehr zungenfertig, meine Liebe.«

»Und hab' ich das nicht alles dir zu verdanken?« gurrte sie. »Bin ich nicht 'ne ganz neue Frau, seit du mein Herz ans Band genommen und mich auf den Weg der Tugend geführt hast?«

»Margaret –« Er wollte sie in die Arme nehmen.

»Aber, aber!« Mit einem Lachen wich sie ihm aus. »Am hellichten Tag! Was würden deine vornehmen Gönner dazu sagen?«

Sein Gesicht verdunkelte sich. »Darüber brauche ich mir jetzt keine Sorgen mehr zu machen.«

»Aber das kommt wieder.« Sie schob ihren Arm durch seinen. »Wenn wir erst auf dem Land sind – wenn der Skandal sich gelegt hat –, kannst du von vorn anfangen. Und diesmal kann gar nichts schiefgehen, weil ich da bin, um dir zu helfen.«

Sie strich ihm leicht über die Wange und lief nach oben. Er drehte sich um und eilte ihr nach.

Sally kam aus ihrem Versteck hervor und sah ihnen nach. »Mir scheint, daß sie ihn am Bändel hat.«

»Er war ganz am Boden, als seine Resozialisationsgesellschaft aufgeflogen ist«, erklärte Florie. »Er ist rumgelaufen, als hätten ihm die Hühner das Brot weggefressen, und Peg war die einzige, die ihn ein bißchen aufmuntern konnte. Na ja, und nach 'ner Weile hat er angefangen, sie mit ganz andern Augen anzuschauen – wie er vorher nie eine von uns Frauen angeschaut hat. Er hat ja auch sonst nichts mehr gehabt, an was er denken mußte, verstehst du.«

»Er ist also vom hohen Roß gefallen, und Peg hat ihn aufgefangen.«

Florie nickte. »Gestern haben sie geheiratet, und sie wollen jetzt gleich nach Norfolk abhauen, wo er seine Gemeinde hat. Damit die Gerichtsvollzieher sie nicht erwischen. Ich hab' gehört, das Heim nat nichts als Schulden, und Mr. Harcourt hat auch nur 'ne leere Börse.«

»Ich weiß nicht«, meinte Sally skeptisch. »Der ist doch so ein Knauser, der hat bestimmt was heimlich auf die Seite geschafft.«

»Aber ulkig ist es schon, findest du nicht – ich meine, daß Peg Mr. Harcourt heiratet?«

»Ne, so komisch ist das gar nicht. Sie wollte ja die ganze Zeit schon in Moral machen und damit Geld verdienen, und das war eben ihre Chance.«

»Aber sie hat ihn doch immer gehaßt wie die Pest.«

Der Meinung war Sally nicht. Später sagte sie zu Julian: »Ich glaube, die wollte sich den immer schon angeln. Und wenn sich 'ne Frau mal entschlossen hat, 'nen Kerl zu kriegen, kann der nicht viel dagegen tun.«

»Danke für den Wink mit dem Zaunpfahl.«

Sie lachte. »Wäre schön, wenn du mir mal wieder mit dem Zaunpfahl winken würdest.«

Fiskes Vorhersage erwies sich als wahr: noch vor der nächsten Sitzungsperiode des Old Bailey starb er im Krankenhaus des Gefängnisses Newgate. Nur ein eilig herbeigerufener Geistlicher war bei ihm. Rawdon mußte sich allein dem Gericht stellen. Gegen ihn wurden zahlreiche Anklagen erhoben, die schwerwiegendsten unter ihnen betrafen die Mitwirkung am Tod Lady Lucinda Braxtons und einer Schottin, zunächst unter dem Namen Megan MacGowan bekannt, später jedoch als Mrs. Charles Avondale identifiziert.

Das Bekanntwerden von Avondales heimlicher Ehe erregte in der vornehmen Londoner Gesellschaft Aufsehen. Jeder wollte wissen, wie es Ada Grantham ging, die nur mit knapper Not der Bigamie entronnen war. Doch sie schlug den Klatschmäulern ein Schnippchen, indem sie zu einem längeren Aufenthalt bei einer Schulfreundin in Bath reiste. Ihre Verlobung mit Avondale hatte sie gelöst. Der war daraufhin nach Frankreich gereist – um seine Tochter zurückzuholen, munkelte man. Er wurde rechtzeitig zu Rawdons Prozeß zurückerwartet.

Die Wogen der Aufregung über Lady Lucindas Entehrung und Ermordung hatten sich gelegt, doch Rawdons Prozeß rührte sie wieder auf. Trotz dichten, bedrückenden Novembernebels waren die Leute in Scharen in den Gerichtssaal geströmt. Unter ihnen entdeckte Julian Avondale und Mr. und Mrs. Digby. Sally zeigte ihm Florie und andere frühere Insassinnen des Asyls. Lord Braxton saß ganz vorn im Saal und wartete schnaubend vor Ungeduld auf den Beginn der Verhandlung. Jeder wußte, daß hinter der Anklage sein ganzer Reichtum und politischer Einfluß standen.

Ein Raunen ging durch die Menge, als Rawdon auf der Anklagebank Platz nahm. Haß schien in heißen Wellen von ihm auszustrahlen. Er war blaß, wirkte sonst jedoch gesund und gut genährt. Sally vermutete, daß er genug Geld hatte, um die Gefängniswächter für gutes Essen und andere Bequemlichkeiten zu bezahlen. Die Brille mit dem Goldrand trug er nicht mehr, aber er hatte sie ja auch nie gebraucht. Sie war immer nur Teil seiner Maske der Durchschnittlichkeit gewesen. Vielleicht hatte er sie sich zugelegt, als er sich von Caleb Fiske in Joseph Rawdon verwandelt hatte.

Er lehnte es ab, in den Zeugenstand zu treten, da das Gesetz ihn nicht zwingen konnte, sich selbst zu belasten, und ihm andererseits nicht gestattete, zu seinen eigenen Gunsten auszusagen. Er hatte keinen Anwalt und legte keinerlei Beweismaterial vor – hörte sich lediglich schweigend die Aussagen des Heers von Zeugen an, auf dem Gesicht einen Ausdruck der Genugtuung. Macht, dachte Sally – Macht ist ihm das Wichtigste. Er weiß, daß dieses ganze Brimborium nur seinetwegen stattfindet. Der Prozeß verschlingt ein Heidengeld, sämtliche Zeitungen schreiben über ihn, Mütter drohen ihren Kindern mit seinem Namen. Soviel Macht wie jetzt hat er nie besessen. Der Teufel soll ihn holen! Genau so hat er sich sein Ende bestimmt gewünscht.

Die Verhandlung zog sich bis in den Abend hinein, aber am Urteil gab es nie einen Zweifel. Rawdon wurde wegen Beihilfe zur Entführung und Ermordung von Lady Lucinda Braxton und wegen versuchten Mordes an Miss Sarah Stokes verurteilt. Er wurde ferner für schuldig befunden, Mrs. Charles Avondale getötet zu haben, wenn er hier auch mit Totschlag davonkam. Seine Strafe sollte erst am letzten Tag der Sitzungsperiode verkündet werden, gleichzeitig mit der aller anderen Verurteilten, denen in dieser Periode der Prozeß gemacht worden war. Doch sein Schicksal war schon besiegelt. Niemand zweifelte daran, daß der Richter ihn hängen lassen würde.

Nach der Verhandlung begrüßte Samuel Digby Julian und forderte ihn auf, ihn möglichst bald aufzusuchen, damit sie ihre Rechnung begleichen könnten. Er erklärte sich hochzufrieden mit dem Ausgang der Untersuchung, Julian hatte jedoch den Verdacht, er bedauere es ein wenig, daß sich Harcourt nicht als Schuldiger entpuppt hatte.

Als Julian den Gerichtssaal verließ, holte Avondale ihn ein. »Sie werden ihn natürlich zum Helden machen«, sagte er bitter. »So wie sie das mit den übelsten Verbrechern immer tun. Man wird Geschichten über seine Verbrechen schreiben, Balladen über seine letzten Tage –«

»Die letzten Worte, die er sprach«, fiel Julian ein, »oder gesprochen hätte, wenn er auch nur das geringste geschichtliche Bewußtsein besäße.«

»Werden Sie zur Hinrichtung gehen?«

»Gott bewahre! Ich reise morgen zur Jagd nach Norden.«

Avondale lächelte mit bitterer Ironie. »Denken Sie daran, wenn Sie die Grenze überschreiten, machen Sie keine voreiligen Versprechungen.«

Julian zog eine Augenbraue hoch. »Darf ich fragen, wie es Rosemary geht?«

»Aber gewiß. Ich habe sie aus Frankreich geholt. Sie lebt jetzt bei mir unter der Obhut einer Gouvernante, die meine Mutter engagiert hat. Das Haus ist völlig verwandelt. Es geht so gesittet und ordentlich zu und so verwünscht weiblich, daß ich mir in meinem eigenen Haus wie ein Gast vorkomme. Das Merkwürdige ist, daß es mir gar nicht so viel ausmacht, wie ich glaubte. Rosemary ist ein entzückendes kleines Wesen – ich habe sie sehr gern. Sie wird eines Tages eine Schönheit werden – das sieht man schon jetzt. Mein Vater läßt extra ein Kinderzimmer für sie einrichten. Ich mache inzwischen mit ihr und ihrer Gouvernante eine Urlaubsreise. Nach Bath«, fügte er wie beiläufig hinzu.

»In der Tat?«

»Ach, ich weiß, was Sie denken. Ada ist dort. Aber sehen Sie, Caroline hat mir erzählt, daß Thorndike ein zweites Mal um ihre Hand angehalten hat, und sie hat abgelehnt. Das heißt, daß ich vielleicht doch noch eine Chance habe! Ich werde ihr in Bath meine Aufwartung machen – nur ein freundschaftlicher Besuch unter Verwandten. Wenn sie mich nicht empfangen sollte, werde ich ihr auflauern, wohin sie auch geht, in der Trinkhalle, im Kurpark – sie wird keinen Schritt tun können, ohne mich zu sehen. Ich möchte ihr Rosemary zeigen. Sie ist so reizend, man kann ihr einfach nicht widerstehen. Ada hat ein großes Herz, sie wird meiner Tochter nicht nachtragen, was Megan und ich getan haben. Und mit der Zeit wird sie sehen, daß ich mich verändert habe. Ich kann so zuverlässig und beständig sein wie Thorndike. Ich werde es ihr beweisen, bei Gott!«

Julian mußte lächeln. Da gelobte er Besserung und plante doch schon, sich Adas Herz mit Hilfe seiner mutterlosen

Tochter wieder zu erobern. Er hatte sich vielleicht verändert, aber nicht wesentlich. Dennoch würde es Julian nicht wundern, wenn es ihm gelang, Ada zurückzugewinnen. Schaffte er es denn nicht immer, am Ende das zu bekommen, was er wollte?

Sally wohnte immer noch bei Mrs. Mabbitt. Sie leistete ihr Gesellschaft und half ihr im Haus. Lord Braxton hatte ihr ein Geschenk von zwanzig Pfund gemacht, ein Vermögen in ihren Augen. Sie wußte nicht, was sie damit anfangen sollte, wußte nicht einmal, was sie mit sich selbst anfangen sollte. Sie und Julian waren selten allein, und ihre Beziehung hielt sich meist in Grenzen der Freundschaft. Anfangs war sie rastlos, haderte mit dem ruhigen Leben, das sie führte. Doch im Verlauf der Wochen gewöhnte sie sich erstaunlich gut daran. Sie wurde nachdenklich, sprach weniger und lächelte oft still vor sich hin. Julian vermutete, daß der Kampf gegen das Böse und die Konfrontation mit dem Tod sie nachdenklicher gemacht hatten. Dipper hatte den Verdacht, daß sie etwas im Schilde führte.

Am Morgen nach dem Prozeß wollte Julian seine Reise nach Norden antreten. Unterwegs wollte er MacGregor besuchen, um ihm persönlich von der Aufklärung des Falls zu berichten. Wenn Dipper es bedauerte, Anne Price mehrere Wochen lang verlassen zu müssen, so ließ er sich davon nichts merken. Seine Liebesabenteuer waren Julian ein Rätsel – mit der Selbstverständlichkeit einer Wasserratte tauchte er in sie hinein und schüttelte sie wieder ab, ohne Bitterkeit zu hinterlassen. Es war ein ungewöhnliches Talent. Hätte man es in Flaschen abfüllen können, so hätte es Summersons Lebenselixier als Stärkungsmittel weit in den Schatten gestellt.

Sally kam in Julians Wohnung, um ihm und Dipper Lebwohl zu sagen. Sie küßte beide schwesterlich, drückte Julian jedoch einen Moment länger an sich. »Denk ab und zu mal an mich«, flüsterte sie, und er meinte, etwas Brüchiges in ihrer Stimme zu hören. Doch als sie sich von ihm löste, war sie ganz Lachen und Scherzhaftigkeit. »Ich hab' gehört, daß es da oben abends verflixt kalt wird. Da suchen Sie sich am besten ein Mädchen, das Sie warm hält.«

Er verspürte einen plötzlichen Impuls, sie mitzunehmen. Das war natürlich ausgeschlossen. Er wohnte bei Freunden, würde die Tage auf der Jagd zubringen, die Abende am Spieltisch. Was hätte sie in dieser Zeit tun sollen? Sie hätte sich einsam gefühlt und wäre vor lauter Langeweile nur auf dumme Gedanken gekommen.

»Wir sind ja in ein paar Wochen wieder da«, sagte er.

Sie warf den Kopf zurück. »Glaubt ihr vielleicht, ich kann nicht ohne euch auskommen?«

»Ich glaube, Sie werden, noch ehe unser Wagen um die Ecke ist, in den nächsten Schlamassel geraten.«

»Dann können Sie mich ja wieder rausholen. Da haben Sie was zu tun, wenn Sie heimkommen.«

»Mir wäre es lieber, es würde keine lebenslange Gewohnheit daraus werden.«

»Ach, hören Sie schon auf – es hat Ihnen doch einen Heidenspaß gemacht, rauszukriegen, wer Mary auf dem Gewissen hat und alles.«

»Ich muß zugeben«, antwortete er lächelnd, »einiges davon hätte ich nicht versäumen mögen.«

Anfang Dezember kehrte Julian nach London zurück. Es war ein trüber, unfreundlicher Abend; er tröstete sich mit Plänen, den Winter in Italien zu verbringen. Die Reise hatte ihm gutgetan, aber er war froh, zurück zu sein. Er war ein zu eingeschworener Städter, um die ländliche Wildnis des Nordens allzu lange schätzen zu können.

Zu seiner Überraschung sah er Mrs. Mabbitt am Fenster, als sie eintrafen. Während Dipper die Droschke bezahlte, ging er ins Haus, wo sie ihn erwartete.

»Sie sind aber noch sehr spät auf, Mrs. Mabbitt.«

»Ich wollte Sie und Dipper gleich bei Ihrer Rückkehr erwischen, Sir. Es ist wegen Sally.«

Sally! Warum hatte er sie allein zurückgelassen? Was,

wenn irgendwelche Komplizen Rawdons noch auf freiem Fuß waren und Rache üben wollten?

»Was ist denn passiert?« fragte er hastig.

»Sie ist fortgegangen, Sir.«

»Verschwunden?«

»Nein, Sir, nur fortgegangen. Vor ungefähr einer Woche hat sie ihre Sachen gepackt und ist gegangen. Sie hat mir Lebwohl gesagt und mir für alles gedankt, ganz wie es sich gehört. Aber sie wollte mir partout nicht verraten, was sie vorhat. Ich sagte zu ihr: ›Mr. Kestrel und Ihr Bruder werden bald zurück sein – wollen Sie sich denn nicht von ihnen verabschieden?‹ Sie hat gesagt, ich soll's für sie tun. Ich habe ihr kräftig die Leviten gelesen und ihr gesagt, daß das wirklich ein schandbares Benehmen ist, nach allem was Sie für sie getan haben, und auch Dipper gegenüber, der doch ihr Bruder ist. Aber es war nichts zu machen – sie *wollte* gehen, und sie ist gegangen. Sie war so freundlich, mir ein bißchen Geld dafür dazulassen, daß ich sie aufgenommen habe, obwohl ich ihr gesagt hab', daß das nicht nötig wäre. Oh, und sie läßt Sie beide grüßen.«

Julian stand in seinem Schlafzimmer an den Kaminsims gelehnt und sah Dipper beim Auspacken zu. »Sie wußte natürlich, als sie sich von uns verabschiedete, daß sie bei unserer Heimkehr nicht mehr hier sein würde.«

»Ja, das glaub' ich auch, Sir.«

»Aber warum ist sie so gegangen – heimlich, ohne ein Wort?«

»Ich nehme an, sie hat gedacht, wir würden sie aufhalten wollen, Sir.«

»Und was glaubst du, wohin sie gegangen ist?«

»Keine Ahnung, Sir. Aber mich wundert's nicht, daß sie abgehauen ist. Fürs ruhige Leben hat sie nie was übrig gehabt. Sie hat wahrscheinlich gedacht, wenn's noch länger so weitergeht, wird aus ihr noch 'ne anständige Frau, und das konnte sie nicht aushalten.«

Danach trat ein kurzes Schweigen ein. Dann ging Julian

zum Fenster und sagte leichthin: »Nun ja, wenn sie so versessen darauf war, von hier wegzukommen, ist es wahrscheinlich ganz gut, daß sie sich ohne viel Aufhebens davongemacht hat –« Er drehte sich um und sah, daß Dipper ihn mit Sallys warmen braunen Augen verständnisvoll betrachtete. »Sie wird mir fehlen«, sagte er leise.

»Sie kommt zurück, Sir – darauf können Sie sich verlassen. Sie war immer 'ne Zigeunerin, Sir – hat's nirgends lang ausgehalten. Aber jetzt weiß sie, wo wir sind, und sie kommt bestimmt zurück. Der Teufel soll mich holen, wenn nicht.«